OS
SIMILARES

REBECCA HANOVER

OS SIMILARES

REBECCA HANOVER

Tradução
Isadora Sinay

Copyright © 2019 by Rebecca Hanover
Copyright da tradução © 2021 by Editora Globo S.A.

Todos os direitos reservados. Nenhuma parte desta edição pode ser utilizada ou reproduzida — em qualquer meio ou forma, seja mecânico ou eletrônico, fotocópia, gravação etc. — nem apropriada ou estocada em sistema de banco de dados sem a expressa autorização da editora.

Título original: *The Similars*

Editora responsável Paula Drummond
Assistente editorial Agatha Machado
Preparação de texto João Pedroso
Diagramação e adaptação de capa Douglas Kenji Watanabe
Projeto gráfico original Laboratório Secreto
Revisão Isabela Sampaio e Isabel Rodrigues

Texto fixado conforme as regras do Acordo Ortográfico da Língua Portuguesa (Decreto Legislativo nº 54, de 1995).

CIP-BRASIL. CATALOGAÇÃO NA PUBLICAÇÃO
SINDICATO NACIONAL DOS EDITORES DE LIVROS, RJ

H22s

Hanover, Rebecca, 1979-
  Os similares / Rebecca Hanover ; tradução Isadora Sinay. – 1. ed. – Rio de Janeiro : Globo Alt, 2021.

  Tradução de: The similars
  ISBN 978-65-88131-21-3

  1. Ficção americana. I. Sinay, Isadora. II. Título.

21-70016
CDD: 813
CDU: 82-3(73)

Camila Donis Hartmann – Bibliotecária – CRB-7/6472

1ª edição, 2021

Direitos de edição em língua portuguesa para o Brasil adquiridos por Editora Globo S.A.
R. Marquês de Pombal, 25
20.230-240 – Rio de Janeiro – RJ – Brasil
www.globolivros.com.br

Para minha mãe e meu pai.

Para Ethan.

OS SIMILARES

Eu não quero morrer de verdade. Pelo menos não o tempo todo.

Se não fosse pelo meu pai, aí, sim, eu consideraria. Ele pode não ser a minha pessoa favorita no mundo, e eu definitivamente não sou a dele, mas não gosto de pensar nele em pé ao lado do meu túmulo, inclinado e soluçando sobre o meu caixão. Eu só penso em morrer de vez em quando — como agora.

Estamos quase no Ponto de Hades. Em aproximadamente dois minutos e trinta segundos, o Lorax preto no qual estou passará pelo infame penhasco de onde, de forma histórica, doze alunos da minha escola despencaram para a morte. Não tenho medo do lugar, mas talvez devesse ter. É profundo, tipo o Grand Canyon. É como uma grande boca aberta no chão que engole adolescentes que não aguentam a Academia Darkwood. Esse é o colégio interno que frequento, em Vermont, e onde estou começando meu penúltimo ano. É onde passei meus dois primeiros anos também, antes *daquilo que aconteceu*. Mas falarei mais sobre isso… nunca.

— Chegando ao Ponto de Hades — cantarola uma voz alegre, que invade meus pensamentos. Você pode até pensar que um carro autoguiado daria um pouco de paz e silêncio às pessoas, mas não. Quando o Lorax me pegou no aeroporto de Burlington duas horas atrás, o sistema operacional me forçou a escolher um nome para a motorista virtual. Eu rejeitei as sugestões e digitei um nome de minha própria escolha: *Sofrimento*.

— Aqui é Sofrimento, sua simpática motorista! — A voz disse imediatamente, de forma alegre. Desde então, ela não parou para respirar de mentirinha nem uma vez.

Sofrimento continua a atacar meus ouvidos:

— Se olhar à sua esquerda, srta. Chance, verá que estamos passando pelo Ponto de Hades, um dos lugares mais bonitos do campus!

Claro, Sofrimento. Observo o penhasco íngreme enquanto fazemos a curva. *Se com "bonito" você quer dizer mortal.*

Encaro o Ponto de Hades à distância, aberto como um caixão. Eu os imagino, os doze que caíram lá embaixo. Eu já pensei em pular. Já sonhei em voar pelos ares sabendo que minha vida terminaria logo. Depois do que aconteceu, quem poderia me culpar? Horas após a morte do meu melhor amigo, no verão, passei por uma tempestade de emoções tão terrível que me senti uma estranha na minha própria mente. Em busca de algo que me desse uma sensação de organização, comecei a nomear meus diferentes humores. Exemplo: "Um Zumbi Acaba de Comer Meu Corpo", que é tipo estar congelando, baleada e aproximadamente 94% morta por dentro. Esse ao menos é tolerável, diferente de

"Tire Essa Faca Serrilhada do Meu Peito", que é tão doloroso quanto parece. Passei dias inteiros andando por aí com a sensação de que alguém havia me esfaqueado no peito e a faca ainda estava lá dentro. Convenientemente, existem remédios que posso tomar para essas aflições, híbridos farmacêuticos que tornam a vida mais tolerável. Saí furtivamente do consultório do meu psiquiatra no mês passado segurando firmemente uma caixa deles na mão.

Tiro um comprimido do bolso e o engulo sem água, então pressiono meu rosto contra o vidro frio da janela. Às vezes, sentir coisas me faz lembrar de que estou viva. E, às vezes, isso é demais para aguentar.

Quando deixamos o Ponto para trás e começamos a última parte da jornada para Darkwood, eu imagino: *Parar o carro. Sair dele. Andar até lá. Fechar os olhos enquanto o vento me chicoteia e então, sem nenhum alarde, me libertar. Acabar com isso. Assim como Oliver fez em casa, na Califórnia. Em seu quarto. Onde o encontrei...*

— Chegando ao campus principal da Darkwood! — A voz de Sofrimento me arranca da lembrança. — Inaugurada em 1927 por Cornelius Seymour, a Academia Darkwood segue sendo um bastião da integridade intelectual há mais de um século...

— Obrigada — interrompo, empurrando os óculos antigos com armação de tartaruga da minha mãe no meu nariz. — Eu já sei.

— Desculpe, srta. Chance. Eu...

— Emmaline — interrompo de novo. — Mas pode me chamar de Emma.

— Grande dia, não é, Emma? De volta para a escola! Ver seus amigos, começar as aulas. E, é claro, os Similares!

— Desculpa. — Dou de ombros. — Mas não estou animada para as cópias de DNA de alguns adolescentes riquinhos.

— Mas, srta. Chance! — Sofrimento replica. — Você viu os feeds? As pessoas não ficam tão animadas desde que os astronautas pousaram em Marte!

— Dash — sussurro para o aparelho multiuso em formato de ameixa que mantenho em volta do punho para não perder. — Podemos desligá-la?

A voz do meu incrível assistente virtual ressoa da pequena tela no meu punho.

— Sua simulação de motorista não pode ser mutada — Dash diz. — Mas se você quiser, Emma, ficarei feliz em denunciá-la como spam.

— Não será necessário. Mas obrigada. — Eu suspiro, me acomodando de volta no assento e tentando ignorar o monólogo incessante de Sofrimento. Não é como se ela estivesse errada. Os Similares são uma notícia *impactante*. Estão nas manchetes há semanas, desde que chegaram aos Estados Unidos, durante o verão, e o público ficou sabendo que frequentariam a Academia Darkwood, junto com os adolescentes de quem foram clonados. Não é à toa que o país inteiro só pensa nisso. Seis estudantes da Academia Darkwood estão prestes a assistir às aulas ao lado de seus clones, com quem compartilham o mesmo DNA, mas que viram pela primeira vez apenas recentemente. A antiga eu teria ficado mais interessada nos Similares, teria mandado mensagens sobre eles incessantemente para Oliver, ansiosa para ouvi-lo dissecar cada nova informação sobre a intrigante criação e sua existência improvável. Mas, nos últimos tempos, só tenho me importado com uma coisa: manter o sentimento da faca no peito sob controle.

O Lorax chega ao pé de uma colina e pega uma estrada de cascalhos que serpenteia por árvores e arbustos até o centro da Academia Darkwood.

— Será que você vai conhecê-los logo de cara? — Sofrimento reflete. — Ou mais tarde, quando todo mundo estiver acomodado em seus quar…?

— Podemos ligar os feeds? — interrompo.

— Claro, Emma! Eu também quero saber o que estão falando!

— Na verdade, acho que um pouco de música seria bom…

Mas Sofrimento já está com uma estação de notícias sintonizada e claramente não me ouve. Não quero ter de repetir, então me acomodo e escuto.

— É um prazer ter você aqui conosco hoje — diz uma mulher sofisticada que surge no meu campo de visão. Ela é quase tridimensional, mas não exatamente. — Para aqueles que ainda não conhecem o trabalho dele, nosso convidado de hoje é Jaeger Stanwick, jornalista conhecido por seu expressivo envolvimento com o movimento pró-clone.

— Estou feliz de estar aqui — responde uma voz familiar. No meu campo de visão, a figura de Jaeger se materializa, com aparência desarrumada como de hábito. Eu o reconheço, e não só porque ele se tornou famoso (ou melhor, infame) por suas opiniões sobre clonagem. Jaeger é também o pai de uma das minhas melhores amigas na Darkwood: minha companheira de quarto, Prudence Stanwick. Todos a chamam de Pru.

— Você pode nos falar com mais detalhes sobre esse dia histórico? — a repórter pede.

— Histórico não chega nem perto — Jaeger diz. — A chegada desses seis adolescentes na Academia Darkwood…

— Os Similares — a repórter interrompe. — Os adolescentes acabaram de soltar um anúncio escrito para a mídia, compartilhando com o mundo o apelido que deram a si mesmos. "Os Similares" é como eles começaram a se chamar quando descobriram as circunstâncias em que nasceram.

Jaeger assente.

— Acredito que esses adolescentes queiram assumir o controle de como o mundo os vê. Ao dar a nós, e à imprensa, um nome pra chamá-los em vez de deixar que criássemos o nosso, eles sinalizam que são responsáveis por seus próprios destinos. E estão fazendo isso com um notável senso de humor, eu diria. Mas como eu estava dizendo...

— Prossiga...

— A chegada desses seis adolescentes na Darkwood é uma grande oportunidade.

— Como assim?

— É nossa chance de recebê-los em nossas vidas de braços abertos. De dar a eles o espaço e o respeito que merecem, pra que possam mostrar ao mundo quem são.

— E que eles não têm nenhum plano maquiavélico? — brinca a repórter.

Jaeger franze a testa.

— Eles são meninos e meninas, assim como nossos filhos, Demetria. Como qualquer outro adolescente nos Estados Unidos, eles têm planos e sonhos, medos e ambições. Eles podem se ferir, profundamente. Eles podem sentir dor, amor e alegria. É hora do mundo reconhecer isso.

— Desliga! — grito. — Por favor. — Todo esse papo sobre os Similares está me deixando tonta.

— Você já terminou de ouvir? — Sofrimento pergunta. — Você já sabe tudo que há para saber sobre os Similares?

— Não — digo, tentando não deixar Sofrimento me irritar. Ela é só um robô, não tem culpa se foi programada para ser alegre demais. — Chegamos. Na Darkwood. Viu?

— Você está certa! Muito observadora, srta. Chance.

Resisto ao impulso de revirar os olhos quando estacionamos em frente à casa principal, uma mansão ao estilo barroco inglês que parece desequilibrada, como se existisse em vários planos ao mesmo tempo. Quando o Lorax entra na fila de carros em frente à escola, sinto que estou ficando tensa. Colegas de turma enchem a entrada, abraçando-se e fofocando. Eu e Oliver estaríamos assim. Mas não mais.

O carro prateado em frente ao nosso para e uma garota sai dele, tentando se equilibrar sobre botas de salto alto. Eu a reconheço instantaneamente. Tessa Leroy. Não somos amigas, mas sei tudo sobre ela — todo mundo sabe. Pequenina e com cara de passarinho, Tessa é uma das Dez. Ela está um ano à minha frente, e seu status no ano passado garantirá a ela, mais uma vez, um posto no grupo de elite. Apesar de ser uma das Dez, ninguém mais a inveja. Não desde que a polícia bateu na porta da casa de sua família, na frente do Central Park, e prendeu seu pai, Damian Leroy, por fraude.

O Lorax lentamente chega na frente da fila. É minha vez.

— Tenha um maravilhoso ano letivo! — Sofrimento grita enquanto pego minha bagagem no porta-malas. — Se fosse você, eu estaria louca para conhecer os Similares! Será que você terá uma como companheira de quarto? Isso seria simplesmente...

Fecho o porta-malas com uma batida e puxo a minha mala para o meio da multidão de alunos. Passo por uma garota com lindas tranças box braids carregando um violoncelo nos ombros, um aluno do segundo ano inscrevendo membros novos no clube LGBTQ+ do campus e outra menina que não reconheço, provavelmente do primeiro ano, que está fazendo propaganda de seu livro de memórias, um best-seller sobre crescer na Estação Espacial Internacional. Nem desfizemos as malas ainda e as pessoas à minha volta já estão prontas para começar com tudo, anunciando testes para *Hamilton,* o musical de outono, e recrutando jogadores para diversos esportes. Não sou do tipo que faz atividades extracurriculares — esportes me entediam e nunca fui boa com instrumentos musicais. Mas sou praticamente um robô quando se trata de números e, na oitava série, escrevi um conto que ganhou vários prêmios, então aqui estou. Matriculada na Academia Darkwood. Claro, sou um legado — meu pai estudou aqui quando era adolescente, mais de vinte anos atrás —, mas isso não é suficiente para ser admitido sem algo "a mais". Não que eu me importe com essas coisas. Eu não me importava antes de Oliver morrer, e definitivamente não me importo agora.

Meus colegas de turma bloqueiam a passagem por todos os lados, então sou forçada a parar no meio do caminho, incapaz de chegar até meu dormitório. Sem querer, acabei parando ao lado de Tessa, que está reunida com outra celebridade do campus, Madison Huxley. As duas estão sempre juntas, embora Madison — com seu cabelo loiro sedoso e rosto perfeitamente simétrico e pesadamente maquiado — costume ofuscar seu par menos extrovertido. Pessoalmente, acho a aparência menos extravagante de Tessa bem mais atrativa que a de Madison. Com cabelo longo e liso como o de sua mãe taiwanesa e uma certa elegância em seus movimentos, eu diria que Tessa é linda — a não ser pelo fato de ela, pelo visto, não ter personalidade. Fico surpresa ao ver os pais de Madison a alguns passos de distância, falando com o diretor Ransom, o destemido líder da Darkwood. Com calças de prega e um blazer com cotoveleiras, o diretor Ransom é uma figura gostável, embora eu não veja nem sinal de seu sorriso característico hoje. Ele está aqui a trabalho.

— Sr. e Sra. Huxley — ouço o diretor Ransom dizer —, a última coisa que quero é incomodar uma de nossas mais proeminentes famílias...

Bianca Huxley ajeita seu blazer Chanel.

— Nunca duvidei do seu comprometimento com Darkwood, nenhuma vez em todos esses anos. Mas, desta vez, vou bater o pé.

O diretor Ransom pressiona os dedos das mãos e sua testa se franze de tensão.

— Eu vou simplesmente repetir o que disse aos veículos de notícias: "confio nesses meninos e meninas, e acredito que eles mereçam uma chance."

É óbvio quem são os *meninos e meninas*: os Similares. O diretor está se referindo à decisão de convidá-los para Darkwood, apesar das controvérsias que cercam a origem deles.

— Com todo respeito, Ransom, nós discordamos de você — Bob Huxley diz, sério. — E, se me permite falar francamente...

— Por favor. — O diretor Ransom faz um gesto para que ele prossiga.

— Minha esposa e eu planejamos alertar o comitê de que não aprovamos sua decisão — o sr. Huxley continua. — E vamos ajustar nossa doação para a escola como é devido. Receio que não haja nada que você possa fazer pra que mudemos de ideia além de mandar esses meninos e meninas de volta para o lugar de onde vieram.

— Você sabe que não posso fazer isso. Historicamente, Darkwood sempre pôs bastante ênfase em inclusão e representatividade. Alunos de todas as origens socioeconômicas, raças, religiões e orientações sexuais vêm para cá. É por esse motivo que acredito que, dentre todos os lugares, esses novos alunos se darão bem aqui. Não vou mudar de ideia...

— Então você não nos deixa escolha. Bianca? Vamos embora.

O sr. Huxley passa um braço protetor em volta da esposa e eles se viram para ir, dando um beijo de despedida em Madison antes de entrar em sua limusine Tesla. Eu já mencionei que os Huxley não são pessoas comuns? Robert "Bob" Huxley era vice-presidente — *dos Estados Unidos*. A esposa está aproveitando o antigo status do marido para concorrer a um cargo de senadora pelo Texas. As pesquisas indicam que ela vai ganhar.

— Eu a conheci — Madison diz a Tessa. — Algumas semanas atrás.

— Quem? — Tessa vasculha sua bolsa, parecendo entediada.

— Minha Similar. Eu tenho uma, é claro. Ela foi lá em casa. Meus pais a subornaram e a avisaram pra nunca mais mostrar a cara dela, a *minha cara*, de novo.

— Então ela não vem pra Darkwood?

— Claro que não. Se o público descobrisse que tenho um Similar, seria o fim da carreira política da minha mãe.

— Então pra onde ela vai? — Tessa pergunta, finalmente erguendo os olhos da bolsa de couro.

— Quem se importa? Desde que a gente nunca a veja de novo...

É neste momento que Tessa percebe que estou ali, escutando. Ela e Madison me encaram.

Sinto uma reviravolta nauseante no meu estômago. A sensação da faca começa a latejar no meu peito. Eu saio de cabeça erguida, abrindo caminho pela multidão de alunos até o Cipreste, meu dormitório, que fica logo depois de um conjunto de árvores ao norte da casa principal. Antes aposento dos empregados, o Cipreste é tão deprimente quanto o resto da arquitetura da Darkwood, com seu exterior de pedra cinza e uma torre poligonal que parece torta, como se fosse cair a qualquer momento, levando todo o dormitório junto.

Arrasto minhas malas para o quarto, então passo minha chave dourada na frente do sensor. A fechadura se abre e eu me arrasto para dentro. Meu quarto não mudou desde a última vez que estive aqui, em maio. Não é muito, mas com a mobília feia e a única janela com vista para as profundezas do Lago Dark, é mais meu lar do que minha casa de verdade. Claro, boa parte disso não é *o que* está aqui dentro, mas *quem*. Pru. Amiga de todos. Mas principalmente minha.

Ela solta o livro que está lendo e se levanta num pulo quando me vê.

— Emma...

Eu não a deixo terminar.

— Argh — digo, deixando as malas ao lado da minha cama. — Esqueci completamente que a Madison e a Tessa ainda estão na lista de espera.

Pru franze a testa.

— Lista de espera? Que lista de espera?

— Você sabe. — Eu me jogo no meu colchão mole de solteiro. — Pra fazer transplante e receber corações de verdade.

Pru dá um meio sorriso, seus olhos castanhos se acendendo.

— O que elas fizeram agora?

— Além de contribuir para o aquecimento global toda vez que abrem a boca e soltam aquele bafo tóxico e elitista? Tudo.

Tiro os sapatos e estou prestes a me jogar de volta na cama quando Pru põe os braços ao meu redor, me apertando com tanta força que mal consigo respirar. Não preciso perguntar a ela por que está me apertando como se eu fosse um colete salva-vidas. Eu já sei. Ela está pensando *naquilo que aconteceu* e nas 843 coisas que quer dizer para mim, mas não pode. Tudo bem. Ela já as disse, nesse verão, em uma mensagem com o assunto: Re: re:re:re: enc: Oliver.

— Você devia ter me deixado ir para a Califórnia — Pru diz, finalmente me soltando. — Eu queria ter ido no funeral do Ollie, Emma. Eu me sinto péssima por ter perdido…

— Você tinha que cuidar da sua mãe. Ela precisava de você. — De jeito nenhum eu teria deixado Pru sair do lado da mãe, não quando ela está sendo dizimada por um câncer tão raro que nem nanorobôs conseguem reverter os sintomas. — Como ela está? Faz duas semanas que não tenho notícias suas. Fiquei preocupada quando você sumiu… — Não quero dizer em voz alta. *Pensei que sua mãe tivesse morrido.*

Pru afasta uma mecha de seu cabelo preto e cacheado dos olhos.

— Ela está bem. Os médicos acham que esse novo tratamento vai funcionar.

— Que bom — digo. Fico grata por ter Pru, que, além de Oliver, é a única pessoa que eu, de fato, aguento ter por perto. Ainda assim, me viro de costas para ela quando sinto as lágrimas vindo quentes e rápidas. O abraço da minha amiga enfiou a faca serrilhada bem fundo no meu peito, e, por mais que eu ame Pru, tudo o que quero é ficar sozinha.

— Estou exausta — digo, me deitando e fechando os olhos. — Preciso descansar.

— Te vejo na assembleia — Pru diz quando jogo um braço por cima do rosto para dar um efeito dramático e espero que ela saia do quarto.

— E, Emma... — ela acrescenta, enrolando na porta. — Sinto muito.

Quando ouço a porta se fechar atrás dela, eu me sento. Dormir é meu inferno particular, mas Pru não tem como saber que faço quase qualquer coisa para evitar ficar inconsciente. Nunca sei o que, ou quem, vou encontrar nos meus sonhos.

Calço meus chinelos e corro até a porta, dando uma olhada no corredor para ter certeza de que Pru já se foi antes de eu sair. Corro por uma trilha sombria a caminho de uma modesta clareira perto do lago. Eu a imagino enquanto ando: as pedras grandes o suficiente para sentar nelas e o pedaço de terra onde Oliver e eu costumávamos nos reunir depois da última aula do dia. Eu o provocava por flertar com todo mundo e ele me dizia que meu sarcasmo iria me deixar fisicamente incapaz de dar um sorriso sincero. Eu o empurrava e ele caía para trás... nós riamos tanto, sem imaginar que nossa alegria tinha data de validade.

Memórias de Oliver enchem meu coração como se uma veia se abrisse. *Luz do sol, olhos cinzentos, franja comprida, sorriso arrogante, mochilas ao chão, mentes sonhando acordadas, cinquenta anos, cinquenta anos... serei sua melhor amiga por mais cinquenta anos. E depois disso? Você vai ter que passar no teste de novo.*

Paro de repente quando chego ao nosso antigo canto. Não estou sozinha.

OS SIMILARES 19

Eles estão a uns dez ou quinze passos de distância, no máximo. A presença deles — a existência deles — faz meu coração martelar no peito. Congelo, assistindo, observando. Acho que eles não conseguem me ver, não ainda —, mas eu os vejo.

Há três deles, e um é Tessa. Mas consigo notar que não é a Tessa. Ela tem o mesmo cabelo castanho e comprido. A mesma elegância e traços frágeis. Mas a roupa é sem graça e antiquada. Ela veste uma camisa branca e saia preta, ambas tão... *sem graça* que eu nunca imaginaria Tessa vestindo isso. E seu cabelo está puxado para trás, em uma trança embutida, do tipo que usávamos no ensino fundamental. Há algo infantil nela. Algo ingênuo. Ela é uma Similar. Tenho certeza.

Eles conversam em sussurros, e não estou perto o suficiente para distinguir as palavras. Mas vejo quando a Similar de Tessa fala com outra garota. Levo um momento para processar o que estou vendo. Porque a menina com quem ela está falando não é apenas *qualquer* garota. É a Pru.

Não, *não* é a Pru. Ela estava no nosso quarto há menos de dez minutos, usando sua calça de corrida e moletom de sempre. Essa menina não é a Pru. Essa menina é o clone dela, sua cópia. A Similar a dez passos de mim é esguia e delicada, enquanto minha colega de quarto é atlética e firme. O cabelo de Pru está sempre cheio e volumoso, enquanto essa menina tem seus cachos presos em um coque apertado. Ela fala baixo com os outros. Não sorri.

Eu não deveria ficar surpresa que Pru, a filha do homem que ficou famoso defendendo clones na frente de toda a nação, tenha uma cópia idêntica. Mas fico. Por que ela não me contou? Meu estômago se revira. *Será que ela sabe?* Estou tão ansiosa para descobrir que quase ligo para ela. Mas isso é importante demais. Melhor esperar alguns minutos até eu vê-la de novo pessoalmente.

O terceiro Similar é o clone de outro menino da minha sala, Jake Choate. Ele tem o mesmo cabelo preto de Jake, a mesma pele negra e rosto atraente. O mesmo porte — nem magro demais nem musculoso demais. Mas o olhar malicioso que Jake passou anos aperfeiçoando não está ali. A expressão desse menino transparece peso, sacrifício e dificuldade.

Eu me sinto atraída por eles. Quero saber do que estão falando nesse tom baixo e conspiratório. Menos de uma hora atrás, eu tinha pouco interesse pelos Similares. Agora, estou mais do que interessada. Minha mente gira com perguntas. Quero saber tudo sobre eles. Onde cresceram. Como foi. O que acham da Darkwood...

— Você está bem, Emma? — Dash pergunta.

— Claro — respondo suavemente, aliviada por ele não ter como saber que eu estava espiando os Similares. Eu me sinto uma intrusa. Como se estivesse invadindo um momento particular que não tenho o direito de assistir. — Estou bem — minto. — Por quê?

— Batimentos acelerados. Suponho que você estivesse pensando no Oliver.

— Sempre — sussurro, meus olhos ainda grudados nos clones.

— A assembleia começa em dez minutos — Dash me lembra. — Você não vai querer se atrasar.

— Obrigada, Dash — digo, olhando para meu dispositivo para apagar a notificação da assembleia e silenciar meu robô.

Quando ergo os olhos, os Similares se foram.

OS SIMILARES   21

ASSEMBLEIA

No caminho para a capela, penso neles. Na sósia de Tessa. Na sósia de Pru. Ambas tão *diferentes* das adolescentes de quem foram clonadas. E o Similar de Jake... Ele, mais do que os outros, pareceu ser tão diferente do seu original que é difícil acreditar que tenham o mesmo DNA. Será que algum dos meus colegas já os viu? E do que será que os Similares estavam falando daquele jeito tão secreto? Não tenho muito tempo para pensar nisso antes de acabar cercada por outros alunos, sugada para o furacão de darkwoodianos que se reúnem no gramado em frente à capela. Faltam minutos para descobrirmos as identidades dos Similares.

Mas já conheço três... quatro, se contar o clone de Madison.

O negócio é o seguinte: os clones estarem matriculados na Darkwood é algo bem importante. A maioria de nós nunca nem viu um clone. Eu nunca vi — não que eu saiba, pelo menos. Os primeiros nasceram no início do século, quando cientistas começaram a aperfeiçoar a tecnologia depois daquele experimento falho com a ovelha Dolly. Clonagem reprodutiva se tornou bem popular entre certos aspirantes a pais que prefeririam criar uma cópia de si mesmos a usar óvulo e espermatozoides para terem um filho. Acho que muita gente pensou que clonagem era antinatural, porque, depois de um tempo, a prática foi proibida nos Estados Unidos. Mas isso não impediu que as pessoas buscassem clonagem reprodutiva fora do país.

Os Similares não deveriam existir. Por causa de uma confusão em um laboratório uns dezesseis anos atrás, seis bebês de seis famílias importantes foram clonados — sem que as famílias soubessem ou tivessem dado permissão — a partir do sangue do cordão umbilical guardado após o nascimento deles. É bem comum que os pais de hoje em dia guardem o sangue do cordão umbilical de seus filhos caso a criança precise de células-troncos para tratar alguma doença no futuro. Mas, nesse caso, o sangue de alguma forma caiu nas mãos de um técnico de laboratório "irresponsável". Antes que alguém soubesse o que estava acontecendo, o material genético dos bebês foi fundido com óvulos humanos, implantado em barrigas de aluguel e *voilà* — nove meses depois, seis bebês nasceram. Seis "Similares", como eles mesmos se denominam.

Os detalhes vieram à tona quando os Similares apareceram neste verão. Eles haviam passado a vida toda no norte, em algum tipo de ilha artificial isolada, e, por algum motivo inexplicável, foram enviados pelo homem que os criou para conhecer seus pais genéticos... e seus "originais". Como os Similares são menores de idade, a identidade deles não foi revelada ao público, então ninguém sabe seus nomes ou quem são seus originais — exceto as famílias.

OS SIMILARES 23

Se tudo isso já parece estranho, aí vai a parte mais louca: todos os seis adolescentes originais são alunos da Darkwood. Foi por isso que os Similares foram convidados a estudar na Academia Darkwood. Acho que é porque seria um direito inato deles. Mas também porque Darkwood é progressista. Se existe algum lugar em que os Similares podem se sentir bem-vindos, deveria ser aqui, onde a administração tem um foco em inclusão desde a fundação da escola. Mas quem sabe? Sou só uma aluna do terceiro ano. Não sei tudo que há para saber.

Minha divagação é interrompida quando o vejo — o Jake Choate de verdade. Ele está cercado por sua panelinha, que inclui Madison, Tessa e o companheiro de quarto de Jake, Archer de Leon. Archer, com seu sorriso convencido, pele marrom e cachos escuros já famosamente fotografados, vem da ensolarada Los Angeles, e é praticamente membro da realeza de Hollywood. Ele foi ator mirim em uma série de sucesso a qual nunca assisti, mas que, pelo que dizem, é supermedíocre.

— Emma! — uma voz grita por cima do zumbido dos meus colegas. Vejo Pru do outro lado, acenando para mim. Ela abre caminho pela multidão para me alcançar e, por um momento, eu me pergunto se é assim que a vida vai ser daqui para a frente. Quem se importa comigo achando que precisa cuidar de mim como uma babá o tempo todo. Preocupados pensando que a morte de Oliver tenha deixado marcas irreversíveis em mim. Eles não estariam cem por cento errados.

Pru me alcança e não consigo deixar de sentir uma estranha sensação de déjà-vu.

— Eu a vi — digo.

— Quem? — Pru pergunta.

— Sua Similar, quem você acha? O segredo acabou, Pru. Ela estava lá pelo lago agora há pouco. Eu a vi. Eu sei.

— Eu queria te contar, Emma. Juro que queria! Mas o bilhete do guardião dos Similares pediu que não revelássemos a identidade deles antes que...

— Não estou brava! Bom, talvez um pouquinho. Mas pode ir falando. Estou morrendo pra saber dos detalhes.

Pru sorri.

— Obrigada por não me odiar. Foi o segredo mais difícil que já guardei, ainda mais de você.

— Então, qual é a dela? Qual o *nome* dela? — pergunto enquanto vamos para a entrada da capela, seguindo a multidão.

— O nome dela é Pippa — Pru diz. — E ela passou as últimas duas semanas com a gente na fazenda.

— Duas *semanas*?

— Desculpa — Pru diz. — Foi uma tortura não te falar nada. Tive que enfiar meu Ameixa no congelador pra não te ligar.

— Então é *por isso* que faz uma eternidade que você não me responde!

Pru fica acanhada.

— Eu sei! Me desculpa! — Ela faz uma pausa. — Pippa é ótima, Emma. Eu gosto mesmo dela, e acho que você também vai gostar.

— Vocês têm o mesmo DNA. — Dou de ombros. — Ela é, tipo, *literalmente* você. Claro que vou amá-la. Seria um sacrilégio se não a amasse. — Alguns professores começam a nos colocar em uma fila sinuosa. Eles seguram escâneres em formato de caneta que passam pelos Ameixas das garotas à nossa frente.

OS SIMILARES 25

— Srta. Chance? Srta. Stanwick? Seus aparelhos? — pede o sr. Park, nosso mal-humorado professor de história americana, sempre com a barba por fazer. Estico meu pulso para que ele possa passar o escâner pelo meu Ameixa, tornando-o inútil para qualquer coisa além de mandar um buzz pelo sistema do campus e mandar mensagens para o meu pai, além de alguns outros contatos pré-aprovados. Nada de redes sociais, nada de *lives*. Ninguém no país sabe o nome dos Similares, e nos disseram que a administração pretende manter as coisas assim. Até mesmo a imprensa foi forçada a manter silêncio a respeito das identidades dos Similares por causa de leis rígidas que protegem a privacidade de menores. Eles são só crianças, no fim das contas. Não *pediram* para serem clonados a partir do DNA de alguém. Não pediram para serem jogados no debate público. É justo preservar a privacidade deles.

— Diga adeus à internet pelos próximos nove meses — diz uma voz atrás de nós. Eu me viro e vejo Tessa com Madison. Elas estão logo atrás.

— Parece que elas estão perseguindo a gente — eu murmuro para Pru.

Por sorte, Madison não me ouviu, ou, se ouviu, está me ignorando.

— Eles não podem fazer isso — ela choraminga. — Meu canal tem milhões de fãs. Quem vai gerar entretenimento pra eles enquanto eu sumir?

Pru se vira para encarar Madison e cruza os braços sobre o peito.

— Eu, por outro lado, fico feliz de abrir mão da minha possibilidade de fazer *lives* se isso der alguma privacidade pra nossos novos colegas.

Tessa encara Pru.

— Você já está do lado deles?

— Ela não está do lado de ninguém — respondo. — Ela está *cumprindo* o pedido do nosso *diretor*...

— Srta. Huxley? Srta. Leroy? Seus Ameixas? — O sr. Park pede.

Madison fecha a cara, arrancando seu Ameixa do pulso e jogando-o aos pés do sr. Park. Nem me dou ao trabalho de responder, Pru também não. Ela passa seu braço pelo meu e caminhamos para dentro da capela.

— Sei que é estranho — Pru diz quando achamos lugares. — Ela é exatamente igual a mim. Eu entendo. Fiquei apavorada quando a vi pela primeira vez. Mas, juro, ela é uma pessoa normal, como a gente.

— Defina "normal" — resmungo enquanto observo cada vez mais alunos entrarem. Daqui dá para ver os alunos do nono ano reunidos nas primeiras filas. Dois anos atrás, sentei ao lado de Oliver em um desses bancos no meu primeiro dia na Darkwood. Ele era meu melhor amigo desde a terceira série; foi lá que nos tornamos inseparáveis depois de apenas algumas semanas. Oliver e eu nos candidatamos à Darkwood ao mesmo tempo, fomos ambos aceitos e fizemos a viagem do norte da Califórnia para cá para começarmos juntos nosso primeiro ano de ensino médio. Naquela época, eu tinha certeza de que minha vida estava finalmente começando. Eu não tinha ideia de que era o começo... do fim.

— Ela não estava sozinha — sussurro para Pru. — Vi mais dois. Um clone de Tessa e um de Jake. E os outros três? Você sabe quem são? — Não menciono o clone de Madison. Vai saber se isso é mesmo verdade? Ela pode ter inventado a coisa toda para impressionar Tessa.

Pru sacode a cabeça.

— Recebemos uma carta dois meses atrás nos contando de Pippa. Meus pais nem acreditaram, na real. A gente tinha ouvido todas aquelas notícias sobre os Similares, as reportagens sobre a confusão no laboratório e tudo mais. Mas nunca imaginamos que um deles era um clone *meu*. Quando descobrimos, meus pais a convidaram para a fazenda. Então, há duas semanas, Pippa apareceu na nossa casa. Sozinha.

— Ela não te contou quem os outros Similares eram? Ela cresceu com eles, não cresceu? — Eu insisto enquanto o diretor Ransom sobe no palco.

— Bem-vindos de volta, darkwoodianos — o diretor Ransom anuncia de trás do púlpito. — Estou animado por vocês todos estarem aqui. — Ele sorri para nós, parecendo estar com um humor muito melhor do que quando o vi conversando com os Huxley. Esse dia deve estar sendo muito difícil para ele. Afinal, ele pessoalmente deu apoio aos Similares ao convidá-los para Darkwood sabendo que seria uma atitude controversa.

O diretor Ransom continua seu discurso.

— Esteja você voltando para Darkwood ou começando a estudar aqui: seja bem-vindo. Todos vocês estão aqui porque são extremamente inteligentes. E talentosos de muitas formas. Nosso corpo estudantil inclui atletas de ponta, músicos clássicos, romancistas publicados e até um ator de sucesso de Hollywood.

Como se tivesse ensaiado, Archer se levanta e faz uma pequena mesura.

— Feliz por representar a escola, senhor — ele diz, antes de voltar para o seu lugar. Os alunos aplaudem e riem, se divertindo com a cena de Archer. Então o barulho se aquieta novamente.

— Alguns de vocês vêm de famílias que ocupam nossas salas há gerações. Seus tataravôs e tataravós talvez tenham andado por esses corredores com orgulho, e agora vocês têm essa mesma honra e privilégio. Vocês têm a oportunidade de cumprir as expectativas deles. Ou, devo dizer, ultrapassá-las. Deus sabe que a maioria de vocês vai tentar.

O sorriso some dos lábios de Ransom.

— Os alunos que estão voltando das férias sabem que, pra ter sucesso na Darkwood, seus talentos não podem ficar adormecidos. Vocês precisam se superar. Precisam ter sucesso. Precisam transcender. — Aceno com a cabeça, sentindo a ansiedade fervendo dentro de mim mesmo que eu não queira. Não posso negar que Ransom está certo quanto ao que importa para ele e para todos nós.

— Sei que hoje é um dia importante e que todos estão ansiosos pra que eu siga com o programa. Mas, antes, não seria prudente que eu ignorasse as peculiaridades desse tremendo dia, tanto para a história de nossa escola quanto de nossa nação.

Ransom faz uma pausa. Consigo sentir todo mundo à minha volta se endireitando um pouco na cadeira. Não estamos ansiosos para ouvir o que ele vai dizer, estamos desesperados.

— Os seis colegas que se juntarão hoje à nossa classe do terceiro ano são indivíduos altamente inteligentes e talentosos, como vocês. Não tenham dúvida de que eles correspondem aos padrões da Darkwood para admissão, e muito bem. O fato desses alunos virem de uma origem diferente da de vocês e de que a existência deles seja uma espécie de fenômeno científico não vai impactar no modo como serão tratados nesta escola. Eles merecem toda a consideração e respeito quando se trata de sua segurança e privacidade.

A imprensa concordou em manter suas identidades em segredo até que façam dezoito anos, a menos que eles escolham ir a público antes disso. Se alguém na Darkwood revelar a identidade desses alunos de qualquer forma, isso será motivo para expulsão imediata. Além disso, haverá sérias consequências legais.

Todo mundo respira fundo ao mesmo tempo. Ransom está nos pedindo para proteger os Similares do mundo lá fora.

— Começaremos agora a cerimônia das chaves — Ransom diz. — Sr. Park?

O sr. Park sobe no palco com uma caixa de charutos nas mãos. A caixa está fechada e sua fechadura brilhante, trancada, mas sei o que há lá dentro: seis chaves, douradas e antigas, como as que costumavam abrir as portas dos quartos da Darkwood décadas atrás. Ponho a mão sobre o meu pescoço, onde há um cordão com uma chave igual às da caixa. Programada para abrir a porta da frente do Cipreste e do meu dormitório, a chave é lida por um sensor instalado na maçaneta que verifica minha identidade através do contato com a minha pele. Chaves são dadas para cada novo aluno da Darkwood no primeiro dia de aula, além de um aviso solene: elas são insubstituíveis.

— Nesta caixa estão seis chaves da escola — Ransom explica. — Cada uma pertence a um novo membro da turma do terceiro ano da Darkwood. Não tenho dúvida de que todos sabem que, embora não seja comum, a transferência de alunos para cá não é algo inédito. Contudo, seis novos alunos do terceiro ano ao mesmo tempo é certamente um recorde, e foi preciso alguma criatividade por parte do comitê de alojamento. Mas não se preocupem, nenhum de vocês vai precisar acampar na rua — acrescenta o diretor Ransom, provocando uma risada leve dos alunos. O sr. Park abre a caixa e revela as seis chaves. — Alunos do primeiro ano, vocês receberão suas chaves imediatamente após esta assembleia, então fiquem sentados. Quando receberem suas chaves, coloquem-nas em volta do pescoço e não as removam pelas primeiras doze horas, assim o sistema terá tempo de inicializar. Agora, a primeira chave.

Pru estende o braço e agarra minha mão, enfiando suas unhas na minha palma quando a aperta. Não sei dizer se ela está animada, nervosa por Pippa, ou se simplesmente reconhece o quão importante este momento é.

— Bem-vindo à Darkwood, Jago Gravelle. Por favor, dê um passo à frente para receber a sua chave. — Trezentos e cinquenta e sete pescoços se inclinam para ver o primeiro Similar sair do banco da frente da capela. Deve ser lá que os clones estão sentados.

O garoto se aproxima do diretor Ransom. É o Similar de Jake, foi ele que vi perto do lago — o garoto de cabelo preto e expressão sofrida. Ouço uma risada abafada vindo do banco onde o Jake original está sentado. Os amigos dele o cutucam e devem estar, sem dúvida, lhe dando cotoveladas nas costelas. Não consigo ver o rosto de Jake. Fico só imaginando se ele está dando seu sorriso de sempre e, se sim, o quão forçado esse sorriso é.

Jago aperta a mão de Ransom e se inclina para a frente para que o sr. Park possa passar o cordão com a chave por seu pescoço. Solto a respiração que nem sabia que estava prendendo. *Você sabia do Similar de Jake*, eu lembro a mim mesma. *Já estava esperando ver esse tal de Jago.*

— Jago Gravelle — Ransom continua —, repita comigo: eu juro fidelidade à Academia Darkwood. Prometo guardar os quatro princípios fundadores da escola: Lealdade. Excelência. Inclusão. Identidade.

Jago repete os votos com confiança. Assim que termina, o corpo estudantil irrompe em aplausos e conversas.

— Ele tem um sotaque britânico? — pergunto num sussurro.

Pru faz que sim.

— Pippa também. Acho que todos eles têm. O dela é charmoso, mas esse Jago é meio gato, né?

Eu definitivamente não estava esperando o sotaque. Mas, claro, ele não cresceu nos Estados Unidos. Foi criado em uma ilha isolada no meio do oceano. Faz sentido que não soe como nós.

Em seguida, o diretor Ransom apresenta a Similar de Tessa e percebo que, embora todos os Similares estejam no terceiro ano, seus originais estão no último. A não ser Pru, que está no terceiro também. Deve ser por causa da data de aniversário deles e pelo fato de que os Similares são pelo menos nove meses mais novos que seus originais. O aniversário de Pru é em outubro, o que explica como seu clone está no mesmo ano que ela, e não um atrás. Aposto que o aniversário do clone é por volta de julho.

— Bem-vinda à Darkwood, Theodora Gravelle — Ransom diz. A garota avança, hesitante, como se não estivesse confortável. Por instinto, procuro Tessa. Eu a encontro três filas à frente. Madison está sentada ao lado dela, sussurrando no seu ouvido. Madison deve estar com raiva por Tessa não ter mencionado sua Similar hoje de manhã, quando elas se encontraram na entrada da escola.

Theodora Gravelle repete o juramento e aceita a chave, retornando ao seu lugar tão discretamente quanto se levantou. A capela já não está silenciosa. Os alunos não conseguem evitar sussurrar. Um Similar de Jake. Uma da Tessa. *Quem serão os próximos?*

— O nome deles começa com a mesma letra — Pru sussurra. — Você notou? Tessa e Theodora. Jake e Jago. Prudence e Pippa. Achei que o nosso era coincidência, mas agora... É como se alguém tivesse planejado.

Eu não tinha notado, mas ela está certa. A pessoa que deu nome aos Similares — quem quer que seja — deve ter planejado que eles tivessem outro laço com as pessoas de quem foram originados. De quem foram *copiados*. Até seus nomes são uma lembrança de que compartilham DNA com outra pessoa.

Falando em Pippa, o diretor Ransom apresenta a Similar de Pru — Pippa Gravelle.

— Sei que ela é seu clone, mas ainda estou impressionada com o quanto ela é igual a você — digo, um pouco abismada.

— Se eu me desse ao trabalho de usar maquiagem ou pentear o cabelo — Pru brinca. Ela faz um joinha e acena para a sua Similar.

Em seguida vem o Similar número quatro, uma réplica de Archer de Leon. Enquanto o Similar de Archer sobe no púlpito, noto os amigos de Archer dando tapinhas em suas costas, o que me parece estranho. Archer não *fez* nada para se tornar a amostra de DNA de outra pessoa, o que não é nenhuma novidade. Ele vive sendo ovacionado simplesmente por existir.

O Similar de Archer se chama Ansel, e, embora tenha a bela aparência de seu original, a semelhança para por aí. Ansel se move de forma esquisita até ficar ao lado do sr. Park. Ele vira de costas para nós enquanto recita o juramento da

Darkwood, murmurando-o tão baixo que não conseguimos ouvir uma palavra sequer. Fica evidente que ele é tímido, ou, pelo menos, tem medo de palco. Seja lá o que for, ainda assim a maioria das meninas na capela está dando risinhos só de olhar para ele. Não estou surpresa. Até as alunas mais brilhantes do país ficam de pernas bambas na presença de Archer. Por que seria diferente com Ansel, que é igualmente bonito, ainda que um pouco desengonçado?

O diretor Ransom apresenta o próximo Similar, e estreito os olhos para ver melhor. Cabelo loiro. Um rosto familiar e simétrico... É Madison, só que não a verdadeira. Então Madison estava falando a verdade. Ela tem um clone. Mas ela não tinha dito que sua Similar não viria para Darkwood? Que a família tinha subornado a Similar para ficar longe porque, se ela frequentasse esta escola e o público descobrisse, seria o suicídio político da sra. Huxley? Se bem que Ransom disse mesmo que apresentaria seis Similares à escola, não cinco. Pelo que parece, o clone de Madison acabou se matriculando na Darkwood, no fim das contas.

Eu me viro para encarar Madison, a original, e ver a expressão de traição estampada em seu rosto. Madison se levanta de um salto. Tessa agarra seu braço e a puxa de volta para o banco. Meu olhar volta para Madison, o clone. O diretor Ransom a apresenta como Maude, e, embora ela contraia os lábios do mesmo jeito de Madison, seus olhos... são diferentes. Vazios. Quase feridos. Ainda assim, ela tem uma postura feroz e determinada. Maude transmite confiança quando faz seu juramento. Ela não sorri, nem um pouco.

Pru assobia por entre os dentes.

— Coitada. A Maude provavelmente não faz ideia que sua original é... bom, meio que uma vaca.

Maude se inclina para aceitar sua chave e fico imaginando como deve ser estar na pele dela. Como será que é ser qualquer um desses clones? Ter sua própria existência como um experimento e então ser depositado aqui na Darkwood para o que só pode ser descrito como um estranho experimento social?

— E, agora — o diretor Ransom continua —, nosso último aluno novo. Bem-vindo à Academia Darkwood, Levi Gravelle. Por favor, venha aceitar sua chave.

— Cadê ele? — Pru sussurra. Inclinamos o pescoço para ter uma vista melhor da figura se movendo em direção ao púlpito. Não consigo ver muita coisa daqui. Nada em seu tamanho ou porte chama atenção. Ele tem estatura média e um cabelo meio longo que cobre o que podemos ver do seu rosto. Estreito os olhos para dar uma olhada em suas feições e percebo Pru ficar tensa ao meu lado. Ela agarra meu braço e aperta com força, muita força.

— Ei — sussurro, me virando para olhar para ela. — Por que você está…?

Ela parece chocada. Petrificada. Como se tivesse visto um fantasma. Eu me viro de volta para a frente, confusa.

O garoto se inclina para a frente, aceitando a chave que o sr. Park coloca no seu pescoço. Não consigo distinguir de que aluno ele é uma cópia. Cabelo castanho, porte médio — ele poderia ser o clone de qualquer garoto do terceiro ou quarto ano. É só quando ele se ergue que vejo seu rosto.

E é o rosto de Oliver.

LEVI

O Similar, aquele com o rosto de Oliver, recita o juramento prometendo fidelidade à Academia Darkwood. Ele aperta a mão de Ransom e, em seguida, a do sr. Park. Ele sorri para os dois e o sr. Park fecha a caixa de metal. Vejo tudo acontecer, mas é como se eu estivesse olhando pelo lado errado de uma luneta. Vejo as coisas acontecendo, mas não acredito.

O garoto é Oliver, mas não é. Ele é e não é. Eu me pego tentando dar sentido a isso. Não consigo.

O Similar tem o queixo de Oliver. Tem sua franja comprida, seu nariz familiar e seu sorriso arrogante. Ele tem cada traço que Oliver tem — *tinha*.

Tirando as memórias. Nada do *conteúdo* das nossas vidas, do que faz de nós um *nós*. Esse menino não tem nada disso, ele não conhece nada disso. Porque Oliver está morto e esse, definitivamente, não é ele. Essa pessoa é uma casca do meu melhor amigo. O mesmo por fora, mas não por dentro. Ele não sabe que Oliver e eu passamos a oitava série vendo todos os filmes na lista de 100 Melhores Filmes Americanos da AFI, começando por *Cidadão Kane* e terminando com *Ben-Hur*. Ou que colocávamos mostarda na pipoca. Ele não sabe que Oliver me entendia tão bem que nunca precisava perguntar como eu estava. Esse cara não sabe nada disso.

Oliver tem um clone.

É impossível. E, ainda assim, ali está o garoto, parado na minha frente, tão real quanto o resto dos Similares.

— Alguém sabia? — Pru pergunta, sua voz soando vazia. — Os pais de Ollie não falaram nada pra você, falaram? No funeral ou…?

Sacudo a cabeça.

O resto da assembleia sai de foco. Meu olhar não desgruda desse Similar, desse *não* Oliver, desse *Levi*, enquanto ele se junta aos outros.

— Antes de nos separarmos para a cerimônia das chaves do primeiro ano — o diretor Ransom diz, dando um ar solene à sua voz —, eu gostaria de homenagear a vida de um aluno que já não está mais entre nós. Por favor, tirem um momento para fazer um tributo a um amado membro da nossa comunidade, Oliver Ward. Cineasta talentoso, colega cuidadoso, Oliver fará muita falta. Embora ele tenha falecido no início do verão, a volta de vocês à escola pode dar vazão a algumas emoções complicadas, dada sua ausência. Por isso, terapeutas estarão aqui durante a primeira semana de aula e organizaremos um workshop de prevenção ao suicídio durante as próximas semanas para conscientizar as pessoas a respeito dos sinais de alerta de suicídio, que é a terceira maior causa de morte entre adolescentes, uma tragédia de partir o coração. Por favor, saibam que nós, os professores, a administração e todos na Darkwood estamos aqui caso precisem conversar. E, agora, um momento de silêncio em homenagem a Oliver.

Sinto a faca serrilhada se enfiando bem fundo. Olho em volta para os meus colegas; todos os 357 estão com a cabeça inclinada em um tributo silencioso a Oliver. Trezentos e sessenta e três, incluindo os Similares. De onde estou, não consigo ver os clones, mas deduzo que estejam seguindo as instruções do diretor Ransom. O que será que *ele* está fazendo? Será que Levi consegue apreciar a ironia deste momento? Ele é apresentado à escola, então nos lembramos de que Oliver a deixou. Parece uma piada cruel. Aprecio os terapeutas do luto e as medidas que a escola está tomando para prevenir outras mortes — mas o que eu poderia dizer para um pobre e inocente terapeuta? Meu melhor amigo morreu, mas pode ficar tranquilo? O clone dele está aqui?

Um minuto depois, Ransom interrompe o tributo. Sessenta segundos. É só isso que vale a vida de Oliver? Oliver, que foi a única criança a falar comigo na terceira série, quando eu era a menina nova na nossa escola de ensino fundamental lá na Califórnia. Ele era o menino que sentava comigo na hora do almoço e me dava metade de seu sanduíche de manteiga de amendoim com banana. Ele sabia meu maior medo nessa vida: que todo mundo fosse me deixar. Ele sabia que, se minha casa pegasse fogo, a primeira coisa que eu salvaria seriam os scrapbooks antigos da minha mãe. A morte de Oliver foi um choque tão grande para mim quanto foi para todo mundo. Embora eu tenha me torturado pensando nisso desde então, me perguntando se perdi algo que poderia tê-lo salvo, não *houve* sinais de alerta que eu tenha visto.

— Novos alunos, por favor, sigam o sr. Park pela saída lateral da capela para terem seus quartos designados — o diretor Ransom orientou. Observo os Similares fazerem uma fila atrás do sr. Park, Maude na frente e Levi por último. Mal presto atenção no que mais Ransom diz, apenas percebo que ele dá instruções banais para o resto do dia, nos dizendo para desfazer as malas e se apresentar pro jantar. Vamos em direção à saída e abro caminho por entre os meus colegas. Preciso sair do prédio o mais rápido possível. À minha volta, alunos dissecam a assembleia. Alguns chamam Ransom de radical por ter convidado os Similares para Darkwood. Alguns o chamam de sábio e progressista. Outros o chamam de visionário. Ainda há os que o chamam de louco.

Luto para abrir caminho enquanto subo o corredor, deslizando por entre grupos de colegas. Ouço Pru me chamando, mas não paro. Estou em uma missão.

Lá fora. Ar.

Passo por Jake Choate e então por Madison, dizendo com raiva que sua Similar vai pagar por ter aparecido aqui quando seus pais lhe disseram explicitamente para não o fazer.

Finalmente do lado de fora, recebo o ar fresco de Vermont nos meus pulmões ao inspirar fundo. É quando vejo a Similar de Madison — Maude — falando em voz baixa com Jago. Jago, que é uns trinta centímetros mais alto que Maude, se inclina e a beija.

Eles são um casal? Estou surpresa. Pensei que os Similares fossem como irmãos. Mas agora percebo que essa foi uma conclusão ridícula. Por que não poderiam formar casais? Eles não são geneticamente ligados uns aos outros. E com suas cores de cabelo e tons de pele diferentes, que demonstram as diversas origens de seus DNAs, eles não poderiam se parecer *menos* com irmãos e irmãs biológicos. O que eles têm em comum é o sotaque britânico — resultado de sua criação isolada — e uma infância compartilhada.

Archer e Ansel estão juntos à minha direita. Ansel parece tão estranho perto do seu *doppelgänger*. Pessoas se reúnem em volta deles, provavelmente tentando chegar perto de Archer. Não paro para ver. Em vez disso, corro. Pego o remédio no meu bolso e o enfio na boca, engolindo com força.

Oliver tem um clone. Oliver, que morreu há menos de três meses, tem uma réplica perfeita de seu DNA. E essa réplica está aqui, na Darkwood, usando o rosto de Oliver como se tivesse esse direito. Andando por aí com o corpo de Ollie, sendo um lembrete vivo de tudo que perdi.

Sigo até a margem mais distante do Lago Dark, deixando meus colegas e os Similares para trás. Quando o céu começa a passar do azul para o cinza de um hematoma velho, chego a uma clareira e meus pés tropeçam, me freando. Não faço ideia de por quanto tempo corri, talvez minutos, talvez mais. Volto em direção à capela, respirando fundo enquanto tento me acalmar. É então que tenho uma sensação — não estou sozinha. Há mais alguém aqui.

Eu congelo, os pelos na minha nuca se arrepiam.

Uma figura sai de trás de um carvalho.

É Levi.

Vê-lo aqui, agora, me deixa sem reação.

Quero puxá-lo para mim e abraçá-lo, deixando que o calor de Oliver me envolva. Mas tudo seria falso. Uma farsa. Um truque.

Esta pessoa, este *Levi*, cruza seu olhar com o meu. Sua camisa branca é larga sobre seu corpo musculoso. Ele é mais atlético do que Oliver era.

Oliver era esguio, magro. Este garoto é firme. Seu corpo é forte. Eles são diferentes e, ainda assim, tão dolorosamente iguais.

Encarar o rosto dele é como uma tortura, mas não consigo desviar os olhos.

— Não me diga — ele diz com um sotaque britânico que parece errado na sua boca, na boca de *Oliver*. — Sou igualzinho a ele.

STRATUM

— **Seu melhor amigo,** Oliver. Sou a cara dele, não sou? — Levi fala tão casualmente, como se ele não soubesse o quão dolorosas suas palavras são. — É de morrer... Desculpa. Saiu sem querer.

Antes que eu consiga me impedir, estendo a mão e bato em Levi, um tapa bem no rosto de Oliver. Ele o roubou, afinal de contas. Não é dele. Esse garoto não pode ficar com ele.

Na minha visão periférica, percebo que um conjunto de outros alunos se formou em volta de nós. Não estou surpresa por termos público. O pessoal da Darkwood é atraído por drama como mariposas para a luz. Não sei como nos acharam tão rápido, e não estou nem aí. Algo tomou conta de mim — fúria ou raiva ou insanidade. Apesar do público, eu me jogo sobre Levi, arranhando, puxando e tentando arrancar seu rosto. Levi me afasta e tropeço ligeiramente para trás.

— Eu te odeio — digo, cuspindo enquanto me curvo, tentando recuperar o fôlego. Sei que as palavras são infantis e patéticas, mas são tudo que tenho.

Levi me observa como se eu fosse um animal raro.

— Você sempre julga assim tão rápido gente que acabou de conhecer? Ou sou só eu?

— Só você — respondo, deixando que meus olhos flutuem pela multidão. Não conheço a maior parte desses alunos, mas noto os rostos de Theodora, Maude e Jago. Sei que são eles e não seus originais pelas roupas e expressões rígidas e solenes.

— Levi — Maude avisa, sua voz soando autoritária e controlada. Levi não olha para ela. Seu olhar está colado em mim.

— Não quero te ver — digo, finalmente.

— Então vá embora. — Levi dá de ombros. — Duvido que alguém vá se importar. — Ele aponta para nosso público, como se os convidando a confirmar sua afirmação.

— Acho que você não entendeu — digo, bufando. — Você não pode ficar aqui. Não pode andar por aí com esse rosto. Não é certo.

Os cantos da boca dele se curvam para cima, e ele ri um pouco. É difícil entender como posso simultaneamente amar e odiar tanto um único rosto.

— Se você está pedindo para eu usar uma máscara de esqui, cheque o manual da Darkwood — Levi diz. — Página 137. Código de vestimenta. Segundo parágrafo, quarta linha. Item proibido número 42: máscaras de esqui ou outras máscaras que cubram o rosto.

Item proibido número 42? Esse garoto está falando sério?

— Isso não está no código de vestimenta. Você está inventando.

— Você pode provar, Emma? Além do mais, uma máscara de esqui com certeza é inapropriada para se usar em sala de aula, seja ela contra o código ou não.

— Não estou te pedindo pra usar uma máscara de esqui. Estou te pedindo pra não estar aqui. Não quero nunca mais te ver ou te ouvir. Então se você precisar se esconder nas sombras ou sair dessa escola ou saltar do Ponto de Hades, faça o que for preciso. Só. Não. Exista.

Vou embora. Sem olhar para Maude ou Theodora ou Jago ou qualquer outro, vou embora. E, enquanto o faço, ouço sussurros. Algumas pessoas estão dizendo que fiquei louca. Outras não me culpam pela minha raiva.

— Aquele Levi é frio — sussurra uma garota para suas amigas. Passo por ela, lutando contra as lágrimas nos meus olhos. — Como alguém pode ser tão sem coração?

Outro grupo de alunos acha que os Similares sofreram abuso, ou foram atormentados, ou, no mínimo, passaram por uma lavagem cerebral.

— Você viu aqueles dois, os que parecem Jake e Madison? Eles são um casal — um garoto alto e magro diz. — Eles cresceram como uma família. É antinatural, se você quer saber.

Preciso sair daqui. Preciso ir para o meu quarto, onde posso ficar sozinha. Quando chego no Cipreste, o sol já está quase se pondo. Subo na cama.

— Dash, mande um buzz para o meu pai, por favor.

A voz de Dash ressoa.

— Eu mandei, mas ele não está disponível.

— Que surpresa — resmungo.

— Você quer deixar uma mensagem para ele, Emma?

Paro para pensar. O que quero dizer para o meu pai, afinal de contas? O que ele pode fazer a respeito de Levi? A respeito de tudo isso?

— Claro, ok. — Eu me embrulho no meu edredom. Estou tremendo.

— Querido pai, esse buzz vai ser péssimo, então vou falar de uma vez. A sensação é de que Oliver morreu de novo hoje. Ele tem um clone. Um Similar. Uma pessoa chamada Levi. Ah, me... não conta pra ninguém. Lembra que a gente assinou aquele termo de confidencialidade antes das aulas começarem? Nós devemos manter a identidade dos Similares em segredo. De qualquer forma, sei que você provavelmente vai me dizer pra ser forte, mas eu não consigo... Posso ir pra casa? Por favor, agradeça Genevieve por ter mandado minhas pantufas. Com amor, Emma.

— Oliver tem um clone? — Dash se intromete. — Ah, Emma. Quando você descobriu? Quando isso aconteceu?

— Dash — interrompo, mais ríspida do que desejava. — Não quero falar sobre isso.

— Claro, Emma. Não quis me intrometer. Essa notícia é inesperada. É muita coisa para processar. Preciso admitir que está me deixando triste.

Ótimo. Até meu Ameixa sente pena de mim. Não lembro quando começou, mas Dash tem demonstrado mais emoções ultimamente, lidando com vários sentimentos humanos. Deve ser tudo parte da programação dele, mas ainda assim. Confio nele para ser a minha rocha. Eu não sei se gosto dessa versão nova e melhorada do meu robô.

— Obrigada, Dash — suspiro. — É só isso.

Engulo mais um comprimido e vou dormir, mesmo sendo apenas seis da tarde, e, por algum milagre, ou talvez porque os remédios estão fazendo seu trabalho, não tenho sonhos.

No refeitório, naquela noite, eles se sentam juntos: Jago, Ansel, Maude e Theodora. E, claro, Levi está lá também. Não consigo ver o rosto dele enquanto Pru me guia para o refeitório, mas queimo por dentro só de saber que ele está lá.

É exatamente por isso que eu queria ficar no meu quarto, na cama, com a porta bem fechada. Mas Pru me acordou depois de apenas meia hora de cochilo e me arrastou para cá.

— Por que você não me deixou ficar na cama até de manhã? — Meus pés parecem chumbo enquanto sigo minha companheira de quarto até a fila da comida. Pela primeira vez eu tinha conseguido pegar no sono sem ficar me revirando. Quem sabe até tivesse conseguido dormir duas horas inteiras antes de acordar toda suada, como sempre, pensando em Oliver... e, agora, em Levi.

— Não — Pru responde. — Eles vão anunciar os strata hoje. Não posso deixar você dormir em uma das noites mais importantes da sua carreira no ensino médio!

— Isso é o que você diz — respondo com um suspiro. Ela está certa, é claro. Esta noite é importante para o terceiro ano. Vamos descobrir nossa posição e se faremos parte dos Dez.

— Mil perdões por me preocupar contigo — Pru acrescenta —, mas você precisa comer. Vamos lá, vamos pegar um pouco de bife *in vitro*.

O refeitório da Darkwood é de outro tempo, outro mundo. Grandes mesas de madeira cruzam o espaço retangular, e sobre cada uma há um lustre. A única parte da sala que não faz questão de deixar claro como é do século passado é o espaço de exibição multidimensional com 2,5x2,5 metros que fica no alto da parede dos fundos, projetando feeds que são nosso principal laço com o mundo fora do campus. Claro, tudo que aparece lá é censurado por Ransom. Ele decide quais feeds vemos e quais não, então tenho certeza de que as coisas passando agora — uma recapitulação da chegada dos

Similares na Darkwood, ou o pouco que o mundo sabe sobre isso — foi severamente vetada.

Tiro meus olhos dos feeds e entro na fila do bufê. Opções do dia: lasanha ou ensopado, ambos com a carne *in vitro* que Pru mencionou. Ela pode até ser vendida como mais barata e menos cruel, já que é cultivada em laboratório, mas com certeza não é mais saborosa. Enquanto pego um prato, escuto duas garotas do primeiro ano sussurrando atrás de mim sobre como eu era a melhor amiga de Oliver Ward. Sobre como ataquei o clone dele.

Será que Levi consegue me ver? Ele não se virou ou demonstrou perceber que estou aqui. Com certeza Maude ou Theodora o avisaram que eu cheguei. Espero que sim e que ele se sinta mal com isso.

— Me diga se tem algo que eu possa fazer — Pru diz, colocando lasanha em seu prato. — Você sabe... pra ajudar.

— Obrigada, mas não consigo pensar em nada. A menos que você possa rearranjar átomos. Mais especificamente, os átomos no rosto de alguém.

— Acho que não vamos tão longe em física avançada — ela responde. — Mas eu vou checar o cronograma.

Ofereço um sorriso forçado à minha amiga.

— Obrigada. Ei — digo, ansiosa para mudar de assunto —, cadê a Pippa?

Não vi o clone de Pru sentada com os outros. Meu olhar volta para a mesa deles, e estou certa. Nada de Pippa.

— Ela queria sentar comigo. Com a gente. Tudo bem? — Pru pergunta.

Dou de ombros.

— Claro. — Não digo a Pru que estou ansiosa para falar com Pippa e descobrir o quanto ela e minha colega de quarto se parecem uma com a outra. Não na aparência, óbvio, já que vi Pippa antes e sei que ela e Pru são idênticas, exceto por pequenas diferenças. Mas quão parecidas são suas personalidades. Seus interesses. Seus jeitos. Passo os olhos pela sala em busca de Pippa e meu olhar cai na mesa dos Similares de novo. Só agora noto que não sou a única encarando. Pessoas de quase todas as mesas estão olhando os Similares, embora muitos tentem disfarçar. Com os clones sentados juntos assim, é como se a Darkwood tivesse uma segunda panelinha popular. Seus originais — Madison, Jake, Tessa e Archer — também estão sentados em sua mesa de sempre, cercados por seus fãs leais. Esses quatro sempre foram a realeza da Darkwood, com outras pessoas chegando a extremos para tentar entrar no grupo deles. Embora ainda tenham seguidores fiéis, todo o resto está bem mais interessado nos Similares.

Quando Pru e eu passamos pela mesa dos originais, a voz de Madison se projeta por cima do zumbido da multidão, como se ela *quisesse* que as pessoas a ouvissem.

— Eles não são *celebridades*, Archer. São aberrações. Tem uma grande diferença.

— Cuidado — ele provoca. — É do meu irmão que você está falando.

Madison fica boquiaberta.

— Seu irmão? Você só pode estar brincando. Ansel não é seu irmão, ele é um erro genético...

— Não sei, Maddy. Eu estou bem feliz por ele ter aparecido. Tenho três irmãs menores. Claro, eu e meu pai mantemos as coisas bem equilibradas lá em casa, mas eu mal posso esperar pra esse Ansel vir me visitar. Vamos totalmente ter vantagem na Casa de Leon.

Jake desdenha.

— Fale por você. Jago pode ter o DNA Choate, mas ele *não* se encaixa na minha família. Ele fica sempre lendo. É como se não soubesse que feeds existem.

— Vamos — Pru diz, batendo no meu quadril com o dela. — Vai que esse jeito arrogante do Jake é contagioso.

— Tarde demais — murmuro enquanto sigo Pru para uma mesa muito próxima tanto dos Similares quanto de seus originais. Ponho minha bandeja na mesa.

— Concordo. Acho que estou gripada — Pru brinca. — Talvez eu precise faltar aula. — Ergo os olhos e a vejo acomodada na minha frente. *Como ela se sentou tão rápido?*

Só que não é Pru. É Pippa.

Observo Pru — a minha Pru — se sentar no banco ao lado da sua Similar. Levo um momento para me acostumar a ver as duas juntas.

— Emma, essa é a Pippa — Pru nos apresenta. — Pippa, Emma.

Encaro Pippa. Não consigo evitar. Ela é tão parecida com Pru e ainda assim tão diferente. Enquanto Pru está em seu uniforme de ginástica, Pippa veste um cardigã cinza comportado e o dourado de sua chave aparece pela gola da blusa.

— Olá — Pippa diz. Sua voz é tranquila, mas reservada.

— Os dez piores dias da sua vida até agora, Pippa. Valendo — digo. Eu me sinto uma tonta assim que as palavras saem da minha boca. — Desculpa — murmuro, encarando minha bandeja. — É que eu estava pensando se o dia de hoje entraria na lista. Porque, sabe, com certeza vai entrar na minha... — Sei que arruinei a primeira impressão que Pippa teve de mim. Ela deve achar que eu quis dizer que meu dia foi ruim por causa dela e sua chegada na Darkwood. Como ela

OS SIMILARES

poderia saber que só estou fazendo o que posso — *tudo que posso* — para esquecer o garoto do outro lado do refeitório?

Pippa belisca seu pão e presto atenção em seus dedos: esguios, cutículas bem-feitas, nada de esmalte. Ela é obviamente o tipo de pessoa que cuida bem de si mesma, mas que rejeita as modas atuais.

— Acho que pode ser um dos dez dias mais estressantes e ruins da vida dele — ela diz.

Quase engasgo com uma colherada de ensopado.

— Desculpa. Você está falando *dele*? — Eu me viro, apontando para a mesa dos Similares.

— Levi? — Pippa responde. — Sim, acho que Levi está se sentindo qualquer coisa menos feliz hoje. Ele não pediu pra ter o rosto do seu amigo Oliver. Nenhum de nós pediu por isso...

— Pippa — Pru começa.

— Tudo bem — interrompo. — Acho que a Pippa vai entender quando eu disser, diplomaticamente, é claro, que eu me reservo o direito de, com todo o respeito, não dar a mínima para o que quer que Levi esteja sentindo hoje, ou qualquer outro dia que seja.

— Eu entendo, sim — Pippa diz. Sua expressão permanece calma. — Não sugeri que você deveria se sentir diferente. Só mencionei pra dar um contexto. Por mais que meu dia possa estar sendo desconfortável, o do Levi tem sido bem... mais merda.

Estou prestes a responder quando uma voz ressoa pelo refeitório. Ela pertence à vice-diretora Fleischer. Embora Ransom, como diretor, seja o líder estratégico da Darkwood e a ponte com a administração, é Fleischer quem supervisiona nosso dia a dia. Ela está no outro lado da sala e há um microfone preso em seu blazer. Magra, ossuda e impassível em sua autoridade, a vice-diretora vive com o propósito único de nos disciplinar. A maior parte de nós evita interagir com ela a qualquer custo.

— Atenção, darkwoodianos — a vice-diretora Fleischer anuncia em seu tom grave que exala a rigidez.

Ela não precisa pedir duas vezes. Quase todo mundo no refeitório para de conversar. Está claro que o momento chegou. Vamos descobrir nossa strata.

— Três semanas atrás — Fleischer continua —, já no fim das férias de verão, os membros da turma do terceiro ano fizeram uma prova. Os resultados dessa prova irão determinar sua posição individual, ou stratum, como chamamos aqui na Darkwood. Seu stratum ficará entre um e noventa, com um sendo a pontuação mais alta e desejável e noventa sendo a mais baixa e menos desejável. — A vice-diretora se vira para deliberar com os outros professores enfileirados atrás dela, e Pru aproveita a oportunidade para contextualizar Pippa.

— Os cinco primeiros strata são automaticamente iniciados nos Dez — Pru explica.

— Os Dez? — Pippa pergunta.

— A sociedade de elite da Darkwood. Os cinco melhores do terceiro ano no ano passado, que agora estão no quarto ano, ficam para serem mentores dos novos membros desse ano. Madison e Tessa estavam no ano passado, então é por isso que elas estarão de novo.

— É também por isso que elas acham que são o maior presente de Deus para a humanidade — acrescento.

— O que os Dez fazem? Pra que serve? — Pippa questiona.

OS SIMILARES

— Boa pergunta — digo. — Segundo a escola, os membros dos Dez são embaixadores da instituição. Eles devem ser o modelo de comportamento que a administração quer ver em nós... blá, blá, blá. Mas é só isso que eu sei. Tudo o que acontece nas reuniões é *secreto*. A menos que você consiga um lugar nos Dez, nunca vai saber de verdade.

— Você e seus... não sei se posso chamá-los de seus amigos, mas vocês fizeram a prova, não fizeram? — Pru pergunta a Pippa.

— Acho que sim — Pippa responde. — *Teve* um exame que tivemos que fazer antes de virmos para os Estados Unidos. Deve ter sido isso.

Olho em volta do refeitório, onde todos os alunos do terceiro ano estão ou suando em bicas ou tentando parecer desinteressados. Mas a verdade é que todos nós estamos pelo menos um pouco curiosos com os stratum. Até eu — embora não seja com a minha própria posição que eu esteja me importando. Só estou curiosa para ver como as coisas vão se desenrolar hoje. Para os outros, esse anúncio é muito mais significativo. Sarah Baxter, uma garota miúda empoleirada na mesa de Madison, arruma o cabelo. Ela foi explícita sobre querer entrar para os Dez desde que chegou na Darkwood, e parece prestes a ter um ataque. Em uma mesa próxima, um aluno chamado Harrison Portwright sorri como se estivesse se preparando para encontrar uma porção de fãs.

— Harrison acha que entrou — Pru sussurra. — Sarah também.

— Então espero que os dois entrem. Não sei você, mas eu não poderia me importar menos em fazer parte desse grupinho esnobe. Além do mais, eles supostamente se encontram à meia-noite. Quem quer ir a uma reunião a *essa hora*? — acrescento.

Pru ri e se vira para sua Similar.

— Emma é literalmente a única aluna da Darkwood que acha isso. Todo o resto está desesperado pra entrar nos Dez, mas minha melhor amiga prefere *dormir*.

— Engraçadinha — respondo. Se ao menos Pru soubesse como ando dormindo pouco. Se eu entrasse nos Dez, acordar para essas reuniões não seria problema nenhum...

Nós três voltamos nossa atenção para a vice-diretora. Ela faz um sinal para alguns dos professores, incluindo o sr. Park, que estão segurando caixas com envelopes. Meus colegas parecem prestes a explodir de ansiedade. Enquanto os alunos do primeiro e segundo ano parecem aliviados por não terem precisado fazer a prova de stratum ainda, os do último ano parecem entediados, e alguns estão visivelmente irritados por terem que aguentar isso. Afinal, o destino deles foi selado ano passado, quando seu strata foi determinado. Darkwood ficou famosa por ser uma das primeiras escolas do país que deixou de ranquear os alunos do último ano, uma decisão que originalmente foi só uma tentativa da escola de ser diferente e se destacar. Foi uma forma de recompensar os alunos a partir de suas próprias capacidades, do jeito que os fundadores queriam. Desde então, muitas escolas seguiram a deixa. Mesmo assim, Darkwood não abandonou o stratum. Acho que porque os Dez são uma tradição muito antiga. Determinado no nosso terceiro ano, nosso strata é o único número que as faculdades verão.

— Não se enganem — a vice-diretora Fleischer continua. — O sistema de ranking da Darkwood é baseado em um teste altamente detalhado e minuciosamente construído, um teste que dá a cada aluno do terceiro ano a oportunidade de exibir sua inteligência, talento e habilidades. Todos os alunos do terceiro ano fizeram essa prova e todos eles tiveram a mesma chance de ficar entre os cinco primeiros.

— Inclusive os Similares? — Um garoto pergunta de algum lugar do outro lado do refeitório.

— Sim — Fleischer responde. Seu olhar se endurece enquanto ela analisa todos nós. — Até nossos alunos mais novos.

— Eu não me preocuparia com eles — Madison diz em voz alta. Todos nos viramos para encará-la, incluindo a vice-diretora Fleischer. — Darkwood é a escola preparatória mais famosa do país. Poucas chegaram perto das nossas estatísticas para admissão em faculdades ou Bolsas Nacionais de Mérito. Estar aqui significa que você é especial. E, se você é um dos Dez — ela diz, avaliando seu público hipnotizado —, então é parte do nosso legado. Os Similares acabaram de entrar. Eles nem foram pra uma escola *de verdade* antes daqui, foram *educados em casa* — ela diz com desdém, como se fosse o pior destino imaginável. — Duvido que qualquer um deles chegue aos cinco melhores, ou até mesmo aos vinte melhores do terceiro ano.

Madison cruza os braços enquanto as reações correm pela multidão. Claramente alguns alunos concordam com ela. Outros não estão tão convencidos. Nem consigo olhar para Pippa do outro lado da mesa. Minhas bochechas estão queimando e não quero que ela veja o quão envergonhada estou. Quero dizer a ela que não concordo com Madison, que não compartilho nem um pouco de sua opinião. Mas antes que eu possa fazer isso, Fleischer, que está ignorando o ataque de Madison, segue em frente.

— Seus professores vão entregar envelopes com seus nomes. Dentro do envelope está seu stratum. Por favor, venha pegar seu envelope quando seu nome for chamado. Não, e eu repito, não abra seu envelope até todos os alunos da classe terem recebido um.

Nenhuma alma vai desobedecê-la. Segundo as lendas da Darkwood, uma vez um aluno abriu o envelope antes da hora e foi recolocado no nonagésimo stratum, perdendo seu desejado lugar entre os Dez.

Todo mundo inspira ao mesmo tempo quando os professores começam a abrir caminho pelo labirinto de mesas, chamando nomes e entregando envelopes aos alunos que se levantam para pegá-los.

Por um momento, eu me permito olhar para Levi.

Ele está comendo e é lento, quase metódico em como organiza sua lasanha no garfo, usando a faca como guia. Ele não ergue os olhos e evidentemente não está interessado no stratum.

Então, ele move a cabeça de leve e nossos olhares se cruzam. É exatamente como aqueles momentos em câmera lenta nos filmes. Só que, em um filme, esse tipo de coisa normalmente é o início de um romance, e definitivamente não é isso que está acontecendo aqui.

Nenhum de nós desvia o olhar.

— Emma — Pru me alerta —, estão te chamando.

Ela está certa. A vice-diretora Fleischer está chamando meu nome e quase deixei de ouvir. Por causa *dele*. Levanto rápido para pegar o envelope das mãos da vice-diretora, volto a me sentar e coloco a carta de stratum na minha frente, em cima da mesa. *Emmaline Chance* está escrito nele, em uma caligrafia elegante e antiquada. Pru é chamada alguns nomes depois.

Quando olho em volta do salão, vendo os últimos alunos pegarem seus envelopes, noto Levi pegar um livro e começar a ler. Estou longe demais para ver a capa, mas é um livro grosso de brochura. Ele se inclina para trás na cadeira, como se isso fosse normal, como se ele estivesse acima de todos nós, o clone de um menino morto que, mal tendo chegado à escola desse menino, casualmente *lê* durante um dos momentos mais tensos e esperados da Darkwood. Sinto um impulso de esmagá-lo até ele se sentir tão pequeno quanto eu me sinto.

— Algum aluno do terceiro ano *não* recebeu um envelope? — A vice-diretora Fleischer pergunta.

Ninguém responde.

— Bom. Deixe-me lembrá-los de que os cinco alunos no topo da classe terão o privilégio de se tornarem parte dos estimados Dez da Darkwood. Os alunos do último ano que foram iniciados nos Dez do ano passado seguirão como parte dos Dez como mentores, e Madison Huxley servirá como líder dos Dez nesse ano.

Meu olhar flutua para Madison, que reluz enquanto os alunos dão a ela um olhar de admiração e inveja.

— E, agora — Fleischer diz dramaticamente —, podem abrir seus envelopes.

O barulho de rasgo se espalha pelo refeitório com os alunos abrindo suas cartas. Ainda não abro a minha. Em vez disso, observo as reações dos meus colegas. Alguns estão devastados, outros, em êxtase.

Olho para Levi. Ele ainda está lendo, claramente nem aí para qualquer coisa que aconteça à sua volta, muito menos para o envelope à sua frente, sobre a mesa.

— Emma, pelo amor de Deus, como esse suspense não está te matando? — Pru provoca, empurrando meu envelope na minha direção.

Incapaz de negar que agora estou quase tão curiosa quanto todo mundo para saber como fui, volto minha atenção para o envelope e o rasgo.

Emmaline Chance. Stratum: 5

Sou a quinta da minha sala. Faço parte dos Dez.

LAGO DARK

Encaro o cartão com meu nome escrito. Não estou totalmente surpresa. No dia do teste de stratum, eu me forcei a afastar meu luto pela morte de Oliver e me concentrar só naquela tarefa. Aquelas quatro horas acabaram sendo um descanso bem-vindo do sentimento de faca no peito. Não me impressiona que eu tenha ido tão bem na prova.

Acho que eu deveria estar comemorando agora. Ou, pelo menos, eu deveria estar feliz de ter alguma notícia boa para contar ao meu pai — mas só consigo pensar *nele*. Não o olho de volta. Não quero vê-lo bancando uma de cavalheiro lendo aquele livro. Acho que ele nem se deu ao trabalho de abrir o envelope e ver em que posição ficou. Então, sinto uma pontada de culpa. A não ser pelo bloco de quatro horas durante o teste de stratum, Oliver ocupou todos os meus pensamentos desde que morreu. Estou irritada com as perguntas a respeito de Levi que ocupam minha mente. Estou irritada com *ele*. É exatamente por isso que disse para ele sumir. Porque a sua simples presença ameaça minhas memórias de Oliver.

— Quem quer compartilhar? — Pru pergunta, animada, interrompendo meus pensamentos. — Pippa? Emma? Uma de cada vez.

— Você conhece as regras, Pru. Ninguém precisa compartilhar seu stratum se não quiser — eu a lembro.

—Ah, por favor. Como se você ligasse para as regras. Vai passando — ela diz, esticando a mão para o meu envelope.

Hesito. Não é que eu não queira contar minha posição para Pru. É que nem processei o que isso significa. Não estou pronta para mostrar a ela. Ainda não. E então o projetor começa a piscar e sou salva de precisar respondê-la. Contudo, meu alívio dura pouco quando me lembro dos anos passados e do que acontece agora. Os nomes e rostos dos cinco primeiros colocados serão exibidos. *Ótimo.* Agora preciso ficar sentada aqui enquanto minha nota é revelada não só para Pru, mas para a escola inteira.

Em alguns segundos, um rosto aparece projetado, uma cabeça holográfica sorridente que roda no ar, dando a todos a oportunidade de encará-la.

É Madison. Mas ela é a líder dos Dez, então não pode ser ela... Não, é Maude — sua Similar.

A sala começa a zumbir. Olho para a mesa dos Similares e vejo os amigos de Maude a parabenizando, incluindo Levi, que baixou seu livro e está, surpreendentemente, interagindo. Na mesa dos originais, cercada pelo seu fã-clube, Madison parece prestes a assassinar alguém.

No espaço de exibição, palavras sobem em frente à imagem de Maude em uma fonte gigante.

MAUDE GRAVELLE. STRATUM: I

O rosto de Maude se dissolve e em seu lugar surge outro rosto familiar. Não Tessa, mas Theodora. Estou começando a ter uma estranha sensação de déjà-vu. Primeiro Maude, agora Theodora? Dois clones, com os dois primeiros colocados do terceiro ano?

Observo o nome de Theodora deslizar por cima da sua imagem junto com seu stratum.

— Uau — Pru diz para Pippa. — Seus amigos estão arrasando demais.

Pippa dá de ombros, como se não fosse nada, mas vejo o lampejo de um sorriso em seu rosto. Ela está orgulhosa. Mas não parece surpresa. Como se estivesse esperando por isso desde o início. Enquanto isso, o nível de ruído no refeitório subiu um ou dois decibéis. A revelação desses dois primeiros membros dos Dez chocou quase todo mundo, incluindo Madison e Tessa, que estão debatendo em sua mesa, ambas claramente irritadas. Não posso evitar apreciar ver as duas desconcertadas.

Quando o rosto de Theodora se dissolve, outro toma seu lugar. Meu coração sobe até a garganta. É Levi. Ele ficou com a terceira vaga.

O refeitório inteiro explode. Isso nunca aconteceu. Madison deixa seu lugar, cuspindo sobre como o comitê da Darkwood vai ouvir sobre isso. Os Similares não podem cair do céu e roubar as posições de alunos antigos da Darkwood. Ela está convencida de que a prova de stratum deve ter sido manipulada em favor deles.

No espaço de exibição, o rosto de Levi desaparece e outro toma seu lugar.

— Pru? — digo em voz alta, meus olhos se arregalando para a imagem em rotação:

PRUDENCE STANWICK. STRATUM: 4

Não estou surpresa por Pru ter ido tão bem. Ela é uma das alunas mais brilhantes da Darkwood.

— Não acredito que você não disse nada! — reclamo antes de engolir uma colherada de ensopado, ciente de que preciso comer, mesmo que os remédios diminuam meu apetite.

— Faz, tipo, cinco minutos! — Pru ri.

— Cinco minutos incrivelmente longos — respondo. — E é o princípio da coisa. Ter segredos é seu novo traço de personalidade? Primeiro uma Similar, agora seu stratum? — insisto.

— De jeito nenhum — Pru responde com leveza. — Essa é uma anomalia de primeiro dia. Prometo que, se qualquer coisa notável acontecer na minha vida depois disso, você vai ser a primeira a saber. E você também, Pippa — ela acrescenta rapidamente.

— Obrigada — Pippa responde —, mas você e a Emma são companheiras de quarto. Vocês são próximas desde sempre. Sei que não posso aparecer já esperando privilégios de melhor amiga.

— Vai por mim, Pippa, você merece todos os privilégios que quiser — digo enquanto como.

— O que a Emma quer dizer é que eu e você somos praticamente irmãs perdidas — Pru esclarece. — Se considere parte da minha família. E familiares contam coisas uns aos outros.

Pela expressão em seu rosto, Pippa está comovida. Ela está prestes a responder quando um grupo de colegas surge e envolve Pru num abraço. Eu observo, feliz pela minha amiga. Se alguém merece esse prêmio, é Prudence. Além disso, estou aliviada por saber que ela vai estar nessa jornada dos Dez comigo. Vamos encará-la (o que quer que isso signifique) juntas.

Olho na direção de Madison Huxley e seus colegas. Se pareciam irritados antes, agora eles estão superputos. Eles não ficaram nem um pouco mais felizes por Pru entrar nos Dez do que já estavam pelos Similares. É óbvio que Madison se sente ameaçada por Maude ter ficado com o primeiro lugar, mas o que ela tem contra Pru? De onde vem essa hostilidade?

— Por que meu rosto está ali há tanto tempo? — Pru geme. — Por que é que estão demorando tanto pra passar para o próximo... Ah — Pru diz. — *Ah!*

Ergo os olhos para o espaço de exibição sabendo exatamente o que verei ali e esperando que, de alguma forma, o resultado seja diferente. Mas claro que não é. Sou eu na tela, meu próprio rosto projetado acima do refeitório.

EMMALINE CHANCE. STRATUM: 5

Antes que eu possa considerar me esconder embaixo da mesa, Pru e Pippa estão me parabenizando — e me repreendendo.

— *Não* me diga que você acabou de fazer todo um discurso sobre segredos enquanto estava guardando esse aí! — Pru exclama. Claro que ela só está me provocando, sei que está animada por mim. Estou feliz por alguém estar gostando disso. Ainda não me decidi sobre como me sinto a respeito da minha posição. Claro, tudo isso vai melhorar minha candidatura a faculdades no próximo ano. Mas todos os meus sonhos de faculdade envolviam Oliver. Sem ele, mal posso pensar na semana que vem, muito menos no ano que vem. Quanto aos Dez, será que sair desse grupo é sequer uma opção? Ninguém nunca saiu antes, até onde sei. Talvez eu possa ser a primeira... Mas meu pai provavelmente vai me deixar de castigo pelo resto da vida se eu abrir mão de uma oportunidade dessas.

Alguns dos meus colegas vêm me cumprimentar, mas a maior parte do refeitório me encara em silêncio. Desvio os olhos para o meu prato. Odeio essa atenção. Já tem sido ruim o suficiente todo mundo ter pena de mim depois da morte de Oliver. E, depois, por causa do meu surto com a chegada de Levi... Fico aliviada quando minha imagem se dissolve e a revelação de stratum termina. O refeitório volta para seu nível de ruído habitual — embora todas as mesas estejam tendo a mesma conversa sobre algum novo membro dos Dez.

— Não sei por quem estou mais feliz — Pippa diz a Pru. — Vocês duas ou meus três amigos. Vou ter que falar com o Levi para ele parecer um pouco mais grato no futuro — ela acrescenta, olhando para a mesa dos Similares. — A reação dele foi meio decepcionante, vocês não acham? — Assim que as palavras saem da boca de Pippa, ela se arrepende. Consigo notar.

De repente, é demais. Eu me levanto e minha cadeira faz barulho ao arranhar o chão.

— Vou para a cama. Estou supercansada. Dia longo. Bom te conhecer, Pippa. Parabéns de novo, Pru. Te vejo no quarto. Boa noite.

Fujo do refeitório, esperando não encontrar ninguém no meu caminho até o Cipreste. Lágrimas correm pelo meu rosto e o ar frio da noite me segue como um estranho.

Considero tomar outro remédio enquanto encaro os números no meu relógio: 20h47. Ainda faltam onze horas até que eu precise acordar para minha primeira aula. As horas da noite são as piores, porque não é como se o tempo só se movesse devagar — ele tira uma folga e fica por lá, sem misericórdia nenhuma.

Tenho dezessete comprimidos sobrando. O dr. Delmore me deu o suficiente para as primeiras semanas de aula e me avisou para racioná-los, caso contrário, eu poderia ficar viciada no conforto que oferecem. Mas já tomei vários hoje. Nesse ritmo, não vão durar nem uma semana. Eu poderia me consultar com um dos terapeutas no campus e pedir mais remédios, mas rejeito essa ideia na mesma hora. Sei que eles estão aqui para ajudar, mas não suporto a ideia de contar minha história de novo. A história de Oliver. Isso demandaria demais de mim.

Se eu tomasse um, só mais um, então poderia dormir sem ver Oliver — sem ver Levi. Engulo o remédio sem água. Um já foi, faltam dezesseis.

Quando acordo, não consigo respirar.

E não emocionalmente. Estou sufocando.

O pânico toma meu corpo quando percebo que não estou alucinando. Eu realmente não consigo respirar. Busco ar, mas, em vez de oxigênio, recebo água gelada. *O que está acontecendo comigo? Onde é que eu estou?* Uma memória surge em minha mente: a vez em que desmaiei quando criança depois de uma vacina de gripe. Acordei largada no chão do consultório, sem saber meu nome ou como tinha chegado ali. Foi tenebroso. É assim que me sinto agora.

Minha mente acelera. Sou racional. Posso dar um jeito nisso. Não posso?

Não consigo respirar. Não consigo respirar porque estou embaixo d'água.

Estou submersa.

Mas onde estou? No fundo de uma piscina? É então que percebo: Lago Dark.

Estou no Lago Dark. Estou no Lago Dark.

O horror se intensifica no meu peito quando tento, novamente, puxar o ar. Mais uma vez, engulo água. *Não! Isso não está acontecendo!*

Com os ouvidos latejando e o coração socando minhas costelas, tento nadar até a superfície. Mas algo me impede. Minha perna direita. Está pesada como chumbo. Ou talvez esteja presa? Não, há um tijolo preso a ela, ou algo tão pesado quanto um tijolo. Sacudo minha perna com toda a força que consigo juntar, mas o peso não se move.

Não, não, não. Não vou morrer assim. Não posso. Não vou!

Agarro meu punho esquerdo, localizando meu Ameixa por tato, e aperto com força o botão de iniciar. Rezo para que Dash mande um sinal que salve a minha vida. Talvez seja minha única esperança. Depois, inclino minha cabeça e meu torso na direção da minha perna. A água é escura e não consigo me orientar. Não dá para ver nada. Desesperada, tateio pelo meu tornozelo direito. Meus dedos passeiam até encontrarem um barbante. Há um barbante amarrado em volta do meu tornozelo! E, preso a ele, há um objeto pesado que está me fazendo afundar para a base do lago. Essa coisa vai me matar se eu não conseguir me livrar dela.

Não consigo gritar. Não consigo pedir ajuda. Estou presa e os segundos estão correndo. Segundos preciosos dos quais preciso para me salvar. *Não, não. Por favor, não.* Meu cérebro começa a nublar. Minha mente se atrapalha contra minha vontade, ficando mole, confusa.

Mas esse não é meu fim. De jeito nenhum. Reunindo toda a minha força, adrenalina e vontade, puxo o barbante. Ele corta minha perna. Dói. Puxo de novo.

O barbante escorrega pra fora e, junto com ele, o peso.

Agora estou livre. *Livre!* Mas tão desorientada que não sei que direção é para cima. Ou que direção é para baixo. Faço um palpite desesperado sobre onde está a superfície e nado, batendo as pernas o mais forte que posso e esticando meus braços pra cima com toda a determinação que ainda me resta. Mas a superfície não chega.

Devo estar nadando na direção oposta. Na direção *errada*. E agora é tarde demais. Meu cérebro nubla pela falta de oxigênio, e, embora eu tente não ceder, fecho os olhos. Estou tão cansada... Será que assim é mais fácil? Vou ver Oliver mais cedo? Acho que não acredito em paraíso, mas talvez o universo seja misericordioso. Talvez eu acorde do outro lado e ele esteja lá, comigo.

A questão é que não quero morrer. Não agora. Não ainda. Não assim.

Talvez não seja a minha hora, porque alguém está me puxando. Alguém está me *salvando*. Sinto mãos firmes em volta da minha cintura, me arrastando em uma direção. Me puxando pela água gélida. Para a superfície? Ou para me afogar nas profundezas do lago? É impossível dizer, mas não tenho escolha. Quase perdida — quase inconsciente —, faço a única coisa que me resta. Eu me agarro como se minha vida dependesse disso, deixando que meu salvador me conduza.

Uma eternidade depois, sou puxada da água para as margens do Lago Dark. Cada osso no meu corpo parece estar martelando o chão. Minha cabeça lateja em um nível alarmante de dor.

Busco ar. Tusso e engasgo. Estou viva, eu acho.

Ergo os olhos para a figura inclinada sobre mim. É Pru. Pippa? Não. É Prudence. Ela está encharcada.

— Emma — a voz de Pru é áspera. — Emmaline! Você está bem? Me diga que está bem.

Tusso por uns trinta segundos antes de conseguir dizer alguma palavra. Quando consigo falar, minha voz sai cortada, como se alguém tivesse passado um ralador na minha garganta.

— Estou bem — digo, meio engasgada. — O que aconteceu?

Estou revirando meu cérebro para me lembrar de como fui parar no lago, mas não consigo me lembrar de mais nada após o jantar. O stratum. O comprimido redondo e branco...

— Eu caí?

— Não exatamente — Pru diz, me puxando para que eu me sente.

— Então como eu...? — Encaro o rosto fechado de Pru. — Alguém me jogou, não foi?

Pru faz que sim.

— Mas os remédios... — Estou tentando encontrar um sentido para tudo isso. — Eles não são *tão* fortes assim. São?

Se bem que tomei mais de um hoje. É a única coisa que pode explicar como eu estava dormindo tão profundamente a ponto de ser arrastada para fora da minha cama, sem acordar, e acabar submersa sob as águas escuras do lago. Com um tijolo amarrado às minhas pernas. Ainda assim, não tenho certeza de que os comprimidos me apagariam desse jeito...

Prudence não explica. Quando joga um suéter seco sobre meus ombros, ouço uma risadinha abafada a alguns metros de nós, nas margens. Confusa, eu me viro na direção da risada e aperto os olhos para as figuras paradas ali. Sob o luar, consigo ver Madison Huxley ao lado de Tessa Leroy e uma garota magra com cabelo preto até a cintura. Uma aluna do último ano, Angela Chen. Madison ergue a mão para cobrir sua boca e tenho certeza de que foi ela quem riu. Tessa examina o esmalte em suas unhas, parecendo entediada. Elas não estão sozinhas. Uns passos para o lado está Archer, que boceja, sonolento. Alguns passos depois dele está Maude. Ela parece desconfortável ali sozinha, e incrivelmente tensa. Todos nos encaram enquanto Pru me ajuda a levantar.

— É melhor vocês pegarem umas toalhas — Madison cantarola. — Não quero que vocês fiquem doentes. É época de gripe. Ah — ela acrescenta, se virando para mim e sorrindo —, que tonta eu. Esqueci de te dar as boas-vindas.

— Boas-vindas? — Enrolo o suéter em volta de mim o mais apertado possível. Estou tremendo, desorientada e ainda me recuperando de ter quase me afogado. Isso sem mencionar a gratidão que estou sentindo por Pru ser tão atlética a ponto de conseguir me resgatar. — Boas-vindas a quê?

— Aos Dez — Madison responde. — O que você achou que isso fosse? Uma festa do chá?

Olho ao redor para os outros membros dos Dez, novos e antigos, que estão em pé ao meu redor, e tenho a sensação clara de estar cercada por predadores.

— Deixa eu ver se entendi — digo, me virando para Madison. Minha voz endurece. — Essa foi minha iniciação. Vocês estavam tentando me matar?

— A gente não ia te deixar morrer, Emmaline. — Madison olha de volta para sua gangue. — Né, gente?

Angela abre a boca para falar, então pensa melhor.

— A tarefa de Prudence era te salvar — Tessa diz, simples assim, sem mais explicações.

Eu me viro para Pru, confusa, mas, de novo, imensamente grata. Estou prestes a agradecê-la por salvar a minha vida quando Tessa continua:

— Depois de ela ter te jogado.

Um arrepio corre pelo meu corpo, começando nos meus dedos dos pés e terminando no topo da minha cabeça. E mesmo que minhas roupas estejam ensopadas, a sensação não é resultado do frio.

— Depois de você ter me *jogado*? — Eu me viro de volta para Pru, sem acreditar no que estou ouvindo.

— Nós ajudamos, claro — Tessa acrescenta, sem se alterar. — Você não é tão leve assim.

— Vocês amarraram um tijolo na minha perna! — digo, em protesto.

— Um peso. Mas é a mesma coisa. Pru o pegou com sua equipe de remo.

— Isso é loucura. — Eu me viro de volta para Pru. — Você não faria... — Quando ela não responde, observo o círculo. Nem todo mundo está aqui ainda. Não os Dez. Mas os que estão me observam, especialmente Madison. Ela não poderia estar mais satisfeita consigo mesma. E Tessa parece excepcionalmente arrogante. Prudence não se defende. O que quer dizer que é verdade. Ela fez isso.

— Mas, Pru... Por que você... Como você *pôde*?

Eu paro. O rosto dela é pura angústia. Sei que me jogar no Lago Dark era a última coisa que ela queria fazer. Mas fez mesmo assim.

— Prudence leva a posição dela nos Dez a sério — Madison explica. — Seria sensato você fazer o mesmo.

— Ou o quê? — pergunto, e o tremor na minha voz quase me trai.

— Ou você vai sofrer as consequências. — A voz de Madison é fria, e, agora, não estou só arrepiada. Estou tremendo e enjoada com o que Pru pensou que precisava fazer. Será que Madison e os outros a ameaçaram? Foi por isso que ela se convenceu de que precisava seguir as ordens deles? Como pode esse negócio dos Dez ser uma coisa *tão* perturbada? Assim que tiver oportunidade, vou falar com Pru sobre isso, a sós.

Tessa tira toalhas de uma sacola e as estende para mim e Pru.

— Vocês estão pingando — ela diz. Pego uma, ainda em choque.

— Vamos, todo mundo — Angela diz, com suavidade. — É quase meia-noite.

— Temos mais uma parada antes de começarmos a primeira sessão da meia-noite do ano letivo — Madison diz em um tom autoritário. — Me sigam.

Seguimos, porque estamos ensopadas e porque esse não parece o momento certo para desafiar Madison. Não quando estamos vulneráveis assim. Pru passa um braço pela minha cintura e nós nos arrastamos pela colina até a escola. Ficamos longe de Madison, Tessa e Angela, que estão vários passos à nossa frente, e Maude e Archer, que seguem alguns passos atrás. Pru pega minha mão e aperta. Eu deixo, embora uma parte de mim queira gritar com ela e fazê-la se explicar. Como ela pôde me jogar no lago? Ela pensou em dizer não?

Checo a hora no meu Ameixa, grata por ele ser à prova d'água até trezentos metros. Há uma notificação para mim. Aparentemente, Dash estava prestes a mandar um alerta de emergência depois que minha pressão sanguínea subiu drasticamente por causa da adrenalina e então despencou. Mas fui resgatada antes de o alerta ser enviado.

— Obrigada, Dash — sussurro. — O que eu faria sem você?

— Eu preferiria não descobrir — ele responde.

— Emma — Pru diz, e há uma ferocidade em sua voz. — Você precisa saber que eu *nunca* deixaria que algo acontecesse com você.

Estou chocada demais para responder. Acredito em Pru. De verdade. Sei sem sombra de dúvida que ela nunca me machucaria, não se pudesse evitar. Ela sempre foi a única pessoa nesta escola, além de Oliver, a quem eu confiaria minha própria vida. E, hoje à noite, foi isso o que aconteceu. Estou tremendo em minhas roupas molhadas, lembrando de como Pru se preocupou comigo nesse verão depois que Ollie morreu. Como ela me mandou um buzz dizendo que daria seu braço direito para trazê-lo de volta para um último dia. Uma última hora. Um último minuto. Foi a única coisa que me disseram que me trouxe algum conforto. Que me dá conforto ainda agora.

E, ainda assim, isso não impede a sensação de medo que enche minhas veias como uma injeção letal de medicamentos clandestinos.

SESSÃO DA MEIA-NOITE

— **Garotas, vocês vêm comigo** — Madison ordena quando chegamos aos degraus em frente ao Cipreste. — Archer, hora de você buscar os caras.

— Entendido, Capitão — Archer brinca e segue para um dos dormitórios.

Madison se vira para o resto de nós: Tessa, Prudence, Maude, Angela e eu.

— Subam para o terceiro andar. E façam silêncio — ela avisa. Nós a seguimos silenciosamente pelas escadas e corredor, parando na frente da penúltima porta.

— Lado esquerdo ou direito? — Tessa pergunta a Madison.

— Esquerdo — Madison responde, sem olhar para Tessa. Ela está me encarando. Madison enfia a mão no bolso do casaco e puxa uma reluzente tesoura de metal. Ela a empurra na minha direção.

— Pra que isso? — pergunto, espantada.

— Pra iniciar nosso último membro feminino dos Dez. Archer está acordando Sunil Bhat, o outro membro do último ano, e buscando Levi.

Levi. Eu tinha me deixado esquecer por um segundo, mas agora sou obrigada a lembrar. Ele é parte dos Dez. Não vai ser possível evitá-lo, pelo menos não esta noite.

— E sua tarefa é iniciar Theodora — Madison acrescenta.

Theodora. Eu quase tinha me esquecido da posição dela. Segunda da classe do terceiro ano.

— Se você está achando que vou jogar Theodora no Lago Dark, é melhor tirar o cavalinho da chuva — digo, com raiva.

Madison ri.

— Como se algum de nós quisesse repetir *aquilo*. Não, iniciar Theodora só vai levar alguns minutos.

— O que a gente vai fazer com ela, então? — pergunto, embora nunca na minha vida tenha desejado menos uma resposta. — E pra que a tesoura? Quer que eu a esfaqueie pelas costas?

Madison ignora meu último comentário.

— Não é o que *a gente* vai fazer, Emmaline — ela diz, mexendo os olhos para lá e para cá. — É o que *você* vai fazer.

— Podemos acabar logo com isso? — Tessa choraminga. — Você vai cortar o cabelo dela.

— Ah, tá — digo. Só que o rosto de Tessa está inexpressivo. Ela não está brincando. — Vocês não estão falando sério...

— É uma tradição da Darkwood — Madison me lembra. — Cada novo membro inicia outro novo membro. Prudence te iniciou. Você inicia Theodora.

— E se eu me recusar? — pergunto.

— Você não vai — Madison diz. — Porque aí você seria chutada dos Dez. Você seria automaticamente recolocada no último lugar. Cheque o manual da Darkwood, se estiver incerta sobre os detalhes.

— Isso não está no manual e você sabe — respondo. Tenho certeza de que a administração não deu permissão a Madison para esse tipo de coisa. Eles pensam nos Dez como alunos modelos. Qualquer perseguição que aconteça sem o conhecimento de Ransom não é *de modo algum* sancionada pela escola. Mas acredito que eu perderia meu posto, porque vai saber que mentiras ela contaria para o diretor sobre mim. E posso até não ser obcecada com pontos e candidaturas para a faculdade, mas não quero ser recolocada no nonagésimo nono lugar da classe do terceiro ano e ter que explicar pro meu pai por que joguei fora minha desejada posição. Ele não entenderia, já existe um abismo grande demais entre nós.

— Será que dá pra ir logo? É um corte de cabelo, não uma lobotomia — Tessa diz.

Eu a encaro, lentamente compreendendo o que ela está me pedindo. Não o corte de cabelo em si, mas o motivo *pelo qual* ela quer que eu faça isso.

— Você quer que eu corte o *cabelo* da Theodora pra que ela não se pareça mais com você. Uau. Para os alunos mais espertos dessa escola, vocês são bem imaturos. Me dá essa tesoura. — Tiro-a da mão de Madison e entro no quarto escuro de Theodora. A luz do corredor ilumina o suficiente para que eu possa ver o que estou fazendo.

Theodora está dormindo na cama do lado esquerdo. A cama do lado direito está vazia, e percebo agora que deve ser de Maude. As duas são companheiras de quarto.

Eu me inclino para baixo, pegando algumas mechas do cabelo de Theodora. Quando terminar, ela ainda vai se parecer com Tessa. Exceto pela cirurgia plástica, ninguém pode fazer nada a respeito disso. Mas essa jogada é cruel e dolorosa e tenho ciência disso quando faço meu primeiro corte de cabelo.

— Acima dos ombros — Madison diz. — Tirar as pontas não conta.

— Por que você mesma não corta se quer controlar tudo? — eu disparo, mas em um sussurro. Não quero acordar Theodora. Porque quando ela perceber o que está acontecendo... Não, não posso pensar nisso. Luto contra o medo que se acomoda no meu estômago, lembrando a mim mesma que esse corte de cabelo pode ser humilhante para Theodora, mas que os fios crescerão de novo com o tempo. Rangendo os dentes, pego um pedaço maior do cabelo de Theodora e o corto fora. Pego outro pedaço, depois outro. Cachos castanhos caem em volta de nós duas, e Theodora começa a se mexer. Estou cortando a última mecha torta quando os olhos dela se abrem. Faço o último corte e então dou um passo para trás, sem querer causar um ataque do coração nela.

Theodora se senta, confusa e desorientada. Seus olhos vão de mim para Madison e então para as outras.

— O que está acontecendo? Já é de manhã? É um incêndio?

Madison me observa.

— Bom trabalho, Chance. Não achei que você seria capaz.

Nem eu, penso. Odeio o que fiz.

— O que está acontecendo? — Theodora pergunta de novo com mais urgência, tocando os pedaços de cabelo que sujam sua cama e finalmente juntando as peças. Suas mãos voam instintivamente para sua cabeça e ela sai de baixo dos cobertores e corre para o espelho acima da sua escrivaninha, que reflete a luz. De olhos arregalados, Theodora observa sua aparência alterada e então se vira para mim — e para a tesoura que ainda estou segurando. Não há por que tentar fingir. Ela sabe que fiz isso.

— Bem-vinda aos Dez — digo, resignada, e antes que alguém possa dizer ou fazer alguma coisa, no único ato de solidariedade e arrependimento que consigo pensar, ataco meu próprio cabelo com a tesoura.

Quinze minutos depois, nós dez nos reunimos em volta da fogueira virtual no quarto que fica no alto da torre do Cipreste. Sentamos em círculo, sem falar, encarando as fotos em moldura dourada na parede oposta — retratos dos Dez do passado. Dou uma olhada em Theodora, que fica passando os dedos por seu cabelo mutilado. Maude se senta perto dela, mas nenhuma fala nada. Ao lado delas está Levi. Ele não está molhado, nem com o cabelo diferente, então eu me pergunto o que fizeram com ele. Talvez seja melhor nem saber.

Madison está sentada ereta em uma cadeira estofada na frente da porta. Com as pernas cruzadas, seu corpo magro está tenso de nervosismo enquanto ela monitora as horas no Ameixa em seu pulso. À meia-noite em ponto, ela se levanta para trancar a porta da torre com sua chave. A dela deve ter essa habilidade extra, já que é a líder dos Dez.

— Bem-vindos, novos iniciados — ela diz, claramente gostando da autoridade. — Vocês sobreviveram à sua primeira hora como um dos Dez. Como muitos de seus predecessores — ela indica os retratos na parede atrás dela —, vocês entrarão para a história como os alunos mais talentosos a andarem por esses corredores. Quer dizer, não todos. — Os olhos de Madison caem sobre os Similares. — Alguns de vocês podem estar aqui por outras razões mais questionáveis, mas é um problema apenas do diretor Ransom se ele escolheu manipular o teste de stratum em favor de certos…

novos alunos. — Madison olha bem para Levi, Theodora e Maude. — E bolsistas. — Então ela volta seu olhar para Pru. Sinto a bile subindo pela minha garganta. Ela está acusando minha colega de quarto e amiga por ser uma bolsista? Pru é um legado — o pai dela estudou na Darkwood uns vinte anos atrás. E mesmo que ele tenha tido uma carreira bem-sucedida como jornalista, Pru me confidenciou que as finanças da família estão abaladas. Especialmente desde que a mãe dela ficou doente e as despesas médicas se acumularam. Pelo que sei, as coisas talvez nunca voltem ao normal. Mesmo assim, sei que Pru ganhou seu stratum de forma justa. Sendo a mais inteligente e a melhor. Estou prestes a dar um salto e proteger ferozmente minha amiga, mas Pru me dá um olhar que me diz para manter meus pensamentos só pra mim.

— Como vocês já devem saber, ser um dos Dez não te torna especial. Te torna invencível. Se vocês sobreviverem ao terceiro ano nesse cobiçado clube, serão automaticamente membros no ano que vem, como a gente. — Ela aponta para Tessa, Angela, Archer e Sunil. — Vocês farão grandes coisas. Uma universidade de elite. Uma carreira na indústria que escolherem. Riqueza e contatos estarão na ponta dos seus dedos. Mas todos esses espólios têm um preço: ser adorado e odiado ao mesmo tempo. O preço de exigir excelência de seus colegas custe o que custar. O preço de ser premiado. Darkwood foi fundada com a crença de que nossos colegas são nossos melhores críticos. Não é papel só dos professores acender a fagulha em nós, e é por isso que devemos estimular nossos colegas a serem melhores, a tentarem mais, a transcenderem. Como um dos Dez, vocês devem defender essa visão. Devem estar prontos para tomar decisões pelo bem do todo, não só de indivíduos. Vocês devem estar prontos para se entregarem para a posição de ser um dos Dez, mesmo que nem tudo te favoreça pessoalmente. Alguém tem alguma objeção?

Eu tenho uma objeção, grito em algum lugar dentro de mim. *Tenho uma objeção a jogar pessoas dentro do Lago Dark, a cortar o cabelo de uma garota e tenho uma objeção a você.*

Começo a erguer minha mão, mas, antes que possa estendê-la totalmente, Pru agarra meu braço, puxando-o para baixo e apertando meu pulso com tanta força que dói. Está claro que ela quer que eu fique quieta. Ela deve realmente acreditar que precisamos fazer isso, que precisamos seguir a ladainha de Madison. Será que foi por isso que ela me jogou no lago?

— Sem objeções — Madison responde. — Bom.

Ergo minha outra mão. Madison me fuzila com o olhar.

— Sim?

— Emma! — Pru avisa, mas eu a ignoro.

— Você deve ter me drogado — digo, o funcionamento da minha própria iniciação subitamente tomando forma na minha mente. — Pra me jogar no Lago Dark. Eu nunca dormiria pesado daquele jeito. Foi uma injeção, não foi?

— Diga o que quiser pra você mesma, Emmaline. Mas nós duas sabemos que seu pequeno hábito com remédios resolveu isso pra nós.

Não sei como responder. Ela está certa, é claro. Tomei mais do que a dose recomendada de comprimidos hoje. Ainda assim, não acredito nela. E o assunto não está encerrado. Nem de longe. Desvio os olhos de Madison e os repouso em Levi, que está com os braços cruzados sobre o peito. Qualquer movimento mínimo dele chama minha atenção. Como sempre, Levi está bancando o indiferente, o entediado, agindo como se essa coisa de Dez fosse só mais um item na sua lista de coisas a fazer. Não sei se fico brava ou impressionada por ele não levar nada disso a sério. Desvio os olhos, irritada por ele estar ocupando espaço na minha cabeça de novo.

— Seguindo em frente — Tessa cantarola. — A próxima ação de vocês como membros dos Dez, e essa pode ser complicada, já que, bom... — ela aponta para os Similares — vocês são totalmente novos na escola. Os estimados fundadores da Darkwood queriam que a escola fosse um lugar de excelência. Historicamente, os Dez assumiram a função de estimular o corpo estudantil. É desse jeito que garantimos que a mediocridade não encontre lugar aqui. Para a próxima reunião dos Dez, queremos que vocês tragam o nome de um aluno que não está alcançando esse padrão. Divirtam-se.

Divirtam-se? Quando começo a ligar os pontos, fico enjoada. É isso que os Dez fazem em segredo, sem a escola saber? Fazem alunos sofrerem? Os machucam? Os incentivam a abandonar a escola ou pior? Quantos alunos que se transferiram da Darkwood no meio do ano foram forçados a isso pelos Dez? Quantos garotos que despencaram do Ponto de Hades foram levados a isso por seus colegas?

Não vou fazer isso. Não posso. Meu coração me manda sair. Desta sala, dos Dez, até mesmo da Darkwood. Mas não, eu nunca faria isso. Sair da escola não é uma opção, e não só porque meu pai nunca permitiria. Não posso sair por causa de Oliver. Foi aqui que passamos nossos dois anos mais felizes. Nossos últimos dois anos. Este vai ser sempre o lugar que mais me lembra dele. Estar aqui com Levi pode ser uma tortura, mas preciso ficar. Vou simplesmente me recusar a fazer o que Madison está pedindo.

Eu me levanto abruptamente. Todos os outros nove alunos se viram para me olhar.

A voz de Madison corta o silêncio.

— Ainda não te dispensei, Emmaline.

— Estou congelando. Quero vestir uma roupa seca e ir para a cama. — Tenho que sair daqui, ir para algum lugar onde eu possa pensar.

O sorriso de Madison é tenso.

— Eu disse que ainda não dispensei o grupo. Todo mundo entende a tarefa a seguir?

Os outros fazem que sim, mas eu não consigo fazê-lo.

— Tá bom, então — Madison se vira para me encarar. — Vocês agora estão *oficialmente* dispensados.

Pru e eu nos encostamos uma na outra enquanto andamos pelo corredor escuro do Cipreste. Não falamos nada até chegarmos à privacidade do nosso quarto. Assim que a porta se fecha atrás de nós, Pru começa a falar.

— Eu tinha um alerta pronto pra ser enviado para a enfermaria — ela explica. — Eu programei no minuto em que eles me mandaram te jogar no lago e tirar de lá. Você sabe como meus braços são fortes, por causa do remo. Além do mais, eu tenho uma certificação em primeiros socorros. Se não fosse por isso, eu nunca teria concordado. Emma, eu teria morrido antes de deixar você se afogar. Você sabe disso, né?

— Claro que sei — digo, e é verdade. — Só não acredito que os Dez sejam algo tão... bizarro. Quer dizer, com Madison no comando, acho que consigo, sim.

— A gente podia denunciá-la — Pru sugere. — De jeito nenhum a administração aprovou a tortura que ela nos fez passar hoje. A escola ficaria horrorizada se soubesse o que seus melhores alunos fazem no meio da noite.

— Você acha que Ransom não sabe de nada disso?
— Eu duvido. Ele estaria tão encrencado se alguma coisa acontecesse com um de nós... — Ela para. — Emma?
— Sim? — Meu coração está acelerado enquanto tento processar o que aconteceu esta noite. E o que isso significa para mim e Prudence. E para os outros Similares nos Dez, incluindo Levi.
— Você não pode sair. Se sairmos dos Dez...
— Ficamos em último lugar — respondo.
— E eu perco minha bolsa — Pru diz em voz baixa. — Eu ficaria em avaliação acadêmica se minha posição caísse para a última. E minha mãe está contando com a minha formatura. Um diploma da Darkwood a deixaria muito orgulhosa. Meu pai também... Eu quero dar isso a ela. Caso, você sabe...

Ela morra. É isso que Pru não consegue dizer. Meu coração aperta.

— Como você sabe que eu estava pensando em sair?
— Eu me considero uma especialista em Emmaline.
— A gente não pode fazer o que a Madison pediu. Não podemos levar o nome de um aluno que queremos ver falhando.
— Então não vamos. Vamos dar um jeito nisso. Mas, se sairmos, Madison ganha. — Pru aperta minha mão, então vai para seu lado do quarto para se aprontar para dormir, me deixando com meus pensamentos.

Enfio a mão na minha mochila em busca do vidro laranja onde guardo os remédios. Corro para o banheiro, sabendo que não vou poder voltar atrás do que estou prestes a fazer. Quando terminar, eu não poderei escapar de Oliver — ou de Levi.

Mas se quero sobreviver ao terceiro ano e a essa coisa dos Dez, não posso baixar a guarda, ou vou acabar no fundo do Lago Dark, dessa vez morta pelas mãos de Madison. Dela eu não duvido nada. Abro a tampa do frasco, inclinando-o na direção da privada. Os comprimidos caem na água rasa e dou descarga nos malditos.

Depois, entro no chuveiro e deixo que o calor me aqueça e acalme. Depois que me seco, visto calças de flanela e minha camiseta preferida, uma que Oliver me deu e diz "Yo-Yo Instantâneo", e deito na cama, tomando cuidado para não acordar Pru, que já está roncando. Não me surpreende quando o sono foge de mim. É difícil frear a onda incessante de pensamentos. Sobre Oliver. Sobre Levi... seus rostos gêmeos agora são intercambiáveis na minha mente. Levi começou a invadir minhas preciosas memórias de Ollie. Aquelas às quais recorro em busca de conforto. Essas memórias são provas de que ele existiu e de que o que tivemos foi extraordinário. Agora, vejo Levi em lugares onde Oliver deveria estar, e o odeio por isso.

Passos do lado de fora da porta interrompem a corrente infinita de pensamentos da minha mente. Nosso quarto não fica no caminho para o banheiro, que é do outro lado do corredor. Pru e eu temos o último quarto nessa ponta, perto da porta que vai para fora. Eu me pergunto brevemente quem pode estar fora da cama a essa hora e o que deve estar fazendo. Provavelmente é outro membro dos Dez, ainda acordado. Mas por que alguém sairia à uma da manhã?

Visto meu moletom cinza, calço os chinelos, abro a porta em silêncio e espio o corredor, onde vejo uma figura abrindo a porta para o pátio da Darkwood. O sinal de saída acima da porta ilumina o rosto dela. *Maude.* Não é Madison, porque o cabelo loiro dessa garota está preso com firmeza. E o rosto dela parece determinado, mas não tem a expressão de indiferença de Madison. Para onde ela está indo?

    Sem pensar, eu a sigo para fora e pelo caminho que leva ao Lago Dark. Ela anda rápido, se movendo com a determinação de alguém que nunca duvida de si mesma. Ela vai encontrar alguém? Estou curiosa para saber se está tão indignada com a coisa dos Dez quanto eu. Se o que ela está fazendo fora da cama tem algo a ver com as ordens de Madison desta noite ou se vai encontrar os outros Similares, incluindo Levi. Por mais que eu queira negar, me sinto impelida a descobrir mais sobre ele, sobre todos eles.

    Devo estar pirando. Depois do dia emocionante e quase mortal que tive, eu deveria estar descansando para o primeiro dia de aula, não seguindo uma Similar na calada da noite.

    Maude faz uma curva nos arbustos. Fico uns dez passos atrás, torcendo para que ela não se vire e me veja. Quando chega na beira da água, fico para trás, entre as árvores. Franzo a testa enquanto observo o Lago Dark. Menos de duas horas atrás, eu estava sob essas águas opacas e pesadas, tentando respirar.

    Observo Maude se aproximar de duas figuras e meu estômago revira. Levi e Jago. Maude pega a mão de Jago. Ele segura a mão dela com uma intimidade que demonstra que já fizeram isso mil vezes. Eles ficam confortáveis perto um do outro. São uma coisa só.

    Meus olhos passam para Levi, feliz por estar escuro o suficiente para que eu não seja vista e pelas árvores que me dão alguma cobertura.

    É então que acontece. É tão rápido que quase não noto. É como se Levi voasse pelo ar. Como se ele tivesse asas.

    Observo, fascinada, quando Levi se lança do chão e dá dois giros antes de aterrissar sobre seus pés com apenas uma leve dobra dos joelhos, como se o movimento não exigisse nenhum esforço. Ele deve estar fazendo algum tipo de acrobacia, e fica claro que é um mestre nessa modalidade, qualquer que seja. Nunca vi nada assim.

— Você está um pouco fora de forma — Maude nota.

— Obrigado, treinadora — Levi responde, cheio de sarcasmo. Eu me sinto ao mesmo tempo repugnada por sua atitude e cativada por suas habilidades. Estou ansiosa para ouvir o que ele vai dizer em seguida.

— Então, você já começou? — Ela pergunta.

— Não — Levi diz —, não comecei. É uma coisa terrível de se pedir pra mim, pra todos nós. O que dá a ele esse direito?

— Ah, não sei... tudo? O fato de que ele nos criou? Nos educou? De que não estaríamos aqui sem ele? — Maude responde, sem paciência.

Jake passa o braço em volta dos ombros de Maude, como uma serpente.

— Ela está certa. E mesmo que não estivesse, não temos escolha.

Levi anda de um lado para o outro, claramente discordando deles. Ele para na frente do lago e passa as mãos pelos cabelos. Então começa a falar de novo. Desta vez é mais difícil de entender o que está dizendo. É como se eu subitamente tivesse sido mergulhada de volta no Lago Dark. Levi diz algo sobre uma tarefa. Sobre não gostar do que foi pedido a ele. Mas as palavras parecem confusas.

Espera. Ele não está falando inglês. Ele está falando francês. Sei porque é a língua que estudo na Darkwood. Pensei que eu fosse bastante fluente, mas, ouvindo Levi falar, percebo que ele a dominou muito melhor do que eu. E, ainda assim, consigo entender a maior parte do que ele está dizendo a Maude e Jago e boa parte do que eles respondem. Falar francês deve ser outra forma dos Similares se comunicarem entre si. Tenho que admitir: estou intrigada.

Eles estão falando rápido agora. Tenho certeza de que estou perdendo detalhes importantes, mas pego o grosso da conversa. Levi está muito bravo, declarando que a coisa toda é deplorável, dizendo que não queria ter vindo. Jago fica em silêncio enquanto Maude expressa suas opiniões de vez em quando, lembrando a Levi que o guardião deles os ama e só quer o melhor para eles.

— Estamos aqui por um motivo, Levi — ela insiste. — Você pode ser o favorito, mas isso não quer dizer que pode fazer o que quiser quando quiser.

O favorito? Favorito de quem? Do guardião?

— Não faço a mínima ideia de como começar! — Levi estoura, finalmente falando em inglês de novo. — Deixa pra lá. Vou voltar para a cama.

— Levi... — Jago diz. — Você sabe que não é assim tão simples.

— Cansei de falar sobre isso — Levi responde, a voz áspera. Ele começa a ir embora e passa bem por onde estou escondida nas sombras. Respiro alto demais, e meus batimentos aceleram. Levi me ouviu. Nossos olhares se encontram. Vemos um ao outro. Fui pega.

Ele vai me entregar? Dizer a Maude e Jago que eu estava espiando? Para minha surpresa, ele não o faz. Passa por mim sem dar qualquer outro indício de que me notou.

Respiro aliviada ao ver a forma de Levi se afastando e tento compreender o que ouvi. Quem é o guardião e o que essa pessoa espera que eles façam?

— Levi vai estragar tudo — Maude diz. — Pra todos nós, Jago! Seria uma coisa se ele estivesse agindo sozinho, mas ele tem que pensar no restante de nós.

Estragar? Estragar o que, exatamente?

— É mais difícil pra ele — Jago responde. — Aceitar nosso legado e nosso propósito. Quem somos. Por que estamos aqui. Mas, no fim, ele não pode negar. Está nos ossos dele, no seu sangue. É o motivo pelo qual ele pensa, sente e é. E nenhum de nós pode impedir, mesmo que causemos um mal irreparável. Mesmo que a gente vá se arrepender até o dia da nossa morte.

A resposta de Maude é baixa demais para que eu possa ouvir. Ela se apoia em Jago e ele a abraça. Dou um passo para trás, entrando nas árvores, percebendo que ouvi algo particular, sagrado e, muito provavelmente, aterrorizante. *Mal irreparável? Se arrepender?* Por que os Similares estão aqui? O que estão planejando? Sem olhar para trás, corro pelo bosque em direção à segurança do meu quarto.

ILEGAIS

Na manhã seguinte, arrasto meu corpo exausto para a aula de história americana. Pensei que fosse ser a primeira a chegar, mas Theodora já está sentada, e, quando vejo o cabelo dela, preso em um coque apertado e cheio de fivelas, minha mão voa para minha própria cabeça, onde tentei ajustar o corte improvisado que eu mesma fiz. Ainda estou com vergonha do que fiz com ela, mas nunca vou saber se Theodora está com raiva de mim por ter cortado o seu cabelo. Assim como os outros Similares, ela está impassível e calma.

Os assentos são livres, então pego uma mesa perto o suficiente de Theodora para ver o que ela está fazendo. Enquanto observo, ela puxa um caderno e começa a escrever nele com uma letra firme e sofisticada. Sua caligrafia é elegante e bonita. Ela deve ter feito um esforço deliberado para aprender a escrever assim, diferente de nós, que fomos educados em escolas americanas, onde letra cursiva é basicamente obsoleta. Talvez todos os Similares tenham aprendido cursiva lá de onde vieram. Como será que é o lugar onde cresceram?

Não pensei muito nisso até agora. Tudo que sei é o que foi dito no noticiário: os Similares tiveram um guardião muito rico que os criou em sua ilha particular. Era algum tipo de propriedade marítima artificial no meio do oceano. A verdade é que eu realmente não sei nada sobre os Similares, exceto que por acaso eles compartilham DNA com alguns dos meus colegas.

Foco minha atenção de volta em Theodora. Apesar de sua similaridade com Tessa, elas não poderiam ser mais diferentes no estilo de se vestir. E o cabelo de Theodora, agora ainda menos parecido com o de Tessa, é mais sem graça, menos brilhante e mais marrom. O cabelo de Tessa deve ter luzes feitas por um profissional para ter essa aparência. Gosto mais da cor natural de Theodora.

Theodora para e olha pela janela, para o pátio da Darkwood. Reconheço esse olhar. Ela está com saudades de casa. Nunca senti saudades de casa na Darkwood, não enquanto Oliver estava aqui. Sem ele, é outra história. Procuro por ele nos corredores onde estudamos juntos, rimos juntos e ruminamos sobre o sentido da vida, e sobre pizza, juntos. Não sei nada sobre Theodora, mas posso imaginar como ela deve se sentir uma forasteira aqui. Eu me sinto impelida a falar com ela. A aprender algo mais sobre ela além de que a cor de seu cabelo é castanha.

Mas antes que eu possa chamá-la, meus colegas começam a entrar, encontrando suas mesas e se acomodando. Pru se senta e prende o cabelo, molhado do banho, em um rabo de cavalo. Ela deve ter tido treino de remo cedo. Eu me sinto mal. Depois da reunião da meia-noite, ela provavelmente dormiu só algumas horas antes de precisar acordar. Eu também dormi pouco, mas é outra história. Pru e eu trocamos acenos. O sr. Park está prestes a fechar a porta quando um último aluno desliza para dentro, pegando a última carteira que sobrou.

Levi. E a carteira que ele pega é bem ao lado da minha. Não olho para ele. Não ouso. Mas sinto sua presença.

— Bem-vindos de volta, amigos e camaradas — o sr. Park diz, alisando os pelos grisalhos de sua barba por fazer. — Nesta manhã eu gostaria de começar uma discussão sobre atualidades que deve durar o ano inteiro, uma discussão que será guiada por... rufem os tambores... todos vocês. A cada semana eu os encorajarei a trazer uma notícia para a mesa e a cada segunda-feira dissecaremos o tópico.

Mantenho o foco no sr. Park. Qualquer coisa para evitar olhar para Levi. Com o canto do olho, noto Madison à minha esquerda e sou imediatamente levada de volta para a iniciação dos Dez na noite passada. Parece quase um sonho — ou, sendo mais precisa, um pesadelo. Esta é uma das poucas aulas que alunos do terceiro e quarto anos fazem juntos, dependendo dos nossos cronogramas. Claro que eu teria a sorte de acabar aqui com *ela*.

— Sem mais delongas — o sr. Park continua —, quem gostaria de começar?

Uma mão se ergue no ar. Ela pertence a Madison. O sr. Park assente.

— Vá em frente, srta. Huxley.

— Dois clones foram presos tentando cruzar do México para o Texas — Madison relata. — Estava nos feeds do café da manhã. Eles eram universitários e não tinham identidades atualizadas. Então, naturalmente, foram detidos na fronteira.

Ao ouvir essas palavras saírem da boca de Madison, meu pulso se acelera. Um calor começa a subir dos meus pés até a minha cabeça enquanto absorvo o que Madison acabou de dizer. E não apenas *o que* ela disse, mas o tom que utilizou. Ela realmente acha que esses universitários deveriam ter sido detidos na fronteira? Raiva ferve dentro de mim. Mas, antes que eu possa falar, o sr. Park interrompe.

— Alguém pode me dizer por que o grandioso estado do Texas iria pedir os documentos das duas pessoas em questão? — ele pergunta.

Outra mão se ergue. Ela pertence a um garoto chamado Henry Blackstone.

— Porque o governo exige isso de certas pessoas, se não nasceram aqui.

— Mas eles *nasceram* aqui — Pru interrompe antes que eu mesma possa dizer alguma coisa. Ela está tão irritada quanto eu. Claro que está. — Eu vi a notícia, todos nós vimos...

— Eu quis dizer concebidos — Henry se corrige. — Eles não foram concebidos aqui.

— Eles são cidadãos americanos — Pru insiste —, nasceram e foram criados aqui, como eu e você. E foram *viajar*. De férias para o México. E quando tentaram voltar pra casa, para seu país natal, foi dito a eles que precisavam de documentação extra, que outras pessoas não precisam apresentar. É totalmente injusto e errado. É discriminação, simples assim.

— Isso tudo pode ser verdade, mas você está convenientemente esquecendo a questão-chave — Madison interrompe. — Eles são clones. Os pais deles usaram tecnologia reprodutiva ilegal pra criá-los vinte anos atrás. A documentação é para a *proteção* deles próprios, porque muitas pessoas têm um problema sério com clones.

— Eu não conheço ninguém que tenha um problema com clones — digo. — Ah, não, espera. Tem *você*.

Madison me olha feio, mas não tem tempo de responder porque Pru também está reagindo.

— Vai por mim. — Pru cruza os braços por cima do peito. — Essa documentação não é para a proteção deles.

— Você está certa — Henry acrescenta. — Não é *só* para a proteção deles, é também para a nossa.

— Por quê? — grito sem erguer o braço. — O que você está querendo dizer? Que clones são perigosos? Você sabe que tem dois clones sentados nesta sala, né? — Todos os olhos se viram para Levi, que está olhando pela janela, como se não tivesse nenhum interesse na conversa, enquanto Theodora escreve furiosamente em seu caderno. Ela está fazendo anotações? Eu queria conseguir ver. Sou a única que não está encarando Levi. Minhas orelhas queimam quando penso nele.

Henry parece exasperado.

— Eu sei. E tenho certeza de que eles farão contribuições excelentes pra essa escola. Estamos felizes por tê-los aqui porque Darkwood é progressista.

— E você lá sabe o que ser progressista significa? — insisto, sentindo que estou ficando cada vez mais nervosa. — Darkwood recebe alunos de todas as raças, religiões e orientações sexuais há décadas. Tivemos os primeiros banheiros e dormitórios de gênero neutro em colégios internos. Temos acesso pra cadeira de rodas em todas as salas de aula e espaços comuns. Somos inclusivos e *celebramos* as diferenças. "Inclusão" é um dos princípios fundadores da Darkwood. Está no juramento da escola, é por isso que o diretor Ransom sabia que a Darkwood seria um espaço seguro para os Similares!

— Eu sei! — Henry interrompe, claramente frustrado. — Olha, só estou repetindo os fatos. Clones são pessoas, mas eles são diferentes de pessoas normais. Não é uma opinião, Emma. É ciência.

— Pelo visto eu e você temos uma opinião bem diferente sobre o que se qualifica como ciência — digo.

— Talvez seja de grande ajuda que nossos novos alunos participem — o sr. Park diz com delicadeza. — Levi? Theodora? Vocês gostariam de contribuir com o debate?

Levi dá de ombros.

— Darkwood pode ser progressista, mas sua comunidade como um todo tem um longo histórico de classificar pessoas por sua raça, religião, orientação sexual ou gênero, usando essas classificações para subjugar certos grupos. É sério que vocês ficam surpresos que um punhado de governantes de mente fechada ache que clonagem é o primeiro passo de uma descida na direção do apocalipse total e o fim da raça humana como a conhecemos? — Ele encara o sr. Park como se estivesse realmente esperando uma resposta. De novo, abaixo os olhos para a minha carteira. Sei que todo mundo está encarando Levi. Consigo sentir Madison se remexendo.

— Com licença — Madison interrompe. — Esses governantes estão tentando proteger nossa sociedade das consequências inevitáveis de se brincar de Deus. Como a eugenia. Se é ok criar um clone, o que nos impediria de escanear embriões pra escolher a cor dos olhos e cabelo, inteligência ou marcadores genéticos ainda mais específicos pra criar uma super-raça?

— Acho que não estamos analisando o quadro como um todo — Theodora diz com uma confiança sutil. Todos nos viramos para ela, surpresos por ela ter erguido os olhos do caderno para dizer alguma coisa. — Erramos ao separar o ato de clonar do resultado dessa ação. A clonagem em si é ilegal nos Estados Unidos. Podemos discutir se deveria ser ou não, mas é. Isso é algo com que cientistas e legisladores americanos vão ter que lidar. E não tem nada a ver com a discussão para saber se clones, ou seres como nós — ela indica a si mesma e Levi —, deveriam ser tratados de forma diferente das outras pessoas ou não.

— Não deveriam — Pru se mete, mas o sr. Park ergue a mão para silenciá-la.

— Bom argumento, Theodora — o sr. Park diz. — É justo punir o produto de um avanço científico porque não concordamos com os meios pelos quais esse produto foi criado?

— Sim — Madison diz no exato momento em que Pru manda um veemente "não".

— Mas, sr. Park — Pru prossegue —, isso é discriminação. É inconstitucional. Além do mais, é cruel e preconceituoso, e precisamos impedir esse tipo de pensamento antes que as pessoas comecem a acreditar que...

— Eu gostaria de discordar — Madison responde. — Um grupo de juízes e pensadores concorda comigo. Meu pai diz que...

— O trabalho do seu pai não é financiado pela Comissão Nacional Anticlone? — pergunta um garoto no fundo da sala. — E eles não foram grandes apoiadores da campanha dele?

Madison estreita os olhos para o rapaz.

— Deixe a campanha do meu pai fora disso.

— E devemos deixar seu clone fora disso também? — eu solto. — Maude não está aqui pra se defender, mas tenho certeza de que ela teria algumas opiniões sobre merecer, ou não, os mesmos direitos que você.

— Maude Gravelle veio pra Darkwood apesar dos avisos da minha família — Madison diz, mal escondendo sua fúria. — O que prova que o julgamento dela é questionável.

A classe se volta para mim, esperando uma resposta.

— O que você está dizendo? — pergunto. — Que o intelecto de Maude é menor que o seu, mesmo sendo criado a partir do mesmo DNA? Você acredita que Maude é de alguma forma *menos* do que você, embora vocês duas sejam tecnicamente tão iguais quanto se fossem gêmeas idênticas desenvolvidas no mesmo útero?

Madison processa o que eu disse. Então, um sorriso surge no seu rosto.

— Gêmeas idênticas? Ponto interessante, Emma. Acho que você diria o mesmo a respeito dele, não diria? — Ela aponta Levi com a cabeça. — Podemos considerar Levi gêmeo de Oliver, já que ele e Ollie são tão parecidos? Sabe, Emma, não é uma má ideia. Assim ele poderia ser seu novo melhor amigo.

— Isso é completamente diferente — digo, de forma acalorada. Sinto cada célula do meu corpo pegando fogo. Não acredito que ela está distorcendo minhas palavras. O fato de os clones merecerem os mesmos direitos de todo mundo não tem *nada* a ver com o que sinto em relação a Levi.

— Com licença. Posso falar minha opinião? — Levi se remexe na cadeira, descruzando as pernas. — Porque tenho certeza de que não sou nada como o venerável Oliver.

Estou prestes a dar uma resposta quando Pru se mete.

— Tenha em mente que Oliver morreu menos de três meses atrás...

— Vai por mim — Levi diz —, eu sei tudo sobre a morte de Oliver Ward. Estou muito bem informado sobre tudo que diz respeito a Oliver. Sou o clone dele, afinal de contas. E falando em respeito, e eu? Sua amiga praticamente arrancou meu rosto assim que cheguei.

— Porque você não merece meu respeito — disparo, finalmente olhando-o nos olhos. — Você está certo. Não tem nada a ver com Oliver. Você é insensível, insuportável e um babaca...

— Viu o que eu quis dizer? — Levi responde.

— E você é uma vergonha para a memória dele.

— Sr. Gravelle! Srta. Chance! Fim da discussão! — o sr. Park exclama.

Mas Levi não para.

— Você acha que eu quero ter esse rosto, Emma? Você acha que acordo todo dia feliz comigo mesmo por ter essa aparência?

— Sei lá — digo, sendo sincera. — Talvez sim.

— Bom, eu teria te dito se você tivesse considerado me perguntar. Em vez disso, me julgou sem pensar duas vezes, já esperou o pior de mim e me puniu na primeira vez que me viu.

Estou começando a responder ao ataque quando, pelo visto, o volume da minha voz faz o sr. Park chegar ao limite.

— Chega! — ele diz, irritado. — Vocês dois. Sala do diretor Ransom. Agora.

DEVER

— **Sentem-se** — a vice-diretora Fleischer nos instrui, levando Levi e eu para a sala de Ransom. Ela sai sem dizer outra palavra e fico aliviada. A expressão no rosto dela enquanto nos trazia para cá não era nada agradável.

Levi e eu nos acomodamos em cadeiras estofadas gêmeas de frente para Ransom. Tomo cuidado para não olhar para o lado, para Levi. Em vez disso, me sento com a postura perfeitamente reta, olhando para nosso diretor, que está empoleirado atrás da sua mesa, com a testa franzida.

— Entendo — Ransom diz.

Estou prestes a perguntar "entende o quê?" quando noto que ele está falando com alguém no telefone, não conosco. Ele não está usando a ferramenta de vídeo, então, de onde estou, não consigo ver ou ouvir a pessoa com quem ele está falando.

— Sim. Eu entendo. — Ransom responde em um tom conciliatório. Há uma pausa enquanto ele escuta a pessoa do outro lado. Então suas sobrancelhas se juntam. — Na verdade, ela está aqui neste momento.

Um arrepio corre pelos meus braços e desce pela minha espinha. *Ela*? Ransom quer dizer *eu*?

— Claro, Colin. Passarei a mensagem — Ransom diz antes de apertar um botão em sua tela *touch*, abruptamente encerrando a ligação. Eu me endireito na minha cadeira como se tivesse sido marcada nas costas com ferro quente. Colin. Colin Chance. O diretor estava falando com meu pai.

— Srta. Chance — o diretor Ransom diz, me observando. Ele vira sua cabeça para dar uma olhada em Levi. — Sr. Gravelle. — Nenhum de nós fala nada em resposta. — Estou certo de que você sabe, Emmaline, que era seu pai ao telefone.

— Eu notei, sim — digo, mal-humorada. Odeio que meu pai tenha atendido uma ligação do diretor da escola antes de responder um buzz da sua própria filha. Mas não falo nada.

— Ele não ficou feliz em saber que você já veio parar na minha sala. Garanti a ele que o que quer que tenha acontecido hoje na aula do sr. Park foi uma exceção. Esse é um momento difícil na história da nossa escola. As tensões estão altas. — O olhar dele sai do meu e encontra o de Levi. — Você não concorda, sr. Gravelle?

Levi se remexe na cadeira e dá de ombros.

— Só me dê a detenção, por favor — digo, inexpressiva. — Ou qualquer que seja a punição. Não pode ser pior do que ficar aqui com ele.

Ransom se inclina para trás em sua cadeira, o couro rangendo quando ele reclina.

— Sabe, Emmaline, eu te encorajaria a considerar a famosa frase "tome cuidado com o que você deseja".

— Por quê?

— Às três da tarde em ponto vocês dois começarão um dever que durará a semana toda pela infração de hoje.

— Nós dois? — Levi engasga.

— Todo dia, depois da aula, vocês irão até a casa de barcos para repintá-la durante os próximos cinco dias. Juntos.

— É só isso? — Levi pergunta, tenso.

— Vocês estão dispensados.

Fiquei esperando a ligação desde que saí da sala de Ransom, e, por fim, meu pai finalmente manda um buzz. Não estou a fim de conversar quando o rosto dele surge na tela do meu Ameixa com uma expressão devidamente preocupada.

— Sei que não está fácil, Emmaline, mas detenção? Já? Uma briga na frente do professor?

— Não foi uma briga...

— Acho que vou pedir para o dr. Delmore te ligar.

— Pra quê? Pra me receitar mais remédios? — pergunto, com raiva. Meu pai é CEO de uma empresa farmacêutica. Esse negócio de achar que remédios consertam tudo é coisa dele. Se tem algo que aprendi nos meses desde que Oliver morreu é que remédios não curam o luto e a dor sozinhos. Podem até mascará-los por um tempo. Mas a situação só piora quando a névoa causada pelos comprimidos se dissipa e seu melhor amigo continua morto.

— Só estou tentando ajudar — meu pai diz. Sei que a intenção é boa, mas parece condescendente. — Emma, se eu pudesse mudar isso, tudo isso, eu mudaria...

— Sem ofensas, pai, mas tenho certeza de que nem você é poderoso o suficiente pra trazer os mortos de volta. Mas obrigada, sabe, pela oferta — acrescento.

A voz dele se suaviza.

— Emmaline, querida. O que posso fazer?

Eu suspiro. Se meu pai não é muito bom com sentimentos, não é culpa dele. Não completamente, pelo menos. Ele teve que me criar sozinho todos esses anos.

— Nada, pai — respondo. — Somos sobreviventes, né? É o que a gente faz. Primeiro a mamãe, agora o Oliver.

— Você já passou por mais do que alguém com dezesseis anos deveria ter que lidar — ele diz. — E por isso, Emmaline, eu realmente... — A voz dele é cortada.

— Pai? — Há só silêncio do outro lado. — Você ainda está aí?

— Querida, é o trabalho. Preciso atender. Posso te ligar mais tarde?

— Você sabe onde me encontrar. — Não deixo transparecer que essa interrupção faz com que eu me sinta ainda mais sozinha. Já estou acostumada, mas não significa que seja fácil.

Eu me despeço e começo a descer pelo caminho de terra que vai da casa principal à casa de barcos, onde cumprirei minha tarefa. Não conheço o caminho muito bem, já que raramente visito essa parte do campus, mas é bonito. Enquanto desço a colina até a margem, vejo um prédio que mais parece um bloco de cimento se impondo sobre o outro lado do Lago Dark. Dizem que esse prédio já foi a sede de um laboratório de pesquisa científica fechado anos atrás. Tropeço nos meus próprios pés enquanto tento dar uma olhada nele, mas logo as árvores se fecham sobre o caminho e o prédio some de vista.

Quando chego à casa de barcos, entendo por que Ransom nos pediu para pintá-la. O lugar precisa de uma boa reforma. Duvido que Levi e eu possamos deixar isso aqui deslumbrante, mas tudo que me importa é que a gente termine nossa tarefa.

Quando saio de baixo do dossel de árvores, vejo que o céu está muito azul. O sol reflete nas águas do Lago Dark, tornando-o quase bonito. Eu me aproximo da casa de barcos deplorável e estou prestes a dar uma espiada dentro para ver se estou sozinha quando ouço um farfalhar de folhas secas.

Levi chegou.

Quando me viro para vê-lo se aproximar, a sensação é de que, de repente, entrei no piloto automático. *Não falar com ele. Evitá-lo.* Estou com raiva dele e com o coração partido. Mas, acima de tudo, estou com medo. Não de que ele vá me machucar, e, ao contrário de muita gente nesse país e na Darkwood, não suspeito dele por ser um Similar. Tenho medo da forma como meus batimentos aceleram quando vejo o rosto dele.

Abro a porta da casa de barcos e entro. O interior está cheio com cerca de cinquenta barcos a remo, empilhados de cabeça para baixo em prateleiras que vão do chão ao teto. Algumas canoas estão no chão e ao lado delas há uma escada alta. À minha esquerda, há latas de tinta, pincéis e outros equipamentos porcamente escondidos debaixo de uma lona. Vou direto para os equipamentos de pintura e começo a olhar entre eles.

— Dash? — chamo. — Você está aí?

— Sempre — Dash responde com sua voz familiar que quase consigo imaginar estar conectada a um humano de verdade. — Onde mais eu estaria... Paris?

Eu rio, embora esteja com vontade de chorar.

— Acho que você fez sua primeira piada, Dash. Bom trabalho — digo a ele.

— Novo sistema operacional, novo eu — Dash diz. — Logo mais terei dominado o sarcasmo.

— Você pode colocar *A Lista* pra tocar? — instruo.

— Tocando *A Lista* — Dash diz. A playlist que Ollie fez para mim ano passado enche os fones acoplados às minhas orelhas.

Alguns momentos depois, sinto a presença de Levi. Rapidamente resmungo:

— Aumentar o volume. — E então acrescento: — Silenciar barulho de fundo — esperando abafar todo som que não seja música. Olho para as latas de tinta. Todas parecem conter o mesmo verde-musgo triste, então pego duas latas pela alça e as puxo para fora, fazendo uma segunda viagem para pegar pincéis, rolos e ferramentas. Levi segue meu exemplo. Não olho para trás, mas sinto que ele vem logo depois de mim, pegando latas de tinta e seguindo meus passos para fora.

Trabalhamos em silêncio, embora não esteja silencioso para mim. Tenho a playlist de Ollie para me fazer companhia. Estou misturando um pouco da tinta verde com um pedaço de madeira quando uma mão toca meu ombro e eu me assusto.

— O que é? — pergunto, irritada, mais agressiva do que queria, quando me viro para encarar Levi.

Ele fala, mas não consigo ouvir o que está dizendo, já que silenciei todo o barulho de fundo. Quando os lábios dele param de se mover, ele me encara, esperando uma resposta. Dou de ombros e volto a trabalhar.

Levi toca meu ombro de novo. Está claro que ele não vai me deixar em paz.

— Pausar música — digo, com relutância. Quando o som do mundo retorna, Levi fala novamente.

— Base — ele diz. — Você não pode começar com a tinta verde, precisa de uma base.

Eu o encaro por um segundo, parado ali na minha frente em plena luz do dia. Ele está vestindo os mesmos jeans de ontem, com uma camiseta branca de manga curta. Será que está com frio? Não parece. Seus braços musculosos parecem quentes ao toque. Não respondo, simplesmente volto para dentro da casa de barcos para pegar latas de base.

— Emma — ele chama. Eu me viro e olho para ele de novo. — Sinto muito que você tenha descoberto sobre mim desse jeito.

Por um breve momento, paro de odiá-lo. Esse momento some tão rápido quanto veio.

— O que eu devia ter feito? — ele insiste. — Faltado à assembleia? Te vendado durante meu juramento? Isso teria ajudado?

— Não.

O olhar de Levi é afiado como uma lâmina.

— Então, o quê? Não escolhi nada disso, Emmaline. Nada.

— Será que a gente pode, por favor, não conversar? — pergunto. — Estava melhor sem falar.

Pego a base e a levo para fora, onde abro a lata com a ponta de uma chave de fenda e derramo a tinta em uma bandeja fina de alumínio. Estou gostando dessa tarefa. Gosto da forma como a tinta se espalha, formando uma poça na bandeja de metal. Gosto de usar as mãos e não precisar pensar. Aumento o volume no meu Ameixa e tento me perder nas músicas favoritas de Ollie.

Enquanto continuamos a trabalhar lado a lado, sem conversar por pelo menos uma hora, o sol mergulha no horizonte.

Fica muito frio e fecho meu moletom até o queixo. Meu Ameixa acaba ficando sem bateria — essa coisa estúpida vive me deixando na mão, provavelmente porque sempre me esqueço de atualizar o software — e não há luz suficiente para recarregar a bateria solar, então trabalhamos num silêncio profundo. Eu me sinto vazia e exaurida sem a música que Ollie amava correndo por mim.

Só consegui passar base em uma pequena área, mas a distração é mais do que bem-vinda. Não vou me importar de fazer isso todo dia, vir para este lugar abandonado e passar o mesmo pincel pela mesma parede por um futuro próximo. A ideia é reconfortante.

Estou aproveitando a paz quando ouço um grito.

Levi e eu congelamos. Nossos olhares se cruzam.

— Você... — começo.

— Onde foi...?

Aponto para um canto do outro lado da casa de barcos.

— Veio daqui de dentro.

Começo a me mover na direção do grito. De repente, a mão de Levi cobre minha boca e seu outro braço está em volta de mim, me segurando firme. A boca dele está no meu ouvido. Sinto sua respiração. A minha estremece com a proximidade dele; consigo ouvir meu coração batendo.

— Não fale — Levi diz. — Não é seguro. Por favor.

Faço que sim e ele me solta. Mesmo assim, meu coração não desacelera. Juntando toda minha coragem, dou um passo na direção das portas duplas, ciente de que Levi está me seguindo. Dentro da casa de barcos, as fileiras de barcos de corrida têm uma aparência formidável sob a luz fraca da tarde. Aqui dentro já está quase escuro, mas não podemos acender nenhuma luz.

Levi caminha pelo outro lado, pisando com cuidado para não fazer o antigo chão de madeira estalar. Eu o sigo em silêncio. Nós nos movemos para o outro lado da estante que abriga os barcos de corrida. Essa parte da construção está ainda mais escura, já que pouca luz entra por entre os barcos empilhados. Passo por alguns trapos soltos e noto um remo no chão — mas, tirando isso, não há mais nada fora do lugar. Levi e eu trocamos um olhar e damos de ombros. Nós escutamos algo, não escutamos? Um grito cortante? Deve ter mais alguém aqui.

Levi fica parado entre as canoas e corre os dedos pelo cabelo, nervoso. Mas ainda não estou pronta para desistir. Sei muito bem o que ouvi, e o barulho veio de dentro da casa de barcos — tenho certeza. Começo a olhar dentro das canoas. Há assentos, um saco de papel amassado... Estou prestes a concluir que estamos sozinhos quando vejo.

Uma forma escura dentro de uma canoa no canto. À primeira vista, não consigo saber o que é. Preciso me inclinar e aproximar o rosto para distinguir o que estou vendo. É então que solto um grito.

É um corpo.

PRUDENCE

Levi e eu nos inclinamos sobre a canoa. Minha cabeça me leva para o passado.

Oliver na cama, sem acordar. Oliver sem respirar. Oliver morto.

Olhando o corpo dessa pessoa deitada na canoa, fico tomada pelo mesmo medo paralisante que senti daquela vez.

Respiro fundo e, com a mão tremendo, toco o corpo, afastando o cabelo do rosto da pessoa.

É *ela*.

Engasgo.

Levi a reconhece no mesmo instante que eu.

— Essa é...?

— Pru. — Tenho certeza de que é Pru, e não sua Similar. Essas são as roupas de ginástica que Pru estava usando há algumas horas. Eu as reconheceria em qualquer lugar.

— Não é Pippa. Pru está na equipe de remo — digo com uma voz frenética. — Deve ser por isso que ela estava aqui.

— Não sinto o pulso — Levi diz, indo direto ao assunto. Mas só há uma coisa em que consigo pensar: *Pru, não. Prudence também, não. Não, não, não.*

— Acho que você não está fazendo direito — digo com raiva enquanto observo Levi procurar sinais de vida no punho de Pru. Uma parte de mim deseja que fosse *Pippa* deitada aqui, que Levi estivesse sentindo essa dor em vez de mim. Sei que é errado, mas ainda assim o odeio por isso.

— Aqui — Levi murmura. — Tem pulso. Ela está viva. Por enquanto.

— Dash — digo, nervosa. — Chame a enfermeira da escola. — Quando Dash não responde é que me lembro. Meu Ameixa morreu. Gastei a última barra de bateria ouvindo *A Lista* e, agora que preciso dele — que *Pru precisa de mim* —, não posso ajudá-la.

— Seu Ameixa — digo para Levi, afastando o pânico da minha voz. — Você pode chamar a enfermaria?

Levi assente, puxando seu Ameixa do bolso e deslizando a tela. Ele se atrapalha todo, como se não soubesse usá-lo.

— Ei — digo, e sinto minha voz falhando. — Rápido! Anda logo!

— Acabei de comprar essa coisa — Levi explica enquanto procura o ícone de emergência. Depois do que parece uma eternidade, mas que são apenas alguns segundos, ele encontra o ícone e o aperta. — É meu primeiro celular. — Ele dá de ombros.

— Seu primeiro... — Eu me esforço para absorver a ideia. — Você quer dizer seu primeiro AMEIXA 500?

— Não, meu primeiro celular. Não tínhamos essas coisas quando éramos menores.

— Rápido — digo. — Ela não pode... Eu não vou deixar...

Lágrimas surgem nos meus olhos. Eu me inclino para a frente e entrelaço meus dedos nos de Pru. A pele dela está gelada.

— O que foi que aconteceu com você, Pru? — pergunto, mesmo sabendo que ela não vai responder. Será que foi um acidente? Prudence tropeçou? Ou ela estava subindo para pegar algum equipamento e caiu, aterrissando nessa canoa?

— Não está funcionando. O sinal é ruim aqui — Levi interrompe meus pensamentos. — Precisamos levar ela.

— Não — digo. — Não se mexe em gente ferida.

— Eu posso correr até a escola — Levi oferece. — Encontrar alguém pra ajudar. Mas talvez isso leve muito tempo. Além do mais — ele acrescenta —, não quero te deixar aqui sozinha.

— Eu sei me cuidar.

— Disso eu não duvido — Levi diz, com frieza. — Mas e se sua amiga perder o pulso? Tiver uma parada cardíaca? Quanto mais rápido nós a tirarmos daqui, melhor.

— Tá bom — cedo. — Leva ela. Mas, por favor, toma cuidado.

Levi ergue Pru e começamos a voltar para a casa principal. Ele corre com foco. Seus olhos estão sérios enquanto ele carrega minha amiga com destreza pelo caminho irregular. Por um momento, fico pensando se o peso não é demais para ele. Pelo tamanho dos bíceps, porém, eu diria que Levi é forte o suficiente para dar conta.

Quando estamos a uns cinco minutos do centro do campus, peço a Levi seu Ameixa.

— Quero tentar falar com a enfermaria de novo. Se conseguirmos contato, eles podem preparar uma ambulância pra nos esperar.

Levi me joga seu Ameixa e eu aperto o ícone de emergência de novo. Um toque e alguém atende. Aceno com a cabeça para que Levi saiba que conseguimos contato.

— Estou falando com Levi Gravelle? — a voz do outro lado pergunta.

— Não — respondo rápido. — Aqui é Emmaline Chance. Eu estou com ele. Estou usando o celular de Levi.

— Qual é a emergência?

— Houve um acidente. Prudence Stanwick. Ela está inconsciente. Ouvimos um grito na casa de barcos. A gente não sabe o que aconteceu. Ela tem pulsação, mas não está respondendo.

— Já encontrei sua localização — a mulher do outro lado diz, provavelmente uma das enfermeiras da Darkwood. — A equipe de resgate vai encontrar vocês na clareira. Não saiam daí.

— Tá bom — respondo. — Você quer que eu fique na linha?

— Sim — a enfermeira responde. Eu a imagino ocupada atrás da mesa, iniciando toda uma cadeia de comando: contactando o hospital. O diretor Ransom. A administração.

— A pulsação dela está estável — Levi diz. — É um bom sinal.

— Treinamento médico foi parte da sua educação na antiga escola? — digo, grossa, enquanto desvio de uma raiz nodosa.

— Não tinha escola onde eu cresci — ele murmura.

Passo por cima de umas pedras, me lembrando do que Madison disse.

— Então é verdade? Vocês estudaram em casa?

— De certa forma. Tínhamos tutores. Professores via videoconferência. Eles nunca nos viam pessoalmente. Nem sabiam nossos nomes verdadeiros.

— Como era? — pergunto, incapaz de me controlar.

— Era impessoal e solitário. A ilha era isolada, então parecia uma cidade flutuante. Havia prédios de vidro e aço sobre a areia.

Digo para a enfermeira que estamos quase chegando e peço para, por favor, se apressarem com a ambulância. Escuto a respiração de Levi ficar ofegante quanto mais perto chegamos da escola. Ele joga Pru por cima do ombro como um saco de batatas. Eu o sigo, desejando que ela abra os olhos. Ela não abre.

Finalmente, emergimos para fora do bosque. Congelo com a cena que se desenrola à minha frente. Paramédicos transferem o corpo mole de Pru dos braços de Levi para uma maca. Eles gritam termos médicos que não entendo, exceto quando ameaçam entubá-la.

Enquanto isso, dois policiais chegam, armados com lasers. Imagino que tenham vindo para vasculhar a casa de barcos em busca de evidências que possam ser cruzadas com sua base de dados genética. O diretor Ransom dá um passo à frente para falar com eles e tento lembrar de quando ele chegou aqui. Contudo, meu olhar volta para Pru, como se atraído por um ímã. Os paramédicos colocam a maca de Pru na parte de trás de um van branca. Eu sigo para embarcar ao lado dela, quando uma mão pega meu ombro.

— Aonde você pensa que vai, mocinha?

Eu me viro e fico cara a cara com a vice-diretora Fleischer.

— Para o hospital. Eu vou com ela.

— Nós dois vamos — Levi acrescenta.

Em segundos, o diretor Ransom está do meu lado.

— Vocês dois passaram por algo e tanto — Ransom diz para mim e Levi, embora suas palavras soem distantes.

OS SIMILARES 109

Não sou eu que estava deitada inconsciente em uma canoa! Tenho vontade de gritar, mas não o faço. Minha voz não está funcionando.

— Sugiro que os dois sigam para a enfermaria e depois para seus dormitórios e descansem um pouco — Ransom continua. Sinto que Fleischer quer acrescentar algo, mas Ransom a silencia com um olhar.

— Não há nada de errado conosco — Levi responde. — Não precisamos ver a enfermeira.

Ransom observa Levi por um momento antes de responder.

— Você quem sabe, sr. Gravelle. — Ele gira sobre os calcanhares, voltando para os policiais. Ouço Ransom implorando aos oficiais para que não colham nosso depoimento, não agora. Mesmo que quisessem, não podem — não sem nossos pais ou responsáveis legais presentes. Ransom diz à polícia que não estamos em condições de falar sobre o que acabou de acontecer e que os lasers vão confirmar o que Ransom já suspeita: tudo não passou de um acidente infeliz.

Levi e eu observamos o motor da ambulância voltar à vida, e o veículo começar a ir embora com Prudence e a vice-diretora Fleischer dentro.

Algo em mim desperta e me viro para Levi.

— Isso está errado. A gente deveria estar com ela. A Pru precisa de nós!

— Ela nem me conhece — Levi argumenta, em voz baixa.

— Eu sou *a melhor amiga* dela — respondo. — Sua *companheira de quarto*. E se ela acordar e não souber onde está? Ela vai ficar sozinha — digo, incapaz de afastar o pânico da minha voz. Estou tonta e me sinto cambalear.

Levi estica um braço para me amparar.

— Quando foi a última vez que você comeu? — ele pergunta.

— Ontem — admito enquanto afasto a mão dele.

— Deixa eu te levar de volta para o Cipreste — Levi diz, mas não quero nada disso. Começo a andar na direção da casa principal. Se Ransom não quer que eu vá ao hospital com Pru, não vou discutir com ele. Simplesmente vou encontrar meu próprio jeito de vê-la.

— Ei — Levi diz, me seguindo. — Emma! Espera aí! Espera um segundo, ok? Eu sei. Eu sei.

— Sabe o quê? — grito, pensando que, se eu for rápida o suficiente, vou despistá-lo.

— Sei que ver Pru assim te dá a sensação de perder Oliver de novo. Sei que ninguém consegue lidar muito bem com essa coisa de ver tantos corpos numa vida só.

— Imagina num verão só — digo.

Mais uma vez sou inundada pela memória de Oliver. Estou com tanta saudade. Ver o rosto dele sem ter acesso à pessoa que ele era só deixa tudo pior.

— Espera um pouco — digo. — Você disse que eu encontrei corpos. Plural. Como você sabe que eu o encontrei? O Oliver, no caso.

Levi dá de ombros.

— Todo mundo sabe, não sabe?

— É, acho que sim.

Levi cruza os braços. É só então que noto o quão arranhados eles estão de carregar Pru em meio aos galhos. Por instinto, estendo a mão. Ele puxa o braço como se tivesse se queimado.

— Ransom estava certo. Você devia ver a enfermeira — sugiro. — Ela pode limpar isso e passar alguma coisa.

— Estou bem — ele diz, dispensando minha sugestão.

— Você acha que foi um acidente? — pergunto.

Levi me encara e, por um segundo, sou grata. Ele carregou Pru até ela estar segura. Sem ele, talvez ela ainda estivesse jogada lá... *Morta, não!* Eu grito na minha cabeça. *Prudence também não...*

— Não sei — ele responde. — E se alguém fez isso com ela? Bateu na cabeça dela. Deixou seu corpo naquela canoa.

Assinto, porque responder com palavras seria doloroso demais. De repente, sinto uma ânsia de vômito. Começo a andar na direção da casa principal e Levi grita atrás de mim.

— Emma?

Eu não me viro, e Levi não diz mais nada.

A ÓRFÃ

Naquela noite, fico surpresa ao ver Prudence no jantar. Ela está sentada sozinha em uma mesa longa e vazia. Meu coração dá um pulo e corro até ela.

— Pru?

Ela ergue os olhos ao ouvir seu nome e seus olhos estão inchados e vermelhos, sem dúvida de chorar. Muito embora sejam as feições de Pru que estou vendo — mesmos olhos, mesmo queixo pequeno, mesmo nariz —, eu murcho. Não é Pru.

É Pippa.

Claro que é. Porque Pru não está aqui. Ela foi levada ao hospital. Depois do acidente ou... seja lá o que aconteceu.

— Pippa — digo, com a voz áspera. Queria poder voltar atrás e me corrigir, porque tenho certeza de que piorei tudo ao chamá-la de Pru. Lembrando-a de que ela se parece exatamente com a garota atacada na casa de barcos. Sua original.

— Tudo bem — Pippa diz. Quero abraçá-la e nunca mais soltá-la, mas não faço isso. Não conheço essa garota. Essa não é minha amiga. É a réplica do seu DNA. Não é Pru.

Pippa ouviu falar do acidente de Pru — todo mundo ouviu — e está cheia de perguntas. *O que aconteceu? O que eu vi? O que eu estava fazendo quando a encontrei? Pru vai ficar bem?*

Digo a Pippa o pouco que sei e ela me conta que mandou um buzz para seu pai de DNA, mas Jaeger não respondeu. Ela explica que não se sente próxima o suficiente dos Stanwick para ligar para eles. Vejo Levi pegar uma bandeja e entrar na fila do bufê com seus amigos. Ele não olha na minha direção. Ele não me nota. Eu, por outro lado, noto tudo nele. Ele trocou de roupa. Agora, está com uma blusa de mangas compridas. Será que essa camiseta nova é uma estratégia para cobrir os arranhões depois de ter carregado Pru pelo bosque? Ele está com outro livro enfiado no bolso de trás da calça jeans.

Antes que eu possa tentar pensar em qual livro ele está lendo, aquele menino da aula de história americana — Henry Blackstone — se aproxima dos Similares, e tudo que eu estava pensando sobre os hábitos de leitura de Levi desaparece. Não consigo ouvir o que ele está dizendo, mas parece que Henry está animado propondo alguma coisa, especificamente focado em Theodora.

— Do que será que ele está falando? — murmuro. Não sou a única curiosa. Vários dos meus colegas pararam de conversar para observar. Os Similares ficaram tão isolados em seu próprio grupo, com exceção de Pippa, que senta comigo e Pru...

— Ele está chamando Theodora pra sair com ele — Pippa diz.

— Mesmo? — pergunto, surpresa. — Isso é... ousado da parte dele. — Então algo me ocorre. Eu me viro de frente para Pippa. — Como você sabe que foi isso que Henry disse? Você faz leitura labial?

Pippa faz que sim.

— Deixe-me adivinhar. Você aprendeu a fazer isso quando era criança?

Pippa dá de ombros.

— Onde crescemos...

— Na ilha — completo.

— Sim. Não havia muito o que fazer além de estudar. Cada um de nós aprendeu um esporte, várias habilidades em outras disciplinas e línguas. Eu falo cinco.

— E você aprendeu tudo isso com professores particulares? — insisto.

— Isso mesmo — ela responde.

— Levi me disse que era tipo uma daquelas fortalezas, acho que já li algo a respeito em algum lugar. Tipo uma cidade flutuante em mar aberto, não é?

— Dá pra dizer que sim — Pippa diz. — É uma micronação, governada por suas próprias leis. São dez quilômetros quadrados e tinha tudo o que precisávamos: comida, abrigo, pessoas que cuidavam de nós. Todo o básico — ela acrescenta, seca.

— Por que todos vocês têm sotaque britânico? — pergunto. — A ilha era perto da Inglaterra?

— Nossas babás eram inglesas — Pippa explica. — Elas cuidavam de nós e garantiam que recebêssemos carinho o bastante: liam pra nós, nos abraçavam, essas coisas.

Agora estou ainda mais fascinada pela vida dos Similares antes da Darkwood. Ainda assim, hesito em bombardear Pippa com perguntas demais sobre seu lar, então volto minha atenção para seus amigos.

— Bom — insisto. — Você viu o que Theodora disse? Henry se deu bem? Ele parece bem feliz.

Pippa dobra cuidadosamente o guardanapo sobre o colo.
— Ela disse que vai pensar no assunto.

Na tarde seguinte, recebo um buzz dizendo que a detenção foi realocada para a biblioteca. Nenhuma surpresa, já que a polícia ainda está usando sua tecnologia a laser para vasculhar a casa de barcos em busca de pistas a respeito do que aconteceu com Pru.

Estou morrendo de preocupação. Sempre que fecho meus olhos, a vejo deitada naquela canoa. Mesmo assim, ainda preciso aparecer na detenção, então abro uma das portas da biblioteca e passo os olhos pela sala de leitura, à procura de alguma instrução. Não tenho ideia do que devo fazer e não vejo Levi, então fico andando pelo lugar. Primeiro, passo pelas mesas no centro da sala principal, onde o domo cheio de janelas deixa entrar feixes de luz da tarde. Dou a volta em algumas estantes. As lindas lombadas dos livros antigos parecem cheias de promessas. Puxo um livro qualquer. *Guerra e paz*. É pesado. E-books não pesam nada, não têm densidade. Essa é uma das coisas que faz com que eu ame livros físicos.

Deslizo *Guerra e paz* de volta para o lugar e faço uma curva, então paro. Três alunos estão reunidos em volta de uma mesa no canto, sem notar minha presença, nem qualquer outra coisa além daquilo em que estão se concentrando.

Jake, Tessa e Madison. Tenho certeza de que são eles e não seus Similares por causa das roupas e pela forma como Jake joga a cabeça para trás quando ri e pela sua bolsa de couro largada de forma descuidada em cima de uma cadeira, o que faz com que as alças toquem o chão brilhante de madeira. Ele está à vontade, como alguém que nunca teve com o que se preocupar, o que definitivamente não é o jeito de Jago. Mudo de posição, mas ainda não consigo saber para o que eles estão olhando.

— Não é engraçado, Jake — ouço Tessa dizer. — Madison não apareceu para o exame de sangue ontem. A vice-diretora Fleischer disse que ela não vai poder participar se não aparecer para seus compromissos.

— Por favor — Madison diz, dispensando Tessa. — Minha mãe nunca deixaria que ela me desqualificasse.

— Madison faltou porque ela não consegue ver sangue — Jake diz, rindo. — Você devia ter me dito, gata. Da próxima vez eu vou com você. Seguro sua mão.

— É melhor tirar seu cavalinho da chuva — Madison responde. — E não tenho medo de sangue. Eu tinha algo mais importante pra fazer ontem à tarde.

Tessa parece irritada.

— Não ligo pro que você estava fazendo. Eu fui para a minha consulta ontem de manhã. Eu nunca teria sonhado em faltar. Isso afeta a todos nós, sabia? Não estamos brincando!

Nunca vi Tessa tão envolvida com algo antes. Pelas feições de Madison e Jake, eles também não.

— Pelo amor de Deus, Tessa — Jake diz. — Tenho certeza de que Madison consegue reagendar. Não é, gata? — Ele passa um braço pelo encosto da cadeira de Madison.

Ela o fuzila com o olhar.

— Me chama de gata de novo e eu desloco seu braço de um jeito que ele nunca mais vai voltar para o lugar.

— *Isso* eu queria ver — Jake responde, rindo. Quando ele se inclina de volta na cadeira, vejo alguns papéis na mesa. Parece algo impresso.

— Ela não está interessada — Tessa diz. — Talvez você tenha mais chance com a Similar dela.

Jake desdenha.

— Tipo o Henry Blackstone? Que otário. Será que a Theodora está tão desesperada assim pra aceitar sair com ele?

Madison passa o dedo por seu Ameixa.

— Ela nunca deve ter tido um encontro na vida. Acho que Henry é melhor que nada.

— Você acha que algum deles já… você sabe…? — Tessa dá de ombros.

— Por favor, para — Madison diz, finalmente erguendo os olhos de seu Ameixa. — Não quero ficar pensando nisso a tarde *inteira*. — Ela olha com firmeza para Jake. — Já não basta minha Similar estar namorando o seu?

— Seus pais gostaram dele? — Tessa interrompe, mudando de assunto.

— De quem? — Jake pergunta. Ele estala um elástico entre os dedos.

— Do Jago, né.

— O que você acha? — Jake pergunta. — Jago é o filho que eles sempre quiseram, tirando o fato de ele ser um mala sem alça. Eu não trocaria de lugar com aquele garoto nem se me pagassem.

— Mas você poderia — Tessa diz. — Você é igualzinho a ele, tem o mesmo DNA e tudo. Você nunca pensou que isso poderia ser… útil?

Jake sorri.

— Óbvio. Você sabia que nossas chaves são intercambiáveis?

Tessa o encara.

— Como assim?

— Isso mesmo. Ouvi Ransom e Fleischer falando sobre isso. Já que o sistema de chaves é configurado com nosso DNA, as chaves não conseguem distinguir entre dois alunos com o mesmo código genético. Nunca foi um problema porque só houve três pares de gêmeos idênticos na história da Darkwood, e eles sempre dormiram no mesmo quarto. E a administração tomava cuidado pra que os gêmeos assinassem manualmente as provas. Nunca aconteceu nada além de algumas fraudezinhas na hora das provas.

Tessa se inclina para a frente. Dá para notar que ela está mais do que levemente interessada. Madison também.

— Então, em tese, quer dizer que, se você tivesse a chave de Jago, poderia entrar no quarto dele. Até fazer as provas...

— Fascinante, mas está na hora da gente ir — Madison interrompe. — Tenho uma sessão de planejamento para o DAAM em vinte minutos.

DAAM? *O que é isso? Alguma nova atividade extracurricular que ela está fazendo para impressionar as universidades?* Não que ela precise — ser líder dos Dez é o suficiente para garantir uma vaga na universidade que ela quiser.

— É estranho — diz uma voz abafada atrás de mim. Levi. Claro. Ele está aqui para a detenção também. — Eles se parecem com os meus amigos, só que...

— Só que não são — digo, sem expressão.

Por um momento, considero como é irônico que eu veja os Similares como cópias dos meus colegas e que ele veja meus colegas da mesma forma.

É então que notamos que Jake, Madison e Tessa estão nos encarando. Eles se levantam rapidamente, juntando os papéis e os enfiando em suas bolsas.

— Hum, olha só — Tessa diz. — É um deles. E ele fez uma amiga.

Madison sorri para mim.

— Estou impressionada, Emmaline. Você seguiu meu conselho e adotou o clone do Oliver. Que bom pra você.

Quero dar um tapa nela, mas fico onde estou.

— Não se preocupe — sussurro para Levi. — Não vou fazer escândalo.

— Eu não estava preocupado — Levi diz enquanto Madison, Tessa e Jake viram de costas para nós. — Você teve alguma notícia? Sobre a Prudence?

Balanço a cabeça.

— Não. — Minha frustração aparece na minha voz. — Sou a melhor amiga dela e ninguém me disse nada.

— Nós poderíamos ir ao hospital — Levi sugere. — Vê-la. Descobrir...

Se ela está morta. Termino a frase na minha cabeça, mas não em voz alta.

— A gente não pode sair. Estamos em detenção. — Aponto para um carrinho de livros didáticos, entregando para Levi um bilhete que encontrei no topo da pilha. — Aqui diz que devemos separar e guardar esses livros, seguindo o padrão decimal Dewey.

— A maior parte desses livros parece ser retirada uma vez por século. Você não acha que eles podem esperar?

Embora uma voz na minha cabeça me avise para não causar mais problemas para mim mesma faltando à detenção, meu coração está com ele. Levi nem precisa pedir de novo.

— Vamos.

Andamos juntos pelo caminho arborizado que leva até a estrada. Levi nos guia, consultando o mapa no seu Ameixa.

— Quanto tempo até chegarmos lá? — pergunto, quebrando nosso silêncio autoimposto.

— Trinta e sete minutos — Levi responde. — Mas pode contar mais umas dezessete horas. O mapa não calcula esse seu passo de formiga.

— Engraçado — digo.

— Disponha — ele responde.

Voltamos ao silêncio. Quando a tarde parece sangrar ao se transformar em anoitecer, fecho meu moletom até o queixo, desejando ter trazido um casaco. Levi está usando outra camiseta de manga comprida, mas nenhum suéter ou jaqueta, e ainda assim ele não parece afetado pela temperatura. Tropeço em uma pedra e esbarro nele. Seu braço é sólido sob a manga.

— Como você fez aquela coisa? — pergunto.

Levi contrai as sobrancelhas.

— Que coisa?

— Naquela noite, perto do Lago Dark. Você deu uma cambalhota no ar. Você estava praticamente voando.

Levi dá de ombros.

— Se chama *tricking*. Aprendi na Ilha Castor, onde cresci.

— Nunca tinha visto ninguém fazer isso antes — digo. — Sabe, na Califórnia, onde *eu* cresci.

Levi parece pensativo.

— Califórnia, é? Como é lá?

As pernas de Levi são mais longas que as minhas, e preciso apertar o passo de vez em quando só para acompanhá-lo, então minha voz está um pouco ofegante quando respondo:

— Achei que você soubesse de tudo, sr. Stratum Três.

— Eu nunca tinha ido a lugar nenhum até esse verão. Você deve ter lido os jornais, né? Passei minha vida inteira em um raio de seis metros, em uma instalação de aço e vidro. Uma das vantagens de ser o erro genético do século, lembra?

— Eu li os artigos — falei. — E os posts na internet. E as reportagens exclusivas. Todo mundo leu.

— Então você sabe que minha existência não é nada além de uma casualidade. Só estou aqui porque algum técnico de laboratório implantou células que foram tiradas do seu amigo e de todos os outros — ele diz, me encarando.

— Foi um acidente mesmo?

— Um acidente ou um erro — Levi responde. — De qualquer forma, fomos criados por um técnico de laboratório que não fazia a menor ideia da magnitude do que estava fazendo.

Penso nisso. Levi tem razão, é claro. Segundo todos os relatos do incidente, o técnico de laboratório estava sofrendo um colapso psicológico quando clonou os originais. Não ficou claro se ele realmente compreendia o que havia feito. Ele foi demitido e encaminhado para uma clínica particular para ser mentalmente avaliado. Isso foi dezesseis anos atrás. Ninguém ouviu falar dele desde então.

— Então. Como ele era? — Levi pergunta.

— Como quem era? — sussurro, embora eu saiba com cada átomo do meu ser de quem ele está falando.

— Meu original. Meu *doppelgänger*. Meu... clone, se você preferir.

— Bom, pra começo de conversa, Oliver não era um babaca.

Levi ri de verdade.

— Eu tinha me esquecido do quanto você ama sair julgando os outros sem conhecê-los. Acho que dá pra ver algum charme nesse seu jeitinho. Pelo menos alguém deve ver.

Ele carregou Pru por todo aquele caminho, lembro. *Ele não é um babaca, Emma.*

— Oliver é... era... minha clorofila — digo, simples assim.

Espero Levi rir do que eu disse. Mas ele não ri.

Então, um momento depois, lá vem.

— Oliver te ajudava a produzir oxigênio que você então liberava como resíduo?

Suspiro.

— Não. Ele convertia luz em energia.

Percebo que ele ficou intrigado, porque não pergunta mais nada.

Chegamos à estrada e andamos lado a lado no acostamento. Alguns poucos carros voam por nós.

— Você não é uma pessoa fácil de conhecer — Levi diz. — Passamos horas juntos ontem. Durante a detenção e depois... — Ele dá de ombros. — E ainda não sei nada sobre você. Sem falar de Oliver, que você só descreveu usando uma metáfora botânica vaga.

Um grunhido alto soa acima de nós quando um gavião circula lá em cima. Estremeço com o som e o frio. De repente, passo a ter uma percepção mais aguçada do garoto caminhando ao meu lado.

— Não quero que você sinta pena de mim com o que vou dizer — Levi começa —, mas passei minha vida toda sabendo que sou igualzinho a alguém que nunca conheci. Agora essa pessoa morreu, o que significa que nunca vou conhecê-lo, e eu sempre pensei que nos encontraríamos. Não achei que eu e ele seríamos como irmãos nem nada assim. Eu só pensava que um dia iríamos nos conhecer. E já que não podemos... saber sobre ele meio que ajuda.

— Ajuda com o quê? — pergunto em uma voz quase inaudível.

— Me ajuda a tentar entender minha vida — ele responde. — Essa minha existência aleatória e, em sua maior parte, inútil.

Ficamos em silêncio por mais um minuto enquanto aceleramos o passo.
— Você quer saber uma coisa sobre Oliver? — ofereço.
— Uma coisa de verdade?
Levi não responde, mas o clima entre nós muda. Sei que tenho toda a atenção dele.
— Há diferenças físicas entre você e ele. Seu cabelo é mais comprido do que o dele era. Além disso, não sei se você que é mais musculoso ou se ele que era mais magro, mas... — Eu paro. A última coisa sobre a qual quero discutir é o corpo de Levi. — Oliver era esperto. Ele amava aprender. Sempre falava comigo sobre as coisas mais aleatórias e irrelevantes. Só que não eram aleatórias ou irrelevantes, não pra ele.
— Que tipo de coisa?
— Astronomia. História. Política. Era por isso que ele amava fazer filmes. Ele achava que todas as coisas do mundo valiam ser documentadas, até mesmo as histórias mais cotidianas. Mas o maior motivo para o Oliver ser meu melhor amigo é que ele era muito genuíno. Ele era engraçado, sabe? Não de um jeito sarcástico, tipo eu... ou você. Ele era tão otimista, tão *sincero*. A verdade é que, se ele não fosse minha pessoa favorita, eu o odiaria.
Levi reflete e então diz:
— Como são os pais do Oliver?
Meu coração salta à menção deles.
— Quem, Jane e Booker? Jane é... — Eu me sinto lacrimejar. — Não dá pra descrevê-la. Não com palavras.
— Tente com charadas, então — Levi sugere.
Franzo as sobrancelhas.
— Acho que dá pra dizer que ela é pé no chão. Pé no chão tipo gentil, sensível, engraçada e generosa. E Booker é,

tecnicamente, o padrasto de Oliver, mas foi ele quem o criou desde a infância. Ele o adotou legalmente e tudo. Ollie nem lembra de quando não tinha Booker como pai. Nem lembrava — acrescento, me corrigindo.

— Deixa eu adivinhar. Ele é "pé no chão" também?

— Muito. — É tudo que consigo dizer, com uma voz engasgada.

Levi franze a testa como se algo o estivesse incomodando. Está claro que ele não gostou da resposta que dei.

Paro de andar.

— Estou confusa — digo.

— Com o quê? — Levi pergunta, parando também.

— Não entendo por que não contaram a Jane e Booker sobre você. Os outros pais, os de Madison, Tessa, o pai e a mãe de Pru, os outros... todos ficaram sabendo que os filhos tinham Similares.

— Como você sabe que não contaram a Jane e Booker sobre mim? — Levi pergunta, com uma voz tensa.

— Você não os conheceu, não é?

— Não.

— Se eles soubessem a seu respeito, eles iriam querer te conhecer.

— Os pais do Oliver *ficaram sabendo* sobre mim. Os Ward mandaram um bilhete explicando que não estavam interessados em me conhecer. — A emoção deixa a voz dele. — A sra. Ward disse que eu não deveria me considerar parte da família deles.

— Mas eles são seus pais! — grito, antes que consiga me impedir.

O olhar de Levi encontra o meu.

— Jane e Booker Ward são tão meus pais quanto seus.

— Eles são seus pais, sim. Você é clone do filho deles, não é?

— Você acabou de dizer que o sr. Ward é o padrasto de Oliver. O que quer dizer que eu não compartilho DNA com ele. Só com a sra. Ward.

— Mas Booker amava Ollie como um filho. Disso *não* há dúvidas.

— De qualquer forma — Levi diz —, sou um estranho pra eles, um projeto de ciências que deu errado.

— Não acredito nem por um segundo que a sra. Ward não iria querer te conhecer ou querer você na vida dela. Você viu o bilhete que eles mandaram? Viu pessoalmente?

— Não...

— Então talvez não seja verdade. Talvez seu guardião tenha mentido para você.

Levi joga as mãos para o alto.

— Então tá bom — ele diz, enquanto começa a andar de novo, acelerando o passo. Corro para alcançá-lo. — Eles estarão no campus depois das férias de outono. Aí podemos terminar esse debate.

Eu o encaro com um vazio no olhar. Levi continua:

— A cerimônia de homenagem? Pra honrar Oliver Ward? Uns professores estavam falando sobre isso ontem. Presumi que você já soubesse. Estão construindo uma ala de artes em homenagem a ele. Doada pelos muito "pé no chão" Jane e Booker Ward.

— Eles vão vir à Darkwood? — Mal consigo pronunciar as palavras. — Jane e Booker?

— Faz tempo que estou pensando em maneiras de me apresentar. Acho que "E aí, tudo bem?" não vai funcionar.

— Quando eles te conhecerem, vai ficar óbvio que nunca ouviram falar de você — digo em voz baixa. — Você vai ver. Jane jamais te rejeitaria.

Levi responde com passadas mais longas. Tento acompanhá-lo. Estamos quase chegando.

— Não sei por que ninguém contou a Booker e Jane sobre você ou por que mentiram para você — prossigo, seguindo os passos de Levi. — Mas quando eles te conhecerem...

— Vou substituir o filho que eles perderam? — O rosto de Levi está tão triste que é demais para mim. — Você não entende, Emma? Talvez eles pudessem ser algo mais do que estranhos antes, mas, agora que o filho deles se foi, eu nunca serei nada pra eles além de um tapa na cara. Uma lembrança de tudo que foi tirado deles. Olha, você mesma não ficou muito feliz quando me conheceu. — Ele ri. *Ele acha isso engraçado, então?* — Não se preocupe. Me virei sozinho por dezesseis anos. E pelo que me contaram sobre a encheção de saco e esse negócio de ter horário pra chegar em casa, por que eu iria querer ter pais agora?

Levi sai na frente e eu o deixo ir enquanto considero o peso do que ele me contou. Em todos os sentidos práticos, Levi é um órfão. Pior do que isso — ele não tem pais. Um órfão é alguém que perdeu sua mãe ou pai. Levi nunca teve pais para perder.

JAEGER

No hospital, a recepcionista nos informa que Prudence Stanwick não é mais uma paciente. Ela teve alta na mesma noite em que foi internada.

— Alta? — pergunto, gaguejando. — Como assim? Quem a levou?

— Aqui não diz.

— Mas isso não pode estar certo. Ela estava inconsciente. Ela não pode simplesmente ter ido embora!

A recepcionista suspira, mais interessada no seu Ameixa do que em me dar respostas.

— Não posso te ajudar, mocinha. A paciente teve alta.

E, simples assim, meu mundo desmorona novamente.

Nada de Prudence? Se ela não está no hospital, onde está?, eu me pergunto. *Ela me ligaria se estivesse bem.*

Não sou uma pessoa que corre, mas saio correndo. Há pedras ao longo da beira da estrada. Pego uma e a jogo no bosque que ladeia a rodovia. Então outra pedra e mais outra. E, a cada arremesso, grito.

Sinto Levi ao meu lado enquanto agarro pedras do tamanho da minha mão e as lanço com força, como um tiro. A sensação é boa. Não quero atingir nada nem ninguém, mas preciso me mover, canalizar minha raiva em algo físico. Levi pega uma também. Fico surpresa, mas ao mesmo tempo grata. Talvez ele entenda, pelo menos em parte, como me sinto.

— Eles devem tê-la transferido para outro hospital — digo enquanto atiro outra pedra. — É a única resposta que faz sentido.

— Talvez ela tenha ido pra casa. Se estava bem o suficiente pra viajar, eles podem tê-la levado para casa, para a família dela — Levi sugere.

— Não. Ela teria me avisado...

— Não se ela não estiver na sua lista aprovada de ligações externas — Levi me lembra.

Esqueci do bloqueio nos nossos Ameixas. Mas o pai de Pru está na minha lista de chamadas aprovadas. Pru pegaria emprestado o celular do pai para falar comigo, não pegaria? Pego outra pedra e a aperto em minha mão. Algo não está certo, alguma coisa não fecha. *Onde está Pru?*

Deixo que a pedra escorregue da minha mão e caia no chão. Cansei. Estou pronta para voltar. Começo a seguir a estrada de volta para o campus. Ouço Levi largar sua pedra e então os passos dele me seguem.

Depois de alguns minutos, Levi interrompe o silêncio.

— Se ela tivesse morrido, teríamos ficado sabendo.

Eu congelo.

— Como é?

— Eu disse que se ela tivesse morrido...

— Eu ouvi. — Minha voz é baixa.

OS SIMILARES 129

— Teriam nos contado — ele explica. — Não tem nenhum motivo pra esconderem isso de nós.

Estou tão tensa que me sinto como um elástico prestes a se romper.

— Prudence Stanwick é minha melhor amiga. Oliver Ward *era* meu melhor amigo, mas ele morreu. Então, além do meu *robô*, Pru é meio que a única pessoa que restou na minha vida. O que quer dizer que ela estar morta é a pior coisa que você pode dizer pra mim. A pior.

— Eu não quis…

— Qual é o seu problema, aliás? — digo. — Qualquer pessoa normal diria algo reconfortante.

— Já não te falei isso o bastante, Emma? Não fui criado pra ser normal.

— E você acha que eu fui? Minha mãe morreu quando eu tinha três anos. Não tenho lembranças dela além das que eu recriei a partir de fotografias velhas. Eu moro com meu pai, o que é basicamente como morar com um cadáver. Não somos tão diferentes assim, eu e você.

Levi me encara.

— O que é? — disparo. — O que foi agora?

— Você acha que tem alguma noção de como minha vida foi? — Levi respira profundamente. — Tente viver em isolamento completo por dezesseis anos. Tente passar a vida inteira sem conhecer ou passar tempo com gente da sua idade, a não ser por outros cinco clones com personalidades completamente diferentes com quem a única coisa em comum era o fato de sermos todos erros genéticos.

— Levi está bem perto de mim agora, tão perto que posso quase sentir seu peito subindo e descendo. — Tente viver uma vida tão solitária a ponto de chegar a pensar que jamais vai saber como é ter um amigo que você mesmo escolheu. Tente ser mandado pra longe, aos dezesseis anos, pra estudar na escola chique de um garoto morto do qual você foi clonado. — É a primeira vez que eu o vejo expressar tanta emoção ou intensidade. Não sei se estou com medo, e definitivamente não sei como reagir.

Enjoada por causa da situação de Prudence e só desejando estar de volta no meu quarto, sigo pela estrada. Nenhum de nós diz mais nada durante todo o caminho de volta para o campus. Meus pensamentos e a respiração dele são tudo o que escuto.

De volta ao meu quarto, encontro Pippa pensativa em frente à porta. Pela segunda vez, meu coração dá um salto, pensando que é minha companheira de quarto. Ainda assim, ver Pippa é ao mesmo tempo reconfortante e desorientador. Não é uma sensação nova. É como me sinto sempre que vejo Levi.

— Eu... esperei por você. Espero que você não se importe — Pippa diz em voz baixa. — Você recebeu um pacote. — Ela me entrega um envelope de carta, mas com algo volumoso dentro. Meus olhos vão imediatamente para o remetente. *J. Porter, Palo Alto, CA.* Meu coração dá uma cambalhota. É o nome de solteira de Jane Ward. Um pacote da mãe de Oliver? Estou ansiosa para abri-lo, mas não agora. Abro a porta, entramos e eu enfio o pacote debaixo do colchão para mais tarde, quando eu puder ficar sozinha.

— Você soube mais alguma coisa? — Pippa pressiona.

— Sobre a Pru?

— Ela não está mais aqui — digo, antes que possa me controlar.

Pippa solta uma respiração tensa.

— Não está mais aqui? Você quer dizer...

— Não, ela não está mais *aqui* aqui. — Dou um suspiro que parece mais um soluço. — Levi e eu fomos até o hospital pra vê-la. Matamos a detenção e, quando chegamos lá, eles nos disseram que ela teve alta na mesma noite em que chegou — explico.

— Mas isso não faz sentido — Pippa diz, agitada.

— E se a levaram pra outro lugar? Pra casa? Ou... — Paro antes de causar em Pippa o mesmo terror que senti ao imaginar o corpo sem vida de Pru sendo deslizado para dentro de um caixão.

— Isso tudo deve ser um erro — Pippa continua. A voz dela implora para mim (ou seria para o universo?) para que Pru fique bem. É como se ela estivesse ainda mais abalada do que eu pelo que aconteceu. De repente, tudo faz sentido. Claro que ela está perturbada. Ela pode não conhecer sua original há muito tempo, mas Pru é literalmente a outra metade de Pippa.

— Deve ter outra explicação — Pippa continua. — Não deve?

Faço que sim, porque parece a coisa certa a fazer. Mas a verdade é que não faço ideia.

Na aula de história americana na manhã seguinte, o sr. Park projeta um mapa-múndi holográfico no nosso espaço de exibição. Os países estão coloridos em algum código: alguns azuis, alguns laranja, alguns vermelhos.

— Países azuis — a voz do sr. Park ressoa — são países onde a clonagem é atualmente ilegal.

Se não estávamos prestando atenção antes, agora estamos. Com o canto do olho, vejo Theodora ficar rígida.

— Países vermelhos são lugares seguros a clones. Países laranja são nações onde nenhuma lei foi promulgada nem para um lado nem para outro.

Cinco mãos se erguem no ar e, enquanto a discussão se torna outro debate sobre clonagem, sua história e o caso mais recente na Suprema Corte a respeito dos direitos dos clones, faço o que posso para não olhar na direção de Levi. As coisas estavam tensas quando nos separamos ontem. Não quero falar com ele, e tenho certeza de que ele não quer falar comigo.

Sou puxada para fora do meu devaneio quando a discussão se volta para Albert Seymour, o jovem cientista americano que levou a clonagem a um novo patamar, ajudando casais e indivíduos do mundo todo a conceber crianças que seriam réplicas genéticas de um dos seus pais.

— Quem aqui está familiarizado com o famoso experimento com primatas do dr. Seymour? — o sr. Park pergunta.

Silêncio. Pelo visto nenhum de nós ouviu falar disso antes. O sr. Park percorre o olhar pela sala.

— Theodora? Levi? Presumo que vocês já saibam, certo?

Eu me permito olhar para Levi. Depois de ter ficado tão à flor da pele ontem, ele parece apenas entediado esta manhã. Com braços cruzados e cabelo caindo nos olhos, ele dá de ombros.

— Albert Seymour nos criou. Sabemos tudo sobre ele — Levi diz, na defensiva.

— O que Levi quer dizer — Theodora se mete — é que, sim, sabemos tudo sobre seu experimento com macacos. Mas é informação confidencial.

— Espera um segundo. Calma aí — Henry, o garoto que chamou Theodora para sair, interrompe. — Como assim, Albert Seymour criou vocês? Pensei que um técnico de laboratório havia criado vocês. E que vocês eram um tipo de acidente.

— O que ele *quis dizer* — Theodora esclarece — é que a tecnologia do dr. Seymour nos trouxe ao mundo, embora ele não tenha supervisionado diretamente o procedimento. Você está certo, tudo aconteceu pelas mãos de Evan Soto, um técnico de laboratório.

— O que depois foi mandado para o hospital psiquiátrico — Henry confirma.

— Sim — Theodora diz.

— Emmaline Chance? — Uma voz soa, interrompendo o diálogo entre Henry e Theodora. É a vice-diretora Fleischer. — Venha comigo.

Meu coração afunda. Sobre o que isso pode ser? Prudence? Não faço perguntas, simplesmente a sigo pelo campus. Por sorte, ela não fala comigo. Consigo notar que ela preferiria estar fazendo qualquer outra coisa em vez de me acompanhar nessa questão, seja lá o que isso signifique. Quando chego às portas de entrada da biblioteca, Pippa já está lá. Meu coração se aperta ao vê-la. Tão parecida e ao mesmo tempo tão diferente de Pru.

Só que meu coração se aperta duas vezes, porque Pippa está ao lado de alguém que eu não vejo desde que assisti aos feeds no dia em que o Lorax me trouxe para a escola. O pai de Pru, Jaeger Stanwick. Embora ele ainda esteja magro e atlético como sempre, Jaeger parece mais frágil hoje do que em todas as vezes em que o vi. Seu cabelo grisalho está bagunçado e suas roupas parecem amassadas e negligenciadas.

Pippa interrompe a conversa deles ao me ver e, quando Jaeger se vira para me cumprimentar, noto o cansaço no rosto dele. É como se tivesse envelhecido um milhão de anos desde a última vez em que o vi. Ele estende o braço e pega minha mão, e é como se estivesse se movendo na lama, não no ar. Cada movimento parece doloroso.

— É bom te ver — ele diz simplesmente.

— Pru está...?

— Como ela está? — Pippa acrescenta. — *Onde* ela...?

— Podemos dar uma volta? — ele interrompe. — Odeio ficar parado. Sempre odiei.

— Claro — Pippa e eu respondemos, seguindo Jaeger pelos degraus. Noto que a vice-diretora Fleischer vai embora enquanto andamos pelo caminho que leva ao Lago Dark. O vento nos chicoteia e meu coração ressoa nos meus ouvidos enquanto imagino o que ele pode ter vindo nos dizer pessoalmente: *Pru está morta.*

— Emma, antes que eu me esqueça — Jaeger diz, puxando um livro do seu casaco e entregando-o a mim. — Isso é pra você. Prudence sempre diz que você ama clássicos. Pensei que você fosse gostar. — Pego o exemplar e agradeço. *O sol é para todos.* Li esse romance para uma aula, mas não tenho meu próprio exemplar. Eu o coloco no bolso do meu casaco quando Jaeger para e observa o lago. — Prudence amava esse lugar — ele murmura. — Eu disse a ela que essa escola tinha seus defeitos, mas ela nunca acreditou em mim. Ela sempre dizia que Darkwood era seu lugar favorito no mundo.

— Era? — Pippa pergunta, cautelosamente. — Então é verdade? Ela não sobreviveu?

Lágrimas ardem nos meus olhos. Eu mordo os lábios para evitar chorar alto.

Jaeger se vira para Pippa.

— Sobreviveu? Ah, não. Pru não morreu. Ela está mal, mas viva. Ninguém falou nada pra vocês?

Sacudo a cabeça. Pippa também.

— Nós a transferimos pra um hospital em Massachusetts pra que ela possa ficar perto da mãe. A imunidade da mãe de Pru está comprometida demais pra voar, e ela está doente demais pra vir de carro.

— Podemos mandar um buzz? Falar com ela? Quando podemos ver Pru? — As perguntas voam como foguetes de nossas bocas.

Jaeger esfrega as têmporas, então aperta os olhos para nós como se tivesse sol batendo em seu rosto.

— Ela está em um coma induzido — ele diz. — Pensei que vocês soubessem. O ataque a deixou com diversas fraturas no crânio e uma hemorragia cerebral que os médicos conseguiram estancar com cirurgia. Eles induziram o coma depois do ataque pra que o corpo dela pudesse se recuperar.

Minha voz parece separada do meu corpo, mas tenho certeza de que digo:

— O ataque?

Jaeger olha de mim para Pippa e então para o Lago Dark. O pai de Pru assente.

— A gravidade e a natureza dos ferimentos sugerem que não foi um acidente.

GUARDIÃO

Naquela tarde, durante a detenção, conto a Levi sobre a visita de Jaeger. Embora as coisas ainda estejam tensas entre nós, sinto que devo isso a ele. Afinal, foi ele quem carregou Pru até ela estar a salvo.

— Obrigado por me contar — ele diz, distante.

— De nada.

Começamos a guardar os livros. Tudo que consigo pensar é em Pru deitada naquela canoa e no fato de que ela não caiu. De que não foi um acidente. Alguém a machucou. De propósito. Alguém pode ter tentado *matá-la*.

Mas quem? E por quê?

Meu olhar vai para a mesa de canto, agora vazia, onde Tessa, Madison e Jake estavam sentados ontem. É quando me toco: talvez eu saiba mais do que penso que sei. Lembro do que Tessa disse. *Madison não apareceu para seu exame de sangue.* Não tenho ideia do que se trata esse negócio de exame de sangue, mas o que importa é que Madison faltou a um compromisso na mesma tarde em que Pru foi atacada. Tessa não mencionou a que horas era a consulta. Ainda assim, não consigo deixar de pensar que talvez Madison não tenha feito o exame de sangue porque estava na casa de barcos, acertando a cabeça de Pru com um remo. Madison deixou claro desde o início que odeia Pru e que não gosta que ela faça parte dos Dez.

Será que *Madison atacou Pru?*

Não tenho nenhuma resposta, e não terei até conseguir encontrar alguma prova de que Madison fez isso. Então ponho *A Lista* para tocar e mergulho na organização dos livros até ser quase hora do jantar. Sozinha com meus pensamentos, lembro do pacote que Jane me mandou. De repente, quero muito abri-lo.

Quando a detenção acaba, corro de volta para o Cipreste, pego o pacote e abro o envelope com a minha chave. Minhas mãos tremem quando puxo a carta. Está escrita na caligrafia gerada por robô que reconheço como sendo a de Jane.

Querida Emmaline,

Levei semanas para escrever esta carta. Espero que você esteja bem, embora eu saiba que isso talvez seja querer demais. Espero que você esteja melhor do que eu. Acho que não estou conseguindo me expressar direito.

Os dias passam devagar e diariamente sinto que o perco cada vez mais. Me desculpe por não termos nos visto desde o funeral. Não nos esquecemos de você. Você sempre foi como uma filha para nós.

Você ficou sabendo da cerimônia? Booker e eu doamos um fundo considerável para o novo prédio de artes da Darkwood, em homenagem a Oliver. Estaremos aí depois das férias de outono, quando começarem as obras. Estou ansiosa para vê-la.

Isso é para você. Há um bilhete em anexo... dele.
Com todo meu amor,
Jane

Um bilhete de Oliver? Sinto meu coração bater na garganta enquanto procuro no envelope o objeto duro que senti quando peguei o pacote. Puxo uma chave dourada e, com uma onda de emoção, percebo que deve ter sido de Oliver. Essa mesma chave estava em uma corrente em volta do pescoço dele quando eu o encontrei no seu quarto, sem respirar. Jane deve ter removido antes que ele fosse enterrado. E, agora, é minha.

O bilhete é um pedaço de papel dobrado. Sinto o peso do objeto nas minhas mãos. Seja lá o que esteja escrito aqui, serão as últimas palavras de Oliver que lerei. Não consigo abrir. Ainda não. Enfio o bilhete no bolso do meu moletom e sigo para o refeitório, segurando as lágrimas.

Um dia se transforma em outro e, quando chego à biblioteca para minha próxima detenção, Levi ainda não está separando livros. Ele está lendo mais um. Chego perto o suficiente para dar uma olhada na capa. *Frankenstein*, de Mary Shelley.

— Não é o que você está pensando — ele diz, fechando rápido o livro.

— Eu não estava pensando nada.

— Você está com pena de mim. O triste clone de proveta. Não acho que sou o monstro do Frankenstein, sabe. Não acho que eu seja uma aberração da natureza. Embora parte de mim esteja tendo dificuldades em entender por que estou aqui, desde que entendi que sou diferente.

Levi olha para as páginas gastas do livro.

— Claro, o monstro de Frankenstein não foi nenhum erro. Ele era muito desejado pelo seu mestre, pelo menos quando foi criado. Não posso dizer o mesmo a meu respeito. — Ele faz uma pausa. — Sinto muito pela sua mãe — ele diz. — Você realmente não se lembra dela?

— Não. — Eu me viro para o carrinho de livros. — Por boa parte da minha infância eu disse a mim mesma que lembrava. Mas quando eu tinha uns dez anos, percebi que estava recriando quem eu achava que ela era a partir de fotografias antigas. Não eram memórias. A mente pode ser bem convincente quando quer.

— Mas você teve uma mãe... um dia — ele diz. — Isso significa alguma coisa, Emma. Nem todos nós podemos dizer isso.

— Então você não teve...?

— Uma mãe? — ele pergunta, se virando para mim. — Não. Nós tivemos úteros artificiais, nascimentos sem mãe. Acho que fomos os primeiros bebês a serem gestados com sucesso fora de um corpo humano.

Preciso admitir que fico surpresa.

— Sempre achei que uma barriga de aluguel tivesse carregado vocês — digo suavemente.

— Você e todo mundo — Levi responde. — Mas olha como você é sortuda! Tem um Similar de verdade, em carne e osso, bem aqui pra te contar tudo em primeira mão. Vá em frente, o que mais você quer saber?

Por algum motivo, fico tímida, como se estivesse com medo de perguntar.

— Hum, se vocês não tiveram mães ou barrigas de aluguel, seu guardião alimentou vocês com fórmulas infantis?

— Naturalmente. Ninguém estava lá pra nos amamentar, certo? — Ele acrescenta: — Mas fórmula infantil é considerado nutritivamente superior ao leite materno, então não é como se tivéssemos sido privados de algo. — É difícil não notar o sarcasmo na voz dele.

Sigo em frente.

— Como foi estudar em casa?

Levi dá uma risada áspera.

— Acho que dá pra chamar assim mesmo. Nós tínhamos aulas com os melhores especialistas de cada campo. Eles nos ensinaram tudo, de matemática e ciências a arco e flecha e investigação forense, mas nunca encontramos nenhuma dessas pessoas pessoalmente.

— Investigação forense? Por que você aprenderia *isso*?

Ele dá de ombros.

— Nosso guardião achou que poderia ser útil.

— E artes marciais?

— Aprendi uma mistura de aikido, kung fu e jiu-jitsu com acrobacia e ginástica.

— Você sabe tudo isso?

— Cada um de nós precisava aprender bem um esporte. Esse foi o meu. Você com certeza não me escolheria para o seu time de basquete.

Ignoro a piada.

— Seu guardião. Pippa também falou dele — digo enquanto empilho livros de história. A conversa fica mais fácil se não o encaro. — Quem é ele? Como ele é? Aquela noite no lago... você, Maude e Jago estavam falando sobre algo que ele pediu pra vocês fazerem. Você disse que era deplorável — digo, num sussurro.

— O nome dele é Gravelle — Levi diz, ignorando a segunda parte da minha pergunta.

— Gravelle — repito. *Levi Gravelle.* — Como o sobrenome de vocês?

— Ele nos deu o sobrenome dele e, legalmente, é como nosso pai. Ele pagou nossas despesas, nos educou, nos criou. De certa forma.

— Vocês...? Ele era...? — Eu paro, sem saber como formular essa próxima pergunta.

— Se ele nos amava? — Levi conclui para mim. — Não tem problema. Pode perguntar.

— Ah — digo. — Bom, hum... ele amava?

Levi deixa a pergunta no ar por alguns segundos, enquanto pondera, e então responde:

— À sua própria maneira, sim, acho que ele nos amava. *Ama*. Ele ainda é meu guardião, sabe, até eu fazer dezoito anos. Ainda é a única família que tenho. E, segundo ele, a única família que terei.

— Como assim?

— Não é óbvio? Vai saber como nossas vidas serão, se um dia seremos aceitos na sociedade normal. Não sei se um dia vou me casar, ter filhos, viver o sonho americano. Isso pode não ser possível pra mim.

Não sei o que responder. Como saberia? Então mudo de assunto.

— Recebi uma carta da Jane — digo. — Jane Ward. A mãe do Oliver. Sua mãe de DNA.

— E daí? — Oliver pergunta, com a voz tensa.

— Ela tem que significar algo pra você — insisto.

— Não significa — Levi responde. — Além do mais, achei que a gente fosse engavetar esse assunto até segunda ordem.

— Até a cerimônia — sugiro. — Então veremos o que Jane tem a dizer quando te conhecer.

— Vou esperar ansiosamente por esse momento — Levi resmunga.

Congelo. Ele ficou chateado.

— Desculpa... — digo, mas as palavras parecem vazias, e sei que minha tentativa de melhorar as coisas só as tornou piores.

Na mesma noite no jantar, a fofoca do refeitório bate recordes. Do que consegui captar da mesa ao meu lado — eles falam insuportavelmente alto, então não é difícil —, uma aluna do segundo ano falou com alguns locais quando foi à cidade. Ela ouviu que a polícia tem um suspeito para o ataque de Pru. O ocorrido não está mais sendo tratado como acidente.

Meus olhos voam imediatamente para Madison, sentada com Jake, Tessa, Archer e os outros membros dos Dez do último ano, todos conversando empolgados.

O suspeito que deveriam estar apontando é Madison...

Penso no outro dia na biblioteca, quando Tessa, Madison e Jake mencionaram seus exames de sangue. Se eu pudesse descobrir do que isso se trata, ficaria mais perto de saber por que Madison não estava lá naquele dia, por que perdeu a consulta. E se ela a perdeu porque estava atacando Pru...

— Atenção! — uma voz grave chama. Todo mundo se aquieta com relutância enquanto a vice-diretora Fleischer se torna o centro das atenções. Pippa senta ao meu lado e noto que os amigos dela, do outro lado da sala, também estão ouvindo atentamente. — Tenho um anúncio. Não será surpresa anunciar que um dos membros dos Dez do terceiro ano está de licença da escola.

Fico tensa, Pippa também. Isso claramente é a respeito de Pru. *Uma licença?*, penso. *É assim que estão chamando?*

Troco olhares com Pippa. Ela parece tão incomodada quanto eu.

— As regras que governam os Dez são bem claras. Para participar, os alunos devem estar no campus por toda a duração do ano escolar. Sendo assim, movemos Emmaline Chance para o quarto lugar dos Dez, e outro aluno ficará no quinto lugar.

Um murmúrio corre pelo refeitório. Outro aluno será colocado nos Dez? Alguém novo fará parte do prestigioso grupo da Darkwood?

— O aluno com a sexta pontuação mais alta no teste de stratum original é... — A vice-diretora Fleischer faz uma pausa. Toda a escola espera, ansiosa. — Pippa Gravelle. — Fleischer ergue a mão, interrompendo qualquer reação vocal. — Garanto a vocês que o fato de Prudence e Pippa terem uma semelhança peculiar não tem nada a ver com essa decisão. Ela foi baseada apenas na pontuação do teste. Podem terminar de comer.

Fleischer vai embora enquanto todo mundo no refeitório começa a processar o que aconteceu. Olho para Pippa. Ela não está comemorando, e como poderia? Nós duas sabemos, sem precisar dizer em voz alta, o que isso significa: a escola não espera que Pru retorne tão cedo.

COMPROMISSO

Depois do anúncio, quando estou de volta ao meu quarto, ficando cada vez mais ansiosa, mando um buzz para Jaeger para saber da condição de Pru. Não consigo falar com ele. Não sei muito sobre comas induzidos, mas imagino que seja como pessoas desaparecidas: o paciente tem muito mais chances de se recuperar nos primeiros dias, não mais tarde.

Quanto mais minha mente se agita, mais difícil é pegar no sono. Não consigo me concentrar o suficiente para fazer minha tarefa, então tento ler algumas páginas de *Orgulho e preconceito*, mas fico relendo o mesmo parágrafo várias vezes. Finalmente, desisto, apago a luz e fico encarando o teto. Talvez eu não devesse ter jogado aqueles remédios na privada, afinal.

Algumas semanas depois, ainda não tive resposta de Jaeger. Estou tão preocupada com Pru que tenho dormido ainda menos que o normal. Minha visão está turva quando entro no refeitório para o café da manhã e encontro as paredes cobertas de cartazes coloridos. Eles estão em todos os murais disponíveis.

MAAD
Movimento Anticlone da Academia Darkwood
Não humanos
Não como nós
Não é o certo!
Se você acredita que os clones não pertencem à Darkwood, você não está sozinho. Junte-se a nós e lute por nossos direitos, como humanos, de nos defendermos daqueles que pecam contra Deus e os homens. Visite maad.darkwood.com para assinar nossa newsletter semanal.
Nos ajude a consertar o mundo.

— Quem faria uma coisa dessas? — Pippa pergunta enquanto arranca um cartaz e o analisa.

— Vou te dar uma chance de adivinhar, e ela é igualzinha a uma amiga sua — digo, sombria. — Madison está atrás de vocês desde que chegaram aqui. Mas isso é totalmente inaceitável. — Pego o cartaz de Pippa e o rasgo em pedacinhos. — Falando em Madison, te contei que ela faltou a uma consulta? — pergunto a Pippa em um sussurro. — No mesmo dia em que Pru foi atacada.

Pippa me encara, incrédula.

— Você acha que Madison teve algo a ver com o que aconteceu com ela?

— Não sei. Mas não me surpreenderia — resmungo enquanto Madison passa por nós, enfiando um cartaz na cara de alguns meninos do primeiro ano e, pelo que parece, convencendo-os com seu charme. — E você?

— Não tem problema — Madison diz aos meninos —, a maior parte de nós está desconfortável desde que eles chegaram aqui, vendo nossos valores sendo tão violentamente atacados e de uma forma tão pública, ainda por cima. A MAAD está aqui por vocês.

Sarah Baxter aparece ao lado direito de Madison.

— Teremos horários pra consultas e organizaremos manifestações — Sarah diz. — Fiquem atentos.

— Sarah só está fazendo isso porque está brava por não ter entrado nos Dez, e ela culpa seus amigos — digo a Pippa. Sento em uma mesa ali perto e Pippa me segue.

— Podemos fazer muita coisa, tanto individualmente quanto em grupo — Madison continua em voz alta, os meninos do primeiro ano já fixados em cada palavra que ela diz. — Minha mãe já está alocando milhões para a causa. Tudo legalmente, é claro. — Ela ri e os garotos riem também. Sarah desdenha.

E então os outros Similares chegam.

Levi e eu não tivemos motivo para falar um com o outro nas últimas semanas. Não nos vimos desde nosso último dia de detenção na biblioteca, em que também não conversamos. Usamos a montanha de livros a serem guardados como desculpa para ignorar um ao outro. Meu batimento acelera quando eu o vejo se sentar e abrir outro livro. Por um motivo que eu não poderia entender, quero saber o que ele está lendo.

Uma mesa depois, Madison começa a apresentar o MAAD novamente.

— Com licença — digo a Pippa, me levantando do meu lugar.

— Emma? Onde você...?

Nem eu sei, mas, antes que possa me convencer do contrário, vou até Madison e agarro um cartaz das suas mãos com unhas perfeitamente feitas. Passo os olhos no papel e o devolvo.

OS SIMILARES

— Conceito interessante. Você já registrou esse clube com o diretor Ransom? Pelo que sei, ele precisa autorizar organizações a se reunirem no campus.

Madison estreita os olhos.

— Isso não é da sua conta.

Dou de ombros.

— É da conta de todo mundo se você não tem autorização e está se reunindo nas áreas comuns da escola. Mas tenho certeza de que não vai ser problema conseguir a aprovação de Ransom, já que ele convidou pessoalmente os Similares a virem pra Darkwood e tal.

— Tenho certeza de que não vai ter problema nenhum — ela diz, com um sorriso nos lábios. — Mas obrigada pela preocupação.

— Quando é a próxima sessão da meia-noite? — pergunto casualmente. — Tivemos só uma desde que o ano letivo começou. — Eu me inclino e sussurro. — Tenho certeza de que todo mundo entenderia se você cancelasse completamente as reuniões. Não deve ser fácil aceitar que Maude conseguiu um stratum melhor do que você ano passado, quando estava no terceiro ano.

— Do que você está falando? — Madison exige.

— A pontuação de Maude foi mais alta do a que de qualquer um na história da Darkwood.

O queixo de Sarah cai. Ela se vira para Madison, dizendo sem som:

— Mais alta até do que a sua?

Madison amassa o cartaz na mão.

— Emma está inventando coisas. Não é verdade. Não pode ser. E, de qualquer forma, essa informação nunca é revelada ao corpo estudantil.

Dou de ombros.

— Só estou relatando o que ouvi.

— Sessão da meia-noite hoje — Madison rosna. — Avise aos seus amigos. — Sei que ela quer dizer Maude, Theodora, Pippa e Levi.

— Com prazer — respondo enquanto Madison agarra o braço de Sarah e desaparece.

—A mãe do Oliver me mandou a chave dele — digo a Pippa. Guardei segredo sobre a carta de Jane nessas últimas semanas, mas agora sinto a necessidade de contar a Pippa sobre ela. Chegamos cedo para a reunião dos Dez na Torre. Nenhuma de nós conseguia dormir ou esperar no quarto. — A Jane. — Toco a chave, que está junto da minha. Os objetos dourados gêmeos nunca deixam meu pescoço. — Tinha também um bilhete do Ollie, que ainda não consegui ler.

— Você sabe que ela era um dos Dez, né? — Pippa diz, indicando a parede com os retratos dos antigos membros dos Dez da Darkwood. Da última vez em que estive aqui, depois da iniciação, eu estava molhada e perturbada demais para dar uma boa olhada neles. Vou até lá para olhar mais de perto.

— Jaeger também era um deles — Pippa diz. — Viu? — Ela aponta para um retrato em grupo que foi tirado uns vinte anos atrás. A fotografia fica no nível dos olhos na parede, perto do lado direito. Como os outros, o quadro apresenta membros dos Dez daquele ano. Eu me inclino para a frente. Ela está certa. É o pai de Pru.

Dou uma olhada nos outros nomes na placa na moldura. *Colin Chance.* Meu *pai* foi um membro dos Dez também?

— Eu não fazia ideia. Ele nunca falou sobre — digo a Pippa.

Ainda mais curiosa agora, passo o olho pelos outros nomes para ver se reconheço mais algum. Nem acredito quando vejo outros nomes que reconheço. *Bianca Kravitz* — a mãe de Madison. *Luis de Leon* — o pai de Archer.

Pippa aponta para algumas outras legendas.

— Ali estão Booker Ward e Jane Porter — ela diz. — Os pais do Oliver.

Eles parecem bem jovens na foto, e é quase doloroso vê-los tão despreocupados.

— E olha quem mais — Pippa diz. — Ezekiel Choate. O pai do Jake.

Sigo para outra foto, ainda correndo os olhos pelos nomes. Damian Leroy, o pai de Tessa, também esteve nos Dez. Claro, há muitos outros nomes que não reconheço. *John Underwood. Camila Garcia. Albert Seymour.* Calma aí, eu conheço esse último nome, não conheço? Mas de onde? Estou distraída demais para pensar melhor nisso. Fico voltando para olhar a imagem do meu pai, de Booker e de Jane.

— Eu sabia que meu pai, Jane e Booker eram amigos quando estudavam na Darkwood, mas nunca soube que eles estiveram nos Dez juntos — digo.

As portas se abrem e o resto do grupo começa a entrar. Primeiro Maude e Theodora, seguidos por Madison, que vem logo atrás deles sem nem notar sua Similar. Ela para na porta e checa seu Ameixa a cada cinco segundos enquanto ele avança para a meia-noite. Tento não encarar a porta, mas não consigo evitar. Quando Levi finalmente passa por ela, no último minuto, solto um suspiro de alívio.

— Bem-vindos à segunda sessão da meia-noite do ano letivo — Madison anuncia enquanto nos sentamos em volta do círculo. — Temos um novo membro pra apresentar hoje. — Ela parece tão animada de receber Pippa quanto estaria para receber um tratamento de canal. — Já que uma de nossas colegas teve o azar de estar ocupada.

— Em um coma — Tessa está parada na porta. Ela repete: — Prudence está em coma.

— Você está atrasada — Madison grunhe, embora Tessa aja como se não a tivesse ouvido. — Como eu ia dizendo, bem-vinda, Pippa. Por essa ninguém esperava. Certamente esse não é o grupo que imaginei quando aceitei ser a Líder dos Dez este ano.

Maude ergue a mão.

— Sim? — Madison responde. — Você tem algo a dizer? — Noto que ela não se dirige a Maude pelo nome.

— Nunca foi nossa intenção acabar com a visão que você tinha para os Dez desse ano — Maude diz com firmeza, oferecendo um sorriso fraco. — Em outras palavras, viemos em paz.

— Você veio em paz quando desafiou as ordens dos meus pais de nunca mostrar sua cara nessa escola? Veio em paz quando esteve na assembleia, jogando a generosidade deles no lixo? Você veio em paz quando roubou no teste de stratum para poder me vencer?

— Se é assim que você vê as coisas — Maude diz em voz baixa. — Tenho certeza de que não serei capaz de te convencer do contrário.

— É meia-noite — interrompo. — Podemos seguir em frente com o que quer que esteja na programação desta noite? E não, eu não trouxe o nome de um aluno que não está "alcançando os padrões", como você pediu que fizéssemos da última vez. Eu me recuso.

Madison me lança um olhar feio antes de responder.

— É uma pena, Emma. Mas vou deixar passar, por enquanto. Porque hoje à noite temos algo diferente planejado para vocês. Todos vocês.

Tessa concorda, se intrometendo.

— É hora de testar sua lealdade à Darkwood e aos Dez.

Testar nossa lealdade? O que isso significa? Já não fizemos isso antes da nossa última reunião? Dou uma olhada em Pippa. Ela dá de ombros. Não temos tempo de pensar. Antes que eu consiga entender o que está acontecendo, Tessa está em cima de mim. Eu sinto uma picada no meu braço e então... escuro.

A escuridão só dura um minuto, talvez menos, embora seja difícil dizer. Os outros membros dos Dez estão em suas cadeiras. Nada está diferente, exceto que eu me *sinto* diferente. Relaxada, quase confortável.

— Novos membros dos Dez, os alunos do último ano tomaram a liberdade de lhes dar uma injeção — Madison diz. — Não se preocupem, é completamente inofensiva. Tessa e eu já usamos este medicamento antes e podemos garantir que não terá efeitos colaterais em vocês.

Como se eu acreditasse em uma palavra do que ela diz a respeito de qualquer coisa. Mas ouvi meu pai conversar com os colegas dele sobre remédios minha vida inteira. É pouco provável que Madison e Tessa tenham ido atrás de um injetável tão poderoso que pudesse nos matar. Pelo menos eu espero que seja esse o caso.

— Você nos drogou? — Pippa pergunta. A voz dela soa distante.

— Pense no injetável como um bom e velho amigo. Um que vai simplesmente guiá-la nesse próximo exercício.

— Que é? — pergunto. Minha voz está calma. Sinto que eu deveria estar com raiva. Furiosa mesmo. Mas não estou. Estou relaxada. Relaxada demais.

— Divulgar seus segredos mais profundos — Madison diz. — Ao compartilhá-los conosco, formaremos uma conexão. Uma conexão que nunca poderá ser quebrada ou desfeita.

— Vocês confiarão implicitamente uns nos outros — Tessa diz. — Por saberem os pensamentos mais profundos uns dos outros. Os pensamentos que vocês nunca compartilhariam com ninguém. Os sentimentos que podem nem notar que estão escondidos nos recantos de suas mentes.

Olho para Pippa de novo. Ela não parece preocupada. Nem os outros. Encaro Levi. Ele está quieto e seu rosto é inexpressivo. Quero correr, mas fico sentada. Deve ser efeito do injetável.

— Vamos começar com você, Theodora — Tessa incentiva. — É hora de revelar os segredos do seu coração.

Todos nós observamos Theodora, que, como o resto dos membros dos Dez do terceiro ano, não está agitada nem irritada pelo que está sendo pedido a ela. Ela fala.

— Nunca senti saudades de casa até vir para Darkwood. Há algo no ar daqui que é tão estrangeiro que faz meus ossos doerem. Embora eu saiba como minha vida foi limitada lá na ilha, sinto falta de lá com cada átomo do meu ser. Sinto falta de quando éramos só nós seis. Não acho que eu vá aguentar ficar aqui por muito mais tempo. Sinto que posso virar pó e que o vento vai me levar embora. Achei que poderia amar os Leroy, mas eles não são minha família. Eu não acho que somos feitos da mesma matéria, embora tenhamos os mesmos genes. Embora Tessa e eu tenhamos o mesmo DNA, é como se fôssemos de espécies diferentes, e isso me deixa extremamente triste.

Quando Theodora para de falar, nós todos caímos em um silêncio pesado. Olho para Tessa para ver se as palavras de Theodora a comoveram, mas ela parece indiferente.

— Obrigada — Madison diz, seguindo em frente abruptamente, apesar da confissão dolorosa de Theodora. — Pippa? Você é a próxima.

De repente, sinto tanto sono que é difícil manter meus olhos abertos. Não chego a cochilar, mas escorrego devagar na minha cadeira. Até ouço o que Pippa diz, mas é como se ela estivesse do outro lado de um túnel de vento.

— Estou muito preocupada com Prudence. O estado dela não me deixa dormir, fico congelada de medo — Pippa confessa. — Entendo por que Theodora não sente uma conexão com os Leroy, mas quando conheci Pru foi como se eu finalmente tivesse encontrado uma irmã. E agora essa irmã pode nos deixar. É demais pra mim.

Uma dor cresce no meu peito. Quero ir até lá e abraçar Pippa, mas a neblina que se instalou em mim por causa da injeção me impede.

— Obrigada por sua honestidade, Pippa — Madison diz, com um ar esnobe. — Maude? Você é a próxima — continua ela, com os olhos semicerrados.

Maude leva um momento antes de começar a falar.

— Vir para a Darkwood contra a vontade dos seus pais? — Maude dirige suas palavras diretamente para Madison. — Foi a melhor decisão que já tomei na vida. Acho que estou fazendo um trabalho fantástico em te tolerar, Madison, porque foi isso que meu guardião me pediu pra fazer. Mas a verdade é que eu te desprezo, você e tudo o que você representa.

Madison fecha sua mão em um punho. É como se ela estivesse se controlando para não fazer ou dizer algo do qual vai se arrepender. Em vez disso, dá um sorriso.

— Garanto que o sentimento é mútuo. Mas antes de prosseguirmos... — Madison reflete, sem ir direto ao ponto. — Por que você acha, Maude, que seu guardião te instruiu a me tolerar?

— Porque foi pra isso que vim pra cá — Maude diz rapidamente.

— *Pra isso que você veio pra cá?* Não foi pra estudar, então? Pra ter uma educação na melhor instituição dos Estados Unidos?

— Em parte — Maude responde.

— E a outra parte? — Madison pressiona. A tensão entre as duas é palpável, algo que nenhum de nós deixa de notar, mesmo sob efeito da droga. Eu me remexo na cadeira, desconfortável.

Maude a encara.

— Não é óbvio? Meu guardião quer que eu te destrua.

Ninguém fala. Ninguém se move. Madison para de pé em frente a Maude como se pronta para dar o bote.

— E ela é engraçadinha, ainda por cima — Madison diz, cruzando os braços. — Não achei que você fosse capaz disso.

— Não sou — Maude diz, com uma voz tensa. — Você e eu... somos parecidas em tantas coisas, não somos?

— É o que você diz.

Maude enrola as palavras.

— Nós duas somos focadas. Inteligentes. Detalhistas. Mas não, nenhuma de nós é particularmente engraçada.

— Essa é sua forma de dizer que não estava brincando? — Madison pergunta. — Que você realmente veio à Darkwood pra me destruir?

— Acho que isso vai ficar aberto a interpretação — Maude diz, com leveza. Olho de uma para a outra, certa de que uma delas, ou as duas, vai surtar.

OS SIMILARES 155

— Com licença — diz Tessa. — Por mais que eu esteja gostando dessa conversa, ainda não passamos por todo mundo.

Madison pigarreia.

— Obrigada, Maude, por essa confissão tocante. Levi? — ela diz. — O palco é seu.

Mesmo em meu estado alterado, meu coração acelera quando ele começa a falar. Não sei por que meu batimento está acelerado. Não é como se ele fosse dizer algo a respeito de mim.

E nem quero que ele diga.

— O tempo que passei na Darkwood foi o mais legal da minha vida — Levi compartilha, sua voz firme e direta —, e o mais sofrido. Nunca me senti tão livre. Andar por aí, ler meus livros favoritos, só viver. Mas também nunca me senti tão perturbado. Sou assombrado por todas as partes de mim que desprezo. Na Darkwood, tenho medo de quem eu sou. É bem simples, na verdade. Aqui, eu sou eu mesmo e, ao mesmo tempo, outra pessoa completamente diferente.

Puxo o ar, nervosa. Será que ele vai dizer mais alguma coisa? *Revelar* mais alguma coisa?

— Não quero voltar. Não há nada mais pra mim lá. Mas aqui... é difícil dizer o que será de mim. Pode ser que, com o tempo, as coisas deem certo para mim. Ou não.

Todos nós o encaramos, esperando por mais, mas isso é tudo.

Madison passa o peso de uma perna para a outra, parecendo inquieta.

— Poético. Emmaline? Vá em frente.

Olho em volta, para meus colegas. Alguns me observam, mas outros encaram as próprias mãos. Os membros do quarto ano — Angela, Sunil e Archer — me observam com uma expressão de desconforto. Eles devem ter ajudado Madison e Tessa a nos drogar.

— Sendo bem sincera, Oliver e eu não estávamos nos falando quando ele morreu — eu me ouço dizer, incapaz de impedir as palavras de saírem. É uma sensação estranha, como se estivesse falando sem minha permissão. As palavras fluem sozinhas, sem meu consentimento. — Não é que a gente *não* estivesse se falando. Não estávamos com raiva um do outro. Mas alguma coisa tinha acontecido. Ele me disse algo, uns meses antes, em março. Ele falou que... — Eu paro. Uma pequena voz no fundo da minha cabeça me implora para parar, para não contar essa história. Por meio segundo, eu a ouço. Mas o impulso para prosseguir é mais forte. Então continuo. — Oliver disse que me amava. Claro, eu já sabia. Eu o amava também. Ele era meu melhor e mais antigo amigo. Ele era a minha *pessoa*. Mas ele quis dizer que me *amava amava*. Falei pra ele que não podia ser verdade. Que ele não podia me *amar*. Não desse jeito. Que isso iria estragar tudo. E eu estava certa. Estragou. Porque as coisas mudaram entre nós. E, três meses depois, ele morreu. E, agora, tudo isso. — Aponto para a sala, como se isso pudesse significar algo para algum deles.

Nove pares de olhos me encaram. Encontro o olhar de Levi e desvio os olhos rapidamente.

— É isso — murmuro.

— Bom, acho que já foi todo mundo — Madison desdenha. — O injetável funciona mesmo, parece até um feitiço. Não se preocupem, vai passar em algumas horas. Mas não é ótimo como a gente se conhece bem agora? Ah, quantos laços foram criados! — Ela praticamente grita de empolgação.

Se não estivéssemos totalmente drogados, eu daria um soco na cara dela. E, com isso, somos dispensados.

Quando chego de volta ao meu quarto, o efeito do injetável já começou a passar. Sinto o peso do meu corpo novamente e do que meu coração "revelou", ou seja lá como Madison chame.

Contei a todo mundo sobre a confissão de Oliver. Incluindo Levi.

Conforme recobro a consciência, meu batimento acelera.

Isso não muda nada, digo a mim mesma. Não importa. O que quer que Oliver tenha sentido por mim, Levi ainda é Levi e Oliver se foi.

Oliver.

A faca serrilhada se enfia lentamente no meu peito de novo e faço uma careta. Meu Deus, que saudade dele. Aperto a chave no meu pescoço como se isso fosse fazê-lo reaparecer.

O bilhete! Enfio a mão no bolso do moletom em busca do pedaço de papel que Jane me mandou junto da chave de Ollie. Eu o abro, faminta pelas palavras de Oliver.

Emma,
Me desculpa. Essa chave é para você. Vai explicar tudo. Especialmente sobre ele.
Te amo para sempre,
O

Eu me afundo na cama, desejando que o bilhete dissesse mais do que diz. Minha mão sobe de volta para o meu pescoço, para as duas chaves penduradas ali. Eu havia deduzido que me mandar a chave de Oliver tinha sido ideia de Jane, que ela tinha desejado que eu a guardasse como lembrança, como uma memória dele. Mas foi o próprio Ollie que quis que eu ficasse com ela. Olho o lado de Pru do quarto, vazio, sua cama ainda desfeita, suas roupas de ginástica espalhadas pelo chão. Se ao menos ela estivesse aqui. Ela provavelmente teria um milhão de ideias a respeito do que Ollie quis dizer...

Foco no bilhete. Oliver obviamente o escreveu com pressa, ou teria sido mais explícito. Mas por que ele estava com pressa? *Por que* ele estava correndo para o fim — para *seu* fim? As lágrimas vêm rápido e com força enquanto eu o imagino no seu quarto, escrevendo esse bilhete para mim. Ele deve ter sentido muita mágoa e angústia para ter tomado aquele punhado de remédios.

Por que ele quis que eu ficasse com a chave? E como isso poderia "explicar tudo"? Tem algo no antigo quarto dele que ele quer que eu descubra? Nem é mais o quarto *dele*.

E, para deixar tudo ainda mais misterioso, quem é esse "ele"? Ele quis dizer Levi? Oliver soube que tinha um Similar antes de morrer?

Procuro no meu tablet a lista de quartos deste ano. Encontro o quarto em que Oliver ficou no ano passado. Está vazio. O companheiro de quarto de Oliver, Arthur Wong, foi realocado e, mesmo com novos alunos, ninguém ficou lá.

É estranho, mas aposto que nenhum dos pais quis que seus filhos morassem lá depois da morte de Oliver. O que torna mais fácil vasculhar seu antigo quarto. Era o que ele queria. Devo isso a ele. Talvez eu não estivesse pronta para amá-lo da mesma forma como ele me amava, mas posso honrar seu último pedido.

Contudo, para vasculhar o quarto de Oliver, vou precisar da ajuda de Levi. Não basta ter a chave sem o DNA de Oliver. Foi Tessa, afinal, quem disse isso aquele dia na biblioteca.

Jake poderia fazer a prova de Jago se tivesse a chave dele. E Levi pode abrir a porta do antigo quarto de Oliver. Pensar em abordá-lo depois do que revelei sobre mim, sobre *Oliver,* faz minha pele queimar de vergonha. Mas, ainda assim, é o que preciso fazer. Agora, antes de perder a coragem.

Já estou calçando minhas botas e pegando meu casaco, e saio para procurar o quarto de Levi. Ele e Jago são colegas de quarto. Eu não sabia. O dormitório deles é no mesmo prédio que o antigo quarto de Oliver. Se chama Beladona. Eu me preparo para o que estou prestes a fazer. Voltar ao antigo quarto de Oliver — sem ele — vai exigir toda a força que tenho.

Parada na escada de incêndio que leva ao Beladona, ouço o vento soprar, ameaçando levar embora meu corpo pequeno e insignificante. Estou começando a dar para trás. Por que pensei que seria uma boa ideia subir aqui e pedir a ajuda de Levi justo agora?

Mas é tarde demais. Já estou batendo na janela para chamar a atenção dele. Seu cabelo está bagunçado e ele está sem camisa e descalço, vestindo apenas jeans.

Ele vem até a janela e a abre.

— Emma? — Ele me observa e detecto uma sombra de sorriso nos seus lábios. — Você pirou? São duas da manhã.

— Eu sei ver as horas. Você vai me deixar entrar?

Levi estende uma das mãos e eu a pego, sem conseguir deixar de notar sua pegada firme enquanto ele me ajuda a entrar. Quando salto do parapeito, roço no seu peito nu. Um arrepio percorre minha espinha. Levi solta minha mão e pega uma camiseta do encosto da cadeira da sua escrivaninha. É então que noto Jago parado ao lado, como se prestes a me assassinar.

— Oi — digo.

Jago não dá oi de volta.

— Você sabe que está quebrando praticamente todas as regras da Darkwood vindo aqui e, com isso, nós também estamos? — Jago reclama. — Então, a menos que tenham ateado fogo em você...

— E por acaso estou com cara de quem está pegando fogo?

— Você precisa sair. Agora.

— Oliver me deixou a chave dele — digo, de uma vez.

— E daí? — Jago insiste, e Levi o cala com um olhar.

Ele diz a Jago algo que não entendo. Por um momento, fico confusa. Não parece francês, que eu entenderia, pelo menos em parte.

— Que língua é essa? — pergunto.

Jago me encara.

— Português. Por quê?

— Pensei que vocês falassem francês um com o outro.

— Nós falamos — Levi começa. — Falávamos. Até...

Subitamente entendo e completo a frase.

— Aquela noite no lago.

Levi concorda.

— Só fui perceber esses dias, quando você me disse que tinha entendido o que estávamos conversando *em particular*.

— Deixa eu ver se entendi — digo. — Vocês mudaram pra português porque é uma língua que não é ensinada aqui?

— Olha, que espertinha — Jago diz antes de pegar sua jaqueta. — Vou para o quarto do Ansel. Vocês dois podem fazer o que quiserem. Aproveitem outra detenção, expulsão, o que for. Não é problema meu. — Jago bate a porta atrás de si.

— Ele tem sono leve — Levi explica. — Ele estava a caminho do seu ciclo REM quando você o interrompeu do nada.

— Ah. — Não sei mais o que dizer, então mudo a abordagem e empurro o bilhete de Oliver na direção dele. Levi o lê.

— Isso não diz nada — ele resmunga.

— Ora, ora, Sherlock Holmes — digo, pegando o bilhete de sua mão. — Oliver queria que eu procurasse algo no antigo quarto dele. Chequei a lista dos dormitórios. Está vazio. Sei que é pouco provável, mas talvez tenha ali alguma resposta sobre por que Oliver fez o que fez. A chave não funciona comigo, não se o quarto estiver trancado...

Levi dá um sorriso seco.

— E é aí que eu entro. Meu código genético, para ser exato. Quem seria *ele*? — Levi pergunta, franzindo a testa enquanto olha o bilhete novamente.

— Não sei — respondo, rápido. — A única pessoa em que consegui pensar foi você.

Levi absorve minha resposta, andando até a janela e encarando o jardim escuro lá embaixo.

— A noite está escura hoje. Você não ficou com medo de subir essa coisa? — Ele aponta para a escada de incêndio.

Dou de ombros.

— Eu deveria ter ficado?

Levi se volta para mim.

— Você acha que Oliver soube sobre mim antes de morrer?

— É a única explicação que faz algum sentido. Caso contrário, do que ele estaria falando? Acho que de alguma forma ele sabia. Mesmo que Jane e Booker não soubessem — acrescento, já que Levi e eu discordamos nesse ponto. — E o que quer que esteja no quarto dele poderia explicar tudo, como ele sabia que tinha um clone, por que ele tem um clone, por que ele... morreu. Pelo amor de Deus, Levi. É da sua vida que estamos falando também. Você não quer saber?

— Claro que quero — ele diz, baixinho. — Passei a vida inteira esperando... não, esperando não, *torcendo,* pra que houvesse uma razão para a minha existência além de um experimento de laboratório que deu errado. Que alguém realmente tenha me desejado. — Ele fica quieto por um momento, então toma uma decisão e pega um par de tênis. — Vamos agora. A menos que você queira subir essa escada de incêndio de novo amanhã.

— Da próxima vez que invadirmos alguma coisa, você pode descer e abrir a porta pra mim — respondo.

— Da próxima vez? — ele brinca.

Saímos. Não leva muito tempo para chegarmos ao antigo quarto de Oliver. Tento a maçaneta, mas, como o esperado, ela não se abre para mim.

— Aqui — digo, entregando a Levi a chave de Ollie. — Coloque isso. Acho que você tem que colocá-la em volta do pescoço, como faria se... sabe, se você realmente fosse ele.

Levi faz que sim, colocando a chave de Oliver em volta do pescoço e erguendo-a em frente à maçaneta. Há um leve *bip* e a porta destranca. Funcionou. Com a mão firme, Levi gira a maçaneta e, simples assim, entramos.

Não sei o que eu estava esperando, mas o quarto não grita "Oliver!" de um jeito contundente. Está vazio, a não ser pelas duas camas em lados opostos. Há cômodas e escrivaninhas padrão e um armário, vazio exceto por alguns cabides pendurados em uma barra de metal.

— Eu cuido do lado direito. Você fica com o esquerdo — Levi diz, sem rodeios. Enquanto vasculhamos nossos respectivos lados do quarto, penso em três coisas. A primeira é que trabalhar lado a lado assim, eu e Levi, como fizemos na detenção, parece fácil e familiar. A segunda é que sou grata a ele pela ajuda. E a terceira é que devo ter entendido a última mensagem de Oliver completamente errado, porque após longos vinte minutos de busca, não achamos nada que poderia ser considerado uma pista ou uma mensagem.

Levi boceja e me pergunta se estou pronta para ir embora. Depois de uma última olhada, como se eu fosse ver o fantasma do meu melhor amigo, saímos juntos.

Estamos em silêncio quando chegamos à porta da frente do Beladona.

— Sinto muito por não termos achado nada — Levi diz suavemente.

— Vou sobreviver — respondo. O que não digo é que preciso saber por que *Oliver* não sobreviveu. E não vou desistir até entender o que o bilhete quer dizer.

— Levi? — sussurro.

— Sim?

— A sessão da meia-noite. Aquela injeção. O que eu disse lá...

Levi não responde. Ele simplesmente me encara com aqueles olhos cinzentos que eu amo, ou amava, enfim.

— Oliver era meu mundo. Eu nunca quis afastá-lo.

— Eu entendo — ele diz. — Você ficou com medo. Não quis arriscar um relacionamento. Não queria que a amizade de vocês mudasse. Se ao menos eu tivesse alguém que fosse assim tão importante pra mim...

— Como é? — pergunto, com o coração na boca.

Levi sacode a cabeça.

— Nada.

Há algo que quero perguntar para ele, mas nunca achei que fosse o momento certo. Até agora.

— Levi? Quando estávamos no seu quarto, você disse que sempre esperou que houvesse uma razão pra você ter sido criado. Acho que você sabe mais sobre o assunto do que está me dizendo.

Ele hesita antes de responder.

— Por que você acha isso?

— Na aula de história americana, quando o sr. Park dedicou todo aquele tempo à discussão sobre clonagem, ele falou de um experimento. Algo a respeito de primatas. Theodora disse que sabia tudo sobre isso, mas era confidencial.

— E é.

— Mas você também sabe.

Levi se fecha de repente. Ele fica tenso e seu maxilar se contrai. Se tive alguma oportunidade de fazê-lo se abrir esta noite, não tenho mais. Ele se fechou. Talvez definitivamente.

— Você devia ir para a cama, Emma. Pare de pensar em Albert Seymour e seus primatas. Te garanto que você está melhor sem saber dos detalhes.

Sem sequer se despedir, ele se vira e me deixa sozinha no corredor escuro.

Naquela noite, enquanto me reviro na cama, entrando e saindo de um sono inquieto, acordo com um susto. É isso, a peça do quebra-cabeça que vinha fugindo de mim. *Albert Seymour*. Eu me lembro de onde vi o nome do cientista pela última vez. Ele está no retrato dos Dez, aquele do último ano do meu pai. Albert Seymour era o homem entre meu pai e Jane Porter na foto.

OS TUTELADOS

— **Dash — digo,** chamando meu Ameixa —, quem foi Albert Seymour?

— Pesquisando Albert Seymour — Dash responde. — Posso fazer mais alguma coisa por você, querida?

— Querida? — provoco. Não estou acostumada a essa ousadia no meio da noite.

— É uma coisa nova que estou experimentando — Dash responde. A resposta me faz sorrir.

Durante a semana seguinte, leio avidamente tudo o que Dash consegue coletar sobre a vida de Albert Seymour. Devoro uma biografia do homem e descubro que ele nasceu em uma família influente de Boston. Seymour tinha apenas um meio-irmão, John Underwood, com quem compartilhava o mesmo pai. Há pouca coisa sobre a infância de Underwood ou dos irmãos, exceto que eles viviam separados e Underwood usava o sobrenome da mãe. O livro pula para os dias de Seymour em Harvard, onde se formou cedo e logo começou o doutorado, terminando uma tese sobre a clonagem reprodutiva aos 22 anos. Seymour não perdeu tempo e, sem demora, abriu seu próprio laboratório de clonagem em Boston. Depois, mudou suas instalações para o exterior, quando as leis nos Estados Unidos o proibiram de continuar sua pesquisa.

O livro aborda a época de Seymour na Darkwood em apenas alguns parágrafos, então subo até a Torre para estudar o retrato dos Dez do ano dele. Passo pelos nomes, me demorando nos que me são familiares — meu pai; os pais de Oliver, Jane e Booker; o pai de Prudence; a família de Jaeger. Ali, junto de Albert Seymour, está John Underwood. Eu já tinha lido esse nome antes, mas não sabia que os dois eram meios-irmãos. Faço uma nota mental para perguntar ao meu pai sobre os dois caso algum dia ele responda meu buzz.

Enquanto analiso a foto, associo cada nome a uma figura na fotografia. Meu pai, Jaeger, Bianca Kravitz, Booker Ward, Ezekiel Choate... Albert Seymour é o cara desleixado da ponta, com óculos enormes. Suas roupas são amassadas e parecem grandes demais para sua silhueta estreita. Olho de novo. Algo não está certo. Cadê John Underwood? Conto as pessoas na imagem. Há apenas nove. John Underwood está listado, mas não aparece na foto.

Naquela noite, leio o livro pela segunda vez, pensando que talvez eu tenha deixado passar as referências ao experimento com primatas de Seymour, mas ele nem sequer é mencionado. Isso me parece estranho. Se o experimento foi tão revolucionário, por que não consigo encontrar nenhuma informação sobre ele? Theodora o chamou de "confidencial", mas o sr. Park sabia o suficiente sobre o experimento para mencioná-lo em aula. Onde foi que *ele* aprendeu sobre isso?

Uma semana depois, enrolo depois da aula de história americana para descobrir.

— Sr. Park?

— Sim? — Ele empilha livros didáticos em cima da mesa, claramente absorto em outros pensamentos.

— Naquele dia em que o senhor mencionou o experimento com primatas de Albert Seymour... — começo, educadamente. — O senhor ia dizer mais a respeito, só que a discussão acabou se perdendo. Não consigo encontrar nenhuma informação sobre o assunto em lugar nenhum. O senhor poderia me contar mais?

O sr. Park suspira.

— Aprecio seu interesse acadêmico no assunto, mas estou com pressa, Emma. Minha próxima aula começa em dois minutos no anexo do outro lado do campus.

— Tudo bem — digo, rapidamente. — O senhor teria algum livro para me indicar? Alguns artigos? — E, por garantia: — Estou tentando aprender mais sobre essas questões, sr. Park. Expandir minha base de conhecimento. — Dou meu melhor sorriso.

— Vou tentar encontrar algum material pra você — ele responde, apressado, antes de correr porta afora.

— Pensei que tinha dito pra você deixar isso pra lá — diz uma voz atrás de mim. Eu me viro, surpresa, e encontro Levi ainda na sala. Achei que eu e o sr. Park estávamos sozinhos.

— Você disse. Eu ignorei.

Levi suspira e quase fico grata por esse som. Faz mais ou menos duas semanas desde nossa expedição ao quarto de Oliver, e, com as aulas e lições, mal nos falamos.

— Albert Seymour estudou na Darkwood — revelo.

Levi não reage, embora sua expressão endureça. Não hesito nem desvio o olhar.

— Assim como o meio-irmão dele, John Underwood — acrescento.

— E daí?

— Os dois estão no retrato dos Dez do ano do meu pai. Na verdade, Seymour está. Underwood não aparece na foto.

— Eu vi — Levi diz, tenso.

— Claro que viu — respondo. — Porque você sabe de milhares de coisas que planeja nunca me contar e, na verdade, espera que eu nunca mais pense nelas.

— Por que você está fazendo isso, Emma? — ele pergunta, baixinho. — Por que você não consegue deixar isso pra lá?

— Deixar pra lá? Você quer que eu deixe para lá minhas dúvidas sobre a morte de Oliver? Que eu deixe pra lá o que ele disse em seu último bilhete pra mim? Deixe pra lá o fato de que o homem que *inventou a clonagem* estudou nesta escola?! — Estou com tanta raiva que a vontade é dar um tapa na cara dele. Mas não dou. Engulo minha fúria. — Quando você tiver vontade de me contar seja lá o que saiba sobre Albert Seymour, sabe onde me encontrar.

Bato a porta como uma criança petulante.

Semanas se passam, e agora Levi e eu nem sequer nos cumprimentamos. Houve duas sessões da meia-noite nas quais evitamos trocar olhares. Pela primeira vez, fiquei feliz por Madison tagarelar sobre nosso dever de manter o princípio fundador de excelência da Darkwood. Pelo menos ela não nos fez participar de mais "exercícios". Claro que eu o notei nas sessões. Toda vez que estamos na mesma sala, olho para ver o que ele está fazendo. No refeitório, inclino minha cabeça para ver o que ele está lendo. Não consigo evitar.

Enquanto isso, cada vez mais alunos estão perguntando sobre a MAAD. Não posso deixar de notar que a desconfiança geral a respeito dos Similares no campus está cada vez mais intensa, o que me deixa furiosa. De onde vem isso? Os alunos da Darkwood deveriam ser inclusivos, esse é todo o motivo pelo qual o diretor Ransom sentiu que podia convidar os Similares para cá. Então por que parece que ele errou feio?

Durante o café da manhã de um dia de novembro, Pippa joga uma pilha de papéis na mesa. Ela me explica que é a impressão de um artigo que viralizou no país — e no refeitório — chamado "O Caso Contra os Clones".

— Dizem que teve mais de vinte milhões de visualizações. E precisaram desativar os comentários, porque a página travava.

— Onde você conseguiu isso? — pergunto enquanto dou uma olhada.

— Uma garota na minha aula de cálculo.

— Mas como ela conseguiu? O diretor Ransom nunca deixaria isso passar pelo firewall.

— Um aluno do terceiro ano hackeou o sistema. — Pippa dá de ombros. — Ouvi dizer que não é difícil se você sabe o que está fazendo. Enfim, esse artigo diz que sofremos maus-tratos. O autor pensa que nossa infância pouco convencional na Ilha Castor nos afetou de forma irreparável.

— Maus-tratos? Mas... *Como?* — Meu olhar se volta para a mesa dos Similares, onde Ansel e Theodora falam baixinho e Levi e Jago jogam distraidamente uma partida de jogo da velha. Meu coração se aperta ao considerar a possibilidade de que isso possa ser verdade.

— Éramos bem tratados. Mas, segundo esse artigo, o que aconteceu lá nos tornou perigosos — Pippa diz em uma voz tão baixa que mal consigo escutar.

— Se alguém é perigoso aqui, não é nenhum de vocês — digo a Pippa. — É Madison. Ela é a única pessoa que pode ter atacado Pru...

— Mas não temos como provar — Pippa me lembra. — E Jaeger não responde meus buzz. Eu me sinto uma intrusa, como se a última pessoa com quem ele quisesse falar fosse eu.

Pego a mão de Pippa por cima da mesa e a aperto.

— Você não é uma intrusa. Jaeger só está lidando com o que aconteceu da sua própria maneira. Deve ser por isso que ele ainda não ligou de volta pra nenhuma de nós. Quando Pru acordar... — Seguro minhas próprias lágrimas. — Tudo vai ser diferente. Você vai ver.

Mas acho que nem eu mesma acredito nisso.

O recesso de outono passa voando. Fico no campus com mais alguns alunos e passo o tempo todo dentro de um buraco de minhoca estudando a história da clonagem, Seymour e também Gravelle, o guardião dos Similares. Não se sabe muito sobre a vida pessoal dele, apenas que é um bilionário que conquistou tudo sozinho e fundou o laboratório que cometeu o grande erro responsável pela criação dos Similares. Ele, então, assumiu a responsabilidade de criar os seis clones. Segundo "O Caso Contra os Clones", Gravelle os maltratou e os submeteu a uma lavagem cerebral.

Embora eu não acredite que o autor desse artigo saiba da verdade, ainda estou inclinada a achar que o que aconteceu lá pode ter ferido Pippa, Levi e os outros Similares. Sei que a infância deles não foi convencional. Sei que Levi disse que nunca tinha saído da ilha. Sei que eles não tiveram pais de verdade. E sei que isso pode ser considerado uma certa forma de maus-tratos.

Não me surpreende que os Similares também fiquem no campus durante o recesso. Pippa e eu passamos o tempo todo juntas. Eu mando um buzz para o pai de Pru em nome de nós duas e deixo para ele repetidas mensagens. *Queremos visitar Prudence. Por favor, nos diga quando podemos ir aí.* Quando ele finalmente entra em contato, diz que Pru ainda está em coma. *Ela não ia querer que vocês a vissem assim*, ele insiste. *Por favor, não venham. Ainda não.*

Não falo com Levi durante as férias. Não tenho nada para dizer a ele, e fica claro que ele sente a mesma coisa. Mas não vou retirar o que disse. Preciso saber mais sobre Albert Seymour, e, se Levi não vai me dizer, vou descobrir de outro jeito.

Quando o fim de semana vai chegando ao fim, uma agonia incômoda começa a transbordar em mim. Faltam só alguns dias até que os pais de Oliver cheguem para a cerimônia — quando não terão como evitar conhecer o Similar de Oliver. Não vejo Jane desde o funeral de Oliver, e a ideia de vê-la sofrer o luto todo de novo é quase mais do que posso aguentar. Se eu pudesse poupá-la disso, eu pouparia. Mas não posso impedi-los de virem. E, mesmo se eu pudesse, eles precisam conhecer Levi em algum momento. Não tem como evitar o inevitável. Levi existe. Por mais que isso seja difícil de processar, é um fato.

No primeiro dia após o fim do recesso, depois da aula de história americana, lembro a Levi de que os pais de Oliver virão.

— Os pais de Oliver estarão aqui no sábado. Você sabe o que vai dizer pra eles?

— Você sabe? — ele responde.

Durante o almoço, o diretor Ransom faz um anúncio. Todos nós ganharemos chaves novas.

— Primeiro — ele explica para a multidão inquieta —, já sei o que vocês estão pensando: que uma troca de chaves no meio do semestre é algo inédito nesta instituição. O antigo sistema foi muito útil por quase duas décadas. Porém, foi relatado a nós que há certas limitações de segurança que não podemos ignorar. Suas novas chaves foram atualizadas com um software que pode rastrear sua localização via GPS e serve para outras importantes funções de segurança. Muitos pais pediram por essas mudanças depois do infeliz incidente ocorrido na casa de barcos em setembro. Logo, pedimos que vocês não removam as chaves do pescoço em nenhuma circunstância.

Alguns alunos começam a protestar, mas o diretor Ransom ergue a mão e continua:

— Todos os pais assinaram uma autorização que dá à Darkwood a permissão de rastrear cada movimento de vocês para mantê-los a salvo.

Há sussurros por toda parte. Embora eu não diga nada em voz alta, tenho certeza de que as "limitações das chaves atuais" foram o furo que permitiu que Levi entrasse no antigo quarto de Oliver.

— Quando sua chave for inicializada — Ransom continua —, durante as primeiras doze horas ela aprenderá a reconhecer seu DNA, além de vários outros marcadores que são apenas seus. — Ele não precisa dizer, mas tenho certeza de que os Similares não poderão mais trocar chaves com seus originais e vice-versa.

Depois que depositarmos nossas chaves antigas em uma caixa de metal, novas chaves que parecem idênticas às antigas serão colocadas em nossos pescoços. Passo meu dedo pela borda da minha chave, junto com a de Oliver. Não entreguei a dele. Ninguém além de Levi sabe que estou com ela, então a administração não pode pedi-la de volta. E eu certamente não estou pronta para desistir dela, não enquanto não descobrir o que Oliver estava tentando me dizer.

Naquele sábado, com duas chaves sacudindo juntas sob a minha camiseta, ando até o campo onde a cerimônia vai acontecer. A vice-diretora Fleischer me disse para encontrar Jane e Booker quinze minutos antes para dar as boas-vindas. Quando perguntei a ela se alguém havia contado a eles a respeito de Levi, ela disse que não era da minha conta.

Não é difícil interpretar o que isso quer dizer. Sobrou para mim. Por algum motivo, fiquei com o trabalho de dar essa notícia a eles. Talvez seja isso que Ransom queira? Talvez ele ache que sou eu quem vai lidar melhor com a tarefa? Vai saber.

Quando chego ao campo vazio, sou engolida pela beleza do dia. O céu está azul-turquesa e sem nuvens e, mesmo com o frio que só aumenta e belisca meu rosto e minhas mãos, o amplo gramado continua verde.

Ando até uma estaca de madeira posta no chão com uma placa.

ALA OLIVER WARD: CERIMÔNIA DE DEDICAÇÃO

Há um púlpito ao lado e algumas cadeiras dobráveis.

— Emmaline?

Eu me viro e vejo duas figuras andando na minha direção. Booker está com um braço em volta de Jane, como se a estivesse segurando. O rosto familiar dela entra no meu campo de visão e eu me encho instantaneamente de amor por ela e por Oliver (e de uma saudade intensa de uma vida que nunca vai voltar).

— Jane — digo baixinho, e, antes que eu saiba o que está acontecendo, os braços magros dela me envolvem em um abraço. Alguns momentos depois, Booker pigarreia e nós nos soltamos.

Finalmente dou uma boa olhada no rosto de Jane e fico chocada com o quão mais velha ela parece agora, depois de todo o seu mundo desabar e se mover como placas tectônicas. A testa dela está marcada e cansada, e olheiras marcam a pele embaixo dos seus olhos. Não sei como vou fazer isso. Fazê-la sofrer ainda mais parece errado de muitas formas diferentes.

— Estou tão feliz por vocês terem vindo — digo, e dou um breve abraço em Booker. Eu e ele nunca fomos muito próximos, mas consigo notar o peso dos últimos meses nele também.

— Ah, Emma — Jane diz, segurando as lágrimas. — Nunca pensei... isso não é...

— Acho melhor vocês se sentarem. — Puxo cadeiras dobráveis para eles. — Vocês viajaram o dia todo? Devem estar exaustos.

Jane dá de ombros e Booker coloca a mão no ombro dela.

— É difícil voltar ao campus sabendo como Oliver foi feliz aqui — ele diz, se explicando.

— Por favor, Emma, nos conte sobre seu terceiro ano até agora. Queremos saber tudo — Jane diz. — Amamos você como a uma filha. Isso não vai mudar nunca. Nem mesmo... — Ela para, incapaz de dizer as palavras em voz alta. *Nem mesmo após a morte de nosso filho.*

— Jane, Booker, tem uma coisa que preciso contar pra vocês. — Respiro fundo. É isso, o momento da verdade. Estou prestes a começar o discurso que preparei quando o vejo de longe, andando na nossa direção. Meu coração para de bater.

Levi.

OS SIMILARES 175

Quero gritar para ele ir embora. *Ainda não*, quero berrar. *Eles não estão prontos. Eu não estou pronta.* Levi olha nos meus olhos e é como se ele lesse a minha mente. Ele para a alguns metros de distância, congelado como uma estátua.

— Emma? Você está bem? — Jane pergunta. Ela começa a se virar para seguir meu olhar e eu baixo os olhos.

— Não tem jeito fácil de dizer isso — digo.

Jane e Booker me olham confusos, sem entender o que estou tentando dizer. Como entenderiam?

— Sabem os clones da Darkwood? — pergunto. — Os que entraram no terceiro ano esse ano?

— Ouvimos falar — Jane diz. — Três nomes foram vazados. Está em todos os feeds. Eles eram… são clones de Tessa Leroy, Jake Choate e daquela outra menina? A filha dos Huxley?

— Madison — completo.

Booker assovia.

— A família dela não deve estar feliz com isso. Sempre falo para a Jane que eu não me surpreenderia se a Comissão Nacional Anticlone se envolvesse e processasse a escola por recebê-los aqui.

Jane aperta a mão de Booker.

— Não vamos entediar Emma com política desagradável. O que você estava dizendo, querida?

Minha boca fica aberta um momento.

— Emmaline, querida — Jane começa, e então olha para seu marido, que assente. — O que foi?

— Como vocês sabem, são seis Similares — digo, de uma só vez. — Só que há um deles que foi clonado e seus pais não foram notificados, não como os outros. Quer dizer, pelo menos acho que não foram — acrescento rapidamente. — Gostaria que vocês conhecessem Levi. O sexto Similar. Ele é filho de vocês.

HOMENAGEM

Não espero para ver a reação de Jane e Booker. Faço um sinal para Levi se aproximar de nós.

Não digo *eu te avisei* a Levi, embora tenha certeza, no fundo do meu coração, de que eu estava certa. Jane e Booker não tinham ideia de que ele existia. As expressões no rosto dos dois deixaram isso bem claro. Os pais de Oliver parecem perdidos, confusos. Pior, parecem despedaçados.

Levi se aproxima e, quando Jane e Booker dão a primeira olhada nele, em seu rosto oliveriano, seu cabelo longo demais e seus olhos cinzentos, mergulho na lembrança de quando vi Levi pela primeira vez. Sei como Jane está se sentindo. Ver Levi é como ver uma miragem ou uma cruel ilusão de ótica. Ele é tão exatamente igual a Oliver e, ainda assim, não é.

— Não sei por que ninguém contou a vocês... — A sensação é de que não estou falando coisa com coisa. Não sei o que mais fazer.

— A escola deixou algumas mensagens — Booker diz, com a voz perdida. — Não ouvimos todas... — Ele e Jane continuam a encarar Levi, que, por sua vez, estende a mão para cumprimentá-los. Quando eles não se movem, ele a puxa, enfiando-a no bolso do casaco.

— Tudo bem — Levi diz, dando de ombros. — Se eu fosse vocês, provavelmente não iria querer me conhecer também.

— Esse é o Levi. — Eu me intrometo, porque ele merece uma apresentação adequada. — Levi Gravelle. Ele cresceu... lá no norte. É inteligente e muito bom em artes marciais. — Minha descrição é um pouco aleatória, mas todo mundo aqui só está tentando sobreviver a este momento. — Desculpa. Eu não sabia como contar. Quando eu o conheci, quando o vi pela primeira vez... — Meus olhos encontram os de Levi e transmitem um pedido silencioso de desculpas. Sou ruim nisso, mas estou tentando. Espero que ele perceba. — Pelo menos agora a gente sabe. Seu guardião mentiu para você. Jane e Booker não sabiam que você existia.

— É errado eu ter criado esperanças em relação a isso? — Jane pergunta, com uma voz embargada e tensa. Levi e eu nos viramos para ela, surpresos. — É errado que eu tenha sonhado com isso? — ela diz a Booker. — Quando ouvi falar dos clones vindo para Darkwood, uma parte de mim queria que Oliver tivesse um. Um Similar. Porque depois que ele morreu... — As palavras dela se transformam em soluços, e Booker a abraça. — Depois que ele morreu, eu morri também.

Com o canto do olho, vejo Levi murchar. Agora eu entendo. Este é seu maior medo, que ele seja visto apenas como uma cópia. Um substituto de um garoto morto.

Antes que qualquer um de nós possa falar mais alguma coisa, alunos começam a se reunir na grama. É hora da cerimônia. Adolescentes ocupam as cadeiras, professores também. O sopro do vento se vai, e nosso espaço quieto e sereno se enche de conversas. Noto o diretor Ransom chegar e puxar a vice-diretora Fleischer para o que parece uma discussão intensa. De soslaio, observo Madison, Tessa, Archer e Jake entrarem. Madison parece estar com raiva de algo. Os outros parecem estar se divertindo.

— Você quer almoçar conosco, Levi? Depois da cerimônia? — Booker pergunta. — Por favor, perdoe nosso choque inicial. Adoraríamos te conhecer.

Levi faz que sim e então a vice-diretora interrompe, guiando Jane e Booker ao púlpito para falar sobre o filho deles.

No refeitório, ocupo uma mesa com um prato de massa. A comida fica intocada na minha frente. Do outro lado do salão, observo Jane, Booker e Levi comendo juntos. Pippa pega uma cadeira ao meu lado e, embora eu não tenha tido a chance de contar a ela sobre o encontro dos Ward com Levi, não é difícil para ela entender o que aconteceu. De qualquer forma, Levi provavelmente já a atualizou.

— Como eles receberam a notícia? — ela pergunta em uma voz solene.

— Acho que é a primeira vez que alguém pode ser sincero e dizer que viu um fantasma.

— Nunca entendi por que não contaram a eles... — Pippa diz.

— Os Ward tinham acabado de perder o filho — digo, dando de ombros. — Talvez a pessoa responsável por dar a notícia a eles não teve coragem.

— Pode ser — Pippa diz. Mas ela não parece convencida.

OS SIMILARES

E então os olhos dela se arregalam. Sigo seu olhar em direção aos feeds, onde há uma foto de um homem familiar com uma manchete logo abaixo: MAGNATA DA IMPRENSA É CONDENADO.

Pippa sacode a cabeça.

— O pai da Tessa, Damian Leroy. Um júri o condenou hoje de manhã por sete acusações de fraude de segurança.

Não estou surpresa. Todo mundo sabia que isso ia acontecer, dada a cobertura da imprensa das provas apresentadas no julgamento. Mesmo assim, as manchetes nos feeds continuam sendo chocantes: DAMIAN LEROY: GOLPISTA BILIONÁRIO e A DINASTIA LEROY — A CRIAÇÃO DE UM IMPÉRIO FRAUDULENTO.

Uma sequência de imagens passa pelo espaço de exibição. Damian e a esposa. Damian e seus dois filhos: Tessa e o irmão mais novo. Procuro por Tessa no refeitório, mas não a vejo.

Então outro rosto familiar surge no espaço de exibição. É Jaeger, parecendo desleixado como sempre, mas vestido em um blazer chique. Ao lado dele está um jovem âncora que reconheço dos feeds. Pippa fica tensa ao ver seu pai de DNA.

— Jaeger Stanwick, obrigada por vir aqui hoje — o âncora diz. — Você foi o primeiro a reportar a investigação do FBI a respeito das finanças de Damian Leroy.

— Não foi um trabalho que tive prazer em fazer — Jaeger diz. — Damian e eu fomos colegas de escola. Ele é um velho amigo.

— E, agora, um criminoso condenado — o âncora aponta.

Jaeger suspira.

— Fatos são fatos. Era meu dever como jornalista expor a corrupção dele.

— Alguns disseram que sua conexão pessoal influenciou sua reportagem.

— As pessoas dizem muitas coisas — Jaeger responde, solene. — E nem tudo é verdade.

— Em seguida — o âncora diz —, "O Caso Contra os Clones". Sr. Stanwick, presumo que o senhor tenha muito a dizer sobre esse artigo, certo?

— Apenas que ele é indefensável — Jaeger responde.

— Então você não acredita que os Similares sejam um perigo para a sociedade?

— De jeito nenhum.

— Continuaremos nossa conversa logo mais. Agora, uma palavrinha dos nossos patrocinadores — o âncora diz antes do feed ser cortado. Solto uma respiração pesada. Ver Jaeger sempre me faz pensar em Pru.

— Jaeger não estava com uma aparência muito boa — digo a Pippa.

Ela sacode a cabeça.

— Não. Onde será que Tessa está?

— Escondida no quarto? — Sinto muito, sim, por Tessa. Nem ela merece um pai com uma condenação à prisão.

Um tumulto de vozes vem do outro lado do refeitório e vejo Levi se levantando abruptamente da mesa. Ele parece desconcertado, o que não é normal. Ele é sempre tão impassível. Jane arrasta sua cadeira para se levantar e vai em direção a Levi para embrulhá-lo nos braços. Embora Levi reaja com tensão, ele permite o abraço. Quando Jane o solta, ele dá um passo para trás. Não sei dizer o que está acontecendo, mas Levi claramente não está feliz. Ele pega sua bandeja de comida, quase intocada, e sai pela porta.

Não me dou ao trabalho de tirar minha bandeja. Peço a Pippa para cuidar disso para mim e corro atrás de Levi. Ele está andando em direção ao bosque. Corro para alcançá-lo.

— Levi! — grito.

— Posso ajudar? — ele pergunta, vagamente, quando o alcanço já quase na floresta. Está quieto como um necrotério aqui e não há nenhuma alma à vista. Uma voz lá no fundo de mim diz que eu não deveria estar aqui sozinha com ele. E se aquele relatório estiver certo e os Similares forem mesmo perigosos? Calo essa voz tão rapidamente quanto ela surgiu.

— O que houve? — pergunto. — O que eles disseram?

— Deixa eu ver — Levi diz. — Depois que superaram o choque de me conhecer, eles ligaram para o advogado da família. Decidiram me nomear beneficiário no testamento, junto com as filhas gêmeas, Chloe e Lucy. Eles as chamaram de minhas *irmãzinhas* — diz, enfatizando a palavra como se fosse algo horrível. — Agora vem a melhor parte. O advogado deles está planejando mexer nas propriedades do negócio da família Ward, pra que, assim que eu assine uns papéis, eu ganhe uma parcela enorme de ações da Ward LTDA. São ações que seriam de Oliver se ele... estivesse vivo.

— Não estou entendendo — digo. — Eles estão fazendo tudo que podem pra te tornar parte da família. Pra serem uma mãe e um pai pra você. Por que você está tão chateado?

— Mãe e pai? Pra mim? Você pirou?

— Não — respondo, tentando não soar muito na defensiva. *Ele está sofrendo,* lembro a mim mesma. — Tudo que sei é que se Jane Porter quisesse ser a minha mãe, isso seria a melhor coisa que já me aconteceu.

Levi corre para o bosque. Eu o sigo. Ele anda rápido, como se estivesse tentando fugir de tudo, e eu me apresso para alcançá-lo, sentindo meu coração martelando no peito.

— Levi — grito. — Espera!

Ele se vira para mim; sua respiração está entrecortada e suas bochechas, vermelhas. Algo nos olhos dele o faz parecer perdido, como se estivesse prestes a estourar. Um arrepio percorre minhas costas.

— Achei que você, acima de tudo, iria entender — ele diz, com raiva.

— Entender o quê?

— A expressão no rosto de Jane quando ela disse que queria que eu fosse parte do legado da família. Era a mesma expressão no seu rosto no dia em que te conheci.

Estremeço. Fico em silêncio enquanto o sigo mais para o fundo do bosque. Quando Levi chega a uma pequena clareira, ele chuta uma pilha de folhas, fazendo-as voar. Passo por ele e me sento em uma pedra, abraçando meus joelhos.

— Você poderia fazer uma cirurgia — sugiro. — Se refazer.

— E você acha que já não pensei nisso?

— Você faria mesmo? Mudaria seu rosto? — pergunto. Antes que eu consiga me impedir, estendo a mão e toco seu rosto. Assim que o faço, puxo o braço como se tivesse me queimado.

— Num piscar de olhos — ele diz, me olhando direto nos olhos. — Já te falei isso.

— E agora acredito em você — digo em voz baixa. Porque tenho uma boa certeza de que ser Levi Gravelle e viver no corpo de Oliver Ward é algo que eu não desejo a ninguém.

É domingo de manhã e vou encontrar Jane e Booker na parte externa da casa principal para me despedir.

— Emma? — Jane chama quando me aproximo. Se ela estava exausta e emotiva ontem, hoje parece destruída. Ela agarra sua bolsa e Booker puxa uma mala atrás deles.

Puxo a carta de Ollie, agora gasta e amassada, do meu bolso.

— Sabe o bilhete de Oliver? Aquele que você me mandou? Eu não entendi. Estou tentando entender, mas nada faz sentido, a menos que... — Não sei como dizer isso. — Você leu, né? Quem é "ele"? De quem ele está falando? — Estendo o bilhete para que Jane possa avivar sua memória. — Ele sabia? Sobre Levi? Oliver sabia que tinha um Similar?

— Como ele poderia saber? — Jane pergunta. — Nem nós sabíamos.

— Será que alguém pode ter tentado entrar em contato com vocês e Ollie interceptou a mensagem? — Sei que parece improvável. Mas, ainda assim, não consigo pensar em nenhuma outra explicação para o bilhete de Oliver, para sua partida.

— Emmaline, por favor — Booker interrompe. — Não comece com essa... — Ele para, e sua dureza se dissipa quando vê a dor em meus olhos.

— Desculpe, Emma — Jane diz. — É que passamos por um estresse inimaginável. Booker não quis...

Eu entendo. Faço que sim. Ainda há mais uma coisa que quero dizer a eles.

— Levi ficou chateado ontem. O que vocês ofereceram foi muito generoso. Eu pude conhecê-lo melhor nos últimos meses, e ele é uma boa pessoa. Sei o que todo mundo diz sobre os Similares, mas não é verdade. Eles não são perigosos e não acho que tenham passado por uma lavagem cerebral...
— Eu paro quando Jane começa a ficar emotiva de novo. — Levi merece ser parte de uma família, da *sua* família.

Jane e Booker se entreolham.

— O quê? — pergunto. — O que está acontecendo?

Jane segura com força a alça de sua bolsa.

— Emma, esse é parte do motivo para estarmos indo embora esta manhã. Levi...

— O que tem ele?

— Ele assinou os papéis na tarde de ontem. Nós demos a ele, em uma conta sob custódia, as ações da Ward LTDA. que seriam de Oliver, incluindo direitos de votação que lhe dariam uma boa influência sobre a empresa. Os únicos outros acionistas com esse poder somos nós, Booker e eu. Fizemos isso de boa-fé, sabe? Fizemos isso por causa de tudo que você acabou de dizer. Porque os Similares, todos eles, merecem uma chance. E porque ele é meu filho.

— É um bom primeiro passo, não é? — pergunto, hesitante.

— E também fizemos isso porque estamos sofrendo. E fomos tolos. Nesta manhã recebemos uma ligação do nosso advogado. Assim que a tinta do contrato secou, o guardião de Levi, como tutor da conta, vendeu as ações em nome dele — Booker completa.

— Ele as vendeu? Mas... por quê?

— Não sabemos por que seu guardião concordou em vendê-las, mas sabemos quem foi o comprador. — Jane olha para Booker, que faz que sim com a cabeça. — Ele mesmo.

— O quê? — respondo. — Não entendi.

— Não, você não entenderia, porque é difícil de acreditar. Mas o guardião de Levi transferiu as ações da conta de Levi para a sua *própria* conta pessoal, a pedido do garoto. O que significa que o homem que criou Levi e os outros Similares, Augustus Gravelle, seja lá que tipo de pessoa ele seja, é agora um acionista majoritário na empresa da nossa família.

AS TAREFAS

O dia passa num turbilhão. Tudo em que consigo pensar é como Levi deu suas ações da Ward LTDA. para seu guardião. Deve haver mais coisa nessa história. Com certeza há uma explicação ou uma justificativa para o que ele fez. Antes de sair, Jane me disse que eles estão planejando entrar na justiça. O que Gravelle fez foi uma séria violação de seus deveres de tutor. Pedi a ela que não culpasse Levi pelo que seu guardião provavelmente o forçou a fazer. Não acho que Levi seja uma pessoa ruim, embora eu não concorde com as suas ações. Mesmo assim, não é o suficiente para que eu desconfie dele, ou dos Similares, como os alunos se inscrevendo na MAAD desconfiam. Não desde que eu passei a conhecê-los. Pippa sente muita falta de Pru. E Levi salvou a vida dela. Tudo isso tem que significar alguma coisa. Precisa.

Na hora do almoço, procuro por Levi no refeitório, mas ele não está aqui. Nem os outros Similares, exceto Pippa. Fico aliviada quando ela se senta ao meu lado. Assim, tenho a sensação de que uma parte de Pru ainda está aqui, e não em coma ou pior. Além do mais, nesse tempo em que conheci melhor Pippa, passei a vê-la como uma boa amiga. Não digo a Pippa o que fiquei sabendo sobre a Ward LTDA. Por enquanto, sinto que é um segredo. Meu e de Levi.

Madison manda alertas para nossos Ameixas a respeito de uma sessão da meia-noite, e Pippa e eu nos perguntamos se Tessa estará lá. Ninguém a vê desde que seu pai foi declarado culpado, mas duvidamos que ela vá perder uma reunião dos Dez.

Naquela noite, quando me deito, às dez, arrumada e sem intenção de cochilar, penso no quanto Jane e Booker estão sofrendo. Sigo repetindo o que eles disseram na minha cabeça, que o guardião dos Similares é agora um acionista majoritário na empresa deles.

Peço a Dash para pesquisar por Augustus Gravelle, e ele encontra vários artigos sobre os sucessos de Gravelle no mundo dos negócios, mas nenhum deles fala nada sobre seus primeiros anos. É como se ele não existisse antes de ter trinta anos.

Inquieta e sentindo que vou enlouquecer se passar mais tempo no meu quarto, calço minhas botas e deixo minha chave na cama. Agora que nossas chaves podem rastrear onde estamos, é arriscado levá-las enquanto andamos pelo jardim à noite. Não estou muito a fim de convidar a segurança do campus a se juntar a mim. Embora tenham nos dito para não tirar nossas chaves e eu não faça a mínima ideia do que vai acontecer quando tirá-la, arrisco e a deixo para trás, colocando um pedaço de fita adesiva onde a lingueta entraria na porta, assim meu quarto parece fechado, mas não fica trancado. É um truque bobo, mas é melhor do que ser rastreada.

Ainda estou com a chave de Oliver em volta do meu pescoço. Ela não pode ser rastreada, e eu nem sonho em deixá-la sem supervisão. É a única coisa que me conecta a Oliver em seus últimos momentos. Quer dizer, além do bilhete, que não consigo decifrar de jeito nenhum. Enquanto saio pela porta da frente do Cipreste em direção à noite gelada, repasso o bilhete de Oliver mentalmente de novo. *Vai explicar tudo. Especialmente sobre ele.*

Estou tão perdida nos meus pensamentos que ando até o Lago Dark. Estou quase entrando no bosque quando vejo seis figuras iluminadas pelo luar. Eles estão enfileirados nas margens do lago e de costas para mim. Estão parados (imóveis até demais) de uma forma quase não humana. São eles. Os Similares.

Em um movimento perfeitamente sincronizado, eles mergulham no lago e seus corpos esguios cortam a água cor de ônix. A água faz ondas em volta deles e seus corpos desaparecem sob a superfície. O lago se aquieta novamente.

Fico boquiaberta, impressionada e fascinada pelo movimento orquestrado e pela forma como todos se moveram, como numa coreografia.

Eu me aproximo, esperando que eles saiam da água a qualquer momento. Será que voltarão todos juntos num único movimento fluido? Enquanto ando na direção do lago, tomando cuidado para me manter nas sombras das árvores, olho meu Ameixa e vejo a hora. Faz uns vinte segundos desde que eles mergulharam e a água não se moveu desde então. Ainda parece um espelho de obsidiana.

Olho meu Ameixa de novo. Faz mais de um minuto desde o mergulho inicial. Não sou nenhuma especialista, mas tenho noção de que a maior parte das pessoas não consegue prender a respiração embaixo da água por muito mais que dois minutos. Pensando bem, quem sabe eles tenham treinado isso na ilha, como atletas olímpicos. Talvez prender a respiração fosse um exercício diário lá.

Ainda assim, uma sensação de medo toma conta de mim à medida que os segundos e minutos passam enquanto espero que eles apareçam. Lá no fundo, percebo o princípio do pânico. Será que aconteceu alguma coisa? Eu deveria chamar ajuda? Mergulhar atrás deles? Não consigo imaginar o que pode estar mantendo-os lá embaixo por tanto tempo. *Vamos lá, Emma. Eles estão bem. Só são bons em natação, como em todo o resto.*

Checo meu Ameixa de novo e mal posso acreditar no que vejo: faz mais de quatro minutos desde que eles mergulharam. Tenho certeza. Com o coração acelerado, desço até o ícone de emergência da Darkwood. Há algo errado. Não importa quão treinados eles sejam, ninguém consegue prender a respiração por *tanto* tempo. Ainda não vi nenhuma perturbação na superfície do lago. Se não estão nadando, o que estão fazendo lá embaixo?

Meu coração está a mil e estou prestes a clicar no botão de emergência quando acontece. Em um movimento limpo, as figuras cortam o lago espelhado e saltam para o ar como golfinhos em um show.

Solto minha respiração e os observo nadarem para a margem. Cada movimento forte e ágil é sincronizado. Os Similares saem do lago e sacodem a água das roupas como se o que tivessem acabado de fazer fosse perfeitamente normal. Vendo-os alinhados assim, fico fascinada por como são atléticos, pela beleza deles. Nenhum tem o mesmo tipo de corpo, mas, ainda assim, todos compartilham a mesma força física e habilidades do treinamento na Ilha Castor.

Conforme os Similares se afastam do lago na direção do campus, eu me toco de que a água deve estar congelando. Há uma semana, tirei meu casaco pesado do fundo do armário, ele está me aquecendo agora, e, mesmo assim, estou com frio. E ali estão eles, ensopados, sem parecer nem um pouco incomodados.

Theodora e Maude correm para uma árvore próxima. Theodora começa a escalá-la e Maude a segue. No que parecem segundos, Theodora chega a um galho a uns três metros de altura. Ela fica de pé lentamente, meticulosa em seus movimentos, enquanto se firma segurando um galho acima da cabeça, e então se solta. Eu a vejo se afastar do tronco. Meu instinto é ficar com medo por ela. Mas enquanto ela dá um passo após o outro com os braços abertos como uma ginasta na trave, fica claro que ela é uma especialista que tem pouco, ou nenhum, medo de cair.

Os amigos dela a incentivam. Nenhum parece preocupado conforme ela avança, ganhando cada vez mais velocidade e confiança. Estou certa de que o galho não é capaz de aguentar o peso dela. *Vão deixá-la cair?*, eu me pergunto. *Será que fariam isso com um deles?*

No momento em que o galho começa a ceder, ela salta e aterrissa com firmeza e de pé na terra. Os Similares gritam e comemoram, dando tapinhas nas costas dela. Maude segue seu exemplo. Eu a vejo subir na árvore — só que mais para o alto, para um galho acima do de Theodora. A subida é rápida e a descida, mais ainda. Ela salta do que devem ser seis metros de altura. Desta vez, seus companheiros clones a pegam nos braços.

Estou chocada pela habilidade física do que estou vendo. O mergulho sincronizado, a escalada, o equilíbrio, os saltos. Estou perturbada, também. Adolescentes normais não seriam capazes de fazer metade do que os Similares acabaram de fazer. Adolescentes normais não poderiam prender a respiração por tanto tempo ou se equilibrar em um galho tão alto. Tenho certeza disso. Há algo de errado. Os Similares são lindos, ágeis e ferozmente confiantes. Mas também são, de alguma forma, inumanos.

Preciso ir. Não posso deixar que me vejam, não depois do que vi. Não sei bem por que, mas entendo dentro de mim que não posso deixar que *eles* saibam o que sei. Dou a volta e começo a retornar ao Cipreste. Acelero o passo conforme vou me afastando do lago e dos Similares, com seus macabros exercícios no meio da noite.

Uma mão segura meu braço.

Eu giro, pronta para me defender, mas, quando vejo meu agressor, percebo que estou encarando olhos familiares. Os olhos de Levi. Eu me movo para me soltar de sua mão, quando noto o sangue sob o luar. Levi tem um corte no bíceps, com talvez uns dez centímetros de comprimento. E está sangrando.

— Seu braço... — falo enquanto estendo a mão para tocá-lo. Levi se afasta.

— Devo ter arranhado em uma pedra quando estava saindo da água. Bem que eu senti alguma coisa afiada.

— É profundo — digo com firmeza. — Talvez precise de pontos.

— Estou bem — ele diz, cruzando os braços e ignorando minha sugestão. — Sei que você nos viu, Emma. Mergulhando no lago. Escalando aquela árvore.

— É — digo com cuidado. — Eu vi.

— Eu posso explicar.

— Ah, tenho certeza de que pode — digo, subitamente furiosa com ele. — Assim como pode explicar como ajudou seu guardião a enganar o Booker e a Jane para conseguir ações da empresa deles.

Dor passa pelo rosto de Levi, mas não uma dor física. Ele mal nota o corte no braço. Mas do lado de dentro é outra história.

— Eles te contaram — ele diz.

— Sim, e meu cérebro, coitado, está sofrendo pra tentar entender como ou por que você faria isso. Mas só consigo pensar em uma explicação: você fez isso pra machucá-los.

— É isso o que você acha? — Levi pergunta.

— Não sei — digo, com sinceridade. — Se você me perguntasse sobre isso essa manhã, depois que me despedi deles, eu diria que não. Mas agora... — Hesito. — Não sei mais de nada. Você. Os outros Similares. O que acabei de ver.

— Tem coisas que eu não posso te contar, Emma, não é escolha minha...

Não dou a ele a chance de terminar.

— Então você não vai se importar se eu contar. Vou ficar feliz em falar pra todo mundo sobre seus esportes radicais.

— Isso levou anos de prática. Você ficaria impressionada com o que é capaz de fazer se for determinada. Tem gente aqui na Darkwood que quer ser um pianista mundialmente famoso ou um atleta. Essas coisas até exigem talento, mas, acima de tudo, exigem persistência. Horas de prática e dedicação exclusivas. Nós nadávamos na ilha. Todos os dias. Às vezes por horas. E Gravelle nos cronometrava. De início, só conseguíamos prender a respiração por trinta segundos. Levamos anos pra aprender a fazer isso, Emma.

— Por que vocês estão aqui fora no meio da noite?

— Pelo mesmo motivo que você. — Ele dá de ombros, e percebo a camiseta molhada grudada em seu peitoral. — Não conseguíamos dormir.

— A gente devia ir — digo. — A sessão da meia-noite já vai começar. Madison não vai gostar se chegarmos atrasados. — Eu me viro para ir embora. Ele pega meu braço de novo.

— Emma, por favor — ele diz. — Calma aí. Espere.

É quando noto o braço dele. O corte que estava sangrando momentos atrás está quase totalmente cicatrizado.

Devo estar vendo coisas. Acho que era no outro braço, né? Mas não. A pele em seu outro braço é lisa e intocada. O corte ainda está ali, no mesmo formato e tamanho, só que não parece mais recém-feito. Parece ter ocorrido há alguns dias, e está rodeado de sangue seco.

Levi olha para o braço, então para o meu rosto. Em um segundo nós dois reconhecemos como isso é estranho e *errado*. De repente, me dou conta de que estamos sozinhos neste pátio escuro e desolado. Onde estão os outros Similares?

Levi me solta — graças a Deus — e eu me afasto dele. Se eu gritasse, ninguém além dos companheiros de Levi me ouviria. E eles são tão "diferentes" quanto ele.

— Pra mim não dá — digo. — Os Ward são como a minha família. Não posso saber o que sei e não fazer nada a respeito. Se eles, ou outra pessoa que amo, se magoarem...

— O quê?

— Eu não conseguiria viver comigo mesma. Levi, você tem que me explicar por que fez isso com o Booker e a Jane. Por que sua pele cicatrizou tão rápido. É quase como se você nunca tivesse se cortado. Ou você me conta ou eu conto pra todo mundo o que vi — digo, e me odeio por ameaçá-lo, mas há coisas demais em jogo.

— Você quer saber, Emma?

— Quero!

— Você quer saber o que aconteceu com a empresa de Jane e Booker? Quer saber o que meu guardião tinha planejado pra eles, pra *todas* as famílias dos originais?

Congelo. *Que plano é esse?*

— Todos nós fomos mandados aqui com tarefas — Levi diz, a voz baixa. — Eu, Maude, Jago, Ansel, Pippa e Theodora.

— Tarefas? — pergunto delicadamente.

— É. Cada um de nós tem uma.

— Não entendo.

— Não — ele diz, olhando o horizonte. — E como entenderia? Você acha que somos só jovens. Adolescentes frequentando a Darkwood pra receber uma educação de ponta e nos prepararmos para as mais prestigiosas universidades.

— E não são? — pergunto, mas acho que já sei a resposta. Levi ri.

— Nós aprendemos cálculo aos dez anos e biofísica aos treze. Já lemos todos os clássicos e escrevemos os nossos próprios. Maude é especialista em programação. Pippa poderia tocar flauta no Carnegie Hall. Vai por mim, não *precisamos* da educação da Darkwood.

— Mas o strata de vocês — insisto. — Se todos vocês são tão mais avançados do que nós, Ansel e Jago também deveriam ter ficado entre os cinco melhores. Você e seus amigos teriam conseguido todas as *cinco* vagas.

— Pelo amor de Deus, Emma, pensa bem. Não seria um pouquinho suspeito?

— O que você está dizendo?

— Jago e Ansel... como posso dizer isso... *fizeram o seu melhor* na prova — ele diz, simulando aspas com os dedos. — Pra falar a verdade, nenhum de nós fez. Ainda assim, Maude, Theodora e eu acabamos nos melhores lugares.

— Vocês fingiram, então. — Eu me sinto uma idiota.

— Tudo faz parte do plano de Gravelle, Emmaline. Tudo faz parte do plano dele.

— O que você quis dizer quando falou que vocês tinham tarefas? Que tipo de tarefas?

— Não é óbvio? A minha era garantir que Jane e Booker me aceitassem na família e no negócio da família, pra que Gravelle pudesse conseguir ações da Ward LTDA. Faz anos que ele quer ser acionista majoritário da empresa deles.

— Mas por quê?

— Ele diz que é para o meu próprio bem. — Levi dá de ombros. — Ele disse que eu estaria reivindicando o que é meu por direito. Falou que eu mereço, que eles me devem, como meus pais genéticos.

— Mas por que você deveria passar suas ações pra *ele*?

Levi dá de ombros novamente.

— Ele acha que posso tomar decisões irracionais conforme for me aproximando dos meus pais genéticos. Se ele mesmo for dono das ações, pode agir em meu nome.

— Então você sabia — digo, tentando compreender —, sabia desse plano o tempo todo, dessa *tarefa*, e sempre esteve planejando realizá-la?

Levi me encara.

— Sim. — Ele não tem vergonha ou remorso. — Planejei, sim. E fui muito bem — ele diz, seco. — Você queria me odiar desde o primeiro minuto em que cheguei à Darkwood, mas nunca teve razão pra isso, exceto pelo fato de eu parecer seu melhor amigo morto. Parabéns. Agora você tem todas as justificativas de que precisa. Vou trocar de roupa.

Levi vai embora e eu fico parada no campo deserto, me perguntando se todo mundo estava certo o tempo todo. Não se pode confiar nos Similares.

O SUSPEITO

O vento bate no meu rosto e ouvidos enquanto volto apressada para o Cipreste, andando o mais rápido que consigo sem correr. Pela primeira vez, estou com medo dele, dos Similares. Levi explicou sobre as tarefas, mas não falou como seu corte desapareceu tão rápido daquele jeito. *Será que eles são humanos?* Sinto o frio começando a fazer minha cabeça doer. *Quem — não, o quê — eles são?*

Pippa está parada do lado de fora do Cipreste, me esperando. Eu checo meu Ameixa. São 23h55. Como ela se trocou e chegou aqui tão rápido? Ela me estende minha chave.

— Você não estava no quarto quando fui te buscar para a reunião — ela diz como explicação e passa a chave pelo meu pescoço. — Se eu fosse você, tomaria um pouco mais de cuidado com onde deixa isso. Entrei no seu quarto e a vi na sua cama.

Pela primeira vez, temo ser tão próxima de Pippa. Ela é uma deles, afinal. Não sei se posso confiar nela ou em qualquer um deles.

Não falo nada a respeito do que vi enquanto subimos juntas as escadas barulhentas que levam à Torre. Nunca pensei que ficaria ansiosa por passar tempo com Madison, mas pelo menos em grupo estarei segura.

Do que você está com medo, Emma? Que eles te machuquem? Repasso mentalmente o primeiro dia de detenção mais uma vez: nós dois trabalhando, Levi e eu. Nós dois pintando. Ouvindo Pru gritar. Entrando juntos na casa de barcos.

Foi isso que aconteceu ou minha mente está me enganando? Ele levou Pru até ela estar segura, não levou? Claro que existe a possibilidade de ele ter feito isso para cobrir seus rastros. Mas Levi não poderia ser tão rápido, tão cruel, tão perturbado para ter machucado Pru... Né? Ele tem o DNA de Oliver, que não machucaria uma mosca. E, ainda assim, suas infâncias foram tão drasticamente diferentes. Oliver foi amado e Levi... Não sei. Maltratado? Vítima de lavagem cerebral? Será que foi levado a extremos ou simplesmente negligenciado? A forma como ele afundou na água... me assusta pensar em como ele deve ser forte. Como seria fácil para que ele atacasse Pru.

É o mesmo com Pippa. Ela tem o DNA de Pru, afinal. *Com certeza não é perigosa*, penso, sentada ao lado dela, sem tirar meu casaco. Estou tremendo. Respiro fundo quando Levi entra na sala seguido por Theodora e Maude. Ele não me olha quando se senta entre seus companheiros clones. Os outros chegam, todo mundo exceto Tessa. Será que ela vai aparecer? Será que alguém a viu desde as notícias sobre o pai dela? Madison fecha a porta. O clique da fechadura me assusta.

— Bem-vindos à quinta sessão da meia-noite deste ano — Madison diz. Ignoro a voz dela e encaro o braço de Levi, que estava sangrando há meia hora. Quero que exista uma explicação que não me mate de medo, mas não consigo pensar em nada. Meu coração está acelerado, implorando para que eu faça alguma coisa, *qualquer coisa*. No fim das contas, os Similares estão mesmo planejando prejudicar as famílias de seus originais. Levi praticamente admitiu. Até onde eles iriam para conseguir o que querem?

Há uma batida à porta. Todos observamos Madison andar até lá e a abrir com sua chave. Tessa está parada ali. Ela parece mais magra do que nunca, com certeza por estar pulando refeições para evitar o refeitório.

— O que eu perdi? — ela pergunta, passando por Madison e se sentando.

— Eu estava prestes a dar as boas notícias ao grupo — Madison anuncia. Ela se vira para nós, exultante. — Minha mãe vem ajudando a Comissão Nacional Anticlone a aprovar uma nova legislação que passará a valer este mês.

— Que tipo de legislação? — pergunto com uma voz inexpressiva enquanto dou uma olhada em Pippa. Por mais que tentem parecer calmos, ela e os outros Similares ficam tensos.

— Boa pergunta, Emma. Que pena que você não estava na última reunião do MAAD, senão já saberia.

Encaro Madison. Posso até não ser a defensora número um dos Similares depois do que descobri esta noite, mas isso não significa que vou deixá-la passar por cima de mim ou deles.

— Os clones precisarão de um visto especial pra entrar neste país — Tessa declara, parecendo feliz em dar a notícia. Olho para ela confusa, pensando em como ela pode sentir tão pouca empatia depois do que aconteceu com o pai dela.

— E pais que traficarem pra dentro dos Estados Unidos uma criança produzida via tecnologia de clonagem, mesmo que seja um feto no útero, podem receber multas ou até um tempo na prisão.

— Isso nunca vai acontecer — digo.

Madison dá de ombros.

— A maioria das pessoas concorda que os clones são uma ameaça aos valores estadunidenses. Todos eles são perigosos.

— Que generalização mais vaga! E você está errada. A maioria das pessoas *não* pensa assim. Eu não penso. E sei que eles não são perigosos...

— Você tem certeza? — Madison provoca.

Não tenho. Não depois desta noite. Apesar de querer acreditar que os Similares são todos bem-intencionados, não posso ignorar que vieram para a Darkwood com missões a serem cumpridas. Eles estão escondendo coisas de nós e de suas famílias genéticas. Mas por que isso deveria se refletir em todos os clones?

— Por que você os odeia tanto? — pergunto, ignorando a voz na minha cabeça que diz que Madison pode estar certa de desconfiar de nossos novos colegas. Todo tipo de gente é capaz de manipulação. É só olhar para Madison. Ela não tem desculpas para ser tão cruel. Sempre teve tudo que poderia querer na infância. Pais amorosos. Amigos, uma comunidade. Oportunidades de ver o mundo. Todas as coisas das quais os Similares foram privados.

— Desculpa, Emma, mas não tenho a menor ideia do que você está falando. — Madison me dispensa de um jeito que me faz querer berrar de raiva.

— É por causa dos seus pais? Eles te ensinaram a temer o que você não entende?

— Eles me ensinaram a temer pessoas que são uma ameaça.

— Prudence era uma ameaça? — pergunto, estourando.
— Foi por isso que você a atacou?

— Emma! — Pippa grita.

Não desvio o olhar de Madison. Deduzo que ela vá ficar furiosa e surtar comigo. Em vez disso, ela ri.

— Prudence Stanwick não estava nem no meu radar. Mal sei quem ela é. Quer dizer, *era*.

Meu sangue ferve. Madison volta ao seu anúncio e fica evidente que na cabeça dela essa conversa acabou. *Mas não pra mim,* penso. Meus instintos têm cada vez mais certeza de que ela teve algo a ver com o ataque à Pru.

Quando Madison finalmente nos libera, caminho em silêncio com Pippa de volta para nossos quartos. Não dá mais, não aguento mais esse fingimento.

— Eu vi vocês — digo, quando chegamos à minha porta. — No lago. Maude e Theodora escalando aquela árvore.

— Eu imaginei — Pippa diz, em voz baixa.

— Sei sobre as tarefas. Levi me contou.

— Emma, eu queria poder explicar…

— Mas não pode. Claro que não pode. Boa noite, Pippa.
— Pelo que Levi disse, ela foi encarregada de algo também, mas não sei do quê. Quero brigar com ela por isso, mas já houve confrontos suficientes por hoje.

Entro no meu quarto e respiro fundo algumas vezes, tentando me acalmar. Mas preciso de uma distração, pode ser qualquer coisa. Meus olhos caem no livro na minha escrivaninha, *O sol é para todos*. É o livro que Jaeger me deu quando veio à escola e contou para mim e Pippa sobre o coma induzido de Pru. Não o abri ainda, mas me perder naquelas páginas parece a solução perfeita. Preciso escapar da minha própria cabeça.

Abro o livro na primeira página e fico surpresa ao ver uma anotação rabiscada ali.

Pare de procurar. Você não vai encontrá-la.

Está assinado *JS* — Jaeger Stanwick. O pai de Pru. Meu coração vai parar no pé.

Não há como negar que ele escreveu essa nota para mim. Ele me deu este livro, trouxe-o até aqui e fez questão de me encorajar a relê-lo. Também está claro quem é "ela": Prudence.

Olho para o recado de Jaeger novamente. *Pare de procurar. Você não vai encontrá-la.*

Por que não vou encontrá-la? Quero gritar. *Porque ela morreu?*

Não consigo pensar direito. É coisa demais para processar. As habilidades físicas dos Similares. O corte no braço de Levi. As tarefas. A legislação da mãe de Madison.

E agora isso.

Meu coração acelera quando considero as implicações do bilhete misterioso de Jaeger. Ele tem ignorado meus buzz; os de Pippa também. Enfio *O sol é para todos* sob o braço e volto para a noite fria.

Só uma pessoa pode me ajudar agora. É hora de encontrá-lo.

Dez minutos depois, chego à casa do diretor Ransom no campus. Estou desrespeitando o toque de recolher e quebrando mais um milhão de regras por vir aqui, mas isso não importa. Toco a campainha.

Momentos depois, ele abre a porta em seu roupão e pantufas, parecendo confuso.

— Emmaline Chance — diz. — Isso são horas?

— Eu sei. Mas posso te garantir, senhor, é urgente.

— Nesse caso, entre, por favor. — Ransom faz um gesto para que eu o siga para dentro. — Você está pálida. Sente-se. Deixa eu pegar um pouco de água pra você.

Afundo no sofá dele, tentando acalmar meu coração acelerado, e olho em volta. A casa é aconchegante e decorada com parcimônia.

Ele volta e me estende o copo.

— Não vou perguntar por que você não está no seu quarto... — Ransom diz ao se acomodar de volta na poltrona de couro, cruzando as pernas com pijamas e deixando suas pantufas à vista.

— Vou direto ao ponto — digo, tomando um grande gole de água para me dar forças para o que preciso fazer. — Diretor Ransom, senhor, recebi uma informação perturbadora esta noite. — Pego a cópia de *O sol é para todos* e abro na primeira página. — É um bilhete. Do pai de Prudence, Jaeger Stanwick. Ele disse a mim e a Pippa que Pru está em um hospital na sua cidade, em um coma induzido. Mas esta mensagem... — Estendo o livro para que ele possa vê-la. — Esta mensagem sugere outra coisa. Ele me deu este livro no dia em que veio aqui. Só notei a mensagem hoje.

Quando Ransom lê a nota, seu rosto desmonta e então endurece.

— Concordo que seja perturbador, Emmaline.

— Jaeger nos disse que a polícia acha que alguém a atacou. Você pode ajudar, senhor? Sabe por que Jaeger me diria para não ir atrás de Pru? Você sabe quem pode ter feito isso com ela?

— Ah, Emmaline. Sinto muito, mas a investigação está com as autoridades. Veja, como diretor, tenho poder sobre meus alunos — ele diz, com um sorriso amarelo —, mas pouco poder quando se trata da lei. Com Prudence fora do campus, ela já não está sob meus cuidados. Acho que sei tanto quanto você da condição e do paradeiro dela. Agora, a respeito de quem a atacou, acho que eu é que devia te perguntar. Afinal, você estava lá naquele dia, na casa de barcos, quando o incidente ocorreu.

— Estava — respondo rapidamente —, mas eu teria dito se soubesse qualquer coisa. Não sei de nada. Eu estava escutando música. Passando tinta na parede. Levi e eu estávamos trabalhando lado a lado quando ouvimos Prudence gritar. Quando entramos e a encontramos deitada naquela canoa, era tarde demais para pegar a pessoa que a machucou. A gente estava sozinho. Contudo, se me permite ser sincera, senhor…

— Por favor.

— Só há uma pessoa na Darkwood que odeia Prudence o suficiente pra machucá-la.

Ransom ergue uma sobrancelha.

— Prossiga.

— Madison Huxley — digo. — Ela deixou claro desde a primeira reunião dos Dez que não achava que Pru merecesse estar lá.

Ransom não está mais relaxado na minha frente. Ele se senta e presta atenção.

— É uma acusação muito séria, srta. Chance. Que prova você tem de que a srta. Huxley seria capaz de cometer um crime tão horrendo?

— Nenhuma, não que seja concreta. Mas ela faltou a uma consulta, algo sobre fazer um exame de sangue. E foi na mesma tarde em que Prudence foi atacada…

— Sem provas, acusar Madison Huxley de um crime assim seria pura especulação. Madison é a líder dos Dez. Ela nunca se mostrou indigna dessa função, você gostando dela ou não — ele acrescenta, sem delongas.

— Mas quem mais poderia ter feito isso com ela? Se foi uma tentativa de machucar Prudence, ou pior, de *matá-la,* então quem foi o responsável? As únicas pessoas lá, ao menos até onde sei, eram eu e Levi!

Ransom me estuda. As linhas em volta do rosto dele o fazem parecer triste e sobrecarregado.

— A resposta pode estar bem embaixo do seu nariz, Emmaline.

— O senhor não está querendo dizer que fui eu, está?

— Óbvio que não. Prudence era uma de suas melhores amigas.

Isso me atinge como uma pilha de tijolos.

— Então Levi?

Ransom faz que sim.

— Não poderia ter sido ele — digo, sacudindo a cabeça. — Não faz sentido. Ele estava ao meu lado o tempo todo.

— Você tem certeza? — ele insiste. Tento lembrar a mim mesma de que posso confiar no diretor Ransom. Ele não tem por que suspeitar de Levi, ainda mais levando em consideração que precisa provar para o mundo que os alunos que convidou para Darkwood merecem nossa confiança.

— Absoluta — digo, embora bem no fundo eu me questione. — Meu Ameixa ficou sem bateria logo antes de ouvirmos Pru gritar. Senão, eu nem a teria ouvido — digo, repassando os eventos daquela tarde na minha cabeça. — Levi estava bem do meu lado quando aconteceu. Sei disso porque nos olhamos. Lembro de quando nossos olhares se cruzaram. Estávamos os dois chocados.

— Mas imagine que Levi entrou na casa de barcos, atacou Pru e então voltou para o seu lado. Ele poderia voltar para o seu lado num instante — Ransom sugere.

Faço que não.

— Não. Mesmo que fosse possível, ele não conhecia Prudence. Por que iria querer machucá-la?

— Isso não é totalmente verdade, Emmaline — Ransom diz. — Não se esqueça de que ele tem uma amiga que compartilha cada traço de Prudence.

— Pippa? Você acha que Levi atacou Prudence por causa da Similar dela?

Ransom suspira, inclinando-se para trás na poltrona. Ela range sob o peso do seu corpo.

— Seria tão impossível assim?

Fico tensa, me lembrando de tudo que descobri sobre os clones hoje.

— Senhor — digo, ofegante. — Você ainda confia neles? Nos Similares?

Ransom me analisa. Se minha pergunta o desconcertou, ele não demonstra.

— Eu os convidei para a Darkwood, não convidei?

— Convidou — respondo. — Mas... — Eu paro. *Será que devo mesmo falar isso? É a coisa certa a fazer?* — Mas, senhor, e se eu te disser que eles não são como parecem à primeira vista? Que eles têm habilidades especiais...

Ransom não responde imediatamente. Por fim, ele fala.

— Emmaline, me perdoe se estou me intrometendo, mas eu estaria errado se dissesse que você teve um ano bem complicado? Primeiro a morte de Oliver, depois, o ataque a Prudence...

Faço que não.

Ransom continua.

— Vou lhe dar um conselho, se você me permite. Volte para o seu quarto. Descanse. Não há nada que você possa fazer por Prudence que o pai dela já não esteja fazendo. Quanto a quem a atacou, não é seu trabalho identificar o agressor. Deixe isso para a polícia. Ou pra Prudence, quando ela acordar do coma, se Deus quiser.

Quero seguir o conselho do diretor Ransom. O que mais quero é voltar para o meu quarto e dormir como os outros. Olho o copo vazio nas minhas mãos. De repente, me sinto incrivelmente cansada e estranhamente calma. Ransom me leva até a porta da frente e me diz para voltar ao Cipreste em segurança. Quando chego, caio direto na cama. Durmo como uma pedra e não tenho sonhos.

Na manhã seguinte, me sinto inexplicavelmente mais leve. Minha conversa com Ransom me fez sentir, de alguma forma, menos sozinha. Ainda estou preocupada com Pru e mais do que um pouco perturbada pelo que descobri a respeito dos Similares, mas ter o diretor ao meu lado é um alívio. Sou pega de surpresa quando dois policiais me abordam no caminho para o café da manhã.

— Emmaline Chance? — pergunta uma policial. Eu a reconheço da clareira, no dia em que Pru foi levada às pressas para o hospital. Há um homem com ela. Ele permanece em silêncio. Deve ter uns cinquenta anos e está ficando careca.

— Sim?

— Frente a um novo desenrolar do caso, recebemos permissão do diretor Ransom para questioná-la sobre os eventos de quinze de setembro. O dia em que você encontrou Prudence Stanwick inconsciente na casa de barcos.

— Você não é uma suspeita — o policial me garante. — Mas queríamos ter os eventos do dia pela sua perspectiva.

— Pra nos ajudar a entender o que aconteceu — a policial acrescenta, com suavidade.

— Não há nada a ser dito — falo, sentindo minhas bochechas queimarem. — Eu estava pintando a parede lateral da casa de barcos. Levi e eu estávamos trabalhando juntos quando alguém gritou. A gente correu pra dentro e encontrou minha companheira de quarto, Prudence.

— Gostaríamos de andar até a casa de barcos com você — a policial diz. — Reconstituir aquela tarde, passo a passo. É seu direito ter um pai presente...

Eu a interrompo neste momento. Não precisam ligar para o meu pai. Sei o que vou dizer a eles: a verdade. Ter meu pai aqui não faria diferença nenhuma.

Ainda assim, o medo surge nos meus dedos e sobe pela minha espinha. Só pode haver um motivo para eles estarem aqui me fazendo essas perguntas. Um de nós é um suspeito. E se falaram que não sou eu, então é Levi.

Voltar à casa de barcos é dolorido. Traz de volta as memórias daquela tarde. Eu esperava uma faixa amarela circulando a canoa onde encontrei o corpo de Pru, mas aparentemente a polícia coletou todas as evidências e fotografias de que precisava. Não é mais uma cena de crime.

Ainda assim, os oficiais me interrogam por quase uma hora. Perguntam onde eu estava e onde Levi estava. O que estávamos fazendo e quando. Onde exatamente eu estava quando descobri Pru. Como Levi reagiu. Eu os lembrei que

Levi carregou Prudence até que ela estivesse em segurança. Tudo que ele queria era ajudá-la, eu explico.

E, mesmo assim, quando perguntam se Levi poderia ter saído de fininho enquanto eu estava perdida em pensamentos e (eu mesma admiti) evitando falar com ele por causa da sua semelhança com Oliver, preciso confessar que, sim, poderia.

— Então você admite que não viu Levi durante todo o tempo em que estavam pintando? — o homem pergunta.

— Eu estava olhando para a *parede*, então não, não estava olhando pra ele o tempo todo.

— Ele não ficou o tempo inteiro no seu campo de visão, então — a mulher insiste.

— Já disse a vocês. Não. Isso não quer dizer que ele teve tempo de atacar Prudence.

— Pode não ser provável. Mas se for ao menos *possível*...

— Não sem evidências concretas — o homem diz. — As impressões digitais de vocês dois estavam por toda a casa de barcos. Mas isso não é suficiente pra irmos em frente... ainda não.

— Você ajudou bastante, srta. Chance — a mulher diz, finalizando a conversa. — Mais do que pode imaginar. Ficaremos aqui por mais uns minutos, mas você pode ir.

No caminho de volta para o campus, só consigo pensar na polícia distorcendo minhas palavras. Eles não estavam interessados na verdade, só nos furos que podiam abrir na minha história. É tão frustrante, especialmente porque sei que, com base nos fatos, não pode ter sido ele.

Quando chego ao campus principal, já perdi o café da manhã. Estou exausta e me arrasto pela manhã e por minhas três primeiras aulas. Ao meio-dia, estou morta de fome e praticamente arrombo as portas do refeitório. Não estou nem aí para o que vão servir, vou comer.

O refeitório está estranhamente silencioso. Não há agitação nem fofoca. Todos os alunos estão com os olhos grudados nos Similares. Eles estão juntos em um lado do salão com três oficiais de polícia: os dois que me interrogaram há algumas horas e um terceiro que não reconheço. Não sei se os policiais querem fazer um espetáculo, mas a conversa está chamando atenção.

— Levi Gravelle — diz o homem que me interrogou —, novas informações vieram à tona no caso de tentativa de assassinato de Prudence Stanwick e temos permissão para te levar à delegacia para ser interrogado.

Fico sem ar. *Novas informações? É por causa do que eu disse aos policiais de manhã? O que foi que eu fiz?*

Sussurros correm pelo refeitório. Meus colegas estão dizendo que Levi deve ser um suspeito, que a polícia deve acreditar que foi ele. Busco no rosto de Levi algum sinal de que ele está bem ou algum sinal de que não está, mas seu rosto não demonstra nada. Pippa e Theodora estão ao lado dele, visivelmente preocupadas. Jago e Ansel falam baixo um com o outro enquanto Maude está em silêncio atrás deles, com os braços cruzados.

— Você tem o direito de chamar um advogado e de ter um advogado e um guardião legal presentes durante o interrogatório — o policial continua.

Um ar frio entra quando a porta ao meu lado se abre.

— Isso é realmente necessário? — uma voz ressoa e todo mundo se vira para ver o diretor Ransom entrar com o cabelo prateado arrepiado e a gravata torta.

— Provas sugerem que os ferimentos da srta. Stanwick não foram resultado de um acidente — a mulher diz. — O sr. Gravelle estava presente no momento do ataque.

OS SIMILARES 209

Eu também estava, quero gritar, mas eles não acham que sou culpada. E estão certos. *Mas Levi também não é*, digo a mim mesma.

— Vocês vão me prender? — Levi pergunta.

— Não — a mulher responde.

Theodora se mete na conversa.

— Então ele não precisa ir com vocês.

— Não precisa mesmo — a mulher concorda. — Mas as coisas serão bem mais fáceis se ele cooperar.

— Ele precisa de um advogado — Theodora insiste. Ela se vira para Levi, agarrando-o e sussurrando algo em seu ouvido.

Levi passa a mão pelo cabelo.

— Eu vou — ele diz aos policiais. — Mas Theodora está certa. Não vou falar até ter um advogado presente.

— Nosso guardião vai chamar um — Theodora anuncia.

— Um de nós deveria ir com você — Maude diz.

— Não — Levi responde, rapidamente. Depois, diz algo em uma língua que não entendo, mas os outros Similares entendem. Deve ser português de novo. Tudo que consigo discernir dessa vez é o nome do guardião. *Gravelle*.

— O que estamos esperando, então? — Levi pergunta aos policiais. — Vamos indo. Eu preferiria não perder todas as minhas aulas da tarde.

Os policiais guiam Levi pelo refeitório até as portas duplas, onde estou parada, observando. Meu coração salta quando eles se aproximam. Tento fazer contato visual com Levi, mas ele não olha para mim, seu olhar continua para a frente. É só quando ele está a mais ou menos um metro de mim que seu olhar encontra o meu — aqueles olhos cinzentos que passei meses tentando interpretar, como se fossem algum tipo de runa antiga. O olhar entre nós é breve. Tento dizer que vai ficar tudo bem. Que sinto muito. Que sei que não foi ele. Um instante depois, os oficiais passam por mim e ele se vai.

Momentos depois, a sala está fervendo. Um de nós — um dos Dez, ainda por cima — é suspeito em um caso de tentativa de assassinato. Ouço meus colegas voltarem a comer, fofocar e especular por cima de seus almoços com as vozes em choque, cheias de julgamento. Mas fico congelada ao lado da porta. Meu estômago se revira. Nunca que vou conseguir almoçar agora.

O diretor Ransom segue na direção da saída.

— Senhor — digo com uma voz áspera.

Ele para e me observa, mas seu rosto não demonstra nenhuma emoção.

— Sim, Emmaline?

— O que aconteceu? Na noite passada o senhor me disse para parar de pensar nisso. Sobre quem poderia ter atacado Prudence...

— Eu disse, não foi?

Acho a falta de emoção na voz dele perturbadora.

— Então por quê...?

— Depois que você saiu — Ransom começa —, não pude negar haver, sim, uma oportunidade para Levi ter atacado Prudence. Liguei para a polícia hoje de manhã, sugerindo que eles o interrogassem. Você entende, é claro. Preciso pensar na segurança dos meus alunos. Não se culpe, srta. Chance. Você veio até mim porque estava preocupada, assim como eu, com Prudence e todo o corpo estudantil. Agora, se me dá licença...

Ele vai embora, me deixando ali, vendo-o se afastar.

PROPRIEDADES

Ninguém fala sobre outra coisa além de Levi pelo resto do dia. Quando vejo Madison no refeitório naquela noite, distribuindo novos folhetos do MAAD, faço uma nota mental para encontrar o mais rápido possível provas do que ela fez com Pru.

Pelo menos Levi voltou para a escola. Ele está sentado com os outros Similares no jantar e, acho que pela primeira vez, não tem um livro em mãos. Ele fala baixo e a bandeja de comida segue intocada à sua frente. Pippa passa um braço em volta dele. Os outros se aproximam.

Será que estão falando de mim? A notícia de que dei um depoimento à polícia se espalhou, agora todos sabem que dei minha versão dos eventos que dizem respeito ao ataque de Pru. Eu me sinto manipulada e idiota. Por que me deixei entrar em pânico e fui atrás do diretor Ransom no meio da noite? Por que não fiquei de boca fechada? Embora os Similares possam me deixar desconfortável de vez em quando, lá no fundo não acho que Levi machucaria Prudence. Mas ele não sabe disso. Se ouviu os rumores, sabe que tive algo a ver com ele ser interrogado. E Pippa deve saber também, o que explicaria ela não vir sentar comigo ou nem sequer me dar um oi. Nossa última conversa foi tensa, para dizer o mínimo, mas nós duas nos importamos com Pru. Ainda estou ansiosa para mostrá-la o *O sol é para todos* e o bilhete de Jaeger. Mas agora não parece a hora certa.

Quando vejo Levi se levantar da mesa para levar sua bandeja, peço licença e o sigo para fora. Acho que ele não deve ter me visto, porque, quando o chamo, ele se vira surpreso. Estamos em um caminho de cascalho do lado de fora do refeitório. Alunos passam, alguns dando uma olhada em nós antes de seguir em frente. Não estamos completamente sozinhos, mas há privacidade o suficiente para uma conversa.

— O que foi, Emma?

— Eu fiz uma coisa.

Levi não responde. Não sei dizer se ele parece se sentir traído, decepcionado, com raiva ou todas as opções anteriores.

— Fui ver o diretor Ransom noite passada. Falei a ele que achava que Madison tinha atacado Pru — digo, me forçando a transmitir mais confiança do que estou sentindo. — Eu queria a ajuda dele. Ransom disse que confiava em você. Ele nunca teria convidado você e os outros Similares pra cá se não confiasse. Mas então ele pediu à polícia que me interrogasse hoje de manhã. Eles tentaram criar furos na minha história. Eu te defendi! Por favor, Levi. Saiba que eu não disse nada pra te ferir. Eu amo a Pru. Pensar nela em coma, ou morta, está acabando comigo.

Respiro fundo antes de continuar.

— O negócio é o seguinte, Levi, se você tivesse explicado tudo pra mim... o corte no seu braço. As tarefas. Talvez eu não tivesse me sentido tão perdida. Talvez se algo na minha vida fizesse sentido...

— Você quer saber o que tudo isso significa? — Levi me interrompe.

— Quero! Pelo amor de Deus, sim. Quero confiar em você. Não *acho* que você atacou Prudence. Não *quero* acreditar que você faria algo pra machucar alguém... Mas como vou *saber*? Ainda mais quando todos os seus segredos te fazem parecer perigoso.

— Nossos corpos não funcionam como os de vocês, Emma. Claro, temos os mesmos órgãos, ossos e células. Mas existem propriedades — ele diz suavemente, quase com reverência, sem olhar para mim. É quase como se não conseguisse —, aspectos de como nossos corpos funcionam, que ninguém pode explicar.

Andamos até um banco, longe dos outros alunos. Está quieto, tão quieto que posso ouvir minha própria respiração deixando meu corpo.

— Foi Seymour — Levi continua. — Com o famoso experimento com primatas, aquele que te pedi pra não perguntar a respeito. Albert Seymour clonou alguns macacos em seu laboratório usando uma técnica levemente diferente do seu protocolo já testado. Depois, enquanto Seymour os estudava, descobriu que eles eram imunes a certas doenças e tinham bem menos probabilidade de ficar doentes do que os macacos originais dos quais tinham sido clonados. Com o passar do tempo, Seymour percebeu que suas feridas curavam mais rápido e seus ossos eram cerca de quarenta vezes mais difíceis de serem quebrados.

— Então se caíssem, tipo, de uma árvore...

Levi assente e completa meu pensamento.

— Não se machucariam.

— E você e os Similares...

— Fomos criados usando essa mesma técnica.

— Mas por quê? — pergunto.

— Nós achamos que alguém no laboratório de Seymour sabia dos resultados com os macacos e escolheu recriar o experimento.

— Então a maioria dos clones não é como vocês. Não tem atributos especiais.

— Não. Todos os outros clones, pelo menos até onde eu sei, foram concebidos da forma tradicional. Transferência de núcleo de células somáticas. Depois que Seymour teve esses resultados surpreendentes com os primatas, ele escreveu um artigo sobre o assunto, o artigo ao qual o sr. Park se referiu, mas que nunca foi publicado em nenhum periódico. Ele o enterrou nos seus arquivos. Acho que ficou preocupado com as implicações de poder clonar pessoas com capacidades "atípicas".

— Então você está dizendo que alguém que trabalhava pra Seymour o contrariou e clonou você e seus amigos usando esse método alternativo sem que ele soubesse?

— Isso.

— Ou talvez Seymour mesmo tenha feito isso.

— Suponho que seja possível. Mas por que isso importa?

— Importa porque quem quer que tenha feito isso tinha um objetivo, o que talvez explique por que você e os outros Similares foram criados. Vocês todos são iguais? — pergunto, com insistência. — Você, Pippa, Jago e os outros? Todos têm as mesmas capacidades? Se eles se ferirem também cicatrizam rápido?

— Não exatamente — ele diz. — Somos todos diferentes nesse sentido. Eu não sangro por muito tempo. Tem a ver com a forma como meu sangue coagula. Jago, por exemplo, é mais forte do que eu. Ele pode erguer o dobro do que você esperaria de alguém com o tamanho dele. Theodora não fica com hematomas, nunca, mas eu, sim. Nossos corpos podem aguentar mais choque do que o de um humano comum, mas não somos invencíveis. E, se formos como os macacos, não vamos envelhecer como pessoas normais. Vamos parar em algum momento. Foi o que aconteceu com os macacos, pelo menos.

— Como assim vão parar em algum momento? Não vão envelhecer?

— Não temos certeza — ele diz, dando de ombros. — É só mais um aspecto no qual somos diferentes. É a forma educada de dizer que somos aberrações. É o motivo pelo qual nosso guardião nos disse que jamais viveríamos vidas normais.

— Você não tem como saber — insisto.

— Não tenho como saber? Escuta aqui, Emma. Você entende por que não te contei sobre isso mais cedo, no lago? Você nunca deveria ter visto aquilo. Não era para você nunca, *nunca*, ficar sabendo de nada disso.

— Ah, mas é claro que não — digo, agitada. — Porque nunca posso saber nada sobre você. Sobre sua vida. Sobre o que você sente, pensa ou no que acredita. Eu sabia quase tudo sobre Oliver, mas você não é ele.

— É assim que você me vê? — ele pergunta. A voz dele soa tão triste.

Uma culpa súbita toma conta de mim. Sei que ele é bom. Sei que ele é a pessoa mais irritante que já conheci, e também a mais inteligente. Sei que ele sofreu. Sei que tem o DNA de Oliver e ainda assim eles não são a mesma pessoa. Mas não posso. Eu não...

— Sim — digo, em vez disso. — É assim que te vejo...

— É para o seu próprio bem! — ele grita, e então baixa a voz. — Você tem que confiar em mim, Emma. Acabei de te contar a única coisa que era bastante do meu interesse, e do seu, que você nunca soubesse. — Ele se levanta e começa a andar de novo.

— O quê? — pergunto, minha voz adquirindo um tom violento. Eu me levanto também. — Que eu não consigo te machucar? — pergunto e dou um soco forte, forte para mim, pelo menos. Levi não estava esperando meu ataque súbito e dá um passo para trás antes de se reequilibrar. Vejo algo acordar nos olhos dele. Eu nunca o venceria numa briga, mas o que estou fazendo não é lógico; é instintivo. Eu o empurro de novo, com mais força desta vez. — Que só você tem o poder de me machucar? E não o contrário?

Levi não diz nada. Acho que ele está chocado demais. Continuo empurrando-o, repetidas vezes, até meus empurrões virarem socos.

— Não consigo te machucar, não é? Não consigo te causar dor por causa das suas "propriedades especiais?"

Uso o torso dele como um saco de pancadas, batendo com mais força a cada golpe.

— Você disse que Theodora nunca fica com hematomas? Ainda bem que você fica! — Eu o ataco com toda a minha força e então entro em colapso.

Levi me pega nos braços. Ele me aperta com tanta força que mal consigo respirar. Pressionada contra o corpo dele, sinto sua respiração, o peito dele subindo e descendo, subindo e descendo. Não falamos nada. Ele mantém os braços fixos em volta de mim, e eu deixo.

Ai, meu Deus, penso. *O que eu fiz, atacando ele desse jeito?* Começo a pedir desculpas.

— Levi... — De repente, os lábios dele estão sobre os meus. Nossas bocas se encontram e um calor corre da minha cabeça para minhas extremidades enquanto eu o beijo de volta.

É inexplicável. Não consigo controlar. Mas nós dois estamos sedentos e desesperados. Nosso beijo é tudo, menos suave e doce. É duro, cru. Até feio, eu diria. E, ainda assim, inexplicavelmente terno. O calor dos nossos corpos se mistura. Em algum lugar no fundo da minha mente, sei que isso não é aconselhável e que não é bom para nenhum de nós. Ainda assim, tudo que quero está na minha frente neste momento. *Não pare.*

Mas ele para. Abruptamente. Ele me solta e nós nos afastamos. Sinto a ausência do toque dele na mesma hora. É uma sensação fria e indesejável. Eu não gosto.

Levi passa a mão pelo cabelo. Meu coração ressoa alto no peito. Tenho certeza de que ele consegue ouvi-lo.

— Nós acabamos de...? — Levi pergunta.

— Sim — respondo suavemente, finalmente o olhando nos olhos.

— Mas nós nem gostamos um do outro — ele diz.

— Não — respondo —, não gostamos.

Por um minuto, ficamos em silêncio.

— Emma?

— Sim? — respondo rápido.

— Por favor, esqueça tudo que te contei. Não estou dizendo isso por mim. É por você também.

Ele está falando sério?

— Não sou um robô — digo, irritada. — Não posso me resetar e fingir que não sei que você e os Similares têm *poderes* especiais.

— Não são poderes! Pelo amor de Deus, Emma. O que eu te contei...

— Você contou a ela? — uma voz inexpressiva pergunta. Nós dois nos viramos e vemos cinco figuras paradas atrás de nós sob a luz de um poste. Maude, Jago, Theodora, Ansel e Pippa.

Será que eles nos viram? Será que viram... tudo?

Tenho quase certeza de que viram. Não faço ideia de há quanto tempo estão ali, mas não é como se estivéssemos escondidos.

— Ela sabe? — Maude pergunta enquanto seus olhos vão de Levi para mim e de volta para ele.

— Sabe. Eu contei, mas não de propósito...

— Irrelevante! — Maude grita antes de se recompor. — Não importa o porquê. Ela sabe. Isso muda tudo.

— Ela sabe sobre as tarefas também — Pippa diz. Os outros se viram para encará-la.

— Você contou isso também? — Theodora pergunta, incrédula.

— Ela descobriu quando as ações da Ward LTDA. de Jane e Booker foram transferidas para nosso guardião — Levi diz como explicação. — Ia acabar vindo à tona. Não é como se ela soubesse os detalhes...

— Só que temos tarefas — Ansel diz. Levi assente. Cruzo os braços, ignorando o arrepio que corre pela minha espinha. Eu me sinto encurralada. Cercada. *Eles são iguais a você, Emmaline. Seres humanos com superforça*, eu me lembro, então afasto essa ideia da minha cabeça.

— Eu estou aqui, viu? — digo, depois de criar coragem. — Vocês não precisam falar sobre mim como se eu não estivesse aqui.

Maude se vira para me olhar com uma expressão severa.

— Acho que você está pensando em contar pra todo mundo sobre nós, então — ela diz. — Sobre nossas capacidades. Tudo.

— Não — respondo. — Eu não faria isso. Só me importo com uma coisa: descobrir quem atacou Pru. Ela merece justiça. E... e quero que Levi recupere sua vida normal.

— Vida normal — Maude diz. — Isso é algo que nenhum de nós vai ter, mas é fofo da sua parte. O amor faz cada coisa com as pessoas... Eu entendo. Quando me apaixonei por Jago, o restante dos meus amigos ficou sem falar comigo por um mês. Disseram que eu estava insuportável.

— Ela sorri para Jago, que ri e anda até ela para beijá-la. Mas não consigo processar muito bem o que está acontecendo. Estou envergonhada demais e, olhando para Levi, vejo que ele está desconcertado pelo que Maude acabou de sugerir. Mas ele está se inclinando na direção de Theodora, conversando com ela. Não, não só conversando. Ele passou o braço em volta dela. Depois de um momento, eles olham para o restante de nós, como se tivessem esquecido que estávamos aqui.

Encaro Levi e Theodora. Ninguém diz nada, muito menos eu.

— Emma e eu... nós nos deixamos levar pelo momento — Levi finalmente explica. — O beijo não significou nada. Nós nem gostamos um do outro. Não é, Emma?

Encaro ele e Theodora. Ele ainda está com o braço em volta dela. Estou tão confusa que mal consigo falar.

— É — respondo. Eles estão ali, tão próximos, tipo um casal. *Tipo um casal.* É exatamente isso que eles são.

Um casal.

Levi e Theodora. A sósia de Tessa. Ela e Levi têm alguma história. Eles são uma *coisa*. Sempre imaginei que o relacionamento deles era platônico, nunca percebi que havia algo além de amor fraterno. Mas Maude e Jago são um casal. Por que Levi e Theodora não seriam também? Olho de Levi para Theodora. Não acredito que nunca percebi antes.

Então por que raios ele estava me beijando agora há pouco?

— Podemos acabar com isso? — Pippa pergunta, e fico tão aliviada que preciso me segurar para não a abraçar. — Emma não vai contar para ninguém o que ela sabe sobre nós. Eu confio nela.

— Obrigada — digo a Pippa sem emitir som.

— Certo — Maude diz. — Vamos embora. Você vem, Levi? Thea? — Maude chama quando se vira e começa a andar de volta para os dormitórios.

Levi suspira e começa a segui-la, segurando a mão de Theodora enquanto caminham. Ele nem olha para trás. Pippa me dá uma última olhada antes de seguir os outros Similares e fico para trás, me sentindo uma idiota.

O PROTESTO

Evito Levi durante as duas semanas seguintes. Como pude ter me sentido próxima o suficiente dele para permitir que um beijo acontecesse e, mesmo assim, não ter a mínima ideia de que ele e Theodora são um casal? *O beijo foi um erro*, penso, enquanto enfio meus pés nas pantufas e vou até a janela, para encarar o Lago Dark.

Então por que foi tão maravilhoso?

Impeço minha mente de ficar pensando nesse assunto (há quanto tempo ele e Theodora estão juntos, como fui tão ingênua e se Levi planejava me contar).

Não é só ele que quero evitar. São todos. Não posso negar que me senti como uma presa, com os Similares todos me cercando, tão perturbados, tão melancólicos. E nunca tive tanta vergonha na minha vida como quando eles viram Levi e eu nos beijando.

Por sorte, tenho os estudos para as provas de inverno para me distrair. E embora eu deteste a ideia de ir para casa nas férias obrigatórias de inverno, planejo interrogar meu pai a respeito de Albert Seymour e John Underwood. Mesmo humilhada pelo que aconteceu com Levi, consigo me manter focada em descobrir o que Oliver estava tentando me contar e em provar que Madison é culpada.

No último dia antes do início das férias, estou levando minha bandeja quando Levi e os Similares entram no refeitório. Corro em direção à porta. Não quero correr o risco de ver Levi e Theodora nos braços um do outro.

— Ele não queria te magoar — Pippa diz antes que eu possa escapar.

— Eu sei — respondo, embora não saiba, não. Não de verdade. Mas não posso falar sobre isso com Pippa. Não agora, e talvez nunca. — Vou pra casa amanhã — digo, quando os Similares a chamam. Ela começa a ir embora. — Pippa, espera. Sobre a Pru...

Ela se vira.

— O que tem ela?

— Jaeger deixou um bilhete pra mim no dia que veio aqui. Naquele livro que ele me deu. Ele disse... Ele disse que eu deveria parar de procurar por ela. — Sinto as lágrimas enchendo meus olhos e não faço nada para impedi-las. — Ainda não sei o que ele quis dizer, mas achei... achei que você deveria saber.

— Tenho que ir — ela diz, me dando um abraço rápido —, mas obrigada. Por me contar. — Eu a observo indo embora, então dou de cara com Archer e Ansel enquanto saio do refeitório. Archer está segurando seu Similar pelo ombro, dizendo o quanto está animado pelo primeiro Natal de Ansel na Califórnia.

— Vai ser foda, cara. Meu pai tem um cantinho em Malibu. É irado.

— E você tem certeza de que eles me querem lá? — Ansel pergunta.

— Claro. Você é da família agora. Olha, vou te dar algumas dicas. Meus dois pais são fanáticos por exercícios, então traga tênis. A primeira coisa que fazemos na manhã de Natal é uma trilha até o letreiro de Hollywood. Ansel, cara. Não faça essa cara de preocupado.

Vou embora antes de ouvir o resto, me perguntando vagamente que tarefa Ansel recebeu do seu guardião e se ele vai começar a colocá-la em prática nas férias.

— Genevieve — chamo, deitada no sofá na sala de estar do meu pai e, com minha voz, inicializando o robô da casa. — O que você sabe sobre Albert Seymour?

Estou de volta em casa, em São Francisco. Normalmente, Oliver e eu passaríamos as férias fazendo maratonas de filmes, mas agora estou determinada a saber mais sobre o tempo que Seymour passou na Darkwood. Ele é, no fim das contas, o motivo pelo qual os Similares são quem são — com as características especiais e tudo. Só isso já me impele a procurar tudo que posso sobre ele.

— Buscando agora — Genevieve responde. Diferente de Dash, Genevieve não é minha *amiga*. Ríspida e direta ao ponto, ela é eficiente e escaneia documentos e artigos mais rápido do que qualquer robô com o qual já interagi.

— Obrigada...

— Imagino que você já saiba sobre o laboratório de clonagem dele — ela me interrompe antes que eu possa dizer mais alguma coisa. — A pesquisa principal...

— Sim — digo, me empertigando um pouco. — Tudo sobre o tempo dele em Harvard e depois foi bem documentado, exceto sua experiência com primatas, que não é retratada em nenhum texto que encontrei. E não há quase nada sobre os anos dele na Darkwood. Ele esteve lá junto com meu pai e os pais de vários colegas meus. Além disso, o irmão dele estava lá...

— O meio-irmão, você quer dizer? John Underwood?

— Exatamente. Não consigo descobrir nada sobre ele também.

— Ele foi expulso — Genevieve diz, sem rodeios. — Underwood, no caso. No final do seu terceiro ano.

— Mesmo? — Isso é novidade para mim. — Por quê? O que ele fez?

— Seymour estava trabalhando em um laboratório de pesquisa no campus da Darkwood. Algo que tinha a ver com animais. Um experimento precursor da clonagem, acredito. Underwood soltou as cobaias em algum tipo de desafio inconsequente.

Eu me levanto e começo a andar de um lado para o outro.

— Underwood foi expulso da Darkwood? — Paro próximo à lareira, na frente de uma antiga fotografia dos meus pais. Nela, eles parecem jovens, felizes. — De onde você está tirando essa informação?

— A fonte não é lá muito ética — Genevieve admite. — Talvez eu tenha hackeado alguns e-mails pessoais...

— Há mais alguma coisa? — pergunto, ignorando essa última parte. Se Genevieve fez algo errado, não quero saber.

— Não — ela responde. — É tudo que tenho.

Passo praticamente o tempo inteiro sozinha, só com minha pesquisa, Genevieve e Dash me fazendo companhia. Quando conto a Dash sobre a expulsão de Underwood, ele parece magoado por eu ter pedido a ajuda de Genevieve em vez da dele. Eu o lembro de que tenho tão poucos amigos de verdade que ele não precisa se preocupar. Ainda preciso dele.

A saudade que sinto de Prudence é tanta que chega a doer, mas além de aparecer na fazenda e exigir vê-la, não sei o que mais posso fazer. Jaeger não responde meus buzz, e a última coisa que quero é incomodar os pais de Pru, ainda mais com sua mãe tão doente...

Tento me manter ocupada pensando no irmão de Seymour. Ainda estou remoendo o fato de Underwood ter sido expulso no seu terceiro ano. Será que Seymour pode ter tido algo a ver com a expulsão? Não sei como isso é relevante, mas meu instinto me diz que sim.

Só preciso aguentar um jantar desconfortável com meu pai no dia de Natal — o único feriado em que ele não pode alegar ter compromissos de trabalho. Deixo escapar algumas perguntas entre mordidas de bife *in vitro*. Não existe uma forma fácil de começar uma conversa com meu pai, então pergunto o seguinte:

— Você nunca me falou que fez parte dos Dez. Por que isso? Tem um motivo pra você não querer que eu saiba?

Meu pai ergue os olhos do prato. Se está surpreso, não demonstra.

— Foi há muito tempo, Emma. Muita coisa mudou desde então. — Ele suspira, separando cuidadosamente seus vegetais da carne. — Por que o interesse?

— Pra começar, *eu* faço parte dos Dez este ano, ou você não ficou sabendo?

— Estou orgulhoso de você, querida, mas não surpreso. Você sempre conseguiu ir bem academicamente, apesar de... bom, você sabe.

— Apesar do quê? — pergunto, sentindo minhas bochechas ficando quentes. — Do meu melhor amigo ter morrido? Ou você quer dizer do Levi? Essa é sua forma de reconhecer que o clone do Oliver apareceu na Darkwood? Desde que eu cheguei em casa você não disse duas palavras sobre Oliver, ou Levi, ou sua ligação para o diretor Ransom no começo do semestre.

Meu pai abre a boca, talvez para pedir desculpas, embora eu duvide muito. O que quer que ele estivesse prestes a dizer, não diz. O espaço de visualização sobre a mesa de jantar faz um "bip" com um alerta de notícia.

— Manifestantes se reuniram hoje em Sacramento, nos degraus do capitólio estadual — a voz automática ressoa sobre nós —, para protestar contra uma legislação recente que permite a casais utilizarem clonagem reprodutiva no estado da Califórnia. Muitos acreditam que essa legislação é o primeiro passo para uma organização ideológica dos clones e um início para a busca por direitos.

Encaro o feed horrorizada, ao ver milhares de americanos com cartazes anticlone, erguendo seus braços no ar e gritando "Clones não!"

A repórter continua:

— A Califórnia é o primeiro estado a legislar a favor dos direitos dos clones, argumentando no mês passado que clones deveriam receber uma proteção igual a todos perante a lei e que checagens nas fronteiras são inconstitucionais. Mas muitos não concordam com a decisão...

Há um clique e a sala fica em silêncio. Meu pai desligou o feed.

— Por que você desligou?

Meu pai ajeita o guardanapo no colo.

— Porque esse protesto é nojento. Porque a ideia de que clones não são pessoas como nós, que comem, respiram e sentem as mesmas emoções que sentimos... Eu não aguentava ouvir nem mais um segundo disso.

— Ah — digo, surpresa. Eu não tinha ideia de que meu pai era tão a favor do direito dos clones. Como eu. Mas é claro que seria, ele me criou. Por mais distante que seja, ele moldou minhas crenças. E quando se trata de clones e Similares... fico mal de verdade, pensando em Pippa, Maude e Ansel... e, claro, Levi. Ele não merece isso. Nenhum deles merece.

Meu pai interrompe meus pensamentos.

— Você é amiga dele? De Levi?

— Não, Levi e eu nunca seremos amigos. Ou qualquer outra coisa — resmungo. Terminamos nossa refeição e não pergunto ao meu pai sobre a expulsão de Underwood. Tenho certeza de que ele não me ajudará em nada. Terei que encontrar as respostas de outra forma.

Na volta para Darkwood, passo a maior parte do voo tentando não pensar no que vou dizer a Levi quando acabar precisando falar com ele. Talvez possa evitá-lo para sempre. *Ah, sim, com certeza.*

Quando saio do carro que me leva à casa principal e vejo todas as reuniões calorosas entre os meus colegas, não deixo de notar que quase todo mundo que eu amo não está mais na escola. Sinto uma pontada de saudades, me perguntando onde Pippa e os Similares — incluindo Levi — passaram as férias. Eles não podem todos ter ido para a casa de seus originais, como Ansel.

Estou tão perdida nos meus pensamentos que mal noto os cartazes colados pelo campus falando do primeiro protesto do MAAD, o Movimento Anticlone da Academia Darkwood. Claro, não fico desinformada por muito tempo. Não com todo o campus fofocando sobre isso e Madison falando sobre o assunto para qualquer um disposto a ouvir.

— Não faz sentido — alguns alunos do segundo ano dizem. — Por que Ransom permite isso? Por que ele dá espaço pra esse grupo horrível?

Não digo a eles que não confio mais em nada do que Ransom fala ou faz. Ainda assim, é difícil imaginar por que o diretor permitiria que um protesto como esse acontecesse na Darkwood. Tenho a impressão de que os fundadores da escola se revirariam no túmulo se soubessem que esse tipo de discriminação está acontecendo em seu amado campus. A *única* coisa positiva sobre esse protesto é que Madison parece estar ocupada demais para convocar alguma sessão da meia-noite, e, por isso, fico aliviada.

Naquela noite, vou para o protesto. Boicotá-lo, eu penso, só me deixaria no escuro em relação ao que Madison está tramando. Saio do meu dormitório, seguindo a multidão até o centro de esportes onde quase toda a escola está reunida. Pelo que parece, nenhum aluno está perdendo isso.

Uma garota do primeiro ano enfia um panfleto na minha mão enquanto nos afunilamos para dentro do ginásio. Logo estou cercada por todos os lados. Há apoiadores do MAAD e potenciais apoiadores cantando o slogan do clube enquanto outros estão de olhos arregalados e falam baixo sobre o quão horrível e ao mesmo tempo fascinante isso é. Procuro pelos Similares, mas não os vejo. Não consigo ignorar a dor que sinto quando penso em como deve ser para Theodora, Pippa, Maude, Jago, Ansel e Levi. Eu odiaria que houvesse um protesto contra minha própria existência. Fico muito mal por eles e preciso engolir as lágrimas que se formam nos meus olhos quando considero como isso é errado. Como é injusto.

Alguém dá batidinhas em um microfone e um momento depois Madison Huxley sobe em um palco improvisado, sorrindo para a multidão.

— Estou tão feliz com a quantidade de pessoas aqui. — Ela reluz, no centro das atenções, enquanto Sarah Baxter faz o papel de assistente, arrumando o microfone de Madison. Noto vários garotos, aqueles que Madison estava enfeitiçando no refeitório, bem na frente do palco, acenando e gritando em apoio. — Primeiro, eu gostaria de agradecer ao diretor Ransom por nos dar este espaço. — Madison dá seu sorriso característico para Ransom, que está em pé ao lado da área do palco observando o protesto acontecer de braços cruzados e com uma expressão inescrutável no rosto. Alguns outros professores estão nas laterais. Eles parecem sérios, como se estivessem aqui para interromper qualquer comportamento inapropriado antes mesmo de começar. Mas já não começou? Todo esse protesto não é, em essência, inapropriado?

Madison sorri triunfantemente para a plateia.

— Gostaria de agradecer a todos vocês por terem vindo. Pelo que parece, a maior parte da Darkwood está aqui, o que quer dizer que todos vieram ouvir, e aceitar, a verdade. — Há uma onda de aplausos na plateia. Madison a dispensa. — Isso não é necessário. Não estou aqui porque tenho uma satisfação pessoal de falar em público. Estou aqui pra seguir os passos dos meus pais, a tarefa, o fardo, se preferirem chamar assim, de consertar um enorme erro em nossa sociedade. Um que afeta a todos nós, tanto aqui na Darkwood quanto fora. Hoje, quero desafiá-los a olhar para dentro de vocês e fazer uma pergunta importantíssima: vocês acham certo que seus concidadãos possam brincar com a ordem natural e com a biologia simplesmente porque são vaidosos, narcisistas ou egoístas o suficiente para quererem uma cópia idêntica deles mesmos? Agora, tenho certeza de que vocês estão pensando: talvez *seja* vaidade, narcisismo ou egoísmo se clonar, mas o que isso tem a ver comigo? Tudo, meus amigos. Imaginem um futuro em que você não tenha controle sobre o seu DNA. Imaginem que cientistas queiram te clonar, pegar seu DNA e fazer dez cópias de você. Cem. Até mil.

— Ninguém quer mil cópias de você! — Alguém grita da plateia.

— Talvez não — Madison diz, mantendo sua postura desapegada. — Mas e se quisessem? Eu não teria, ou melhor, não *deveria* ter algo a dizer a respeito? De quem é meu DNA, afinal? Dos cientistas? De outras pessoas que querem brincar de Deus? Ou meu?

A multidão fica quieta enquanto todo mundo pensa a respeito.

— Tem gente que acredita que o DNA é a janela da alma. Acredito nisso também. Acredito que é a única coisa que cada um de nós possui que é pura e unicamente nossa. Se não tivermos controle sobre nosso próprio DNA, não teremos controle sobre nosso destino. E se isso acontecer, ou, melhor dizendo, *quando* acontecer, teremos cruzado uma barreira invisível para um mundo onde tudo é permitido. Como roubar os genes de alguém e usá-los em benefício próprio. Ou escolher embriões em uma placa de Petri com base em inteligência, aparência ou talento. A eugenia não é um conceito de ficção científica. É uma realidade, a menos que a gente se imponha, a menos que a gente pare aqueles que desejam destruir a essência do que nos torna humanos e distintamente estadunidenses: nossa individualidade.

Algumas pessoas começam a bater palmas. Outras saem do ginásio, batendo a porta com tanta força que o barulho ecoa pelo espaço. Madison ergue a mão para silenciar os aplausos.

— Quem vocês serão se houver outros exatamente como vocês? O que os tornará especiais? Eu diria que... nada. Porque *não* tem por que ser você se você é substituível. Se é descartável. Não há por que conseguir aquele stratum alto. Não há por que fazer todas essas atividades extracurriculares. Não há por que se apaixonar. Porque outra pessoa poderia fazer por você. Outra pessoa poderia tomar o seu lugar...

Meus batimentos aceleram quando penso em Levi. Madison está errada. Ele e Oliver *não são* a mesma coisa.

Madison encara a todos nós. A multidão está quieta, completamente hipnotizada — até os que acham que ela está totalmente errada estão fascinados pela audácia de Madison. E mesmo que eu não concorde com o que ela está dizendo, não há como negar que Madison é uma oradora bastante cativante.

Ela baixa a voz.

— Quando eu descobri que tinha sido clonada, contra minha vontade, sem a permissão dos meus pais, fiquei devastada. Alguém havia pegado a minha essência e a compartilhado. A diluído. Me tornado... irrelevante? Vou ser honesta. Levei semanas para sair do buraco emocional em que entrei. Então percebi o que precisava fazer. Meu chamado a partir desse ponto foi proteger todos vocês, pra que nunca precisem passar pela mesma experiência que passei. Para que nunca precisem viver com a realidade na qual acordo todo dia. A realidade de que não sou única e de que, enquanto *ela* existir, nunca serei de novo. Isso começa com os Similares.

Precisamos deixar claro para o mundo que a existência deles não será tolerada. Que não vamos receber clones em nossas casas e em nossas escolas. Que eles não deveriam ter os mesmos direitos que nós. Os últimos acontecimentos deixaram claro que não podemos confiar nessas pessoas, não quando um deles supostamente atacou outra aluna.

Engasgo. Ela está falando de Levi. Está tornando essa caça às bruxas a respeito dele. Meu estômago revira. Isso não está certo. Tudo que Madison acabou de dizer é completamente distorcido e injusto.

— É óbvio que os Similares não aprenderam ética e moral onde cresceram. A verdade é que eles deveriam ser separados do resto da sociedade por causa da ameaça que representam.

Fico parada, sentindo meu sangue ferver, e procuro pelos professores, Ransom, alguém com autoridade que possa controlar Madison. Mas Ransom sumiu.

— Leiam os panfletos. Pensem no que eu disse hoje. Vocês podem mandar um buzz pra mim ou para Sarah Baxter, minha copresidente, com qualquer pergunta. Enquanto isso, imploro a todos que nos ajudem a tornar este mundo seguro outra vez. Clones não. Clones não. Clones não! — ela grita, erguendo um punho no ar, ecoando o canto que ouvi no noticiário durante as férias de Natal.

Grupos de alunos começam a cantar com ela, baixo de início, então mais alto e com cada vez mais convicção. *Parem*, quero gritar, mas sei que minha voz se perderia no tumulto. Lágrimas enchem meus olhos, quentes e úmidas, enquanto sigo para os fundos para ir embora. Não sou a única incomodada pela mensagem de Madison, mas é difícil abrir caminho na multidão. O grito de batalha fica mais forte, com cada vez mais alunos gritando "Clones não! Clones não!".

Agarro o braço de uma aluna, uma garota cantando junto a Madison.

— Por que você está fazendo isso? O que os clones fizeram pra você? Pra te fazer se sentir assim?

A garota me olha nos olhos, surpresa por eu falar com ela.

— Nasceram. — Sinto uma onda de náusea, e é então que os vejo. Madison, Tessa e Jake estão ao lado da reunião, formando seu próprio círculo. Eles estão com Ransom. E o diretor não parece com raiva. Ele parece feliz.

O LABORATÓRIO

Abro caminho pela multidão, desejando conseguir me mover mais rápido enquanto me aproximo de Madison, Tessa e Jake. O que será que estão discutindo com Ransom? Por que ele parece tão feliz depois dessa vergonhosa exibição de preconceito e intolerância? Foi ele quem convidou os Similares para a Darkwood, para início de conversa. Será que Ransom sabia das intenções cruéis de Madison desde o início? Ele foi comprado pelos pais dela? Será que usou Levi como disfarce para o crime que *Madison* cometeu? Sei que é pouco provável, mas vai que... Ransom pode ser mais fraco do que eu pensava, mas será que iria ao extremo de incriminar um aluno para proteger outro só porque os pais fazem grandes doações para o colégio? Não sei. Tudo que sei é que minha conversa com ele sobre minhas suspeitas o levou direto às autoridades.

Observo de longe, incapaz de me aproximar o suficiente para ouvir o que Madison, Tessa e Jake estão dizendo. Aparentemente, a conversa está no fim. Eles sorriem para Ransom.

Ele vai embora e os três começam a sair, ainda conversando em sua panelinha. Eu os sigo para fora, ainda secando as lágrimas que encheram meus olhos. Estou muito mal pelo que testemunhei nesse protesto. Só que, mais do que isso, estou decepcionada de um jeito que nunca fiquei antes. A maior parte desses alunos não tem motivo para participar de algo assim, a não ser para se encaixar. Acho que participar disso deve fazê-los se sentirem momentaneamente bem, essa coisa de perseguir outro grupo, um que eles não conseguem ou não querem entender. Mas esse sentimento não vai durar. E os alunos da Darkwood deveriam ser melhores do que isso. Esclarecidos, até...

Eu me sinto ainda mais motivada a seguir meus alvos conforme eles se movem na direção do lago, andando em sua formaçãozinha e falando baixo. Tessa parece entediada como sempre, Jake parece animado. Noto que ele roça os dedos nos de Madison enquanto caminham, mas ela não corresponde ao gesto. *Então, ele ainda está tentando conquistá-la.*

Os três seguem andando e eu também. Não estou muito preocupada em ser descoberta. São oito e meia e está escuro. Se ficar quieta, não vou ser notada. Chegamos perto da trilha cheia de galhos que leva à casa de barcos. Mas, em vez de virar à esquerda, Madison, Tessa e Jake viram à direita, se enfiando mais no bosque. Agora estou perplexa e alerta. Aonde estão indo?

Eu os sigo, mas está ficando mais difícil manter meus passos silenciosos neste chão irregular. Paro por um minuto ou dois, deixando-os ficar mais à frente antes de continuar. A distância, fica o bloco de concreto das instalações de pesquisa. É para lá que estão indo? Aquele prédio não funciona como um centro de ciências há anos, e é definitivamente proibido para os alunos.

Minha curiosidade foi despertada. Eu os sigo na direção da construção. Fico tensa e sinto cada nervo do meu corpo em alerta quando eles param na porta de entrada. Madison puxa sua chave e a passa na frente da porta. Então, pega a maçaneta e a gira. A porta se abre, e Tessa e Jake a seguem para dentro. Tenho poucos segundos para reagir. Sem pensar, corro e coloco a ponta do tênis para segurar a porta. Consegui. Segurei a porta e agora posso entrar. Tomo cuidado para não deixar a porta bater atrás de mim, fechando-a com cuidado.

Como eles têm acesso a esse prédio? Será que conseguiram com Ransom?

Paro no que parece ser um lobby. Madison, Tessa e Jake já não estão mais à vista, me deixando sozinha. Há uma escrivaninha, alguns sofás velhos, uma luminária solitária em um canto e uma pilha de equipamentos ao lado dela. Na escrivaninha há alguns monitores obsoletos.

Diretamente na minha frente ficam dois elevadores. Será que sobem? Estou prestes a ir até lá quando ouço vozes vindo. Com cuidado, desço o corredor para me aproximar.

— Eu não devia contar pra ninguém por enquanto. Poderia causar um efeito cascata catastrófico no corpo estudantil — Madison está dizendo.

— Harvard e todas as outras faculdades da Ivy League, além de Stanford e Oxford? — Jake pergunta, parecendo atordoado.

— Todas. Recebi minhas cartas de aceite no Natal. Ah, e ganhei bolsas em todas. Elas me querem nos seus times de atletismo.

— Mas achei que você nem *podia* pedir admissão antecipada em mais de uma escola ao mesmo tempo — Tessa diz.

— E não pode, a menos que você seja eu. Vai ser uma decisão difícil...

Sorrateiramente, espio para dentro da sala de aula em que eles estão.

— Ah, coitadinha de você — Jake diz, seco. Tessa ri. Madison desdenha.

Varro a sala com o olhar. Não há nada muito interessante, só carteiras velhas e lousas limpas.

— Cadê a Fleischer? — Madison pergunta. — Ela disse oito e quarenta e cinco.

Fleischer? Eles vão encontrar a vice-diretora aqui? Isso tem a ver com o exame de sangue misterioso sobre o qual estavam falando naquele dia na biblioteca, após o ataque a Pru?

— Ela vai vir — Tessa diz. — Ransom disse que ela viria.

Um arrepio percorre minhas costas ao ouvir o nome dele. *Ransom. O diretor Ransom também sabe dessas reuniões?* Claro que sabe. Ele é o chefe da escola. Ele deve saber tudo que acontece na Darkwood... tanto as coisas boas quanto as ruins. Sinto que isso deve cair na segunda categoria.

— Ele pareceu feliz, né? — Jake diz. — Depois do protesto.

— Feliz em manter sua farsa pelo máximo de tempo possível — Madison responde.

Farsa? Que farsa?

Ouço passos vindo pelo corredor e percebo que só pode ser uma pessoa: Fleischer. Eu me viro para ir embora. Por mais que eu queira saber o que esses três estão armando e o que Fleischer e Ransom têm a ver com isso, ela não pode me ver aqui. Não tenho acesso a este prédio, e tenho certeza de que seria punida por isso. A última coisa que preciso agora é de mais detenção. Ou pior.

Corro até o fim do corredor, para longe do som de saltos altos, onde encontro outro elevador. Pulo para dentro e aperto o botão do último andar. Não faço ideia de para onde estou indo ou o que estou fazendo, mas uma força interna me direciona.

Ding. Com um baque, o elevador para no quarto andar e as portas se abrem. Saio para um corredor ladeado por cerca de dez laboratórios. As portas de cada um são feitas de metal e vidro temperado. As salas estão trancadas, mas espio dentro. Tudo parece branco e estéril como num hospital, com todos os equipamentos necessários: capas, tubos de ensaio, béqueres e um elaborado sistema de computadores.

Bem no fim do corredor fica uma sala enorme, um espaço aberto com vigas expostas e painéis de metal nas janelas. Tento passar minha chave na maçaneta. A porta segue trancada. Distraída, toco minha chave e a passo pelas minhas mãos, esfregando-a como uma espécie de talismã. Esperando que ela me ofereça algum tipo de resposta. Algo, *qualquer coisa.*

Quase grito quando uma figura aparece do outro lado do vidro.

Estou olhando para mim mesma.

Fico confusa enquanto me encaro. A figura tem a mesma franja pesada que precisa de um corte, a mesma estatura pequena e o mesmo moletom cinza. Por meio segundo, acho que essa garota deve ser meu clone, minha gêmea de DNA, *minha* outra — mas, depois de um segundo, percebo que ela não é real.

É um holograma.

Noto por sua aparência etérea, pela forma como fica assustadoramente parada, mas ondulando um pouco para a frente e para trás, como folhas na brisa. Os olhos dela não focam em nada. Ela sorri vagamente, mas sua expressão permanece inalterável. Estou certa de que, se estivesse frente a essa Emma virtual, eu poderia atravessá-la com a mão.

Puxo a maçaneta. De onde esse holograma de Emma veio? Pego minha chave. Foi isso que fez o holograma aparecer, tenho certeza. Será que há um holograma para cada aluno da Darkwood? Não tenho acesso a esta sala e não sei como consegui-lo. Pelo visto, Madison é a única com acesso a este prédio, porque está trabalhando diretamente com Ransom e Fleischer...

É quando me dou conta de que a chave de Madison é minha melhor chance de entrar nesta sala. Se ela tem acesso à porta da frente, provavelmente tem acesso a esta sala também. Preciso roubar a chave dela. E então preciso de Maude e seu DNA idêntico...

Então me lembro de que esse furo foi consertado nas chaves novas. Maude não pode fazer a chave de Madison funcionar. Terei que pensar em outra alternativa.

Corro pelo corredor, em direção às escadas ao lado do elevador, desço os poucos lances até o primeiro andar e saio pela porta dos fundos do prédio. Não vejo Madison ou os outros no caminho. Corro para o campus principal pelos fundos do bosque e subo até o Cipreste. É tarde agora, dez da noite. Mas uma ideia está se formando.

Na manhã seguinte, no café da manhã, vou direto para a mesa dos Similares.

— Oi — digo. Olho para todos eles (Maude, Ansel, Jago, Theodora, Pippa e Levi) fingindo uma coragem que não estou sentindo.

— Podemos ajudar? — Theodora sorri diplomaticamente para mim. Eu mando os pensamentos sobre ela e Levi para longe.

— Preciso falar com a Maude — respondo.

Maude parece surpresa, mas dá de ombros e afasta a cadeira. Ela me segue até um canto quieto quando começo minha proposta. Começo do início — ouvir Madison, Tessa e Jake aquele dia na biblioteca e o "exame de sangue" que Madison perdeu. Conto a ela sobre minha suspeita a respeito de Madison. Conto do bilhete de Oliver e de como ele me deixou sua chave. Concluo com minha última aventura: me esgueirar para dentro do prédio de pesquisa e confrontar meu holograma.

— Não sei se entendi por que você está me contando tudo isso — Maude diz, por fim. — A única conclusão lógica que consigo tirar é que você precisa da minha ajuda.

— Não sei o que tudo isso significa — admito. — Mas acho que, se eu conseguir entrar naquela sala, vou poder ajudar Levi. Talvez até provar que Madison atacou Pru, não ele.

— Então estou dentro — ela diz, simples assim, antes de se virar e voltar para junto de seus amigos.

A semana seguinte voa enquanto colocamos nosso plano em ação. O que eu e Maude estamos prestes a fazer é extremo, mas não temos nenhuma outra alternativa. Preciso saber o que está acontecendo naquele prédio de pesquisa e para que serve aquele holograma meu. As habilidades de programação de Maude com certeza serão úteis. Não sei que outras habilidades podem ser necessárias quando entrarmos naquela sala, mas quero Maude comigo quando fizermos isso. A verdade é que eu nem sei o quanto confio nela e nos outros Similares, não desde que Pippa e eu paramos de andar juntas e Levi e eu... bom, nos beijamos. Mas estou disposta a apostar.

Finjo uma enxaqueca para visitar a enfermaria da Darkwood. Quando a enfermeira sai da sala de exame para cuidar de outro paciente, abro o armário atrás de mim e pego três seringas. Estão etiquetadas como Primeira Classe E, o que quer dizer que são mais fortes do que analgésicos comuns, mas não fortes o suficiente para precisarem ficar guardados em algum lugar trancado. Já ouvi meu pai falar sobre esses e tenho uma boa certeza de que são os mesmos injetáveis que Madison e os outros alunos do último ano dos Dez usaram em nós. Fiz uma pesquisa com a ajuda de Dash. Sei que esses medicamentos deixam o usuário totalmente honesto, além de letárgico e dócil. Enfio as agulhas no meu bolso e a enfermeira nem desconfia. Depois, me deito de volta na maca e finjo descansar.

Ao amanhecer, Maude e eu esperamos por Madison perto da pista de corrida. Há um motivo para ela ter recebido todas aquelas bolsas de atletismo. Ela é dedicada. Quando Madison se aproxima da arquibancada em sua roupa de corrida e se inclina para alongar as pernas, eu surjo das sombras e injeto o medicamento nela. Ela grita, se virando para mim, mas Maude agarra seus braços antes que ela possa me machucar.

Momentos depois, o injetável começa a fazer efeito. Maude solta alegremente os braços de Madison e ela não tenta correr ou lutar. Ela fica quieta, parecendo confusa.

— O que vocês estão fazendo aqui? — pergunta. É a primeira vez que vejo Madison assim, sem estar no controle da situação.

Mandamos que venha conosco. Ela dá de ombros e nos segue. É uma caminhada silenciosa até o prédio abandonado.

Madison está atordoada o suficiente para não fazer perguntas quando pedimos a ela para passar sua chave na frente da porta, que se abre.

Alguns minutos depois, estamos no quarto andar, paradas no final do longo corredor branco. Prendo a respiração enquanto Madison passa sua chave na entrada da sala do holograma. A fechadura faz um clique. Entramos.

— Fique com sua chave na mão — digo a Madison. — Erga suas palmas. — Madison faz isso, e em segundos um holograma aparece, um holograma dela. Ela o encara como se fosse um sonho.

— Tem um seu também — digo a Maude. — É só tirar a chave do pescoço.

Maude está um passo à minha frente. O holograma dela surge ao lado do de Madison. Puxo minha própria chave e faço o meu aparecer também.

Maude murmura algo enquanto anda em volta deles, observando os três hologramas.

— Tecnologia de holograma reluzente.

Lembro de ter lido sobre isso uma vez.

— A mais nova tecnologia em lasers?

— Exatamente — Maude diz.

É fascinante, mas deixo logo para lá. O tempo é escasso. Se alguém descobrir que não estamos em nossos dormitórios, ou que Madison sumiu, poderão nos rastrear a partir de nossas chaves — e não só descobrir que estamos numa sala restrita em um prédio fechado, mas também que roubamos injetáveis e sequestramos Madison. Precisamos nos apressar.

— O que está guardado neles? — pergunto a Maude, indicando os hologramas. — Sabemos que as novas chaves rastreiam nosso GPS. Mas há mais alguma coisa?

Maude não responde, mas sei que ela me ouviu. Ela está focada, andando de um lado para o outro da sala, murmurando algo que não consigo ouvir. Antes que eu entenda o que está acontecendo, ela faz aparecer um painel de controle virtual no ar. Eu a vejo digitar comandos nele. Não faço ideia de como, mas, bom, foi exatamente por isso que pedi a ela para vir comigo.

Ando ao redor do meu holograma, estudando esta estranha "Emma" à minha frente. Agarro minha chave de novo, apertando-a, e é aí que Emma, o holograma, começa a reluzir e ficar vermelho-vivo.

— Maude — digo, baixo. — Dá uma olhada nisso aqui.

Ela vem para o meu lado na mesma hora e nós duas vemos Emma, o holograma, se erguer no ar, fantasmagórica e etérea. Com um sorriso de boca fechada e a aparência de quem está meio dormindo, meio acordada, o holograma é uma visão estranha e perturbadora. Flutuando alguns metros acima do chão, ela se transforma de vermelho para um roxo profundo, cor de hematoma.

Ao seu lado, palavras e números começam a piscar no ar.

NOME: EMMALINE KATHARINE CHANCE
STATUS: TERCEIRO ANO
DATA DE NASCIMENTO: 26 DE MAIO

Estatísticas seguem surgindo acima de mim. Sobre meus pais, Colin e Katharine Chance. Sobre meu histórico na Darkwood: minha frequência, minha pontuação em provas, minhas notas, até mesmo o resultado do meu teste de stratum. Está tudo ali, guardado no meu holograma. E foi minha chave que destravou esse arquivo digital. Então, um mapa do campus da Darkwood pisca no ar e, perto dela, um ponto. É minha localização, rotulada como "laboratório de pesquisa".

Em minutos, Maude ativou os dados nos hologramas dela e de Madison e elas também estão se erguendo no ar, piscando estatísticas. Leio as informações conforme elas aparecem. Maude nasceu na Ilha Castor. O pai listado em sua certidão de nascimento é A. Gravelle.

— Por que o nome é Ilha Castor, afinal de contas? — pergunto a Maude.

— Nosso guardião a nomeou assim quando projetou e construiu o lugar, uns vinte anos atrás. Você já ouviu sobre os gêmeos, do signo? Castor e Pollux?

— Tipo a constelação — digo.

— Isso. Castor e Pollux foram imortalizados por Zeus nas estrelas, onde podem ficar juntos pela eternidade.

— Gêmeos — digo, pensando como é estranho, embora adequado, que Gravelle tenha criado os Similares em uma ilha com o nome dos irmãos gêmeos mais famosos do mundo. Estou distraída com esse pensamento quando mais estatísticas minhas surgem: todos os meus boletins de antes da Darkwood e minha certidão de nascimento. Ela lista meus pais como meus pais, naturalmente, e tem o selo do estado da Califórnia. Começo a me perguntar se meu histórico de direção está ali também quando Maude e eu somos cercadas.

Solto um gritinho, assustada, quando os corpos de centenas de alunos da Darkwood enchem a sala. Eles estão espalhados pelo espaço como peças em um enorme tabuleiro de xadrez. Não são meus colegas em carne e osso, é claro. De onde estou, eles parecem totalmente reais, mas, assim que me movo para a esquerda ou direita, para a frente ou para trás, vejo que não têm substância. Como os outros hologramas, essas figuras são feitas de luz.

— Como você fez isso? Invocou sem as chaves deles! — digo, surpresa.

— Comando t2x — Maude responde.

Estou impressionada demais para questionar. Então, ando de holograma para holograma, espiando os rostos dos alunos que conheço e de alguns que não conheço. É assustadora a forma como eles me encaram quando passo. Alguns têm sorrisos permanentes no rosto. Outros estão de cara fechada. Outros ainda parecem distraídos.

— Tem um pra cada aluno da Darkwood? — pergunto.

— Sim, cada aluno *atual*. Meu palpite é que cada aluno que já teve uma chave está logado no sistema em algum lugar, mas ainda não descobri como invocar alunos passados.

Eu me viro para ela.

— Então até meu pai teria um holograma? O pai de Pru? Jane e Booker Ward? Meu pai disse que, quando ele estava na escola, eles tinham versões primitivas das chaves que temos agora. Elas devem ter melhorado significativamente nas últimas duas décadas... Será que dá pra gente puxar o holograma de Oliver? Acho que pode ser isso o que ele queria que eu visse quando me deixou sua chave.

Maude faz que sim enquanto opera o painel de controle, e eu seguro firme quando o holograma de Oliver dá um passo à frente.

Mas não fico devastada. Tenho assistido aulas com Levi há meses, então a visão do rosto de Ollie não é perturbadora. Ainda assim, a sombra de um sorriso nos lábios dele me faz sentir saudades.

— Ok — Maude diz, focada. — Que informação você quer ver primeiro?

— Essa pergunta é séria? — respondo, fechando a cara. — Se eu soubesse, não estaríamos aqui!

Maude ri.

— Faz sentido. Vamos olhar os dados de Oliver e ver o que achamos. Talvez algo te chame a atenção.

— Obrigada — digo. — E desculpa, estou um pouco nervosa.

Maude começa a ler os dados que surgem.

— Oliver Elliot Ward. Nascido em 23 de setembro. Pais: Jane e Booker Ward. Oliver frequentou a Escola Nueva em Hillborough, Califórnia, até a oitava série. Ele veio à Darkwood como aluno do primeiro ano, dois anos e meio atrás. Aqui estão todos os exames e pontuações de Oliver. Seu horário para o primeiro e segundo anos. E o do terceiro ano...

— No caso, o horário que ele teria se estivesse vivo — digo.

Maude faz que sim.

— Isso significa algo pra você? — ela pergunta.

Sacudo a cabeça. É então que noto Madison olhando para mim e para Maude com curiosidade, como se estivesse começando a se questionar o que está acontecendo.

— Hora do segundo round — digo a Maude, puxando outra seringa do bolso.

Maude assente, pegando a seringa de mim e a injetando no braço de Madison.

— Me sinto mal — Maude diz —, só que ela fez a mesma coisa conosco, né? Na sessão da meia-noite?

— Fez — digo, me virando de volta para as estatísticas de Oliver. — Espera um segundo. Você pode voltar para a certidão de nascimento de Ollie?

— Acho que sim — Maude diz, apertando algumas teclas. — Aí está. Por quê? Você percebeu alguma coisa?

— Os nomes! Olha isso. A mãe de Oliver é Jane Porter. E seu pai está listado como John Underwood. Tipo, o meio-irmão de Albert Seymour. — Não acredito no que estou lendo. Tenho certeza de que meus olhos estão me enganando, mas, depois de piscar algumas vezes, o documento segue o mesmo. — John Underwood é o pai de Ollie?

FIM DE SEMANA DARK

Tento encontrar as palavras para explicar isso a Maude.

— Eles estavam juntos nos Dez. Porter e Underwood. Damian Leroy, Jaeger Stanwick... e Seymour. O homem por trás da ciência que te criou. — Estou tão chocada que nem consigo pensar direito.

— E...? — Maude pergunta.

— Esse documento diz que Underwood era o pai de Oliver. O pai biológico.

— Achei que Booker Ward fosse o pai de Oliver — Maude diz.

— É o padrasto. Ele o adotou quando Ollie tinha uns dois ou três anos. Oliver nunca soube quem era seu pai biológico. Sua mãe, Jane, nunca falava sobre isso. Se o pai dele é Underwood, o meio-irmão de Seymour... e Seymour é o motivo pelo qual você e seus amigos existem...

Maude me lança um olhar e eu recuo.

— Eu não quis dizer o *único* motivo pelo qual vocês existem...

— Que seja. Tudo bem — Maude diz, com um gesto da mão. — Mas deve ser isso que Oliver quis dizer no bilhete que te deixou.

Reviro meu cérebro. Oliver sempre disse que não sabia o nome do seu pai biológico. Ele dizia que Booker era seu pai, independente de eles compartilharem DNA ou não.

— Emma? — Maude chama.

— Sim? — digo, distraída com essa nova informação.

— Olha o que mais essas chaves guardam. Fichas médicas. — Maude voltou para o seu holograma. — Pressão sanguínea, altura, peso. E olha *isso*. Frequência cardíaca em distância. IMC. Densidade óssea. Está tudo aqui.

— Então a escola rastreia estatísticas ligadas à nossa saúde? Além de ser invasivo e uma grande violação da nossa privacidade, pode ser errado?

— Se alguém olhar esses números de perto, sim. Emma, essas estatísticas provam que nossos corpos, o meu e dos outros Similares, não funcionam como o de um humano normal. Esses dados revelam nossas propriedades únicas. — Maude parece notavelmente preocupada.

— Mas quem procuraria por variantes? Se alguém não soubesse exatamente pelo que procurar, os dados não pareceriam tão suspeitos, pareceriam?

Maude dá de ombros.

— Se essas estatísticas passarem por uma análise estatística, um alarme pode soar. Talvez já tenha soado.

— E depois? — eu me pergunto em voz alta.

— Não faço ideia. Mas deveríamos voltar — ela diz, mudando de atitude rapidamente. — São quase sete. O café da manhã começa em dez minutos.

— Espera — eu digo. — Antes de irmos... Madison?

— Eu — ela diz, ainda atordoada por causa do injetável.

— Você atacou Prudence? — pergunto, as palavras doendo ao saírem da minha garganta. — Foi você?

Madison me encara com olhos desfocados.

— Atacar Prudence? Como assim?

— Onde você estava? — eu insisto. — Na tarde em que Pru foi atacada? Tessa disse que você perdeu uma consulta pra tirar sangue. Por quê?

Madison pisca, então franze a testa.

— Tive uma reunião com meu tutor virtual. Se eu tirar mais um A menos em cálculo, minha mãe me mata. Não conta pra ninguém. Eu prefiro me jogar do Ponto de Hades do que deixar que alguém dos Dez saiba.

Fico tonta. Não quero acreditar, mas Madison está dizendo a verdade. Ela precisa estar. O injetável não mente.

— Madison — Maude diz em voz alta.

Madison olha para ela.

— Sim?

— Estamos indo.

Nós três andamos silenciosamente de volta para o campus enquanto a luz da manhã permeia as copas das árvores. Não dá para acreditar que eu tinha tanta certeza de que Madison era a culpada. Era uma solução tão razoável. Agora, não estou nem um pouco mais perto de entender quem atacou minha amiga, e isso significa que Levi ainda é um suspeito. Engulo as lágrimas e me asseguro de que descobri algo útil hoje. Será que finalmente descobri o que Oliver queria que eu soubesse quando me deixou aquele bilhete? *Especialmente a parte sobre ele*. O "ele" na nota pode se referir ao pai biológico de Ollie, John Underwood. Sinto um arrepio na espinha enquanto considero o que isso pode significar, o que *significa* para todos nós.

Estou morrendo de vontade de voltar ao laboratório de pesquisa. Pensando no que posso descobrir estudando todos aqueles hologramas. Estou me controlando para não roubar mais injetáveis da enfermaria e sequestrar Madison de novo. Mas sei que não posso. Já foi arriscado o suficiente fazermos isso uma vez, com certeza seríamos pegas na segunda.

Corro para o prédio de pesquisa uma noite depois do jantar, esperando pensar em algo, *qualquer coisa,* que possa me dar acesso além das chaves de Madison. Quando chego lá, vejo uma figura parada do lado de fora da porta. Quando me aproximo para ver melhor, percebo quem a pessoa é — um guarda. Me sinto desanimada enquanto volto para as sombras, não só porque a entrada está sendo vigiada, mas porque, até onde sei, esse guarda nunca esteve aqui antes. Alguém deve saber que Maude e eu estivemos aqui. E agora essa pessoa quer nos manter longe.

Não tenho escolha. Não posso voltar ao laboratório, não sem permissão. Em vez disso, visito a Torre sempre que tenho a chance para estudar a fotografia dos Dez do ano de meu pai e Underwood. Agora que sei sobre a expulsão de Underwood, deduzo que esse é o motivo pelo qual ele não está na foto. Ainda assim, seu nome está listado. Será que a foto foi tirada depois que ele foi forçado a sair da escola?

Não falo com Levi. Tenho certeza de que Maude contou a ele o que descobrimos no prédio de pesquisa, tanto a revelação de que Underwood é o pai de DNA dele quanto o fato de que as propriedades dos Similares estão sendo arquivadas e rastreadas. Além disso, a "confissão" de Madison também não deve ter ficado de fora. Percebo que ultimamente ando dormindo mais do que no último ano todo, mas há uma verdade obscura nisso. Nos meus sonhos, não há nenhuma Theodora, e Levi não está fora de alcance.

Fico momentaneamente surpresa quando recebo uma notificação no meu Ameixa do diretor Ransom dizendo que está suspendendo nossas sessões não oficiais da meia-noite por enquanto, pois houve alunos demais fora dos quartos e vagando pelo campus de madrugada. Sei que ele está se referindo a mim e Maude, e talvez até seja um aviso para que não saiamos da linha, mas, ainda assim, fico aliviada e esperando que ele suspenda as sessões da meia-noite pelo resto do ano.

É um fim de semana frio de fevereiro quando os pais chegam. Fim de semana Dark (nossa versão do fim de semana com os pais) é uma tradição anual, e as aulas são canceladas já na sexta-feira. Normalmente, odeio esse "feriado" obrigatório, mas agora tenho um objetivo em mente: descobrir o máximo que puder sobre Underwood.

Nós nos reunimos do lado de fora da casa principal depois do café da manhã para aguardar a chegada dos pais, guardiões legais e avós dos alunos. Os Huxley saem de uma longa limusine preta, acenando através do pátio para os Choate, que também já chegaram. É sempre estranho ver os pais aqui, tão deslocados. Este ano é ainda mais estranho. Não deixo de perceber, assim como todo mundo, que os Similares não têm pais. Claro, eles têm Gravelle, o guardião. Mas não o vi chegar, e duvido que ele vá aparecer. Enquanto isso, os originais *têm* pais. Pais que eles não vão e não podem (ou não querem) dividir. Ouvi conversas sussurradas por toda minha volta, alunos se perguntando se o guardião dos Similares viria e se eles serão convidados para almoçar com suas famílias genéticas ou se isso seria "estranho demais". Lembro do dia em que realmente entendi que Levi não tinha pais. *Não é estranho,* quero gritar. *É de partir o coração.* Toda essa situação me faz pensar que os Similares realmente foram criados por engano. Quem faria isso com uma criança? Dar origem a uma criança sem uma família de verdade para amá-la e criá-la? Quando penso nisso, quero tanto apoiar Levi que até dói.

Noto Jake Choate indo cumprimentar o pai. Ezekiel Choate dá um tapinha nas costas do filho antes de acenar para alguém do outro lado.

— Jago! — Ezekiel chama, fazendo um gesto para que se junte a eles. Jake não parece muito feliz, e Jago parece ainda menos confortável.

Ver os Choate e os Huxley me faz pensar se a família Leroy vai vir este fim de semana. Descobrimos semana passada nos feeds que o pai de Tessa finalmente recebeu uma sentença: quinze anos na penitenciária federal. Ele se apresenta em uma semana. Vejo Ansel conversando com os De Leon, mais à vontade com o pais de Archer, já que passaram as férias de Natal juntos. Ele está contando uma história a eles e Archer está rindo. Será que Ansel está avançando na sua tarefa, seja lá qual for?

Procuro por Pippa e fico momentaneamente surpresa ao vê-la acenando para alguém que vem pelo gramado com uma bengala nas mãos. É Jaeger. Ele está aqui para o fim de semana Dark? Para passá-lo com Pippa e não com a filha que criou? Embora eu fique feliz por ele ter vindo apoiar Pippa, fico destroçada ao pensar em Pru ainda em coma, deitada numa cama de hospital. É quando me lembro da nota misteriosa que não consegui entender, que me levou a procurar Ransom no meio da noite. Vou pressionar Jaeger com isso assim que tiver a oportunidade.

Meu próprio pai chega a tempo de estar na assembleia geral na capela da Darkwood. Nós nos sentamos juntos e, quando sinto seu cheiro — limão e sabonete —, uma dor plana e incômoda se acomoda no meu peito. Nem sempre fomos tão distantes assim. Nos divertíamos juntos quando eu era pequena. É difícil entender exatamente o que aconteceu entre nós conforme cresci, mas nos tornamos mais companheiros de casa que uma família. Ele sempre está triste quando está comigo. *Eu nunca pude fazê-lo feliz,* penso. Nunca pude preencher o buraco deixado pela minha mãe quando ela morreu.

Ransom dá um discurso bem parecido com o que fez no início do ano letivo e eu ignoro, observando a sala. Esse é o único dia em que os alunos se sentam com seus pais ou outros membros da família em vez de em suas panelinhas de preferência. Procuro por Levi, mas não consigo vê-lo de onde estou. Será que Jane e Booker vieram ficar com Levi como Jaeger fez com Pippa? Depois do que aconteceu com as ações da Ward LTDA., eu duvido.

Com Jane e Booker na cabeça, toco a chave de Oliver em volta do meu pescoço. Meu pai e eu fomos convidados para jantar na casa do diretor Ransom. É um jantar para membros atuais dos Dez e suas famílias. É outra tradição da Darkwood e uma das "vantagens" de ser um dos Dez: eventos exclusivos e uma chance de socializar com as famílias dos outros membros do grupo. Para mim, é a oportunidade perfeita para descobrir mais sobre John Underwood. Depois de hoje, espero finalmente entender a importância do pai biológico de Ollie.

Enquanto escurece, meu pai e eu andamos até a casa de Ransom. Estamos na companhia de Pippa e Jaeger. Fico surpresa quando meu pai se aproxima de seu velho colega e coloca a mão no seu ombro.

— Como ela está? — ele pergunta, pulando as formalidades para perguntar sobre Pru.

— A mesma coisa, amigo. — A voz de Jaeger é tensa. — Mas continuamos otimistas.

Não consigo esperar.

— Seu bilhete — digo. — Por que você me disse pra...?

Jaeger me silencia com um olhar. Vou ter que encontrá-lo depois.

Ransom nos cumprimenta na porta e nos convida a entrar, então penduramos nossos casacos e nos reunimos na sala de estar. Eu me lembro instantaneamente da noite idiota em que busquei o conselho de Ransom.

Somos os primeiros a chegar, mas logo aparecem os Huxley, que trocam cumprimentos com meu pai e Jaeger, e Maude e Theodora, que chegam juntas e sem pais, é claro. Madison e Maude não falam uma com a outra. Elas ficam em lados opostos da sala enquanto os Huxley sussurram alto que Ransom deveria ter organizado um jantar separado para os clones. Meu pai murmura algo sobre como os Huxley sempre foram preconceituosos, e sinto uma onda de orgulho de estar ao lado dele.

Outros membros dos Dez e suas famílias vão chegando: Angela e Sunil com suas famílias, Archer com seus dois pais e, por fim, Levi. Quando ele aperta a mão de Ransom e se junta a Maude e Theodora perto da lareira, meu coração acelera. Será que ele vai pegar a mão de Theodora ou, pior, passar o braço em volta dela? Fico aliviada por ele não fazer nenhuma dessas coisas. Eu me forço a desviar o olhar, fixando-o na direção da porta em vez de neles. É quando vejo Tessa entrar com a mãe, Frederica, e o pai, Damian.

— Ransom — Frederica cantarola ao entrar, dando beijinhos no ar em cada bochecha dele. — Um prazer, como sempre. Alguém pode pegar meu casaco? — Jogando sua estola no garçom mais próximo, ela passa por Ransom.

Dou uma olhada no pai de Tessa e fico chocada pelo que vejo. Embora ele ainda use seu terno caro e anéis dourados, sombras escuras circulam seus olhos desfocados e sua pele do rosto parece flácida. Ele não projeta mais a aparência de um poderoso magnata da imprensa. Meu olhar vai até Jaeger para ver sua reação, dado o histórico dos dois. Ele ajusta a gola do paletó, impassível.

Frederica cumprimenta os Huxley, mas, pelo que consigo ouvir, são apenas amenidades, e a iminente pena de prisão do marido dela não é parte da conversa.

Depois de alguma conversa fiada e mais alguns aperitivos, Ransom anuncia a refeição e seguimos para a sala de jantar, onde várias mesas redondas foram colocadas para nós, com lugares designados. Os Huxley estão como unha e carne com Ransom, o que me parece estranho. Não eram eles que estavam bravos com ele no começo do ano por ter convidado os Similares para Darkwood? O que mudou? Tento escutar a conversa deles, mas há pessoas demais falando e não distingo nada.

Os Leroy se mantêm juntos num canto, perto da mesa dos Huxley. Damian fica branco como papel quando vê os lugares. Não entendo por que até Theodora se aproximar da mesma mesa. Ela foi posta com sua família genética. Não faço ideia do que eles sentem a respeito de Theodora, já que

Tessa nunca disse nada sobre sua Similar, mas, pela expressão no rosto de Frederica e a aparência fantasmagórica de Damian, eles não estão felizes.

Tirando os olhos de Leroy, sigo meu pai, que encontrou nossa mesa e aponta para que eu me sente ao lado dele. Olho o cartão para ver quem vai se sentar à minha esquerda. É Levi.

A ÚLTIMA CEIA

— **Ransom deve ter** um senso de humor doentio — resmungo enquanto puxo minha cadeira e me sento.

— Eu estava pensando exatamente a mesma coisa — Levi responde.

Ele parece estar *se divertindo*?

Pippa e Jaeger estão na nossa frente. Fico aliviada. Talvez os dois falem o suficiente pela mesa toda.

— Olha — digo a Levi —, tenho certeza de que você preferiria que eu fosse Theodora, mas ela está sentada lá e eu estou aqui, então... — Dou de ombros.

— Emma, sobre isso...

— Pai? — eu digo, tendo uma ideia. Meu pai se vira para mim. Ele estava ouvindo nós dois, tenho certeza. — Vamos trocar de lugar. — Pego o cartão do meu pai e troco com o meu. — Conheça seu novo vizinho, Levi Gravelle.

— Eu sou o pai de Emmaline — meu pai diz a Levi de forma vaga. Por mais confiante que ele normalmente seja, sei que fica perturbado ao ver o Similar de Oliver de perto. — Colin Chance.

— Prazer — Levi diz, estendendo a mão para meu pai apertar. Mas meu pai mantém as mãos ao lado do corpo.

— É você que supostamente atacou a colega de quarto de Emma, Prudence — meu pai diz, sem sorrir.

— Supostamente — Levi diz, sem tirar os olhos do meu pai, mas baixando a mão.

Eu me sinto obrigada a explicar.

— Levi foi interrogado, mas...

— Bem-vindos ao décimo quarto jantar anual dos Dez da Darkwood — Ransom diz, interrompendo minha defesa apaixonada de Levi. — Vocês estão aqui porque chegaram ao topo do ranking da Darkwood. — Noto Bianca se inclinando na direção de Bob e sussurrando algo em seu ouvido enquanto Madison fuzila Maude com o olhar. Espera aí, Ransom colocou Maude junto com sua família genética também? Assim como Theodora está com os Leroy? Por que ele faria isso? Será que ele acha que um único jantar pode fazer os Huxley mudarem de ideia a respeito do clone da filha? Ou os Leroy a respeito da deles?

— Também temos muitos alumni dos Dez aqui — Ransom continua. — Colin Chance, Bianca Huxley, Damian Leroy, Jaeger Stanwick e Ezekiel Choate foram membros dos Dez quando estudaram na Darkwood. E a mãe de Sunil Bhat também foi aluna aqui, embora não tenha feito parte dos Dez.

— Uma falha que me atormenta todo dia desde então — ela acrescenta. Presto atenção na mãe de Sunil, uma mulher pequena com cabelo preto e brilhante e pele perfeita, e me pergunto se ela está brincando ou não.

Ransom sorri educadamente.

— Ah, e não vamos nos esquecer de Luis de Leon, embora ele provavelmente não precise de apresentações, dado sua visibilidade em Hollywood como um renomado produtor de televisão. Assim como o estimado ex-vice-presidente, Bob Huxley. Embora ele próprio não tenha estudado na Darkwood, sua mulher e filha o convenceram das muitas virtudes da escola. — Ransom ri. — Como podem ver, ser parte dos Dez não é pouca coisa. É a maior honra da Darkwood e, alguns até diriam, da nação. Os alumni dos Dez são um grupo influente e servem como juízes do gosto e da cultura na nossa sociedade. Eles têm historicamente sido patronos respeitados das artes, tecnologia e educação, além de ávidos filantropos.

Olho para o meu pai. Nunca o ouvi falar sobre as conexões que fez por causa dessa sociedade. Será que devo me preocupar?

— Espero que vocês mantenham isso em mente enquanto aproveitam esta noite. Aqui nesta sala estão alguns dos melhores da Darkwood. Por favor, aproveitem seus jantares e uma noite que com certeza será memorável. — Ransom se senta de volta e garçons começam a trazer a sopa para as mesas, nos deixando à vontade.

O clima fica estranho quando todo mundo finge estar fascinado pela sopa. Estou desconfortável e não sou apenas eu, Pippa também está. Não sei por que achei que ela não estaria. Ela claramente não fica confortável ao lado de Jaeger, não sem Pru aqui. Noto Pippa trocar um olhar com Levi. Ele faz que sim e então diz algo para ela, provavelmente em português.

Não aguento mais esse climão.

— Jaeger? Você já conheceu o Levi? Ele e Pippa são, bom... eles cresceram juntos.

— Somos bem próximos — Pippa diz. — Nos conhecemos nossa vida toda.

— Assim como você e meu pai — digo a Jaeger. — Quer dizer, ou quase, né. Vocês estavam nos Dez juntos, não estavam? Junto com os pais do Jake e a mãe e o padrasto do Oliver... Falando nisso, há um colega de vocês. Um membro dos Dez, na verdade, sobre o qual estou curiosa. John Underwood.

Olho para Levi com o canto do olho, certa de que Maude contou a ele sobre a certidão de nascimento de Oliver. Isso o afeta também, afinal, é de onde metade do DNA dele vem. De Jane e de Underwood.

Jaeger dá de ombros.

— Cara legal. Quieto. Talvez Colins se lembre mais do que eu. — Ele pega um pedaço de pão em seu prato pequeno e começa a mastigar.

Meu pai baixa sua colher de sopa.

— Já falamos sobre isso, Emmaline. Faz muito tempo. Décadas...

— Mas com certeza vocês se lembram de algo sobre a expulsão dele.

Assim que digo isso, é como se uma bomba explodisse na sala. Não pode ser uma coincidência (talvez até seja), mas neste exato momento a sala fica em silêncio. Todo mundo me ouviu.

— Como você sabe disso? — o diretor Ransom pergunta em voz baixa de sua mesa.

— Todo mundo sabe, não sabe? — Frederica Leroy diz. — Foi um escândalo. Underwood caiu em desgraça. Damian me contou tudo a respeito. — Ela dá um tapinha na mão mole do marido.

— Nós nos lembramos — Bianca diz com uma voz fraca, trocando um olhar com Ransom. Mais uma vez fico chocada com essa súbita relação próxima deles.

— Ficamos muito tristes de ver Underwood ir embora — Ransom diz. — Ele era brilhante. Tinha uma bolsa. Nós odiamos ver qualquer aluno errar, particularmente aqueles que de outra forma não teriam tido a oportunidade de estudar na Darkwood. Infelizmente, ele faleceu. Treze anos atrás, eu creio.

— Como ele morreu? — pergunto, sentindo todos os olhos em mim.

— Acidente de carro — Ransom responde. — Uma tragédia.

— Eu não sabia que ele tinha morrido, Damian. — Frederica se vira para seu marido. — Por que você não me disse? — ela pergunta em um tom acusatório.

— Pelo amor de Deus, mãe! — Tessa subitamente explode. — Você quer parar de falar com o papai como se esse drama de ensino médio fosse importante? Ele vai pra prisão semana que vem. Por quinze anos. Essa é a droga da Última Ceia dele, pelo amor de Deus!

Todos os olhares se voltam para os Leroy. Antes que alguém entenda o que está acontecendo, Frederica se inclina e dá um tapa no rosto de Tessa, que, por sua vez, solta um gritinho. Theodora faz uma careta. Damian se encolhe.

Ransom se levanta, agitado.

— Tenho certeza de que este deve ser um momento difícil para você e sua família, Tessa. E talvez esta noite não seja o momento mais adequado...

— Nunca mais fale desse jeito comigo, Tessa Caroline Leroy — Frederica diz, ignorando Ransom.

— Não sei por que você está tão brava comigo se a culpa é toda dela! — Tessa aponta para Theodora. — *Ela* traiu nossa família. Depois que a convidamos pra nossa casa. Depois que a aceitamos. É isso mesmo — Tessa diz, se dirigindo para toda a sala —, nós não a subornamos nem nos livramos dela, como os Huxley fizeram com Maude. — Tessa dá uma olhada em Madison, que fecha a cara. — Dissemos que ela era bem-vinda pra se juntar à nossa família. Sabíamos que as pessoas poderiam nos julgar. Mas achávamos que era a coisa certa a fazer. — Tessa se vira agora e encara Theodora diretamente. — Achei que você gostasse de mim. A gente conversava como se fôssemos irmãs. E aí você vai lá e faz uma coisa *dessas*? — Tessa está lutando contra as lágrimas. — Entrou no escritório do meu pai, invadiu o computador dele e encontrou aqueles arquivos. Você os entregou ao FBI. E então ajudou *ele* — Ela aponta para Jaeger — a escrever a matéria sobre nossa família. Uma revelação que milhões de pessoas leram.

Estou chocada. Foi Theodora quem expôs a fraude de Damian Leroy? Foi ela quem informou as autoridades? Deu ao FBI a informação para indiciá-lo?

— Eu não invadi nada — Theodora diz, calma. — Os arquivos estavam no tablet dele pra quem quisesse ver.

— *Essa* é a sua desculpa? — Tessa soluça. — Que você não fez nada de errado...?

— Ele é um criminoso, Tessa. Sei que é seu pai, mas ele enganou milhares de pessoas e tirou o dinheiro delas. Foi errado.

— Ah, sim, e é você quem decide isso. Quem é pego e quem não é. Quem é culpado e quem não é.

Meu estômago afunda.

Eu me viro para Levi.

— Era a tarefa dela, não era?

— Em parte, sim — ele responde, baixo.

— Por quê? Por que Gravelle queria destruir famílias?

— Ele quer consertar erros. Recalibrar a balança da justiça.

— Não estou entendendo.

Levi sacode a cabeça.

— Agora não, Emma.

— Quando, então? — exijo. — Pare de me dispensar.

— Emmaline? — meu pai diz. Seu rosto está tenso, ansioso. — Achei que tínhamos discutido isso nas férias. Achei que tínhamos nos entendido. Mas claramente — ele acrescenta, olhando para Levi — eu estava errado.

— Errado sobre o quê?

— Você me garantiu que não era amiga de Levi.

— Não sou — respondo rapidamente.

— Não é o que parece.

— Eu troquei nossos lugares para não precisarmos sentar um ao lado do outro. Quer mais o que além disso? — resmungo.

— O que sua filha quer dizer — uma sombra de sorriso brinca nos lábios de Levi — é que não gostamos um do outro.

Não, nós não gostamos um do outro, penso. *O que sentimos, ou o que eu sinto, de qualquer forma, é muito mais do que essa palavra juvenil poderia expressar.*

— Desculpe, Levi. Essa é uma questão familiar entre mim e minha filha — meu pai diz. — Não sei nem o que lhe dizer, querida. Você sabe que apoio completamente os clones e acredito que eles merecem os mesmos direitos que todo mundo. Mas por outras razões pessoais que não quero abordar agora... não é uma boa ideia que você passe tempo com Levi ou qualquer outro dos Similares.

— Não se preocupe com isso — digo, irritada. — Levi deixou claro que não significamos nada um para o outro. Que ele tem outras... pessoas com quem prefere passar o tempo. Está tudo bem, pai. Vou ficar bem longe dos Similares. Indefinidamente.

O HOLOGRAMA

O resto do jantar passa em uma tensão seca. Meu pai e eu não trocamos mais uma palavra. Também não falo com Levi ou Pippa. Ransom começa a ir de mesa em mesa durante a sobremesa, agradecendo a todos por terem vindo. Noto que ele abraça Bianca e aperta a mão de Bob antes de se aproximar para uma conversa com eles. Tenho a impressão de que não é apenas uma conversinha à toa. Querendo ouvir o que ele está dizendo aos pais de Madison e ansiosa para escapar da minha mesa, vou em direção à mesa dos Huxley com a desculpa de me servir de um pouco de água de uma jarra em um aparador ali perto. Madison está envolvida em uma conversa com Angela, reclamando sobre como é difícil escolher entre tantas faculdades de elite. Maude está discutindo tendências do mercado de ações com a mãe de Angela. Eu me esforço para ignorar Maude e Madison e focar em Ransom e nos Huxley.

— Está quase pronto — ouço Ransom dizer a eles. — Meses. Talvez semanas. Eu não poderia estar mais satisfeito com os dados até agora.

— E tudo está sendo feito no laboratório de pesquisa? — Bianca pergunta em voz baixa.

— Está — Ransom responde. — Estamos quase prontos. Graças à sua generosa doação, é claro.

Os Huxley fizeram uma doação? Para quê? penso.

Antes que eu possa escutar mais, Madison aparece ao meu lado.

— Eu sei o que você fez — ela diz.

— Não sei do que você está falando — digo.

— A injeção. O prédio de ciências. Eu lembro de tudo.

— E daí? Você fez a mesma coisa comigo, com todos nós, na sessão da meia-noite. Pelo visto, estamos quites. — Saio dali, bem menos calma do que tento transparecer, e deixo Madison olhando feio enquanto Ransom dá batidinhas em sua taça para chamar a atenção de todos.

— Foi um prazer recebê-los aqui esta noite. Obrigado mais uma vez por virem. Por favor, voltem em segurança para seus dormitórios e quartos de hotel. Estou animado para o restante de nosso fim de semana.

Tento alcançar Jaeger enquanto pegamos os casacos e saímos para a noite fria, mas Pippa bloqueia minha passagem para dizer boa-noite com uma voz tensa. Jaeger aperta a mão do meu pai, prometendo mantê-lo informado sobre a recuperação de Pru. Eu quero desesperadamente perguntar a ele sobre o bilhete, mas, quando faço contato visual, ele faz que não com a cabeça.

Levi e Pippa começam a descer o caminho de volta para o campus principal, seguidos por Jaeger. Peço licença ao meu pai e alcanço o de Pru.

— Por favor. Me diz o que aquele bilhete significa! Por que você quer que eu e Pippa paremos de procurar por Pru?

Onde ela está? A Prudence... — Eu me forço a dizer as palavras em voz alta. — Morreu?

Jaeger suspira como se tivesse o peso do mundo nos ombros.

— Pru não morreu. Ela está bem melhor, na verdade.

Fico chocada. *Ela está melhor?*

— Então onde está ela? Por que não voltou para a escola? Por que ela não me mandou um buzz?

— Não é seguro para ela na Darkwood. Não depois do que aconteceu. A mãe dela e eu queremos mantê-la em casa, onde temos certeza de que ela estará fora de perigo. Pode ficar tranquila, Pru está se recuperando bem e disse que está com saudades de você. Mas preferiríamos que ela e sua saúde não fossem o foco de conversas no campus. Você deveria voltar para o seu pai. — Ele me deixa parada no caminho de cimento. Observo os Huxley, os Leroy, Maude, Theodora e os outros passarem.

Só sobrou eu e meu pai agora.

— Eu te acompanho até o dormitório — ele oferece. — Vou embora pela manhã. Espero que você entenda que não posso ficar para os outros eventos.

— Beleza — digo, baixinho, e começamos a andar de forma eficiente e rápida.

— Não tenho escolha, Emmaline, tenho que ser firme com isso. Os Similares não são bons amigos pra você.

Eu me viro e o encaro. Não consigo mais engolir minha fúria.

— Olha, com todo o respeito, pai, se é que você merece ser chamado assim, acho que você não tem o direito de me dizer o que posso ou não fazer, ainda mais quando está tão distante de mim. Dê os conselhos que quiser, mas vou tomar minhas próprias decisões sobre ser próxima ou não dos Similares.

Meu pai para e parece estupefato.

— Você concordou comigo no jantar meia hora atrás. Você está apaixonada por ele? — ele pergunta.

— O quê? — Minha voz soa atrapalhada. Mal consigo respirar.

— Então foi isso? Uma briga de namorados?

— Pelo amor de Deus, pai! Não.

Ele fala em voz baixa:

—Andei pensando sobre deixar você na Darkwood ou levá-la pra casa. Continuar sua educação aqui, com as oportunidades que lhe são dadas, foi a melhor escolha, eu tinha certeza. Mas agora... Caramba, Emmaline. Isso não vai acabar bem.

Ficamos ali em silêncio.

— Sinto muito, pai — digo, por fim. — Sei que você nunca quis me criar sozinho. Sei que não foi isso o que você esperou. Você achou que a mamãe estaria aqui. Mas ela não está. — Eu forço as lágrimas para dentro, não quero que ele me veja chorar. — Sei que você nunca teria concordado com isso se... se soubesse como ia ser.

A voz dele é suave.

— Concordado? Emma, querida, concordado com o quê?

— Em ser pai. Em ser meu pai — digo.

— É isso que você acha? — ele pergunta em voz baixa. — Que, se eu pudesse voltar no tempo, não teria você? Emmaline. Você foi, e é, a melhor coisa que já aconteceu comigo.

Dou de ombros, me fechando como sempre faço.

— Então por que você foi tão frio quando Ollie morreu neste verão? Meu melhor amigo morre e você praticamente ignora. Sem querer ofender, mas acho que estou bem sozinha.

Sigo para o meu dormitório e ele não me chama ou vai atrás de mim. Pela manhã, ele já foi embora.

***

O restante do mês de fevereiro é cinzento e feio. Depois do jantar dos Dez, tenho pouco contato com qualquer um dos Similares, até mesmo com Maude. Desde nossa descoberta dos hologramas no prédio de pesquisa, me senti próxima dela. Mas ela segue sumida. Eu também não falo muito com Pippa, e ela se senta apenas com os Similares no refeitório. Eu me acostumei a comer na companhia dos meus livros, mas ainda sinto saudade de Pippa. Minha amiga.

Mesmo com todo o trabalho que tenho com as aulas, não consigo tirar os hologramas da cabeça. Eu daria meu braço direito para voltar ao laboratório de pesquisa, mas, até onde sei, há um guarda parado por lá 24 horas por dia. Então, eu me enfio no meu quarto fora do horário de aulas com apenas Dash para me fazer companhia.

Quando fevereiro se transforma em março, começa a parecer que pelo menos metade da escola não está só evitando os Similares, mas claramente os excluindo. Mesmo que ninguém tenha sido preso, na ausência de uma teoria alternativa, todo mundo ainda acha que Levi atacou Pru. E, depois do jantar dos Dez na casa de Ransom, a notícia de que Theodora estava por trás da prisão de Damian Leroy se espalhou. Ainda há grupos de alunos que permanecem leais aos Similares, mas, no geral, a curiosidade se transformou em hostilidade. Com mais relatos de discriminação contra clones no mundo lá fora surgindo nos nossos feeds, o apoio ao MAAD cresceu. Madison passa diferentes petições anticlone em um tablet no refeitório, e elas enchem de assinaturas. Fico arrasada e com raiva. Penso até em começar uma organização para se opor ao MAAD, mas não sei se os Similares iriam querer que eu fizesse isso. Eles são tão independentes. Não tenho certeza se querem que eu fale por eles.

Embora seja difícil de admitir, sinto saudade de passar tempo com Levi. Lembro a mim mesma que ele tem Theodora. E, mesmo que não tivesse, não há nenhum tipo de "nós" e nunca vai haver.

Pego no sono toda noite segurando a chave de Oliver firme na mão, tentando e falhando em entender o que ele estava me dizendo naquele bilhete e o que significa que Underwood tenha sido o pai de Ollie.

Um dia, de manhã, estou caminhando para minha primeira aula do dia quando ouço falar que o sr. Park está saindo da Darkwood. De início, não sei por que fico desconcertada. O sr. Park e eu não somos próximos. Ele me enxotou quando tentei pedir ajuda. Ainda assim, uma voz no fundo da minha cabeça me lembra de que ele sabia (*sabe*) sobre o experimento com primatas de Seymour. Só por esse motivo vou atrás dele.

Quando chego na sala de história americana, o sr. Park está limpando sua mesa.

— O que houve? — pergunto baixo enquanto o sr. Park desliza livros para dentro de uma sacola de lona.

O sr. Park ergue os olhos e me encara como se eu fosse um alienígena.

— Estou indo embora — ele diz, então volta a fazer as malas. — Não é óbvio?

— Eles te demitiram? — pergunto.

O sr. Park franze a testa.

— Não posso expor as razões que me fizeram deixar a Darkwood. São pessoais.

— Certo. Mas antes que você vá, por favor, sr. Park, preciso da sua ajuda.

Ele ergue as sobrancelhas.

— Quero pegar o trem do meio-dia, mas vá em frente.

— Eu sei — digo, sem mais delongas.

— Sobre o meu trem? — Ele parece confuso, mas não ergue os olhos da arrumação.

— Sobre os Similares. Sobre as capacidades deles. Sobre como são mais fortes e mais resistentes que outras pessoas. E sei que tudo veio do experimento com primatas de Albert Seymour. Era para esse caminho que você estava indo quando o mencionou na aula? Você *queria* que nós descobríssemos sobre os Similares?

O sr. Park finalmente ergue os olhos da mesa.

— Eu só quis uma coisa desde que os Similares chegaram à Darkwood: protegê-los — ele diz, simples assim. — Agora que não tem mais como, vou embora.

Não sei como interpretar isso, como poderia, afinal? Mas fica claro pelo tom que ele não vai dizer mais nada.

Mesmo assim, insisto.

— Você sabe como as chaves funcionam, né? Sabe sobre os hologramas. Sabe de tudo isso.

— E se eu souber? — ele pergunta, na defensiva.

— Então vai precisar me contar — insisto. — Oliver me deixou a chave dele e um bilhete. Maude e eu encontramos a sala com os hologramas. Ela descobriu como ativar cada chave.

— Então, pelo visto, você não precisa de mim.

— Preciso, sim! O pai de Oliver era John Underwood. E sei que isso significa alguma coisa, porque Underwood era o meio-irmão de Seymour. E Underwood foi expulso. Mas... o que mais? Deve haver mais do que isso na mensagem de Oliver, sr. Park. Sei que devo estar parecendo desesperada, mas nem ligo, estou mesmo.

O sr. Park suspira.

— As chaves não guardam apenas dados como localização e notas de provas. São receptores, também. Podem guardar gravações de seus donos.

— A chave é um receptor? — repito. Receptores são como os pen-drives do passado. Guardam dados e podem transmiti-los. — Por que ninguém sabe disso?

— Houve um escândalo, uns anos atrás. Alunos se aproveitaram das chaves e gravaram informações inapropriadas. A administração parou de anunciar essa ferramenta, mas acredito que as chaves ainda tenham essa capacidade, se você souber como usá-las.

— Então o que eu faço? Como acesso a chave de Oliver para receber a mensagem que ele deixou pra mim? Como vou saber se ele deixou alguma mensagem, pra início de conversa?

— Você precisa saber a senha dele. — O sr. Park volta para sua arrumação.

Respiro fundo.

— Tá bom, vamos supor que eu conseguisse de *alguma forma* descobrir a senha de Oliver. O que eu *faço* com ela? Você pulou, tipo, uns cinquenta passos.

— Como você entrou no sistema de hologramas?

— Maude me ajudou.

— Então sugiro que você convoque a ajuda de Maude de novo. Agora, se me der licença, Emmaline — ele diz. — Preciso pegar meu trem.

Encurralo Maude entre aulas e conto tudo. Sobre o segurança no prédio de pesquisa. Sobre minha conversa com o sr. Park.

— Um receptor — ela repete. — Brilhante. Me dê a chave de Oliver.

Vejo Levi descendo o corredor.

— Ainda não. Hoje à noite. Venha ao meu quarto.

Tento focar nas aulas pelo resto do dia, mas parece que passa uma eternidade até a batida suave de Maude ressoar na minha porta à noite.

— Entra — digo. Então, caso alguém esteja por perto, falo: — Obrigada por ter vindo estudar comigo. — Fecho a porta atrás dela, então pego a cadeira de Pru e a coloco sob a maçaneta. — Não queremos que ninguém nos pegue aqui. — É hora de estudo. Não é como se eu tivesse outros amigos que fossem querer pegar minhas anotações emprestadas ou estudar para nossa prova de cálculo, mas mesmo assim.

— Me passa a chave — Maude diz.

Passo, cedendo a relíquia para a mão confiante de Maude. Sinto uma pontada ao soltá-la, como se estivesse soltando Oliver também.

Maude tira seu Ameixa e o coloca no tapete. Ela coloca a chave de Oliver ao lado dele.

— Você é a especialista — digo —, mas eu acho que precisamos entrar no servidor. A chave tem um rastreador interno que conecta no Wi-Fi?

— Espero que sim — Maude responde. Ela testa alguns comandos no seu Ameixa até achar uma tela que parece promissora. — Ok, encontrei a configuração certa. Agora precisamos do código que o conecta às nossas chaves — ela diz, se concentrando enquanto aperta alguns botões em seu Ameixa.

— Está funcionando? — pergunto.

— Espera um pouco. — Ela para. — Estou entrando nos códigos de transmissão da Darkwood... pronto — Maude diz, e a chave começa a brilhar em um tom alaranjado.
— É isso? Você conseguiu? — Encaro a chave e o Ameixa dela.
— Quase — ela responde. — Agora preciso da senha dele. Ela ergue o Ameixa para me mostrar a tela, onde se lê OLIVER WARD. Logo abaixo, está a data de nascimento dele e quatro espaços em branco para uma senha de quatro dígitos.
— Certo — murmuro. Eu sabia que essa hora chegaria. — Quantas tentativas temos?
— Não sei. Pode ser que bloqueie se errarmos demais, então... vamos não errar. Imagino que você tenha três chances, no máximo.
Começo a andar de um lado para o outro. O que Oliver usaria como senha? Deve ser algo que eu sei. Senão ele teria me deixado uma pista. Será que deixou? Pego o bilhete.

Emma,
Me desculpa. Essa chave é para você. Vai explicar tudo. Especialmente sobre ele.
Te amo para sempre,
O

Não há nenhuma dica aqui, ou será que há? Apenas uma palavra de quatro letras se destaca...
— Os dígitos podem ser letras? Ou só números? — pergunto, tensa.
— Os dois — ela diz. — É um sistema alfanumérico.
Suspiro.

— Que tal amor? a–m–o–r?

Ela digita as letras.

— Não é. Alguma outra ideia?

Vasculho meu cérebro. O que raios Oliver usaria como senha? Leio o bilhete de novo. Não há *nada*.

— v–o–c–ê? Tenta isso.

Maude digita.

— Nada.

Penso por um momento.

— Emma — digo, baixinho. — São quatro letras. É a primeira palavra do bilhete. Eu não pensei nisso antes porque parecia, bom, *nada*...

Maude já está digitando.

— Bingo — ela diz, e vejo um sorriso se espalhando no seu rosto. — Entramos. — Maude aperta alguns botões em seu Ameixa e as teclas brilham de novo, passando de laranja para roxo-escuro. Uma figura se materializa acima da chave. É Oliver, ou seu holograma, pelo menos.

O holograma de Oliver é igual ao que encontramos no laboratório de pesquisa. O mesmo rosto familiar e alegre, mas estranhamente inumano.

— Hum — murmuro enquanto o encaro. — Oi?

Maude revira os olhos.

— Calma aí. Preciso dar mais alguns comandos. Pronto — diz, por fim. — Vai — ela diz ao holograma.

Agora é minha vez de revirar os olhos.

— Ele não pode te ouvir. O que te faz pensar que ele vai falar?

Mas, bem neste momento, ele fala.

— Oi, Emma.

UNDERWOOD

Sei que não é o Oliver de verdade. É um holograma, uma ilusão. Ainda assim, ouvi-lo dizer meu nome dessa forma, como dizia antes, é desconcertante. O corpo de Oliver não se mexe enquanto ele fala, só sua boca. Ignoro a estranheza do momento. A mensagem dele é o que importa. Oliver, o Oliver de verdade, a gravou, sabendo, ou esperando, que eu a ouvisse.

— Desculpa fazer tanto mistério — o holograma de Oliver continua. — Mas se você está ouvindo isso, quer dizer que não estou aqui pra te contar o que preciso dizer pessoalmente. Foi mal.

Olho para Maude. *Será que ela está tão fascinada quanto eu? Está.* Meus olhos voltam para os de Oliver e olho dentro deles como se tivessem as respostas das minhas muitas perguntas. Espero que eles tenham.

— Na primavera, acabei indo fundo demais nos meus planos de filmagem — Oliver explica. — Decidi fazer um documentário sobre todos os segredos da Darkwood. Os lugares no campus sobre os quais a maioria dos alunos não sabe quase nada. Você sabia que a Torre um dia foi o esconderijo de um criminoso procurado? Há décadas, mas já estou saindo do assunto.

Solto o ar. Esse holograma, essa tênue versão de Oliver, soa como ele quando estava narrando um de seus filmes.

— Foi isso que me levou ao antigo prédio de pesquisa perto do lago. O lugar está vazio há anos. Precisei pesquisar um pouco pra descobrir o que aconteceu ali. Quase vinte anos atrás, quando o laboratório era um centro de pesquisa em pleno funcionamento, uns alunos libertaram alguns animais e a imprensa ficou sabendo do incidente, o que causou uma cobertura negativa da escola. Os alunos da Darkwood foram apresentados como irresponsáveis e a administração, como frouxa.

Underwood, penso. *Oliver está falando da expulsão dele.*

— O prédio de pesquisa ficou no centro das atenções durante muitos anos e, no fim, foi fechado para alunos e desativado. Eu estava determinado a filmar lá dentro e pensei que teria que invadir, mas minha chave abriu a porta. Foi assim que descobri nossos hologramas. Uma sala cheia de hologramas guardados e que qualquer aluno pode abrir com as chaves? Imagina o *exposed*! Eu queria descobrir tudo sobre como as chaves funcionavam e expor a administração da Darkwood por esconder isso de nós. Por nos rastrear, por ter nosso dados médicos e registros do nosso passado sem nossa permissão.

Levo um tempinho para processar o que estou ouvindo. Oliver esteve na sala dos hologramas. Oliver viu o que Maude e eu vimos. Dados de GPS. Dados médicos. *Ano passado. Antes das novas chaves serem feitas.* O que quer dizer que essa não é uma ferramenta das chaves novas. As antigas deviam ter todo esse rastreio também. Só não sabíamos. Nem nossos pais, já que só recentemente eles assinaram autorizações para que a escola monitorasse onde estamos. A administração estava nos espiando sem ninguém saber. Olho para Maude e nós duas erguemos as sobrancelhas.

Volto minha atenção para Oliver.

— Eu tinha um parceiro pra essa coisa toda de teoria da conspiração. Um professor que sabia o que a administração estava fazendo e concordava que era errado, que ficaria feliz em ver o lado sujo da Darkwood exposto.

Um professor? Será que era o sr. Park?

— Esse professor me deu a ajuda técnica de que eu precisava para começar, além de uma senha de acesso à sala dos hologramas que não poderia ser identificada como vindo da minha chave. Fui lá quase toda noite, depois que todo mundo ia dormir. Passei horas lá, tentando invadir o sistema. Levei semanas pra quebrar o código. Não sou nenhum programador. Claro, fiz ciência da computação como uma eletiva e sabia brincar com JavaScript, Rust e Julia. Mas o sistema de hologramas era complexo. Levei um tempo pra entrar e destravar minha chave e, em seguida, todas as outras.

Não preciso pensar sobre por que Oliver nunca me contou que estava fazendo tudo isso. Nos últimos meses de escola nós mal estávamos nos falando. Depois da confissão dele, depois que me disse que queria ser mais do que meu amigo, eu o afastei.

— Imagina minha surpresa quando, depois de conseguir acesso total ao sistema, vi minha certidão de nascimento e descobri que meu pai era John Underwood. Reconheci o nome na hora. Eu sabia que ele tinha estado nos Dez com minha mãe e meu padrasto. Eu também sabia que ele era o meio-irmão de Albert Seymour.

"O que eu não sabia era que Underwood e minha mãe haviam tido um relacionamento. Minha mãe nunca falou nada, nem meu padrasto. Cresci pensando em Booker Ward como meu pai e nunca questionei quem meu pai biológico era. Nunca importou. Talvez eu tivesse medo de fazer perguntas que poderiam magoar minha mãe ou Booker. Sei lá. Mas isso mudou no momento em que vi o nome na minha certidão de nascimento. Então tentei acessar o holograma de Underwood. Eu ainda não tinha tentado invocar o holograma de um aluno *antigo*, mas sabia que os dados estavam no sistema. Que cada aluno, do passado ou do presente, que um dia teve uma chave tinha um holograma guardado ali. Levei mais uma semana antes de conseguir acessar os perfis de outras pessoas. Mas o que eu tinha imaginado estava correto: apesar de ter saído da Darkwood há mais de duas décadas, Underwood tinha um holograma. Fiquei nervoso de invocar o holograma do meu pai biológico. Ele não estava no retrato dos Dez, então eu não fazia ideia da aparência dele. Minhas buscas on-line não deram em nada, quase como se alguém tivesse apagado todos os rastros dele. E então os dados apareceram sem imagem nenhuma. Nenhum holograma de 'John Underwood', só palavras e números no meu espaço de exibição. Deduzi que era uma limitação do sistema antigo e não pensei mais nisso. Os dados eram o que eu precisava. Mergulhei no histórico médico do meu pai e em suas notas de provas, que eram altas. Toda essa pesquisa me fez descobrir uma coisa ou outra sobre o cara, mas não o suficiente. Notas de provas não me dizem quem ele é. Por que havia tão pouca informação sobre ele e nenhuma foto? Foi então que fiz a descoberta que mudou tudo."

Fico tensa. É agora que ele vai revelar os segredos por trás do seu bilhete? Por trás do motivo que o levou a nos deixar? Ele está tão no controle, tão vivo nessa gravação. O que foi que aconteceu?

— Eu estava navegando pela enormidade de dados de Underwood quando esbarrei em uma estatística que não tinha visto antes. Sinais vitais. Sinais vitais *atuais*. Pressão sanguínea, frequência cardíaca em repouso... Não eram estatísticas da infância de Underwood nem do início da sua vida adulta. Eram atuais. Eram do presente.

Fico tensa. Sinais vitais *atuais*? Como assim?

Eu me viro para Maude, chocada.

— Underwood está *vivo*? Se o que ele está dizendo é verdade, as chaves guardam nossas informações mesmo depois que deixamos Darkwood. Como é possível?

Maude pensa um pouco:

— Pode ser um sinal transmitido por um chip implantado em nossos corpos, que continua a mandar informação de volta para a base...

— Mesmo depois de décadas?

— É possível.

— Ficou bastante claro — Oliver prossegue, e volto minha atenção para ele — que meu pai estava, *está*, vivo ainda. E, ainda assim, todo artigo que eu encontrava dizia que ele havia morrido em um acidente de carro. Essa foi a história que minha mãe me contou. Mas esses sinais vitais só podiam significar duas coisas. Ou eram falsos, ou o cara não havia morrido.

"Parecia que eu tinha um milhão de perguntas, desde como essa tecnologia funcionava até de quem ela estava juntando dados. Decidi não falar com minha mãe por diversas razões. Em vez disso, fui confrontar a única pessoa que talvez soubesse a verdade sobre a história de Underwood: seu meio-irmão, Albert Seymour. Meu tio. Depois de uma busca, descobri que Seymour vivia em Cambridge, onde morava desde a época de Harvard. Então, achei um conservatório de cinema de verão que eu podia frequentar em Boston por três semanas. Foi bem difícil achar um programa que tivesse uma vaga disponível tão em cima da hora, mas, quando consegui, foi o disfarce perfeito, e incluía até hospedagem. Meus pais ficaram superanimados.

"Seymour era um sujeito estranho, reservado, brilhante e sem jeito com as pessoas. Ele ficou surpreso quando surgi na sua porta, mas não me enxotou. Nós rapidamente nos conectamos. Seymour gostava de mim. Ou talvez só se sentisse culpado pelos muitos anos que perdemos. Acho que eu estava usando meu tio, fingindo uma amizade, tirando vantagem de nossos laços familiares para conseguir informações. Fui, sim, ao curso de cinema, mas durante os intervalos meu tio e eu no encontrávamos para almoçar. Consegui fazer várias perguntas, mas nunca deixei escapar que achava que meu pai ainda estava vivo. Comecei a me sentir pressionado com o programa de cinema chegando ao fim e minha iminente volta pra casa. Cheguei cedo a um dos almoços, e foi aí que ouvi uma conversa no telefone que me gelou. Eu estava esperando na sala de estar do meu tio, estudando as pilhas de livros científicos e os objetos estranhos nas prateleiras. Ele tinha vários esqueletos, potes de vidro com pequenas criaturas preservadas e outros restos não identificados em conserva. Seymour estava na outra sala pegando sua chave e carteira quando o telefone tocou. Entre seus artefatos, havia um telefone fixo. Ele deve ter pensado que eu não podia ouvi-lo.

"'Tentei mandá-lo pra casa, mas ele não está entendendo as indiretas', Seymour sussurrou com urgência. Ele disse à pessoa no outro lado da linha que era difícil se livrar de mim. Foi o que falou. Ele queria que eu fosse embora, o que me deixou mais determinado a descobrir tudo que ele estava escondendo. Eu estava cansado de não saber. Observei Seymour com cuidado e prestei atenção no modo como ele trancou a casa com uma senha e em como ligou e desligou o alarme. Entrei lá dois dias depois. Eu estava acostumado a explorar por aí, sabe? Quando você procura por coisas que não sabe exatamente o que são. Fucei e descobri uma caixa trancada que tinha a mesma senha do alarme, e nela havia uma pasta com documentos contendo todas as respostas que eu poderia precisar. Não teve mistério depois que vi a certidão de óbito. Havia até uma nota feita à mão discriminando quanto havia sido pago pela falsificação e quanto o tabelião havia cobrado pela assinatura. Não entendi por que meu tio tinha tudo aquilo guardado, talvez fosse pra usar como chantagem contra o irmão, vai saber. Mas seja lá qual fosse o motivo, ficou claro que John Underwood, meu pai, havia forjado a própria morte e se reinventado como um novo homem. Augustus Gravelle."

O holograma de Oliver faz uma pausa e suas palavras ficam no ar. *Esse nome* fica no ar. *Augustus Gravelle*. O guardião dos Similares. O homem que os criou na Ilha Castor.

— Tudo isso estava nessa caixa trancada. Não duvidei da veracidade de nada. Tudo fazia sentido. Os tutelados por Gravelle, os seis Similares que ele vinha cuidando desde o nascimento, foram criados usando a tecnologia de Seymour. Afinal, Underwood, quer dizer, *Gravelle*, e Seymour eram irmãos. Fui embora da cidade sem me despedir. Eu precisava ir pra casa pra que minha mãe não desconfiasse de nada, mas foi então que entendi o que tinha que ser feito. Viajar para a ilha particular do meu pai. Conversar com ele. Saber a verdade sobre ele e, finalmente, sobre mim. O resto, como dizem, é história.

O holograma pisca e desaparece.

— Volta — eu protesto fracamente, mas sei que não faz sentido. Isso foi tudo que Ollie gravou.

Acho que estou em choque. Eu me viro para Maude, que deve estar tão chocada quanto eu. *O guardião dela é o pai de Oliver?*

— Ele morreu poucas semanas depois de gravar isso — digo, com uma voz fria que nem parece minha. — O Oliver, no caso.

— Eu sei — Maude diz.

— Você acha que...

— Que ele foi vê-lo? Confrontar Gravelle? Como disse que estava planejando?

Faço que sim.

— Talvez.

— O que Gravelle fez com ele? — sussurro. — Será que o machucou? Ameaçou a ele ou a sua família? *O quê?*

— Não sei, Emma — Maude diz. — Não temos como saber...

— Me diz — falo, decidida. — Seu guardião é um bom homem? Ele é cruel?

— Não sei. Emma, você tem que entender que nunca tivemos intimidade. Ele nunca nos deixou conhecê-lo. É um homem distante. Aéreo. Ele é intimidador. Tem queimaduras no rosto...

Meu estômago embrulha.

— Queimaduras? Que tipo de queimaduras?

— *Houve*, sim, um acidente de carro quando ele era mais novo. Acabou com um incêndio. Ele mesmo disse isso.

Deve ter sido assim que fingiu a própria morte. Todo mundo deve ter deduzido que ele morreu queimado junto com o carro.

— Você sabia quem ele era? Ou suspeitava?

— Que ele e Underwood eram a mesma pessoa? Claro que não. Eu não fazia ideia até agora.

Estou tão desconcertada que mal consigo controlar meus sentimentos. Oliver, seu suicídio, seu bilhete, o holograma. O fato de que ele *sabia* que Gravelle era seu pai biológico.

— Ele deve ter se matado depois de conhecer Gravelle. O que significa que alguma coisa que o homem disse ou fez para ele deve ter sido tão traumático que o tirou do prumo. — Olho as minhas mãos. Elas estão tremendo. Estou enjoada e, ainda assim, aliviada por haver alguma pista para me ajudar a entender a morte de Oliver.

— Não sabemos, Emma — Maude diz, colocando seu Ameixa em volta do pulso. — Eu gostaria que soubéssemos, mas...

— A gente precisa contar a Levi — digo. — Ele precisa saber que seu guardião é o pai dele, que ele tem o DNA desse homem.

— Não.

— Como é? — Devo ter ouvido errado.

— Não é uma boa ideia — ela diz. — Isso só vai magoá-lo.

— Mas é a verdade — digo, irritada. — Ele não merece saber de onde vem o próprio DNA?

— Isso é discutível. Não é suficiente saber que Underwood era o pai dele?

— Então você quer esconder esse segredo enorme pra sempre? Deixar ele viver sem saber que Gravelle é sangue do sangue dele?

— Você não sabe como foi nossa infância — ela responde. — Você não pode fazer isso. Eu te ajudei, Emma. Por favor, confie em mim quando digo que isso não é o que Levi precisa agora. Vou contar a ele quando for o momento certo.

EXPERIMENTO

Durante a semana seguinte, passo o tempo repassando a mensagem do holograma na minha cabeça. Underwood não morreu. Ele se reinventou como Gravelle: o misterioso bilionário que se fez sozinho e foi parar nas manchetes quando os Similares chegaram à Darkwood. Penso no bilhete de Oliver. *Especialmente sobre ele.* Ele estava falando de Underwood, de Gravelle. Agora entendo. Além disso, o que isso quis dizer para Oliver e como tudo está ligado à morte dele ainda é um mistério que estou determinada a resolver.

Penso nas chaves e no que a administração (talvez até o próprio Ransom) tem escondido dos alunos da Darkwood. Eles rastreiam o paradeiro dos alunos há décadas. Têm nossas fichas médicas e nossos sinais vitais atuais. É uma enorme invasão de privacidade. E não param de recolher nossos dados quando nos formamos.

As aulas passam sem eu notar e não vejo a hora das férias de primavera chegarem. Já sei que meu pai não vai me dar atenção, então vou passar a semana no campus. Acredito que vá ser a oportunidade perfeita para voltar ao laboratório de pesquisa, entender a segurança do prédio e invadir para estudar os hologramas dos antigos membros dos Dez que conheciam Seymour e Underwood. Meu pai, o pai de Pru, Ezekiel Choate... todos. Encurralo Maude no refeitório depois do último dia da semana de provas.

— A gente precisa voltar à sala de hologramas — digo baixo enquanto a alcanço na fila para devolver as bandejas.

— Não dá, tem um segurança — Maude me lembra.

— A gente dá um jeito.

— Como? — ela pergunta enquanto saímos. Pode ser primavera, mas ainda está congelando na Darkwood. Enfio minhas mãos nos bolsos do casaco.

— O guarda viu Madison entrar naquele prédio dezenas de vezes...

— E ainda não sabemos por quê — Maude argumenta.

— Não. Mas se pudermos convencê-lo de que você é *ela* e que esqueceu a chave... Depois você podia me deixar entrar pela porta dos fundos. — Dou de ombros. — Vai que dá certo.

Maude suspira.

— E quando você quer fazer isso?

— Você vai ficar aqui nas férias, né? Você e seus amigos? Que tal quarta?

Maude assente.

— Mas por que quarta?

— Todo mundo já vai ter ido embora, ou vai estar entediado. Talvez o guarda nem esteja lá.

— Duvido muito — Maude diz, seca.

— Me encontra atrás do Cipreste. Quarta. Meia-noite. — Faço Maude prometer que não vai me dar o cano e volto para o meu dormitório.

OS SIMILARES 289

O campus da Darkwood está estranhamente quieto nestas férias. Nas refeições, apenas um punhado de alunos fica no refeitório. Na noite de quarta-feira, algumas horas depois do jantar, não consigo dormir, mas estou tão acostumada à minha amiga insônia que já nem noto mais. Encaro o lado de Pru no quarto, sentindo tanta saudade que chega a doer. Não tirei os lençóis da cama dela nem movi qualquer uma das suas coisas, isso seria um sacrilégio. Vez ou outra me pego tentando entender por que ela não me mandou um buzz. Parece errado que toda a informação que eu tenha venha de Jaeger. E, ainda assim, quero, *preciso*, acreditar que ela está bem.

Pru e Ollie não são os únicos de quem sinto saudades. Sendo bem sincera, sinto falta da companhia de Levi também. É estranho sentir falta de alguém que não está longe ou morto, mas simplesmente logo ali. É uma sensação nova, uma que eu definitivamente não aprecio. Como se houvesse um buraco dentro de mim, um espaço vazio que não consigo preencher.

Olho para o relógio. São 23h45. Hora de encontrar Maude.

Calço as botas, visto um casaco e saio para o pátio atrás do Cipreste. Dessa vez, olho para longe, para os jardins. É um lindo campus, no fim das contas.

— Não sei mais o que você quer encontrar — uma voz diz. Eu me viro e vejo Maude. Seus olhos brilham mesmo na escuridão.

— Quero puxar o holograma do meu pai. Jaeger Stanwick. Todos eles...

— Serão só dados inúteis. Não vai ter holograma nenhum. Você ouviu o que Oliver disse. O holograma de Underwood não era um holograma, apenas estatísticas aleatórias sobre a vida dele. Saber a pressão sanguínea de alguém vai te ajudar?

— Não, mas...

— Mas o quê?

— Não *sei* o que estou procurando. Só preciso ver se deixei passar algo. Preciso estudar o holograma de todos os pais. Aí, depois que eu tiver olhado as estatísticas dos membros dos Dez do ano do meu pai, quero olhar Underwood.

— Pra quê? — Maude pergunta, e dá para notar a frustração aumentando em sua voz. — Já sabemos que ele é o meu guardião. Já sabemos que ele forjou a própria morte, assumiu uma nova identidade e participou do processo que nos clonou dos originais...

— Mas por que ele fez isso? — Sei que pareço desesperada e triste. É porque estou mesmo. — Por que Underwood, quero dizer, Gravelle, faria isso? Por que ele clonaria Oliver e os outros? E o que ele fez com Ollie que o levou ao suicídio?

— Você não vai descobrir isso nos hologramas.

— Como você sabe? Vai que eu descubro. Só sei que tenho que tentar. Maude, preciso da sua ajuda. Fiz o que você pediu. Não contei para Levi o que a gente descobriu. — Solto um suspiro que me deixa vazia. — Por favor.

— Certo — ela cede. — O que você quer que eu faça?

— Vá até o prédio de pesquisa. Explique ao guarda que você está lá por ordens de Fleischer, mas que deixou a chave no quarto sem querer.

— Então é pra eu dar meu melhor em fingir ser a Madison Huxley? — Maude sugere.

— É. A Madison de verdade foi para o Texas três dias atrás. Nunca daria certo se ela estivesse no campus, porque ela poderia acabar visitando o prédio mesmo. Mas isso vai funcionar. Tem que funcionar.

Algo me ocorre. Uma nova possível falha no plano.

— Você consegue, né? Agir como ela? E seu sotaque?

— Mas que sotaque, garota? — Maude responde, e todos os traços do seu sotaque britânico somem quando ela encarna Madison. Fico momentaneamente surpresa. Ela é boa.

— Vou esperar cinco minutos e te seguir. Se eu estiver lá com você desde o início, vai parecer suspeito. Acho que sozinha você vai ter mais chance de entrar.

— E se o segurança me deixar entrar e você não estiver lá ainda? Você tem que ficar logo atrás de mim. Senão, não vou poder esperar.

— Vou estar lá — digo, decidida. — Mas se eu não estiver, puxe os hologramas. Leia os dados. Faça anotações. Memorize tudo. Faça o que for preciso. Pronta?

— Pronta pra fingir ser ela? Acho que sim. — Ela suspira.

— Te vejo lá. E, Maude...

— Sim?

— Obrigada.

Ela faz que sim antes de sumir na escuridão. Espero só alguns segundos antes de segui-la. Vou observar das árvores enquanto Maude fala com o segurança e depois me juntar a ela. Respiro fundo. Espero que tudo dê certo.

De repente, meu Ameixa toca. Tento silenciá-lo, mas aí vejo de quem é o buzz. É de Jaeger Stanwick. Aceito a ligação e o rosto dele aparece na pequena tela.

O cabelo grisalho do pai de Pru está comprido e desarrumado. Os olhos parecem vazios e exaustos.

Eu congelo.

— Jaeger — sussurro. — Pru está bem? O que houve? Qual o problema?

— Eu menti antes — ele diz, em voz baixa. — Quando disse que Pru estava se recuperando em casa. Ela *estava*, não era tudo mentira. Mas agora... eu não podia correr o risco de ter você fazendo perguntas antes. Foi por isso que escrevi aquele bilhete, para tentar te fazer entender. Não podíamos compartilhar nossos planos com você, ainda não...

— Que planos? — pergunto, tão frustrada que quero gritar. — Pru está bem? O que você está escondendo?

— A mãe de Pru e eu fazemos parte de uma organização clandestina chamada A Pedreira — Jaeger diz. — É um grupo pró-clone que foi fundado quase uma década atrás para lutar pelos direitos dos clones. O sr. Park também é membro, assim como um punhado de outros políticos e ativistas. A quantidade de membros da Pedreira cresceu exponencialmente nos últimos tempos.

Absorvo a informação, tentando compreender. Os pais de Pru estão em uma organização clandestina? Eu não fazia ideia.

— O que isso tem a ver com o ataque a Pru?

Jaeger suspira.

— Meu medo é de que a pessoa que a atacou tenha feito isso porque queria atingir a mim ou à Pedreira.

Minha mente está voando com essa informação nova, mas só consigo pensar em Pru.

— Então o ataque não teve nada a ver com os Similares? Onde ela está? Posso falar com...

— Augustus Gravelle segue uma ideologia que não é totalmente diferente da Pedreira. É paralela ao que acreditamos, que clones deveriam ser tratados de forma igual e justa. Só que os pensamentos dele são mais focados em dominação do que em direitos dos clones. Mas isso não é importante agora. Quando Prudence se recuperou do ataque, ela insistiu em se juntar à Pedreira. Foi prematuro, na minha opinião. Sempre planejei que ela terminasse os estudos primeiro. Mas tenho andado tão preocupado. A mãe dela, você sabe... — A voz de Jaeger enfraquece. — Prudence fez contato com Gravelle e viajou para a ilha dele uma semana atrás para tentar formar uma aliança. Ela e eu perdemos contato alguns dias depois, e estou com medo de que... ela possa estar em perigo.

Sinto minha garganta se fechando. *Pru na Ilha Castor? Conhecendo o guardião dos Similares?*

— E o que podemos fazer? — pergunto, bem consciente de que Pru está em perigo e de que eu deveria estar encontrando Maude neste minuto no prédio de pesquisa.

— Eu iria atrás dela, só que a mãe de Prudence... está morrendo, Emmaline. Tenho medo de que ela não tenha mais muito tempo. Dias, talvez semanas. Preciso da sua ajuda.

— Ai, Deus. Agora não posso... tenho que ir — respondo, gaguejando e olhando mais uma vez para o rosto sofrido de Jaeger antes de desligar meu Ameixa e correr. Estou soterrada por um milhão de perguntas, mas preciso focar. É madrugada. Não tenho como ajudar Pru neste exato momento, mas a informação na sala dos hologramas talvez seja um passo nessa direção.

Estou sem fôlego quando alcanço o prédio de pesquisa. Chego o mais perto que posso da porta, onde vejo duas figuras. Uma é um homem alto e forte — o segurança. A outra é pequena. É Maude, sei pelo contorno do casaco. Ela está falando com ele. Solto um suspiro de alívio. Não perdi a oportunidade. Eu me aproximo.

— Sei que é pedir muito — Maude diz um pouco alto demais, provavelmente para eu ouvir. A voz dela é suave como seda, com um leve toque sulista. Seu sotaque britânico sumiu totalmente. — Mas é tarde. A vice-diretora Fleischer queria que eu checasse exatamente à meia-noite. Se eu voltar pra pegar minha chave...

Não consigo ouvir o que o segurança diz, mas a próxima coisa que vejo é a porta se abrindo. Ela conseguiu entrar. Com o coração acelerado, corro na direção deles.

— Espera! — digo, sem fôlego, mas Maude não se vira. A porta fecha com um baque quando alcanço o guarda. — Desculpa! — falo, ofegante. — Estou com ela.

O guarda para na frente da porta com os braços cruzados.

— Quem é você?

— Emmaline Chance — digo, rápido. — Estou ajudando Madison com... — Baixo a voz, pensando rápido. — Bom, é confidencial, sabe? A gente recebeu ordens da vice-diretora Fleischer pra não deixar nenhum detalhe vazar. Mas é importante. Com certeza você sabe do que estou falando, né?

— Claro que sei — o guarda diz, embora eu tenha a distinta sensação de que ele não sabe de nada e só não quer admitir.

— Madison esqueceu a chave dela — digo, tendo uma ideia. — Eu a peguei antes de sair do nosso quarto. Aqui. Olha. — Puxo minha chave do colar junto com a de Oliver. — Viu? Vesti a dela antes de sair. Não queria perdê-la no escuro. Sou meio distraída. — *Será que vai funcionar? Será que ele vai me deixar entrar?* — Eu abriria a porta eu mesma, mas só Maddie tem esses privilégios, e você sabe que não posso usar a chave dela. DNA errado. — Dou um sorriso.

O guarda não se move.

— Por favor — imploro. — Meu pai vai me matar se eu tiver problemas com a vice-diretora Fleischer. Você sabe como ela é assustadora.

Ele me olha por um momento e então dá de ombros.

— Vá em frente. — Ele usa a própria chave para abrir a porta para mim.

— Muito obrigada — digo, correndo para dentro. — Fico te devendo uma!

Corro para os elevadores quando ouço uma porta se fechando no fim do corredor. Aconteceu tão rápido que não vi quem foi. Meu coração acelera. Tem mais alguém neste prédio a essa hora? Alguém além de mim e Maude? Ou será que *foi* Maude? E, se sim, o que ela está fazendo no primeiro andar?

Ando rápido pelo corredor. Preciso saber se foi Maude. Se foi outra pessoa, Fleischer, por exemplo, quero saber, para não ser emboscada.

Essa porta é sólida, não tem janela para que eu possa ver quem, ou o que, está dentro. Eu me preparo e escuto através da porta por alguns minutos. Nada. Tento a maçaneta. Ela abre fácil. Com o sangue pulsando com tudo nas minhas veias, eu a abro rapidamente, ciente de que estou quebrando umas mil regras.

A sala é grande, não muito diferente da sala dos hologramas, e a luz é fraca. O espaço está basicamente vazio, exceto por equipamento médico e cinco cadeiras em fila.

As cadeiras são robustas como poltronas, embora não pareçam confortáveis. Há uma figura em cada cadeira, e cada pessoa está ligada a uma série de fios e tubos intravenosos. Na mesma hora, lembro de quando Pru e eu visitamos a mãe dela durante uma das sessões de quimioterapia. É isso que este lugar é? Um centro de tratamento?

Entro para olhar melhor. Meus olhos se focam. E meu coração para.

As pessoas nas cadeiras são alunos. E não quaisquer alunos. Os Similares.

Estou chocada. O que eles estão fazendo aqui? O que *Maude* está fazendo aqui? Por que ela está aqui e não na sala dos hologramas, como planejamos?

Meu olhar vai de rosto em rosto. Levi não está aqui.

Quanto mais encaro, mais percebo que não se trata do que estão fazendo. E sim do que foi *feito com eles.*

Cada Similar está quieto e de olhos fechados. Quando olho com mais cuidado, vejo o sangue correndo através de tubos para bolsas em máquinas e monitores. Uma substância leve e avermelhada corre para eles por outra série de tubos.

— Maude? — pergunto, hesitante, enquanto me aproximo da cadeira dela. — Você está acordada? Está me ouvindo? O que rolou?

Ela não responde. Sinto o medo correndo por meu corpo.

— Maude! — chamo, gritando agora. — Theodora. Pippa?! — digo, encarando os Similares. Ninguém responde. Eles não me escutam.

Em pânico, corro de volta para a porta. Meu instinto é soltá-los. Começar a puxar esses acessos, agulhas e tubos. Mas e se eu machucá-los? E se puxar um tubo for perigoso, ou até mesmo mortal?

— Que bom que você decidiu se juntar a nós. — Eu me viro. Meu coração está martelando nos meus ouvidos como um tambor. É Fleischer em um jaleco branco. Ela está parada em frente à porta, a meio metro de mim.

— Vice-diretora Fleischer — digo. — Você precisa ajudar! O que está acontecendo? Por que os Similares estão...? O que é... o que é isso?

— Nada que seja da sua conta.

— É seguro? Eles estão feridos? Pra que são os tubos? Esse tratamento é pra quê? Eles estão inconscientes?

Ela responde calmamente.

— Pra falar a verdade, estão. Um dos tubos está levando um sonífero intravenoso. Você não tem com o que se preocupar, Emmaline. Eles não sentem nada.

— Mas você *sabe* sobre este lugar — digo.

— Claro que sei. — Ela sorri. A expressão no rosto dela faz um arrepio correr pela minha espinha. — Vá embora e não informarei ao diretor Ransom que você quebrou o toque de recolher de novo.

— Não estou nem aí para o toque de recolher. O que você está *fazendo* com eles?

— Não vou repetir, Emmaline. Vá. — Não sei o que na voz dela me faz ter medo de que ela vá me machucar.

É quando percebo. Maude teve minutos para chegar nesta sala antes de eu entrar no prédio. E, pelo que parece, ela sabia exatamente aonde estava indo, o que estava fazendo. Ela disse que me deixaria entrar no prédio, mas não deixou. Ela fechou a porta antes que eu entrasse. Ela me enganou.

Mas por quê? Para vir aqui ser ligada em máquinas? Não faz sentido. A menos que ela quisesse que eu visse o que estava acontecendo aqui. Visse a verdade.

— É disso que Madison, Jake e Tessa estavam falando — digo, quando um pensamento me ocorre. — O exame de sangue. Os compromissos que tinham com você... — Meus pensamentos saem antes que eu possa impedi-los. — As propriedades especiais dos Similares. Você sabe delas, não sabe? Os sinais vitais únicos dos Similares e o que eles significam. Vocês os estão monitorando. Com as chaves.

— É meu terceiro aviso, Emmaline. Minha paciência está acabando.

Eu mal a escuto. Ando em volta das cadeiras, estudando os rostos imóveis dos Similares. Eles aceitaram isso? Ou são participantes involuntários? Será que Maude me enganou para que eu descobrisse?

— Você está fazendo uma pesquisa — digo, minha voz soando sem fôlego enquanto pego uma bolsa do que parece ser o sangue de Theodora. Normalmente não sou fresca, mas preciso controlar a vontade de vomitar. — Uma pesquisa que os Huxley estão financiando. Uma pesquisa pra descobrir como os corpos deles funcionam. É por isso que o diretor Ransom os convidou para Darkwood, não é? — É uma epifania. — Ransom aceitou os Similares para transformá-los no seu projeto de ciências particular?

— Você é uma menina muito criativa — Fleischer diz, sua voz soando assustadoramente controlada. — Que deveria voltar para o quarto, ir para a cama e esquecer do que viu.

Medo corre por mim quando começo a compreender o que descobri e o que Fleischer pode ser capaz de fazer para evitar que eu conte a alguém.

Minha mente se revira. Preciso me proteger.

— Quer saber o que eu acho? Os Similares são perigosos. Levi Gravelle atacou minha melhor amiga. Estou cem por cento te apoiando se você puder descobrir o que os torna tão... inumanos.

Fleischer me estuda por um segundo. Sei que ela está tentando decidir se deve acreditar em mim ou não.

— Cama, Emmaline. Agora.

Faço que sim e não arrisco dizer mais nenhuma palavra enquanto saio correndo, passando pelo corredor e elevadores, até chegar na noite fria lá fora.

O guarda me observa fugir e oferece um fraco boa-noite que não respondo enquanto corro de volta pela trilha.

Fleischer está pesquisando os Similares. Fleischer sabe sobre as propriedades especiais deles.

Tenho certeza de mais uma coisa: isso tudo é ideia de Ransom. Ele estava planejando essa pesquisa desde que os Similares chegaram. Desde antes. Isso tudo fazia parte de um plano maior. Tenho certeza.

Quando dou por mim, estou parada no topo da escada de incêndio, do lado de fora do quarto de Levi, sendo tocada pelo vento. Bato na janela, como fiz na noite em que reviramos o quarto de Oliver. E, como daquela vez, ele abre e estende a mão. Eu a pego e sinto o calor dele correndo por mim quando noto que, de novo, ele está sem camisa.

Estamos sozinhos. Afinal de contas, Jago não está aqui. Ele está naquela sala no prédio de pesquisa com os outros.

— Emma? — Levi pergunta. Aperto sua mão. Ele não solta. Não quero que solte.

Conto tudo a ele.

CONFISSÕES

Conto o que vi: seus amigos feitos de reféns por Fleischer. Conto sobre o holograma de Oliver, deixando de fora a parte que Underwood e Gravelle são a mesma pessoa. Quando o momento for propício, contarei isso também. Além disso, falo sobre Pru, como ela foi para a Ilha Castor e possivelmente foi presa lá por Gravelle. Ela é minha companheira de quarto e uma das únicas pessoas no mundo pelas quais eu faria qualquer coisa, e preciso ajudá-la.

Levi veste uma camiseta e anda de um lado para o outro. Eu queria que pudéssemos nos abraçar, apoiar um ao outro, mas me lembro de Theodora. Ele está com ela, não comigo. *Deixa isso pra lá, Emmaline. Presta atenção.*

— Maude e eu descobrimos algo quando vimos os hologramas — digo. — As chaves têm rastreamento GPS há muito tempo, as velhas chaves também gravavam sinais vitais, tipo nosso batimento cardíaco em repouso. Dados que, se fossem olhados com atenção, revelariam seus atributos especiais. Acho que Ransom sabe. Acho que ele está se aproveitando dos Similares com ajuda dos Huxley. Acho que ele está fazendo uma pesquisa, provavelmente em uma busca doentia por melhora ou imortalidade... Levi? Você está me ouvindo?

Levi faz que sim.

— Eu sabia que os outros estavam indo a algum lugar. Notei Jago escapulir algumas noites e então comecei a somar dois mais dois. Mas por que Ransom não quer me estudar?

— Eu sei por quê — digo, com cuidado. — Só cinco Similares estão sendo estudados porque os originais deles ainda estão vivos.

— E o meu está morto — Levi diz.

— É. Talvez eu esteja errada, mas acho que não. Ransom queria os Similares, todos vocês, aqui na Darkwood pra estudá-los. Pra comparar vocês aos originais. Ele está tirando amostras de sangue, ou plasma, ou *alguma coisa* com todos aqueles tubos e agulhas e fazendo exames. Madison, Tessa e Jake andaram tirando sangue. Provavelmente pra Fleischer ter uma base de comparação. Aposto que pediram o sangue de Archer também. E Pru, bom, não sei. Ela nunca concordaria com isso, mas talvez Ransom tenha conseguido o sangue dela de outra forma, sem seu consentimento, antes do acidente.

— Então não sou útil, né? — Levi diz.

— Obviamente Ransom ainda te queria aqui na Darkwood. Ele não podia convidar seus amigos e te deixar de fora...

Há um longo momento em que nós dois processamos a gravidade disso.

—A gente tem que contar pra alguém — digo, rápido. — Isso é errado. O que ele está fazendo é criminoso.

— Não se eles concordaram — Levi me lembra. — Não vamos poder perguntar a eles até amanhã, mas eu não ficaria surpreso se eles tivessem aberto mão dos seus direitos.

— Por que fariam isso? — Não faz sentido, nenhum sentido.

— Eles precisam jogar o jogo de Ransom se querem ficar aqui — Levi diz. — E precisam ficar aqui pra completarem as tarefas, lembra?

— Tarefas que podem ferir a família de seus originais — digo.

— Isso depende do ponto de vista — Levi diz. — É errado que os meus amigos queiram reivindicar seus lugares de direito em suas famílias genéticas? Foi errado Maude ter desafiado os Huxley? Ou que Theodora tenha exposto um criminoso?

Fico tensa ao ouvir o nome dela.

— Ah, mas é claro que você vai defender ela — eu me pego dizendo, agressiva demais. — Ela é sua... sei lá.

— Não estou com Theodora.

— Como é? Está, sim, eu vi vocês dois...

— Você viu uma ilusão.

Eu o estudo, encarando seus olhos cinzentos. Senti saudade desses olhos. Primeiro dos de Oliver, depois dos dele.

— Não entendi, mas tenho certeza de que você não vai explicar, então...

— Pedi a ela pra fingir — Levi fala. Não sei dizer se na voz dele há dor ou tristeza, mas me agarro a cada palavra. — Pedi a ela pra fazer você pensar que estávamos namorando porque eu sabia que nós dois juntos... não seria bom pra você. Ou pra mim. Fazer o que fizemos.

— Você quer dizer nosso beijo?

— O beijo e tudo mais. — Levi suspira. — Theodora e eu nunca fomos mais do que bons amigos. Somos como uma família, não o que você pensa. O que eu te *fiz* pensar.

Estou confusa. Minha garganta está seca.

— Então por quê...?

— Queria que você pensasse que eu e a Thea tínhamos alguma coisa, porque achei que seria melhor pra todo mundo naquele momento. Você se lembra de quando me viu pela primeira vez? — Levi pergunta, a urgência deixando sua voz densa.

— O dia em que eu praticamente te ataquei? Sim, essa lembrança não me é estranha.

— Foi o dia em que me apaixonei por você.

Sinto minha respiração acelerar. *O dia que ele o quê?*

— Eu sabia que nunca daria certo. Você é, afinal, a única garota no universo que nunca vai conseguir me dissociar da memória do seu melhor amigo morto, que você também amava. Não é?

— Eu não... — gaguejo, sem sequer conseguir completar meu pensamento antes de ele me interromper.

— Por que você me beijou naquele dia? Por que você fica me olhando do outro lado do refeitório? Por que você quer saber tudo que há pra saber sobre mim e meus amigos? É porque sou exótico pra você? Ou porque me pareço com *ele*? E se nós um dia fôssemos, bom... um *nós*... — Há uma intensidade nos olhos dele que nunca vi antes. — Como eu poderia ter certeza de que você me amaria pelas razões certas?

Nem penso duas vezes. Responder a essa pergunta é tão fácil quanto dizer meu nome.

— Porque quando olho para você, não vejo ele. Não mais. Vejo alguém que carregou Pru até o resgate. Vejo alguém que é culto, atlético e que não faz ideia do quanto é fascinante, brilhante e, às vezes, irritante. Mas também gentil. Não vejo Oliver. Vejo isso. Vejo você.

— Belo discurso — Levi sussurra.

— É a verdade. — Eu expiro. — Mas...

— O quê? — ele pergunta, pegando minha mão com gentileza.

— Você mentiu pra mim. Sobre a Theodora.

— Desculpa — ele diz, seu rosto fechando. — Foi um erro do qual me arrependo e espero que você possa me perdoar. Não há uma boa explicação pra isso, exceto que eu achei que seria melhor pra mim e pra você se a gente ficasse longe um do outro. Honrei o que você me pediu da primeira vez que me viu. Fiquei longe de você. Te deixei viver sua vida.

— Mas já não é mais isso o que eu quero — digo, baixinho.

— Nem eu. — Ele me puxa para os seus braços e aperta os lábios contra os meus. Desta vez, nosso beijo é sem amarras e me vira do avesso.

Quando o beijo termina, eu olho nos olhos dele. Preciso contar. Se eu não disser agora, vou perder a coragem.

— Maude te contou? — pergunto.

— Contou o quê?

— Sobre Underwood. Sobre o seu pai.

— Não tenho um pai.

— Seu pai de DNA, que seja. Ele é... — Tenho que contar. — Ele é Gravelle.

As palavras ficam suspensas no ar entre nós. Assim que as digo, eu me arrependo. Será que algo voltará a ser como antes? Será que poderia voltar a ser como antes?

— Underwood forjou a própria morte. O acidente de carro não o matou. Oliver me deixou uma mensagem no seu holograma... Ele descobriu tudo, e queria que eu soubesse. Eu precisava te contar — digo, com convicção. — Maude não queria que eu contasse. Ela vai ficar brava comigo, furiosa até. Mas não posso esconder. Não mais.

Levi fica quieto por um momento.

— Levi? Por favor. Diga alguma coisa.

— Eu suspeitava já faz um tempo. — Eu noto que ele está tentando esconder a dor de mim. Mas não consegue, não totalmente.

— Suspeitava?

Ele faz que sim.

— Neguei pra mim mesmo por anos por causa do que significaria. Ter os genes de Gravelle... significaria que sou o pior de nós. Aquele que é ligado por sangue ao nosso guardião. Aquele que compartilha um laço inescapável com o homem que nos manteve isolados por tantos anos. Eu não queria acreditar. Mas acho que sempre soube.

Ele sabe. Sempre soube. Não arruinei a vida dele com essa notícia.

— Quando Oliver me deixou aquele bilhete — explico —, fiquei tão desesperada pra entender a mensagem que não me ocorreu que ela te afetaria também. Desculpa, Levi. Eu não queria deixar sua vida mais complicada. Não que tenha acontecido pela primeira vez — acrescento. — Tenho esse hábito de estragar a vida das pessoas.

Levi me estuda. Estou certa de que ele consegue ver além dessa casca endurecida que me contém, de que consegue ver a garota aqui dentro, a que já era triste e solitária muito antes de Oliver morrer. Ele se afasta de mim, incomodado.

— Por que você diria algo assim?

— Porque é verdade, né? — Dou de ombros. — Minha mãe morreu por culpa minha. Eu estava doente. Tinha leucemia. Meus pais acharam que eu ia morrer, os médicos tinham certeza. Por um ano, meus pais viveram no inferno. Fiz quimioterapia e tomei remédios que me deixavam tão fraca que eu não conseguia manter meus olhos abertos. Quando estava à beira da morte, minha mãe não aguentou mais. Ela não conseguia conceber a ideia de me perder. Tinha desejado tanto um filho. Foram anos de tratamento. Ela me amava tanto que, no fim, não aguentou me ver morrer. — Eu paro. Nunca contei isso a ninguém, exceto Oliver. — Minha mãe teve uma overdose de remédio. E então, semanas depois da morte dela, o milagre aconteceu — digo com amargura. — Meu pai encontrou um tratamento experimental na Suécia. Nanorobôs. Ele me levou até lá contra todas as recomendações. E, embora os médicos tenham achado que o tratamento não fosse funcionar, funcionou. Eu sobrevivi. Só que minha mãe já havia partido. Durante toda minha vida eu estive ciente da ironia da minha existência. Eu não deveria ter sobrevivido, *ela* deveria. É por isso que meu pai não é capaz de me olhar nos olhos. Eu a tirei dele. É isso. A triste história da minha vida. Todo mundo à minha volta, e quero dizer todo mundo mesmo, vai embora, ou morre, ou é atacado em uma casa de barcos. Se eu fosse você, tomaria cuidado.

Levi não responde. Ele suavemente toca o meio das minhas costas e me puxa para ele. Quando nossos corpos se unem, aperto meus lábios contra os dele com um desejo que só se equipara ao desejo dele. E, embora tenha tanta coisa me assustando — a segurança de Prudence, o que os amigos de Levi estão passando nas mãos de Ransom, a verdade por trás da morte de Oliver —, me perco nos braços de Levi e, por alguns momentos, me permito esquecer.

***

Me recuperando dos eventos do dia, deito na cama. Ficamos sentados no chão, Levi e eu, e tracei seus braços nus com meus dedos bem no ponto onde aquela ferida se fechou em velocidade máxima depois do mergulho no Lago Dark. Tocar a pele dele dessa forma é como sentir eletricidade correndo pelas minhas veias. Eu me sinto carregada, ligada, como se cada extremidade nervosa do meu dedo tivesse sido cutucada e acordada. Também me senti aterrorizada.

O que estávamos fazendo? O que estávamos pensando? Nunca beijei um garoto dessa forma antes. Nunca tive vontade. E esse garoto que eu odiava com cada fibra do meu ser é agora o único que eu quero beijar. A gente podia ter ficado acordados a noite toda, todas as noites, conversando, e não seria o suficiente. Nunca estaríamos próximos o suficiente.

Chegamos a pensar na ideia de eu ficar no quarto dele. Mas, no fim, acabei indo para o Cipreste. Fui contra todos os impulsos, mas eu sabia que era a coisa certa a fazer. E se Jago voltasse e me visse lá? E se…?

Não me permiti pensar nisso.

— Dash — sussurro enquanto me enfio embaixo das cobertas, ainda vestida com meus jeans e moletom.

— Sim, Emmaline? Tem alguma coisa com que eu possa ajudar?

— Ah, você sabe. — Minha voz está tremendo. — Tudo.

Sei que Dash não pode sorrir, mas eu sinto o conforto da presença dele mesmo assim.

— Boa noite, Emmaline. — São as últimas palavras que ouço antes de pegar no sono.

No dia seguinte, Levi e eu nos encontramos no café da manhã. Examino o refeitório em busca dos Similares. Eles não estão aqui.

— Você viu os outros? Jago voltou na noite passada?

— Voltou, mas ainda estava dormindo quando acordei. Vou falar com eles — Levi promete. — Sobre Ransom e a pesquisa. Vou descobrir o que eles não me contaram...

— Provavelmente pra te proteger — digo.

— Ou pra garantir que eu não tentaria impedi-los — ele sugere. Faço que sim, compreendendo. Ficamos um ao lado do outro, mas não nos tocamos. A proximidade que compartilhamos noite passada não cabe neste momento, embora tenha certeza de que ele está pensando nisso tanto quanto eu.

Ou talvez ele não esteja. Talvez não tenha sonhado comigo noite passada da mesma forma como eu sonhei com ele. Pensar nisso me traz de volta. Percebo que Levi não foi criado como eu e não havia frequentado o ensino médio até este ano. Sua declaração de... o que quer que tenha sido, pode não significar para ele a mesma coisa que significa para mim.

— Levi — digo. — Não dormi muito bem noite passada depois que... — Meu rosto fica vermelho.

— Nem eu — ele diz, me olhando bem nos olhos.

Eu poderia me perder nesses olhos cinzentos para sempre... Eu me forço a ter foco.

— Eu não conseguia parar de pensar na situação da Prudence. E no pai dela. A mãe de Pru está doente. *Muito* doente. Ela provavelmente vai morrer logo e... — Eu paro, me forçando a não chorar. — Preciso ir até Pru. Encontrá-la. Trazê-la pra casa.

— Emma, sei o quanto você se importa com ela, mas o que você acha que vai fazer? Você não sabe nada sobre a Ilha Castor. Como vai sequer chegar lá?

— É aí que você entra — digo, baixinho. — Você tem que me contar tudo que preciso saber. Onde o lugar fica, como encontrá-la, como tirar Pru de lá.

— Não — Levi diz. — De jeito nenhum.

— Oi? — digo, indignada.

— É perigoso demais. Você não sabe como aquele lugar é — Levi diz. — Como *ele* é.

— Qual a pior coisa que poderia acontecer? — Meus olhos estão brilhando com lágrimas agora. — Seria tão ruim assim encontrar meu amigo do outro lado da morte pra tentar salvar minha amiga? — Olho nos olhos de Levi e vejo compreensão em seu rosto. Ele entende o quanto estou falando sério. Que não vou, não posso, ser convencida a ficar parada sem fazer nada. — É de Pru que estamos falando, Levi, não tenho escolha.

— Então vou com você — ele diz. — A ilha fica escondida e Gravelle é perigoso. Se você quer ter alguma chance... Você precisa de mim. Posso nos colocar para dentro. Mas vamos precisar estar preparados.

— Certo — eu cedo. — Você tem duas semanas.

A JORNADA

Levi está certo. Eu preciso mesmo dele. De jeito nenhum conseguiria chegar à Ilha Castor sozinha. Foi ridículo da minha parte pensar que poderia. Ainda assim, fico preocupada de estar colocando-o em perigo ao pedir a ele para voltar para casa. Sinto a injustiça da situação em cada átomo do meu ser. Eu tenho o privilégio, a liberdade, de sair da Darkwood, do estado, do país sem ter medo de levantar suspeitas, já Levi, como um Similar, não tem essa segurança. E, ainda assim, ele está determinado a ir comigo.

Gravelle é perturbado, um lunático que ficou insano sozinho, Levi me lembra. E embora eu me sinta mal de pensar em colocar Levi em mais perigo com seu guardião, parte de mim está feliz que faremos essa jornada juntos. Se estou partindo em uma missão camicase, quero estar com ele.

Planejamos tudo com cuidado. Iremos daqui a duas semanas, depois da próxima prova de ciências. Nossos professores saberiam que algo está errado se não estivéssemos aqui para as preparatórias e sessões de estudo. Perder algumas aulas depois vai ser menos perceptível, e precisamos de alguma vantagem. Não queremos que os professores fiquem sabendo rápido demais.

Levi me avisa que todo mundo que entra na ilha sem a permissão de Gravelle enfrenta consequências. Estou nervosa, mas nada vai me deter. Oliver foi à Ilha Castor e Prudence está lá agora. Ela precisa de nós. Mando um buzz para Jaeger, deixando uma mensagem para que ele me avise se souber de Prudence. Não conto que estou planejando ir atrás dela. Ele já deve saber.

Dash encontra os horários dos ônibus que saem da cidade de manhã cedo. Levi e eu planejamos andar os cinco quilômetros até a rodoviária e então pegar o ônibus menos suspeito para Bar Harbor, de onde pegaremos a balsa. Ninguém além de Maude vai saber o que estamos planejando. Daremos nossas chaves a ela, na esperança de estarmos bem longe quando a escola, ou quem quer que seja, perceber que saímos do campus da Darkwood.

Levi e eu planejamos rotas e estratégias, antecipando o que Gravelle pode dizer ou fazer conosco quando chegarmos à ilha. Não mencionamos o beijo em nenhum momento. É como se nenhum de nós quisesse encarar o que dissemos, o que fizemos, por medo que a lembrança desapareça.

Enquanto planejamos, Levi confronta seus amigos. Eles confirmam o que eu suspeitava — que Ransom está por trás da pesquisa. Eles concordaram em jogar o jogo dele porque sentiram que não tinham outra escolha.

— A gente tem que fazer alguma coisa. Não podemos deixar que Ransom trate eles como ratos de laboratório. Como *cobaias* — digo a Levi. É fim de tarde e a paisagem de abril está começando a florescer. Estamos ao lado do Lago Dark, observando sua superfície espelhada.

— Ransom não está bem. Maude diz que ele tem diversas doenças autoimunes. Ele está contando com essa pesquisa pra lhe dar longevidade. Uma garantia de que não vá morrer antes da hora.

— Ainda não consegui entender por que eles concordaram com isso. Por que Maude mentiu pra mim...

— Ela não mentiu. Ela escondeu a verdade pra te proteger, Emmaline. Qual foi a vantagem em descobrir essas coisas?

— Eu posso ajudar — insisto, acalorada. — Posso detê-lo...

— E Gravelle também? Já é ruim o suficiente você querer viajar para a Ilha Castor. Não me venha querer brigar com Ransom. Deixe isso para os meus amigos. Quando for a hora certa, eles vão expô-lo. Maude jurou que, desde que assinaram uma autorização pros exames, eles vêm planejando derrubar Ransom. Quando a hora certa chegar.

Embora eu não goste de ficar quieta, fico, mas só porque não sei que bem viria de confrontar Ransom agora. Levi e eu estamos focados em um plano maior: Gravelle.

É uma feia manhã de quinta-feira quando pego minha pequena mochila e passo as alças pelos meus ombros. Encontro Levi do lado de fora do Cipreste. Deixei um bilhete vago para Pippa dizendo a ela para não se preocupar conosco. Levi e eu falamos pouco durante a caminhada até o extremo do campus e depois até a rodoviária nos limites da cidade.

Até parece que somos dois adolescentes normais fazendo uma viagem qualquer, embarcando e procurando nossos lugares assim, num ônibus autodirigível. Só que não estamos apreciando a vista do interior de Vermont que passa por nossas janelas; temos trabalho a fazer. Levi puxa um tablet e começa a rabiscar um mapa da ilha, e faz o melhor que pode de cabeça. Usando um app que permite configurar corredores, portas e janelas, ele forma um esquema sofisticado e me guia por ali. Não preciso me inclinar muito para ver, apertados como estamos em nossas poltronas estreitas.

— A ilha fica a muitos quilômetros da costa, não dá pra vê-la do continente. É completamente artificial e ecologicamente correta, não interfere negativamente na vida marinha e toda sua fundação é feita de materiais reciclados ancorados na areia. O complexo em que vivíamos é feito quase todo de vidro e aço. Tudo que acontece ali é vigiado, planejado. Cada entrega e cada visita é feita por barco ou helicóptero. Os funcionários não podem ter nenhum aparelho e não seria interessante para eles contar para alguém o que sabem. Eles são desesperados para agradá-lo. Gravelle paga bem pelo silêncio deles.

— Qual o tamanho do lugar? — eu pergunto.

— Da estrutura em si? Grande, mas não sei a metragem. Conheço a planta do lugar como a palma da minha mão, cada corredor e passagem, até as restritas. Mas é difícil ter uma noção de escala quando você está do lado de *dentro*. A única forma que consigo pensar pra descrevê-lo fielmente é dizer que ele está flutuando, o que é verdade, de certa forma, já que toda a ilha é como um monstro marinho emergindo das ondas. Mas não sei se uma estrutura tão enorme de vidro já foi feita assim antes. Gravelle pagou o arquiteto que desenhou o complexo para manter todo o projeto em segredo, como uma iniciativa da CIA.

— É por isso que não há fotos de lá.

Levi assente.

— Então, se é tudo de vidro, isso quer dizer que vocês não tinham nenhuma privacidade?

— É vidro só por fora. Uma vez dentro, a menos que esteja em uma das câmaras externas, você pode se perder completamente na escuridão. Nossas aulas aconteciam em salas sem janelas durante horas a fio. Às vezes, eu não sabia se era meia-noite ou meio-dia, de manhã ou de noite, ou sei lá.

— Ele mantinha vocês como prisioneiros?

— Nós tínhamos tempo do lado de fora. Mas é uma ilha, aonde a gente iria?

Levi pausa por um segundo, olhando seu tablet. Ele dá um zoom em um corredor.

— Nós dividíamos quartos, e meu parceiro sempre foi o Jago. Nossos quartos no complexo não eram muito diferentes dos da Darkwood, mas tinham todo tipo de avanço tecnológico, enquanto os dormitórios da Darkwood são, como podemos dizer...

— Primitivos? — ofereço.

Levi faz que sim.

— Nossos quartos tinham telas *touch* que controlavam tudo, das luzes ao banheiro. Eu nunca conheci nada diferente. Agora vejo que era um pouco como viver num navio ou numa estação espacial.

Levi destaca uma seção do seu desenho.

— Aqui é onde ficam todas as salas de aula: uma sala de artes, uma sala pra lutas marciais, um estúdio de dança, um teatro e um laboratório de ciências.

Ele segue para outro bloco de quartos.

— E essa área aí? — pergunto.

— São os quartos do Gravelle. Estritamente proibidos. Código roxo era como nós os chamávamos. Nenhum de nós nunca viu como era dentro de onde Gravelle vivia e trabalhava. Quartos de código amarelo, como a biblioteca, por exemplo, que era toda de vidro, incluindo o teto, estavam sempre abertos para nós. Era meu cômodo favorito — ele acrescenta, destacando-a com amarelo na planta. Levi mexe nas configurações e de repente todo o desenho muda de perspectiva, para uma visão 3D. Mesmo sendo um rascunho, é lindo. — Havia todos os livros que você possa imaginar entre essas paredes. O teto tinha seis metros de altura. Se você quisesse ler um livro bem no topo, podia pedi-lo e todo o cômodo se movia como uma linha de montagem para trazer o livro pra você.

— Por que não foram todos digitalizados?

Levi dá de ombros.

— Gravelle valoriza livros físicos.

Passamos o resto da viagem de ônibus planejando o próximo passo de nossa jornada. Adormeço com a cabeça no ombro de Levi. Sonho com o complexo, com os intrincados labirintos de corredores e com Gravelle, se impondo sobre nós com seu rosto deformado e feio. Quando acordo, estamos em Bar Harbor.

A viagem de ônibus tomou a maior parte do dia, o que, para falar a verdade, foi bem mais do que esperávamos. Está escurecendo. Vamos precisar passar a noite em algum lugar. Encontro um hotel comum na cidade e pago pelo quarto em dinheiro. O cômodo tem só uma cama tamanho queen que ocupa quase todo o espaço. De jantar, comemos besteiras da máquina no corredor: chocolates e batatinhas.

— Posso contar um segredo? — pergunto a Levi enquanto dou uma mordida em uma barra de chocolate.

— Depende — ele responde enquanto abre um pacote de pretzels.

— Engraçadinho — digo, enquanto me dou o direito, por um segundo minúsculo, de apreciar a simplicidade desse momento. Nós, juntos aqui neste quarto, até parecendo dois adolescentes normais.

— Então, qual é a grande confissão? — Levi pergunta, se reclinando em um travesseiro com as mãos atrás da cabeça. Meu coração acelera quando olho para ele, deitado ali, e imagino todas as coisas que eu faria... se pudesse...

— Meu pai nunca me deixou comer essas coisas quando eu era menor. Acho que eu tinha catorze anos quando tomei refrigerante pela primeira vez.

— Uau — Levi diz. Percebo seu rosto se iluminar. — E pensar que quase passei minha vida inteira sem saber desse fato fundamental. — Jogo um travesseiro e ele desvia, rindo. Depois da nossa refeição açucarada, Levi abre uma cama de armar num canto, coloca um cobertor e procura sua escova de dentes na mala. Nós nos trocamos para dormir e não falamos nada. Visto uma regata e shorts no banheiro. É o que normalmente uso para dormir, mas, esta noite, hesito. Os shorts parecem curtos demais e meus ombros parecem nus. Eu me deito. Levi se deita na cama de armar.

— Levi? — digo, deitada no escuro.

— Sim? — ele responde a apenas alguns passos de distância.

— Vem aqui deitar comigo?

Só percebo o que acabei de pedir quando já é tarde demais para voltar atrás. Prendo a respiração quando o ouço mudar de cama. Ele deita ao meu lado, por cima das cobertas. Não vou mentir, faz um tempão que estou esperando por isso, nós dois sozinhos sem ninguém para interromper. Sem companheiros de quarto, sem horário, sem regras. Só nós.

— O que você quis dizer — pergunto, quase num sussurro — quando falou que se apaixonou por mim?

Levi se vira de lado para me encarar. Espero ver uma expressão leve, um sorriso, ou a sombra de um. Em vez disso, ele está focado e intenso. Sinto um calor tomando conta de mim, começando nos dedos dos pés e subindo pela minha coluna, quando ele pega meu rosto nas mãos e se aproxima, pressionando, com fervor, seus lábios contra os meus. Eu o beijo de volta, faminta, e ele me puxa para si e põe todo o peso de seu corpo contra o meu. É como se eu estivesse derretendo nele enquanto continuamos a nos beijar. Nossos braços e pernas se entrelaçam e há faíscas voando do corpo dele para o meu e de volta ao dele, como eletricidade estática.

Nós nos afastamos, deixando que nossos corpos se separem só o suficiente para olharmos um para o outro. Estou momentaneamente desconcertada.

— Acho que isso responde minha pergunta — murmuro.

Levi ri, trazendo o humor de volta à sua voz enquanto tira uma mecha de cabelo dos meus olhos. O gesto é tão terno que é difícil conciliá-lo com a força física que sei que ele possui.

— Fico feliz que você ache essa resposta aceitável.

Apoio minha cabeça no ombro dele, subitamente cansada.

— Levi?

— Sim?

— Se acontecer alguma coisa com a gente amanhã...

— Sim?

Olho em seus olhos. Ele não tentou me acalmar, nem prometeu que eu estou segura ao seu lado. Fico feliz pela honestidade.

— Nunca vou lamentar você ter ido para Darkwood.

Na manhã seguinte, pegamos a balsa que nos levará pelo oceano até Queen's Harbor. É uma viagem de quatro horas, mas não falamos muito. Estamos os dois nervosos

— chegamos até aqui, mas a última parte da nossa jornada será a mais difícil.

Passamos a maior parte da viagem de balsa no deque externo, com nossos casacos fechados por causa do vento do mar aberto que nos atinge. Saímos da baía, cheia de árvores e casas. Parece que estamos entrando em outro mundo, deixando a Nova Inglaterra para trás em troca de águas desconhecidas. A sensação é de que estamos indo em direção às fronteiras do planeta.

— O pescador que vai nos levar vai estar esperando a gente? — pergunto enquanto enfio minhas mãos no bolso do casaco.

— Vai — Levi diz. Ele explicou que esse homem conhece bem a Ilha Castor e que, baseado em outras vezes em que Levi precisou dele, não vai avisar Gravelle.

Em Queen's Harbor — uma pitoresca cidadezinha de pescadores intocada pelo tempo — encontramos o pescador nas docas. Ele está pronto para o trajeto de duas horas até a Ilha Castor, mas avisa que será uma travessia agitada.

Gratos pela ajuda desse homem, embarcamos em sua lancha gasta. Eu me agarro à minha cadeira o tempo todo, engolindo o enjoo enquanto cruzamos as águas agitadas.

Quando finalmente vemos a ilha, fico sem palavras. Em todas as descrições que fez do lugar onde cresceu, Levi nunca mencionou a beleza.

Saltando para fora da água como uma majestosa, ainda que pequena, cidade, a Ilha Castor é uma obra de arte. Feita de aço e vidro, o complexo onde Levi e seus amigos passaram a maior parte da vida brilha sob a luz do sol, e suas vigas e estruturas de aço refletem as cores como um caleidoscópio. Os ângulos dessa estrutura são inesperados e, de alguma forma, desafiam a lógica.

— É impressionante — eu digo.

— É meu lar — Levi responde. — Se é que lar pode ser o lugar em que te trancafiam.

— Era tão ruim assim? O tempo todo?

— Não o tempo todo — ele admite, enquanto o pescador guia o barco para a costa. — Eu tinha os outros e eles gostavam de mim. Éramos como um time. Uma equipe diversa. Mas, mesmo assim, unidos.

— Então. — Mantenho o olhar fixo, hipnotizada pelo complexo diante de nós. — Como vamos fazer isso? — Depois de tanta viagem e de todo o planejamento, me sinto subitamente tola. O complexo ri de mim com sua grandiosidade e aparência sobrenatural, e, sendo bem sincera, a verdade é que estou com medo. *Será que a gente consegue mesmo? Será que é possível, pelo menos?*

Levi não responde. Ele me dá sua mão e eu a pego. Segurar a mão dele na minha me dá uma injeção imediata de confiança. Desembarcamos e pagamos generosamente o pescador por ter nos ajudado. Ele nos deseja sorte (vamos precisar) antes de voltar para o continente.

Quando meus pés tocam a areia, noto que a praia não parece nada artificial. É como um balneário. Quer dizer, tirando o fato de que os Similares nunca podiam sair.

— Sei os códigos de segurança — Levi explica, enquanto andamos para o prédio principal. — Levei anos pra descobri-los, mas eu achava que poderiam ser úteis algum dia, então os memorizei. Eles se alternam regularmente, mas Gravelle não deve ter trocado. Então, desde que ninguém o tenha avisado de que estamos vindo… — Ele dá de ombros. — Vamos conseguir entrar.

— É isso? — pergunto, perdendo toda a minha coragem. Estamos a poucos minutos de entrar na cova dos leões.

— É — ele responde. Noto medo e pânico na voz de Levi, embora eu saiba que ele está fingindo, por ele e por mim, estar no controle. Antes que eu possa responder, ele me beija. Nossos lábios se juntam e nossos dentes se chocam. Não é exatamente um beijo, está mais para uma última e desesperada conexão.

— Vamos — ele diz. Pego a mão dele e seguimos em frente.

O COMPLEXO

Corremos pelos corredores labirínticos do complexo. Sigo Levi, confiando instintivamente nele.

— Acho que Pru pode estar em um dormitório — Levi diz —, ou no refeitório ou na sala de estudos. Caso contrário...

— O quê? — pergunto, observando cuidadosamente ele tentar a maçaneta da porta, encontrá-la fechada e espiar por uma janela pequena e quadrada no topo.

— Nada — ele responde, e não insisto.

Depois de declarar a sala como vazia, Levi segue em frente, espiando pela janela da próxima porta. Faço o mesmo com a porta em frente. Repetimos esse padrão o corredor inteiro, até que acho uma porta entreaberta e a abro cuidadosamente. Lá dentro, está a cama e as telas *touch* que Levi descreveu na viagem de ônibus. Há incontáveis máquinas e impressoras 3D, uma parede completamente coberta de armários de aço e uma estante de vidro cheia de agulhas e estojos de plástico.

— Pra que tudo isso? — pergunto.

— A maior parte era pra mim e para os meus amigos. — Levi dá uma olhada em alguns papéis em uma impressora. — Mas sem a gente aqui, não faço ideia de pra que Gravelle usaria...

— Com certeza você tem alguma ideia — uma voz diz. Eu me viro e vejo uma figura parada à porta. Levo apenas um segundo para entender quem é.

Pele flácida cobre uns oitenta por cento do rosto. Sua testa é atravessada por uma cicatriz profunda e permanente. Este é o homem antes chamado de John Underwood. Este é Augustus Gravelle.

— Emmaline Chance. — Gravelle ergue a mão até seu rosto e esfrega o queixo. — Você é tão linda quanto era quando pequena. Por favor. Vocês precisam de comida e descanso. — Gravelle bate uma palma e, no que parece um segundo, dois guardas aparecem atrás dele. Sob seus uniformes brancos idênticos, seus corpos são fortes e firmes. Seus rostos, livres de qualquer linha ou expressão, parecem quase inumanos.

— Mostrem o lobby para nossos hóspedes — Gravelle ordena aos guardas. Levi e eu não temos escolha além de obedecer, e somos levados à força pelos cotovelos até o coração do complexo.

Um guarda me puxa e perco o fôlego ao notar que ele tem uma arma no cinto. Chegamos a um lobby vasto e minimalista, decorado com bom gosto com amplos sofás e mesinhas de centro de vidro. Um milhão de coisas correm pela minha mente: estou aterrorizada pensando que nunca vamos encontrar Prudence, que esse homem já fez algo terrível com ela, que fará coisas terríveis com a gente. Mas tento me manter presente e me controlar.

— Sentem-se — Gravelle diz enquanto nos guia para um sofá. Uma bandeja de queijo, torradas e água com gás nos espera em uma mesa ao lado. — Comam. Como seu anfitrião, é meu trabalho manter vocês alimentados, hidratados e limpos.

Faço o que ele diz e Levi também. Nós nos sentamos. Estamos mortos de fome, já que não comemos nada desde os chocolates da noite passada. Por um momento, eu me pergunto se a comida está envenenada ou se há drogas. Acho que vamos saber logo.

Com a bengala sobre os joelhos, Gravelle se reclina na cadeira e nos observa comer.

— Você era uma criança bonita, Emmaline — ele reflete. — E se tornou uma mulher linda.

— Você fica repetindo isso — digo, entre mordidas. — Mas quando foi que você me viu pequena?

— Seu pai e eu fomos colegas de quarto na Darkwood, Emmaline, ou você não sabia? — Ele ainda está me encarando. Observo seus olhos e imediatamente sou repelida pela intensidade deles. Mas essa última informação me chama a atenção.

— Não. Eu não sabia.

— Entendo — Gravelle diz. — Éramos próximos, seu pai e eu. Eu teria adorado te conhecer melhor quando você estava crescendo. Agora, é quase tarde demais…

Encaro Levi com olhos arregalados. *Tarde demais? Como assim?*

— Vocês dois têm muito a aprender. Isso pode ser facilmente remediado. — Gravelle sorri para si mesmo.

— Onde está Prudence? — exijo. — Sabemos que ela está aqui em algum lugar…

Gravelle ergue a mão para me silenciar. Então, pega um sininho na mesa ao lado e o toca. O som preenche o cômodo vasto e impessoal. Momentos depois, um homem miúdo entra. Diferente dos guardas, ele não é musculoso nem intimidador. Ele se curva para Gravelle e fala em uma língua estrangeira que não entendo. Gravelle responde na mesma língua. Olho para Levi em busca de alguma explicação. Previsivelmente, ele não deixa que nenhuma emoção transpareça em seu rosto. Ele está estoico como sempre. Meus olhos se movem para a porta. Os dois guardas estão bem na frente dela, formando uma barreira com seus corpos.

Gravelle ri para o homem miúdo (um empregado, deduzo) e o homem faz uma mesura.

— Maravilha — Gravelle diz, agora em inglês, olhando de mim para Levi com uma expressão satisfeita. — Dominic vai levá-los aos seus aposentos. Dominic?

Dominic faz um gesto para pegar minha mão. Será que ele acha que preciso de ajuda para me levantar do sofá? Eu me ergo, estupefata, olhando para Levi em busca de orientação. A próxima coisa que noto é que Dominic enfiou uma agulha no meu antebraço. De repente, me sinto enjoada, como se estivesse de volta na lancha.

— O que você está fazendo comigo? — consigo perguntar.

— Você pediu respostas. — Gravelle sorri. — E pretendo fazer sua vontade.

Depois disso, tudo fica preto.

Acordo desorientada. Estou em uma sala sem janela, então não sei dizer quanto tempo fiquei apagada. Quando minha mente começa a funcionar de novo, me ocorre que devo estar em uma câmara interna do complexo, um quarto como aqueles que Levi e eu examinamos quando chegamos. Estou em uma cama com lençóis brancos e quase tudo à minha volta neste espaço pequeno e impessoal é branco. Há algumas máquinas no canto, e tubos... vários tubos. Levo um momento para perceber que os tubos estão conectados a mim. Olho para eles, sem processar bem o que estou vendo. Para que servem?

Olho para o meu corpo. Há um acesso no meu braço. Telas e monitores fazem um ruído suave à minha volta. O pânico cresce em meu peito. Meu primeiro instinto é correr. Tento me sentar, mas não consigo. Caio de novo na cama. É como se houvesse um campo de força à minha volta. Não consigo ver ou sentir essa barreira invisível quando estico o braço para tentar tocá-la, mas há algo me segurando.

Fico deitada na cama, inspirando e expirando, tentando conjurar exercícios de meditação que o dr. Delmore me ensinou quando papai me mandou para a terapia após a morte de Oliver. Eles não me ajudam. Minha mente voa. *Onde está Levi? Será que está preso assim em algum lugar também?*

Luto contra a barreira invisível de novo e sou jogada contra a cama. Meu pânico se transforma em pavor. *Com certeza Gravelle não vai me manter nesta cama para sempre... vai?* Essa ideia faz meu estômago revirar.

Há um tablet perto de mim. Consigo alcançar sua tela ao lado da minha cama, então sei que o objeto foi colocado ali de propósito. *Ele quer que eu veja isso,* digo a mim mesma. Gravelle o colocou aqui, tendo a mim como audiência cativa. Ele sabe que prefiro ver o que ele tem a me mostrar do que ficar deitada aqui sozinha com os meus pensamentos sombrios e desesperados.

Acendo a tela e passo por vários ícones. Há enciclopédias cheias de informação sobre tudo, de botânica a cálculo, política e línguas. Clico em "botânica" e lindas imagens de flores surgem, não na tela, mas no ar à minha frente. São exuberantes e tridimensionais, como se a planta estivesse crescendo bem diante dos meus olhos. Feitas com o que é obviamente a mais recente tecnologia de realidade virtual, as flores são tão vívidas que quero tocá-las. Mas elas estão fora do meu alcance.

Continuo a passar os tópicos até notar uma pasta na tela principal. Está rotulada como "pessoal". Dentro, encontro centenas de outras pastas, cada uma com o nome "memória" e uma descrição ao lado. Li sobre isso em algum lugar — ou talvez tenha ouvido meu pai falando sobre o assunto com um colega de trabalho. Guardar memórias através de tecnologia de realidade virtual. Não é algo muito usado, mas também não me surpreende que Gravelle já tenha uma versão completa dessa tecnologia.

Cavo meu cérebro tentando lembrar. Gravelle fez sua fortuna inicial com uma empresa de realidade aumentada, vinte anos atrás. Esse é o campo dele.

Embora sejam centenas de pastas, apenas algumas estão destacadas. As que não estão não abrem quando clico nelas, então deduzo que não tenho acesso. Seleciono a primeira pasta destacada no grupo "Memória: Início da Darkwood". O quarto escurece como um cinema. Imagens rodam em volta de mim, não em um único ponto, como as flores, mas por toda parte. Sou transportada da cama neste quarto branco para um dormitório, bem parecido com meu quarto na escola. Observo o cenário, sabendo bem que não estou lá, não de verdade. Ainda estou confinada nesta cama. Mesmo assim, o dormitório parece tão *real*. Real e completamente apavorante, porque instintivamente sei que não há como sair até a memória acabar. Pelo futuro próximo, o passado é o meu presente.

MEMÓRIA

Um garoto está deitado em uma das camas de solteiro, inclinado contra a parede e com um notebook sobre os joelhos. O notebook é minha primeira dica de que estamos algumas décadas no passado. É grande e pesado, uma relíquia digna de uma loja de penhores. O garoto está digitando furiosamente, e há um sorriso em seu rosto meio escondido pela longa franja castanha sobre os olhos. Ele está tão concentrado no que está digitando que mal nota quando outro garoto entra, hesitante, desconfortável, pela porta. Esse segundo garoto tem uma mala gasta e uma sacola de papel.

— Hum, oi? — o segundo garoto diz.

O menino na cama ergue os olhos do computador, o sorriso malicioso ainda no rosto. Ele é bonito. Há algo de magnético nele, e me sinto imediatamente impelida à sua figura. É quase como se eu o *conhecesse*, mas sei que é idiotice. Essa memória provavelmente aconteceu antes de eu nascer.

— Oi — o garoto na cama responde. Ele estuda o cara na porta, notando suas calças cáqui curtas demais e a camiseta esfarrapada. As roupas dele caem mal e estão gastas, mas parecem passadas. Não há um único amassado nelas.

O segundo garoto se remexe de nervoso, seu rosto angular cheio de desconforto. Seu cabelo preto está emplastrado atrás das orelhas; ainda assim, ele tem feições fortes, atraentes, até mesmo inteligentes.

O garoto sentado na cama sorri e se levanta, estendendo a mão.

— Bem-vindo ao resto da sua vida. — Ele espera que o segundo menino aperte sua mão. Depois de um momento, ele o faz.

— John Underwood — o segundo garoto diz. — Todo mundo me chama de Johnny.

— Colin — o primeiro garoto responde alegremente, enfiando as mãos nos bolsos. — Colin Chance. Prazer.

O ar sai de mim como se eu fosse um enorme balão. É a primeira vez desde que entrei nessa memória que pensei em mim, no meu próprio corpo.

Esse garoto, Colin Chance, é meu pai.

Estou vendo meu próprio pai quando ele estudava na Darkwood.

Mas não tenho tempo de processar isso. Volto minha atenção para a cena. Não quero perder um segundo dela.

— Esta é sua cama — meu pai, ou Colin, diz ao seu novo companheiro de quarto. — Onde está o resto da sua bagagem? No carro?

— O resto? — Johnny diz. — Não, é só isso.

Ele coloca suas malas no chão e então se senta com postura ereta na cama.

— Você só trouxe isso? — Colin encara a mala e a sacola de papel, confuso.

Johnny agarra as alças da sacola de papel e joga o que tem dentro dela na cama. São apenas livros didáticos. São usados e estão todos gastos. Alguns não têm capa. Johnny abre sua mala e tira o que tem dentro: algumas roupas, um par extra de sapatos e um saquinho plástico contendo uma escova de dente e remédios.

— Gosto de viajar com pouco. — Ele coloca as roupas em uma gaveta da cômoda, enfia os sapatos embaixo da cama e coloca a nécessaire na escrivaninha. Meu pai olha da cômoda para a cama e algo desperta na sua mente.

— Foi uma boa deixar o resto das suas coisas em casa — Colin diz, sendo generoso, embora Johnny obviamente *não tenha* outras coisas. — Metade das tralhas que os garotos daqui trazem é só desperdício de espaço, se quer saber minha opinião. — Expiro, aliviada por meu pai ter escolhido ser gentil nessa situação.

Johnny dá de ombros, observando o lado de Colin no quarto, onde há todo tipo de coisa, de lanches a um frigobar e até mesmo uma bicicleta apoiada na janela.

— De onde você é? — Colin pergunta ao cair de volta na cama, pegando uma bola de futebol e a jogando preguiçosamente de uma mão para a outra.

— Nova York. — Johnny observa a bola. — Não a cidade. Norte do estado.

— Parece… legal?

— Claro, se você curte cemitérios. Nossa casa foi construída sobre um. Quando era criança, eu ficava vendo o rabecão levar os caixões pra cima da colina. Uma vez aconteceram dezesseis funerais em doze horas. Um incêndio no pub local. Foi um dia bem interessante.

Eu foco no rosto de Colin; Johnny finalmente causou alguma impressão, e não foi boa. Ele larga a bola de futebol.

— Ah — diz, baixo.

Uma voz soa, cortando o silêncio.

— Você conseguiu!

Colin e Johnny se viram. Um garoto magrelo está parado na porta. Seu cabelo está bagunçado como se não visse uma escova há anos e suas roupas não combinam e estão amassadas. Ele segura um caderno de forma desengonçada sob o braço. Óculos pesados de aro de tartaruga com lentes grossas estão sobre seu nariz.

Johnny se levanta da cama.

— Oi.

— E aí, Al? — Colin diz, recebendo bem a interrupção.

— Albert — o garoto resmunga. — Eu prefiro Albert.

— É, desculpa. — Colin ri. — Esqueci. Al, quer dizer, Albert, este é meu novo colega de quarto. Johnny Underwood, de Nova York.

— Ele sabe meu nome — Johnny diz para o meu pai, embora ele esteja olhando para Albert.

— Ah. — Colin olha de um para o outro, confuso. — Vocês dois já se conhecem?

— Pode-se dizer que sim — Johnny diz, com uma voz controlada.

Johnny e Albert se encaram por mais um momento. Então, do nada, Albert abre os braços, seu caderno cai no chão e ele puxa Johnny para um abraço de urso. Os óculos de Albert batem nos ombros de Johnny e se entortam durante o abraço. Johnny não abraça Albert de volta. Ele só fica parado ali, rígido. Mas também não afasta o garoto.

Albert solta o abraço. Agora consigo ver o rosto dele claramente. Ele está sorrindo, arrumando seus óculos.

— Johnny, meu amigo! Faz tempo que não te vejo. Espere até ver o que tenho aprontado no laboratório. Não quero deixar ninguém animado antes da hora, mas a comida do refeitório vai ficar bem melhor depois que eu colocar meus suplementos beta nela...

Johnny dá de ombros.

— Claro. Como você quiser, Albert.

— Que empolgação é essa, cara? Vou melhorar bastante aquela gororoba que chamam de jantar...

— Ainda não experimentei o jantar, lembra? — Johnny diz, parecendo nervoso. — Acabei de chegar. Um ano depois de você. Porque eu não podia... porque esse é meu primeiro ano — Johnny se corrige. Sei o que ele ia dizer. Porque não podia pagar.

— Como vocês dois se conhecem mesmo? — Colin pergunta, e quero dizer ao meu pai para não se mexer, mas não o faço, porque ele não pode me ver ou ouvir. Isso é só uma memória, afinal. Sou uma espectadora invisível.

— A gente não só se *conhece*. Vivemos juntos boa parte da vida. Somos irmãos, entendeu? — Albert responde, sem paciência. O sangue some do rosto de Johnny com essa revelação.

— Meios-irmãos — Johnny diz, com cuidado. — Somos meios-irmãos.

Meu pai olha de Johnny para Albert e então de volta para Johnny. O sorriso travesso volta para o seu rosto.

— Irmãos! — ele diz, animado. — Por que vocês não disseram logo, seus tontos?

— Não somos muito próximos — Johnny diz em voz baixa.

Albert sorri, pegando seu caderno e papéis do chão.

— Somos próximos o suficiente.

— Não crescemos juntos, foi o que quis dizer. — Johnny anda até a janela e olha para fora. Vejo uma sombra do Lago Dark através do vidro. É o crepúsculo.

— Temos mães diferentes — Albert diz, sem rodeios.

— Vidas diferentes — Johnny acrescenta, de costas para Colin e Albert.

— Bom, acho ótimo — Colin diz. — Você devia ter me contado que tinha família aqui, Johnny. Vai fazer Darkwood ficar mais acolhedora, né?

Johnny se vira e seus olhos faíscam quando encara Colin.

— Não acabei de dizer que Albert e eu não crescemos juntos? Que nossas vidas, até esse ponto, foram o mais diferentes possível?

Colin encara Johnny, surpreso pelo veneno em sua voz.

— Calma, cara. Eu só estava comentando...

— Eu deveria voltar para o laboratório — Albert diz, com firmeza. — Foi bom te ver, Johnny. Vou te procurar no jantar, tá?

Johnny dá de ombros.

— Claro. Te vejo mais tarde.

Albert sai tão silenciosamente quanto chegou.

— Seu irmão, quer dizer, meio-irmão, não cresceu num cemitério, né?

— Não — Johnny Underwood diz. — Não cresceu.

A cena na minha frente muda, e preciso me lembrar de que nada disso é real. *Foi* real, mas não está acontecendo agora e não comigo. Aquilo foi meu pai em seu dormitório, anos atrás, com seu companheiro de quarto. E não qualquer companheiro de quarto: Johnny Underwood. Hoje Augustus Gravelle, o pai biológico de Oliver. Tudo isso é tão surreal.

Na minha frente, aparece o refeitório da Darkwood. Está escuro lá fora, então deve ser hora do jantar, o primeiro jantar do semestre. Sei por causa da faixa "Bem-vindos de volta" pendurada na entrada. Deve ser o mesmo dia ainda.

Meu pai — Colin — está sentado em uma mesa com uma galera bem-arrumada. Um garoto superconfiante de cabelo castanho brinca com algumas cartas na mesa, batendo-as contra o tampo como se fosse parte de um jogo. Uma garota magra se junta a eles, e ela me lembra outra pessoa que conheço. Então percebo que é Bianca Huxley — a mãe de Madison. Ela era Bianca Kravitz naquela época. Foco no garoto de cabelo castanho brincando com as cartas e concluo que é Zeke Choate — o pai de Jake. Outro garoto está na frente de Zeke. Ele é mais magrelo, mas tem feições notáveis. Levo apenas um momento para perceber que é Jaeger Stanwick, o pai de Pru, quando jovem.

Não sei por que estou tão surpresa de vê-los aqui, sentados juntos. Eu sabia que eles todos fizeram parte dos Dez. Acho que não tinha percebido que também eram bons amigos.

— Meios-irmãos? — Zeke pergunta, batendo outra carta na mesa. Dá para ver com mais clareza agora. Ele e Bianca estão jogando juntos. — E eu pensando que a coisa mais interessante em Albert era a poção que ele fez que me permite mentir sem me entregar.

— Como isso funciona? — Bianca pergunta.

— Nem queira saber.

Bianca não tira os olhos das cartas.

— Quando você mente, você sua como um porco, Zeke, então vou presumir que a "poção" que Albert te deu foi um bom e velho desodorante.

Zeke ri.

— Pena que você nunca vai chegar perto o suficiente pra descobrir. Eu ganhei, aliás. Olha a minha pilha. Bem mais cartas que a sua.

Bianca franze a testa.

— Ladrão.

Zeke uiva de rir.

Foco em Jaeger, que claramente não está interessado na conversa. Ele parece ainda estar pensando nas novidades de Colin.

— Albert nunca contou que tinha um meio-irmão — Jaeger diz. — Tem certeza de que ouviu direito?

Colin dá de ombros.

— Eles têm mães diferentes. Foram bem claros.

— Você não disse que esse menino novo é bolsista? — Bianca pergunta, cuspindo a palavra como se ela pudesse contaminar sua língua. Sinto meu sangue ferver.

— Não — Colin contra-ataca. — E o que isso tem a ver?

Bianca cutuca Colin nas costelas. Johnny está se aproximando da mesa deles, equilibrando desajeitadamente sua bandeja e sua bolsa com os materiais.

Os quatro o observam se aproximar, e nenhum o cumprimenta. Quando Johnny chega à mesa, ele para, sem saber se senta ou não.

Finalmente, meu pai fala:

— Johnny, cara! Eu estava contando de você para os meus amigos. Essa é parte da galera. Zeke, Bianca e Jaeger.

— Oi — Johnny diz, ainda travado.

— Vou te contar um segredinho, Johnny, meu garoto. — Colin se inclina para a frente com um ar conspiratório. — Eles nunca vão te convidar pra se sentar.

Bianca joga uma batatinha na boca.

— Se a gente convidasse todo mundo pra sentar aqui — ela faz um gesto que indica o resto do refeitório —, como as pessoas saberiam quem é realmente importante?

O maxilar de Johnny fica tenso. Ele endireita os ombros. Sem hesitar, Johnny enfia sua bandeja na mesa, bem entre Colin e Zeke.

— Mas vão abrir uma exceção pra mim, né? — pergunta sem emoção.

Zeke parece incomodado, Colin, orgulhoso.

— Claro, companheiro! — Colin desliza para o lado, dando espaço no banco para Johnny. — Animem esses rostos amargos. Esse cara vai ser páreo pra nós. Não acho que isso seja ruim. Você acha, Zeke?

Zeke dá de ombros.

— Não se ele conseguir acompanhar.

Bianca espeta um pedaço de melão com seu garfo.

— Acompanhar quer dizer manter uma certa imagem. — Ela dá uma olhada em Johnny. — Duvido que o novato consiga.

— Você nem conhece o novato — Johnny diz. Bianca congela no meio de uma mordida. Os olhos dela se apertam. Então ela ri.

— Ele tem senso de humor, isso com certeza. — Ela se inclina para trás na cadeira, estudando Johnny como um animal. Então dá de ombros. — Acho que você vai ter que me provar que estou errada, novato.

É aí que noto dois outros alunos se aproximando em um turbilhão de energia. A garota é maravilhosa, com cabelo loiro acobreado, olhos azuis e o tipo de sorriso que não é lindo só por causa de dentes bonitos. Ela está rindo enquanto um garoto ao lado dela faz uma piada, gesticulando com as mãos. Ele tem um rosto amigável, pele negra e um cabelo preto e cacheado pelo qual ele passa as mãos. Não consigo me ouvir por cima da simulação, mas ofego ao vê-los. É Jane Porter e Booker Ward. A mãe e o padrasto de Oliver, uns vinte anos atrás. Claro que são eles. Eles também estavam lá. Eram parte dos Dez.

— Vocês dois parecem estar se divertindo — Bianca desdenha, esquecendo o novato quando a dupla se aproxima. — Querem dividir a piada?

A garota dá uma risadinha.

— Booker só estava me contando uma história superengraçada sobre... — Ela para de falar quando Booker lhe lança um olhar. Está claro que ele não quer que ela compartilhe a piada com o restante do grupo. — Ah, deixa pra lá — ela diz, e estou certa de que ela é quem eu acho que é. Ela tem a mesma expressão relaxada e feliz que já vi no rosto de Jane mil vezes. Mas não desde que *aquilo* aconteceu.

Jane se joga ao lado de Jaeger, em frente a Johnny.

— Jane Porter — ela diz, estendendo a mão para que ele a aperte. — Rata de biblioteca e delinquente extraordinária.

Johnny parece surpreso com o gesto, mas se recompõe rapidamente.

— John Underwood. Todo mundo me chama de Johnny. Menos sua amiga Bianca — ele acrescenta. — Ela me apelidou de "novato".

Bianca desdenha. Zeke dá um tapinha na perna dela. Ambos riem.

— É verdade — Colin diz enquanto Jane sorri para Johnny e então ataca seu jantar. — Johnny Novato se juntou a nós diretamente do norte do estado de Nova York.

OS SIMILARES 337

— Mas que...! — Jane grita depois de engolir seu cozido. — O que vai nessa coisa? Lesmas mortas? — Ela afasta a bandeja. — Quem quer dar uma escapada para a lanchonete da Bertie e comer comida de verdade?

— Estou dentro — Booker diz, passando um braço em volta de Jane. — Alguma de vocês, crianças, quer se juntar a nós? Ou são covardes demais pra uma escapulida?

— Não é que somos covardes. É só que a gente não quer ficar vendo vocês se agarrarem por aí — Bianca desdenha.

É horrível ver Jane e Booker tão felizes e despreocupados juntos. Isso mudou depois da morte de Oliver. E, ainda assim, quero ver. Preciso.

— Eu vou — uma voz baixa e determinada diz. Todo mundo olha para Johnny. — Para a Bertie. Eu topo.

Booker fecha a cara. Jane sorri.

— Te pegamos no seu quarto hoje à noite. Nove em ponto.

— Você sabe que vai quebrar umas dez regras da escola, né? — Zeke diz.

Johnny dá de ombros.

— E daí?

— Você pode perder sua bolsa — Zeke responde.

Johnny fica tenso ao ouvir essa palavra.

— Quem disse que eu tenho uma bolsa?

— É só um palpite educado — Zeke diz, encarando-o.

— Ei — Jane diz —, dá pra calar a boca? Vão anunciar nosso strata. — Com isso, a imagem some.

Está escuro. Há luz o suficiente para ver que estamos do lado de fora, não mais no refeitório. Aperto os olhos para entender a cena. Estamos nos fundos de um dos dormitórios da Darkwood. Duas figuras andam pelo caminho mal-iluminado. Quando eles se aproximam, vejo que é Jane Porter e Johnny Underwood.

Johnny anda com as mãos nos bolsos. Ele está com a postura mais reta do que antes. Suas roupas lhe caem melhor e ele está mais confiante. Quanto tempo será que se passou? Semanas? Meses? Não tenho muito tempo para pensar nisso.

— Você não pode levar nem metade do que Zeke fala a sério, sabe — Jane está dizendo.

— Não levo — Johnny responde, na defensiva.

— Então por que você se importa tanto com o que ele pensa? Já vi como você age perto dele. Perto de todos eles.

— São meus amigos — ele diz. — Então vou na do Zeke. Ou digo a Booker o que ele quer ouvir.

— Ou elogia Bianca sempre que tem a chance? *Ah, B, você está uma gata hoje* — Jane imita. — Você sabe que eles não são tudo isso, né? São pessoas normais, como você e eu.

— Como você, com certeza. Você é um deles.

Jane para e encara Johnny nos olhos.

— Acho que chegou a hora — ela diz.

— Hora de quê?

— De eu te contar o segredo que ninguém mais nesta escola vai contar, mas que você precisa saber urgentemente.

Ela chamou a atenção de Johnny com isso.

— Sou todo ouvidos — ele diz.

— Ezekiel Choate, Colin Chance, Bianca Kravitz e Booker Ward: todos têm algo em comum. — Ela faz uma pausa dramática. — São os maiores bebês chorões que já conheci na vida.

Johnny fecha a cara.

— Valeu. Achei que você fosse contar algo útil. — Ele chuta uma pedra com seu tênis gasto.

— Você não entende? Eles não sabem de nada. Foram polidos como pedras preciosas, mas nunca saíram do cofre, a não ser pra desfilarem em volta da mamãe e do papai. Eles não fazem ideia de como é a vida. Não como você faz.

— Por quê? Porque eu cresci pobre? — Quando Jane não responde, Johnny fala por ela. — É isso que você quer dizer, né? Minha mãe limpa casas pra pagar as contas, Jane. Você já parou pra considerar o que isso significa para alguém como Bianca Kravitz?

— Eu acho nobre — Jane diz, suavemente.

— Eu odeio essa palavra, esse tom. Você está, na verdade, dizendo que sente pena dela. — Mal dá para ouvir as palavras seguintes. — E de mim, por tabela.

— Eu nunca...

— Ah, mas pode ter certeza. Porque você é um deles.

— Por algum motivo não acho que isso foi um elogio — Jane responde.

— Não foi.

Os dois ficam em silêncio por um momento, nenhum deles sabe o que dizer. Johnny parece triste. De coração partido, eu diria. E Jane não está muito melhor. Sinto que ela está prestes a... chorar? Ir embora?

Então Johnny pega a mão de Jane. A voz dele não está triste, mas cheia de paixão.

— Você é um deles, mas não é *igual* a eles.

— Você acabou de dizer... — Noto lágrimas nos olhos dela.

— Você tem empatia. Zeke, Bianca e os outros não.

— Eles gostam de você, Johnny — Jane diz. — Você é amigo deles, mesmo que não se permita acreditar nisso.

A voz dele é tensa.

— Acho que sou o amigo que eles mantêm por perto pra se sentirem bem com eles mesmos. Sou a caridade deles. Cada um de nós tem um papel. Eu sei qual é o meu.

— Então qual é o meu?

Johnny solta a mão de Jane e enfia as suas nos bolsos, sem olhar diretamente para ela.

— Você sabe — ele murmura.

— Desculpa, Johnny Novato. Não sei.

— Você é quem eles desejam. A que os caras querem chamar de minha gata. E quem Bianca queria ser.

— Por favor — Jane responde, sua voz ressoando de risada. — Se eles gostam tanto de mim, por que estou sozinha?

Johnny se apoia na mureta que os separa do bosque e do Lago Dark mais além.

— Porque você tem a vida toda pela frente. Porque sabe que não precisa escolher nenhum deles. Ainda não, e talvez nunca.

Jane se move para ficar ao lado dele. Lado a lado sob o luar, eles respiram juntos.

— Talvez eu mude para o campo, viva em uma cabana e dê aulas no jardim de infância pra um monte de criancinhas ranhentas.

— Eu poderia viver numa cabana.

Jane ri.

— Mas eu também poderia conseguir algo melhor pra nós. Muito melhor — Johnny diz, se perdendo na fantasia.

Jane sorri.

— Imagina o que minha família diria se eu deixasse tudo isso pra trás. — Ela indica a Darkwood, mas sei que está se referindo a mais do que a escola, e Johnny também. Ela está se referindo a tudo que um diploma da Darkwood oferece após a formatura. — Eles me arrastariam gritando de volta para a cobertura da Park Avenue.

Johnny olha ao longe, para o Lago Dark. Ele brilha como uma pérola negra.

— Fico pensando no que eles achariam de mim.
— Johnny... — Ela tenta tocá-lo, mas ele se afasta.
— Não.
— Eu só ia dizer...
— O que você sempre diz. Que sou tão bom quanto eles. Que esse é meu legado, se...
— Mas é, não é? A Darkwood foi fundada pelos seus ancestrais...

Ele se vira para ela com fogo nos olhos.

— Ascendência só importa se te reconhecem na árvore genealógica. Meu pai engravidou minha mãe, nos abandonou e nos deixou sem nada. Depois foi ter uma família de verdade. Albert é o filho dele. Não eu.
— Você ainda é o filho dele.
— É só uma questão de semântica, Jane. Ele nunca nem falou comigo. Isso não o torna o pai do ano.
— Bom, ele é quem está perdendo. Acho você brilhante. Zeke e os outros não têm uma gota da sua ousadia.
— Que bom pra mim — ele solta.
— É bom pra mim também — ela diz. — Eu ficaria preocupada se o garoto de quem eu gosto não correspondesse às minhas expectativas. Por sorte, ele é o stratum número um.

Johnny se vira para ela.

— Mas sou eu que tenho o stratum número um.

Jane sorri.

— Exatamente.

***

Estamos em um laboratório de ciências. O equipamento e as bancadas brancas brilham como se tivessem sido limpos com spray antisséptico. Não levo mais de um instante para reconhecer esse lugar como um dos laboratórios de pesquisa abandonados. Três figuras estão amontoadas em um canto.

— Coloque o código — um dos caras diz. — Vamos! Não é tão difícil!

— Por que você não faz, se é tão fácil?

A pessoa que falou primeiro não responde. Quando olho melhor, vejo que é Jaeger Stanwick. Mesmo agora, na quarta memória, é surreal ver nossos pais como jovens alunos da Darkwood.

Jaeger se abaixa, os nós de seus dedos brancos enquanto se fecham num punho de ódio. A segunda figura, que está mexendo no teclado, é Johnny Underwood. Ao lado dele está Zeke Choate.

— Consegui — Johnny diz, e um *bip* alto soa. Ele destrancou uma caixa de aço.

Uma porta de metal se abre e três animais espiam para fora da caixa. De início não consigo dizer que tipo de bicho é, eles parecem uma mistura estranha de cachorro e raposa. Têm narizes de raposa e rabos peludos, mas suas orelhas caem como as de golden retrievers.

— E aí, carinhas — Zeke faz uma voz fofa para eles. — Vocês estão livres. Vão em frente! Vocês estão livres! — Os animais só olham para ele e farejam.

— Se alguém estiver arrependido, a hora de falar é agora — Jaeger diz em voz baixa.

— Tarde demais — Johnny diz, e os animais, hesitantes, emergem de suas jaulas. — Não sei vocês, mas eu não vou colocar essas coisinhas de volta lá dentro. Vamos! Vamos abrir a porta da frente e libertá-los. Depois eu tranco a porta da frente por fora, coloco o código que substitui os outros e saímos correndo.

— Por que mesmo estamos fazendo isso? — Zeke reclama enquanto empurra os animais na direção da porta. Eles são dóceis e não estão muito animados para fugir. Agora que saíram de suas jaulas, não sabem o que fazer.

De repente, um alarme soa. Os três congelam.

— Corram! — Zeke grita para Johnny e Jaeger. E então a cena fica preta.

Estamos na Torre de algum dormitório da Darkwood. Vários adultos com a expressão séria — dois homens e duas mulheres — estão sentados na ponta de uma mesa de mogno. Na outra ponta, está Johnny Underwood em um paletó e gravata, com cara de quem não dorme há semanas. Há olheiras escuras emoldurando seus óculos. Seu cabelo está grudado atrás das orelhas. Alguns outros alunos estão sentados em volta da sala e também parecem sérios. Reconheço imediatamente Zeke Choate e Jaeger Stanwick. Jane Porter também está lá e, ao lado dela, Booker Ward. Meu pai é uma ausência notável.

— Revisamos o relato dos seus colegas sobre a noite de quinze de março e não há discrepâncias nas histórias. — Fico chocada ao ver que quem está falando é ninguém menos que o diretor Ransom. Seu cabelo grisalho e rugas sumiram. Ele é um homem relativamente jovem. — Contudo — Ransom continua —, há um relato da noite em questão que gostaríamos de repassar mais uma vez. Pedimos a Albert Seymour que responda algumas perguntas adicionais do comitê. Albert?

Há um movimento no fundo da sala e corro os olhos pelo cômodo em busca dele, que está se levantando de sua cadeira, então derruba um caderno e se abaixa, nervoso, para pegá-lo.

— Aqui — Albert resmunga. — Estou aqui.

— Sente-se à mesa, por favor — Ransom instrui. — Ao lado de seu irmão.

Há um murmúrio notável na sala quando essa palavra é dita. *Irmão.*

Albert larga sua bolsa em cima da madeira brilhante. Johnny não olha para ele.

— Obrigado por comparecer, sr. Seymour — o diretor Ransom diz. — É verdade que no dia e na noite de quinze de março você não estava no campus da Darkwood?

Albert se remexe no lugar.

— Sim. Correto.

— E onde você estava?

— Em Nova York — Albert responde, baixo. — Viajando.

— Viajando? — Ransom insiste. — Qual era a natureza dessa viagem?

Albert aperta os lábios antes de responder.

— Era um assunto de família. Eu estava em Nova York visitando meu pai.

Ao ouvir falar no pai deles, é como se Johnny tivesse levado um soco no estômago.

— Você estava visitando seu pai — Ransom repete, anotando algo no bloco à sua frente. — Sra. Fleischer? Temos provas de que o sr. Seymour estava ausente nesse dia? — Viro minha cabeça para a esquerda de Ransom, surpresa por não tê-la notado antes. Embora esteja uns bons vinte anos mais nova nessa memória e, a julgar pela forma como Ransom acabou de se referir a ela, provavelmente ainda apenas como uma professora de latim e não como a vice-diretora da escola, a mulher que entra em cena tem detalhes da Fleischer que conheço. O rosto dela tem a expressão cansada e perpetuamente rígida que conheço. Talvez ela nunca tenha tido uma aparência jovem.

— Prova definitiva — ela vocifera. — Albert perdeu uma prova. História mundial. Fez arranjos pra remarcá-la para a tarde seguinte.

— Obrigado — Ransom diz. — Sr. Seymour? Você mostrou um bilhete de trem para a administração, com a data e o carimbo do dia quinze de março?

— Sim, mostrei.

— Então podemos presumir que *não foi* você quem colocou o código de acesso ao laboratório de animais na noite de quinze de março? O laboratório onde você, e apenas você, vinha conduzindo um experimento sob autorização especial do departamento de ciências. Você pode nos contar sobre esse experimento?

Albert se remexe na cadeira, olhando para Johnny, que continua a encarar a mesa.

— Eu estava trabalhando com esses animais, os que foram libertados, em um longo estudo que começou no ano anterior. Como o laboratório guarda experimentos confidenciais feitos por professores da Darkwood e pesquisadores visitantes, normalmente fica fechado para os estudantes.

— Mas sua pesquisa era interessante o suficiente para que o departamento de ciências te desse uma pequena bolsa pra trabalhar na ala leste depois das aulas?

— Era. — Albert está tremendo.

— Com que animais você estava trabalhando, sr. Seymour?

— *Canis vulpes canis* — ele sussurra em uma voz quase inaudível. — Raposas domesticadas. Uma mistura entre a raposa selvagem e o cão doméstico.

— E o que você estava tentando conseguir com essa pesquisa? — Ransom insiste.

Albert pausa por um momento, os nós de seus dedos ficam brancos enquanto ele torce as mãos, provavelmente para impedi-las de tremer.

— Cloná-los.

Há um silêncio total na sala.

— E suas tentativas foram bem-sucedidas? — Ransom continua.

— Sim — Albert diz. É só agora, quando ele olha para o irmão, que Johnny encontra seu olhar.

— Mas você não soltou os animais do laboratório?

— Não — Albert diz, sem tirar os olhos de Johnny. — Não fui eu.

— Já esclarecemos que Albert não estava na escola no momento da violação! — Fleischer se intromete. — Não pode ter sido...

— Sr. Seymour, uma última pergunta. Foi seu código de acesso pessoal que foi usado pra abrir o laboratório. Você voluntariamente forneceu essa informação a algum outro aluno?

Os dois irmãos se olham nos olhos. Consigo ver um entendimento passando entre eles.

— Não — Albert diz baixo. — Não forneci voluntariamente essa informação pra outro aluno.

A sala fica em silêncio enquanto todo mundo espera que Ransom responda. Meus batimentos ressoam nos meus ouvidos.

— Tudo isso é realmente necessário? — Fleischer interrompe. — Johnny Underwood foi pego libertando aqueles animais. Está claro o que aconteceu. Ele roubou o código de acesso do irmão e soltou aqueles animais em uma brincadeira infantil. Recomendo que prossiga para a questão da punição.

Ransom assente, mexendo em suas notas.

— Alguém gostaria de acrescentar mais alguma coisa? — Ransom se dirige aos outros adultos na sala, os membros do comitê da Darkwood.

Uma mulher à esquerda de Ransom — cabelo grisalho, rígida, ar de matrona — observa Albert e Johnny.

— Vocês dois são irmãos? — ela pergunta.

Albert faz que sim, Johnny fica em silêncio.

— Eles são meios-irmãos, Helena.

— Ah, sim. Sr. Seymour, você é um descendente dos Seymour que fundaram esta escola, estou correta?

— É isso mesmo — Albert murmura.

— E você, sr. Underwood. Você também é um descendente desses mesmos Seymour?

Johnny fecha um punho e o abre de novo.

— Tecnicamente? Pode-se dizer que sim.

— E ainda assim — Helena segue — você é bolsista, enquanto seu irmão tem uma das maiores fortunas na história desta escola.

— Aonde você quer chegar, Helena? — Ransom se intromete. — A origem do garoto não tem impacto em como essa ofensa foi cometida e certamente não terá impacto na punição.

— Com todo respeito, Ransom, eu discordo...

Ransom a corta.

— É protocolo que o acusado tenha uma última chance de falar. Sr. Seymour, você pode voltar para o seu lugar.

Albert murmura algo que não consigo entender, pega seu caderno e bolsa e se levanta da mesa, voltando para as sombras da sala. Ele não se senta com Zeke Choate, Jane Porter e os outros.

— Sr. Underwood — Ransom continua. — Você está pronto pra falar?

— Se você exige, senhor. — Johnny olha para Zeke, Jaeger, Booker e, finalmente, Jane. Eles trocam um olhar e só então vejo o desespero no rosto dele. Jane sacode a cabeça. — Não tenho nada a dizer além do que já foi relatado pelos meus amigos — Johnny diz, olhando nos olhos de Ransom. A acidez da sua voz, especialmente na palavra "amigos", não me escapa. — Saí escondido do meu quarto às oito da noite em quinze de março, depois de contar aos meus amigos o que eu tinha planejado. Eles acharam que eu estava brincando e por isso não tentaram me impedir. Usei o código do laboratório que peguei de Albert sem que ele soubesse, entrei escondido na ala leste e libertei os animais em questão. Foi ideia minha e fiz tudo sozinho.

Ouço um suspiro, e Jane cobre a boca com a mão, engolindo o choro.

A voz de Ransom é severa.

— Então você não nega que cometeu essa infração sozinho? E que foi uma ideia apenas sua?

Johnny olha para Jane. Booker está ao lado dela. Ao lado dele estão Zeke e Jaeger, que parece prestes a vomitar. Ele sussurra algo para Zeke. Zeke sacode a cabeça com dureza. Então Jaeger se levanta. Será que ele está prestes a confessar que ele e Zeke estavam lá naquela noite? Mas não. Em vez disso, ele sai do recinto.

Johnny escorrega na cadeira.

— Não — ele diz em uma voz resignada.

— Espera! — É Jane. Ela se levanta com o corpo todo tremendo.

— Sente-se, srta. Porter — Fleischer vocifera.

Ransom ergue a mão para manter o decoro.

— Há algo que você queira acrescentar?

Jane e Johnny se entreolham de novo.

— Não — Johnny diz rapidamente. — Ela não sabe de nada sobre aquela noite.

— Mas... — Antes que Jane possa dizer mais alguma coisa, Booker puxa o braço dela, fazendo-a sentar ao seu lado.

— Isso é errado — ela sussurra.

— Jane não sabe — Johnny reitera. — Ela não tem nada a ver com o que aconteceu. Estou pronto para minha punição.

— Então assim será — Ransom diz, e noto que ele não está feliz com esse desenrolar das coisas.

Há um silêncio na sala. Todo o meu corpo está tenso. Sou prisioneira do mesmo homem — na época dessa memória, um adolescente — que está aguardando seu destino. Como o destino dessa memória influencia o meu?

— John Underwood — Fleischer anuncia —, você cometeu quatro infrações: quebrou o toque de recolher, arrombou, invadiu e interferiu em um experimento de laboratório. Embora a administração tenha escolhido não te processar criminalmente, isso não diminui quão sérios são esses crimes. Nós não temos escolha além de insistir em sua expulsão final e imediata.

Ouço um choro. Jane está curvada ao meio, com a cabeça nas mãos, chorando. Booker coloca a mão em suas costas, consolando-a. Não vejo Albert.

Só tenho um último lampejo do rosto de John Underwood antes de a memória ser cortada. Ele está devastado.

REALIDADE

Quando percebo, estou em uma poltrona em uma sala ampla com janelas de vidro que oferecem uma vista panorâmica para além do complexo: a imensidão verde que segue até as águas azuis que encontram o céu turquesa.

Do outro lado da sala, Levi está provavelmente a uns três ou quatro metros de distância. Faço um movimento para ir até ele, mas aparentemente o campo de força da minha cama funciona aqui também. Caio de volta na minha cadeira.

— Você está bem — digo, ofegando quando meus olhos encontram os de Levi. Fico surpresa com o quão emocionada estou.

— Você também — Levi aponta em uma voz defensiva.

— Uau, nem ser preso por um tirano tirou de você a vontade de discutir.

Levi sorri.

— Nunca.

Solto uma risadinha. É bom fazer uma piada. Eu estava começando a achar que nunca mais veria Levi ou sairia daquele quarto.

Vejo dois guardas perto da porta, uma lembrança de que não estamos sozinhos.

— Gravelle te fez assistir também? — pergunto a Levi.

— As memórias? Sim.

— Ele foi um excluído. — Estou ansiosa para atualizar Levi sobre o que descobri. — O Gravelle, ele foi um excluído durante a vida toda. Na Darkwood, ele achou que encontraria um lugar pra se encaixar. Mas então eles o traíram. — Conto o que vi, a reunião disciplinar, a expulsão.

— O que vi foi depois, então — Levi diz. — Gravelle se formou em uma escola local de ensino médio. Nunca entrou para Harvard, como queria, mas se casou com Jane. Era o único sonho que ele não podia deixar morrer. Jane foi fiel a ele, mesmo quando todos os outros o acusaram de ser um mentiroso e trapaceiro. Mas então sua vida pessoal desmoronou.

Escuto Levi me contar o resto da história de vida de Gravelle. Como ele ganhou bilhões investindo em uma versão primitiva da tecnologia de realidade virtual que usou para nos mostrar as memórias.

— Ele e Jane *foram* felizes — Levi explica — por um tempo. Mas Underwood era frio, cínico. Talvez ele nunca tenha se sentido amado o suficiente, então sabotou o único relacionamento bom da sua vida, sei lá. Qualquer que seja o motivo, Jane começou a desejar alguém que a valorizasse. Alguém como Booker.

"Quando eles tiveram dificuldades para engravidar, buscaram tratamentos de fertilidade que, com o tempo, funcionaram. Mas Underwood já a estava perdendo. Eles se afastaram ainda mais, até que ela *de fato* procurou Booker. Ele nunca deixou de amá-la. Jane e Underwood se divorciaram quando Oliver tinha dois anos. Underwood havia se tornado um homem duro, raivoso. Ela tinha visto explosões de raiva, que chegou até a direcionar contra Oliver. Jane ficou preocupada com a segurança do filho, então pediu guarda total e ganhou. Mais tarde, depois que Underwood fingiu a própria morte, ele viu Booker Ward adotar legalmente seu filho, então nunca mais foi o mesmo."

— Como ele fez isso? Forjar a própria morte desse jeito?

— Não sei todos os detalhes, a memória era mais confusa do que as outras. O acidente de carro não foi planejado. Ele estava dirigindo rápido demais, de forma irresponsável. Seu rosto foi quase totalmente destruído pelo fogo. E então ele decidiu se reinventar. Mudar de nome, de John Underwood para Augustus Gravelle, e fazer todo mundo acreditar que Underwood havia morrido.

Estou prestes a fazer mil perguntas quando a voz de Gravelle ressoa pelo sistema de som.

— É uma tecnologia notável, não é? — Gravelle diz. — Não é incrível a facilidade com que pude apresentar vocês aos meus pensamentos, minhas memórias, meu mundo?

Respondo com frieza.

— Se isso é sua simulação de realidade virtual mais avançada, não fiquei muito impressionada, não. — Os olhos de Levi se arregalam, mas antes que ele possa pedir desculpas pela minha impertinência, Gravelle entra na sala.

—Ah, minha cara Emmaline — Gravelle sacode a cabeça, apoiando-se em sua bengala. — Acho que te dei a impressão errada. *Aquela* não é minha tecnologia mais avançada. Não, não. Nós melhoramos o sistema em anos-luz desde que criamos a amostra que vocês viram. Essa foi a primeira versão, minha cara. Mas já que você pediu... — Ele digita um código em um painel virtual. — Por favor. Teste o modelo mais novo.

Um guarda anda na minha direção carregando uma seringa, e eu me preparo para a inevitável névoa trazida pela medicação.

Estou de volta na minha casa, em São Francisco. Luz entra pelas janelas de três metros e meio de altura. Reconheço meu quarto, embora ele pareça diferente do que é agora. Uma casa de boneca elaborada, com empenas, torres e móveis de época, fica em um canto. Há uma escrivaninha de criança com giz de cera e cartolina por cima. É tudo cor-de-rosa.

Estou em outro canto, de frente para a cama ornamentada de ferro fundido. Uma criança está deitada nela, quase engolida pelos travesseiros brancos e um edredom cor-de-rosa e fofo. Os olhos da criança estão fechados, e seu rosto, pálido. Sou eu quando pequena. Estou testemunhando uma cena do meu passado. Mas não é como antes, quando assisti às memórias de Gravelle. Daquela vez, parecia que eu estava observando de longe. Isso é diferente. Imersivo. Quando estendo o braço e toco a casa de bonecas, eu a sinto. Vejo tudo em mínimos detalhes. Vejo *ela* em mínimos detalhes também.

O rosto da garota — meu rosto — não parece muito saudável. O macaco de pelúcia que eu costumava levar comigo para toda parte está enrolado ao meu lado. Sinto o choro vindo ao vê-lo.

Uma mulher vem e se senta com leveza na beira da cama. Ela coloca a mão na testa da menina. Ela é muito magra, com cabelo castanho liso preso em um rabo de cavalo apertado. Eu a vejo mexer no edredom e colocar o macaco de pelúcia mais perto da menina. A mulher é obviamente minha mãe. Sei que ela não é real — isso aqui é realidade virtual, afinal de contas —, mas é a primeira vez que a vejo assim, cheia de vida e não em uma fotografia. Fico sem ar.

— Mamãe? — A menina, *eu*, acordou.

Minha mãe pega a mão da menina. Ela está memorizando cada detalhe do rosto dela.

— Sim, meu amor?

— Não gosto daquele lugar. Tem cheiro ruim. Fiquei com saudades do meu quarto.

— Eu sei, meu amor.

— Posso ficar aqui? Não quero ir para o hospital.

— Pode — minha mãe diz, suas palavras ofegantes, tensas. — Pode ficar aqui, sim.

— Agora vou dormir, mamãe. Estou cansada.

— Claro, linda. Durma bem.

Minha mãe pressiona seu rosto contra o da menina — o meu — e começa a cantar.

— *Nana, neném, que a cuca vem pegar, papai foi na roça, mamãe foi trabalhar...*

Quando minha garganta fecha, sou transportada para o quarto de Oliver, na casa dele.

Ele está na cama. Não está se movendo nem respirando.

Paro ao lado do corpo de Oliver. Não estou só observando a cena. Eu *sou* a cena. Sei com certeza que estou prestes a reviver cada momento torturante do que aconteceu. Não há como sair daqui. Não posso fugir da memória ou detê-la.

— Oliver? — Hesito e me inclino sobre ele. — Oliver? Eu o sacudo um pouco, desejando que ele acorde.

— Ollie! — eu grito, impotente.

— Emmaline?

Eu me viro. É Jane.

— Oliver! É o Oliver! Ele não está respirando!

A expressão no rosto de Jane é de horror, mas também de acusação e culpa.

— Ele te disse o que sentia por você — Jane diz. — Ele disse que te amava. Você o destruiu.

— Não foi isso que aconteceu. Não foi assim! Eu o amava! É por isso que não podia arriscar. Porque eu nunca poderia...

Minhas palavras são em vão, porque Jane se virou e saiu pela porta, ligando com urgência para os paramédicos pelo seu Ameixa. Sinto minhas entranhas se revirando, como se uma mão tivesse agarrado meus órgãos e não quisesse soltar.

De repente, estou de volta na minha casa, na sala, desta vez, vendo meu pai, vestido em um terno escuro, conversar com outros adultos solenes. Eles andam pelo ambiente, mordiscando sanduíches e doces. Seus rostos estão tristes.

— Meus pêsames... — um dos homens diz.

— Katharine era... — a mulher ao lado do homem diz. Sua voz falha. — Estamos arrasados por você e sua menina.

Meu pai agradece o casal e pede licença. Ele se afasta e se apoia em uma mesa. Ele me olha nos olhos. Está claro o que está escrito ali. Recriminação.

Sacudo a cabeça. *Não*. Isso não é real. Não foi assim. Eu só tinha três anos quando minha mãe morreu. Eu não estava nessa sala. Eu estava doente. Doente demais para ir ao funeral dela. Pequena demais para entender.

Desviando dos olhos do meu pai, corro para o meu quarto. Sei que eu não estava lá. Vejo a menininha — eu — deitada em uma cama de hospital, não na cama de ferro que vi antes. Máquinas hospitalares a cercam, engolindo-a. Os olhos da menina estão fechados, e ela parece mais magra do que antes. O macaco de pelúcia está ao lado dela, seus pelos emaranhados onde ela — eu — o apertou.

Uma enfermeira entra apressada no quarto e coloca uma compressa na minha testa. Outra enfermeira vem atrás.

— Fiz uma ligação de urgência para o médico — a primeira enfermeira diz. — Dou dois dias a ela. Três, no máximo, antes de se encontrar com a mãe.

Minha garganta aperta.

— Acho que foi egoísta — a segunda enfermeira diz enquanto mexe nas máquinas. — Tirar a própria vida porque não conseguia ver a filha morrer? Deixar aquele homem enterrar a mulher e a filha? — A segunda enfermeira sacode a cabeça. — Pobre homem.

— Eu não o chamaria de pobre — a primeira enfermeira diz, arrumando a compressa.

— Dinheiro não compra saúde, né? — a segunda enfermeira comenta.

Fecho os olhos, ignorando-as. *Isso não é real, Emmaline.* Eu me lembro. É só uma memória, e nem isso. Está na cara que é uma memória fabricada e inventada, feita de pedaços de histórias que ouvi na minha infância. Eu não me lembro dessa conversa.

Respiro devagar, tentando me acalmar. Essa visão vai terminar. Vai passar.

De repente, o bip estável do monitor vira um único bip contínuo. Meus olhos se abrem e vejo as enfermeiras se inclinando com urgência sobre a cama da menina.

— Ela não está respondendo — a primeira enfermeira diz.

Foco no rosto da menininha, desejando que esse momento termine.

Fecho bem os olhos e tento afastar a imagem da criança morrendo da minha mente.

O médico na Suécia te salvou, Emmaline. Você não morreu. Você está viva. Você ainda está viva.

Quando abro os olhos, não estou mais no meu quarto em casa. Estou parada na beira do Ponto de Hades. O vento uiva e meu rosto parece congelado, como se eu estivesse parada nesse lugar ermo há séculos.

Vejo meus pés plantados a centímetros da borda e olho para baixo, para o penhasco lá embaixo. Não consigo tirar aquelas imagens da minha cabeça. A culpa do meu pai. A repreensão de Jane. Racionalmente, sei que Gravelle distorceu esses momentos e os usou para me manipular. Sei que meu pai e Jane não me culpam pela morte da minha mãe ou Oliver. Mas ainda assim.

O vento bate no meu rosto e começo a chorar. Encaro o Ponto de Hades, sabendo que só precisaria de um segundo para parar com esse ruído e me acalmar para sempre.

A ponta do meu pé direito experimenta a ponta da rocha. Ando para a frente. Estou prestes a pular. Para a morte? Mas não quero morrer. Não agora. De jeito nenhum.

Não quero me jogar nas pedras lá embaixo. Não quero que a terra se feche como um enorme punho sobre mim, amassando cada osso do meu corpo. Não quero que minha vida termine. Posso estar sem minha mãe e Ollie, mas ainda há tanta coisa que quero, amo e espero...

Mesmo assim, não consigo parar. Alguma força maior do que eu me empurra para a frente. Respiro fundo e o ar enche meus pulmões pelo que parece ser a última vez. Aceito meu destino.

Estou em queda livre. Enquanto meu corpo cai na direção das pedras, eu me pergunto quanto tempo vai levar para a dor parar, para que meu corpo quebre. Fecho os olhos, me preparando para o impacto.

Não precisa ser assim, uma voz — será que é minha? — diz.

Abro os olhos, confusa. As rochas estão embaixo de mim. Ainda estou caindo. O tempo desacelerou, mas as pedras estão ficando mais perto. Com certeza vão me devorar.

Você não precisa fazer isso. Você pode viver. Você vai viver.

Não sei dizer se essa voz é minha, de outra pessoa ou outra *coisa*, mas hesito.

Você está no controle. Você pode parar isso, Emma. Você pode mudar seu destino. Você pode mudar o rumo da sua vida.

Sem aviso e sem saber como, paro e flutuo no ar. Inexplicavelmente, não estou mais indo em direção a meu fim iminente. Estou flutuando. Estou *voando*.

É impossível entender, mas de alguma forma meu corpo está sendo levado para cima. Estou indo na direção do céu, na direção das nuvens, para longe da morte.

Abro os braços, hesitando de início, mas então com mais confiança. Ergo meu rosto para o vento e o deixo me carregar para cima. Para a segurança, para algo sobrenatural. Estou voando. *Voando*.

Não sou um pássaro, ainda sou eu. E, ainda assim, estou cortando as nuvens. Olho para o Ponto de Hades lá embaixo, observando sua majestade. Desse ângulo, ele não é macabro. É lindo. Vejo árvores, a Darkwood. Posso ver o mundo todo daqui, e é glorioso. Não estou com medo. Fecho os olhos e, desta vez, me sinto poderosa. Eu me sinto livre...

Acordo assustada. Estou de volta na poltrona do complexo. Meu coração está acelerado. Estou ofegante, curvada por causa de uma dor aguda no meu peito.

Levo um minuto para recuperar o fôlego e, quando o faço, tento encontrar o olhar de Levi. É um alívio ver o rosto dele. Mas ele parece incrivelmente triste.

— *Essa* é nossa tecnologia mais nova, Emmaline — Gravelle diz, surgindo ao meu lado. Não gosto do seu olhar, está diferente de quando chegamos. Um arrepio corre pelos meus braços. Estou tremendo. — Parabéns — Gravelle continua. — Apenas alguns poucos candidatos selecionados e muito sortudos tiveram a chance de experimentar o RV Obsidian.

— Ele fazia isso com você, Levi? Quando você vivia aqui? Isso foi parte da sua... educação?

— Sim — Levi diz com sua voz vazia. — Ele queria fortalecer nossas mentes da mesma forma como treinou nossos corpos. Nos tornar duros o suficiente pra aguentar tortura emocional.

Absorvo a resposta e percebo minha mente agitada.

— O que ele te mostrou agora? — pergunto. — Os piores momentos da sua vida?

— Não exatamente — Levi responde.

— O quê?

— A única forma de explicar é te mostrando — Levi diz. Ele parece tão perdido, tão *triste,* que quero abraçá-lo e reconfortá-lo. Mas ainda não consigo me mover.

— Oliver? — Levi diz, erguendo a voz. — Estamos prontos.

OLIVER

Um adolescente entra na sala. Ele anda decidido na nossa direção. Tem a exata aparência do meu melhor amigo. Ele se parece com Levi também, é claro, mas é mais Oliver. Ele tem o cabelo de Oliver, o porte ligeiramente mais magro de Oliver.

— Pra que isso? — pergunto enquanto olho desse sósia de Oliver para Levi e então para Gravelle, que parece estar apreciando a situação.

— Isso o quê, Emmaline? — Gravelle pergunta, educado.

— Me torturar.

— Ah — ele responde. — Eu chamaria de entretenimento. Mas é questão de semântica...

— Primeiro você me mostrou todas aquelas memórias horríveis e agora me traz outra aparição pra me lembrar do meu melhor amigo morto?

— Emma — Levi diz, baixo.

— Que truque é esse? — Eu me esforço para sair da poltrona, mas não consigo.

— Não é um truque, Emma — Levi diz.

— Não, Em — o menino diz, e eu me assusto. *Ele está falando comigo?* Olho para ele. — Levi está certo — ele continua em uma voz que soa completamente como Oliver. — Sou eu mesmo.

Encaro o garoto, certa de que voltei para a simulação de realidade virtual. Devo ter voltado. A faca serrilhada se enfia no meu peito.

— Você não é o Oliver. — Minha voz falha. — O Oliver *morreu.* Você *morreu!* — Eu me viro para Gravelle. — E você! Você fez lavagem cerebral nele ou o torturou. Fez, sim. Levou ele ao suicídio. Por quê? Com seu próprio filho? Você é tão sem coração assim, Underwood?

— Claro que não — Gravelle diz. — Eu nunca teria desejado uma *coisa dessas*, Emmaline. E é por isso que o garoto morto na cama de Oliver não era Oliver Ward, meu "filho", como você diz. Era um clone, criado com o único propósito de colaborar com meu grande plano. O Oliver Ward de verdade está vivo e bem, aqui na sua frente.

Encaro Gravelle, sem compreender. Olho para Levi. Por que os olhos dele parecem tão... vazios? Exaustos?

Com o canto do olho, vejo que o clone de Oliver me olha, me analisando. Ele diminui a distância entre nós e se ajoelha para que seu rosto esteja na altura do meu.

— Sei que é difícil de acreditar — ele diz, baixo, sorrindo para mim e quase fechando os olhos como fazia, exatamente da forma como eu me lembrava. — Mas sou eu mesmo.

Eu o encaro, incrédula.

— Não — respondo, sacudindo a cabeça. *Impossível.* — O Oliver de verdade estaria gritando. Ou lutando pra me tirar dessa poltrona — insisto. — Você não pode ser ele. Não faz nenhum sentido.

Gravelle manca até nós.

— Eu te dei a lua, Emmaline, e você está reclamando que está cheia de crateras! Dê uma chance ao Oliver. Se ele está um pouco mais relaxado, é porque está usando uma dose baixa de remédios. Alguns controladores de humor pra garantir que o tempo dele aqui no complexo não seja nada além de agradável.

Giro minha cabeça para fuzilar Gravelle.

— Então você está drogando ele? — Eu me viro de volta para esse Oliver e noto cada detalhe do seu rosto, suas mãos, seu corpo. Lágrimas de confusão, exaustão e puro medo enchem meus olhos. *Será que é Oliver mesmo?*

— Meu chute é que os remédios o mantêm dócil — Levi explica. — O tornam mais manipulável. Menos propenso a emoções. Sem esses medicamentos, ele poderia ter tentado fugir.

— Por que ele tentaria escapar, Levi? — Gravelle ronrona. — Dei a seu original tudo que ele poderia querer. Uma biblioteca cheia de livros. Um quarto repleto das câmeras mais modernas e os melhores equipamentos de edição existentes. Tudo o que Oliver sempre quis está à sua disposição.

— Ah, sim, tenho certeza de que Ollie está muito motivado a fazer filmes desse jeito, praticamente lobotomizado — murmuro para mim mesma.

— Então você acredita em mim? — Oliver diz com uma voz estranhamente calma.

— Você morreu — eu insisto. — Você me deixou sua chave. Aquele bilhete...

— Eu te escrevi, sim, um bilhete — Oliver diz, sua voz se perdendo. — Mas do complexo. Estou aqui desde o verão passado.

— Gravelle matou um clone inocente — Levi explica. — Ele queria que você pensasse que Oliver estava morto. Não só você, claro. Você, Jane, Booker, todo mundo. Foi tudo um truque. Nós caímos nele. Podemos nos levantar agora? — Levi indica o campo de força.

— Certamente. — Gravelle puxa uma tela e toca alguns botões. Sinto o campo de força ao meu redor se dissolvendo. Desta vez, quando tento me levantar, consigo. Enquanto estico as pernas, noto os dois guardas parados perto da porta ficando tensos. Ainda estou presa. Não tem por que fugir. Eu nunca escaparia. Em vez disso, ando até Oliver, desesperada para fazer meu cérebro entender o que estou vendo. Ainda não faz sentido nenhum. Mesmo sob a influência de remédios, o Oliver real me daria uma explicação maior... não daria?

— Você se foi — digo, engasgando. — Por quase um ano. — A faca serrilhada gira no meu peito.

— Isso não é um truque, Emma — Levi diz, agora de pé ao meu lado. — Você sabe que eu seria a primeira pessoa a questionar isso. Tudo isso... Por que meu guardião fez o que fez. Por que ele fez vocês todos pensarem que Oliver estava morto. Por que foi ele quem nos criou, pra início de conversa — ele diz em um tom obscuro.

— Foi ele o tempo todo — digo. Eu me viro com raiva para Gravelle, sentindo tanto ódio que poderia arrancar a cara dele com minhas próprias mãos. — O que você *fez*?

— Só corrigi alguns erros — ele diz, com um sorriso. — Alistei meu irmão, Albert Seymour, pra me ajudar a criar Similares pra que eu pudesse deixar um legado. Fazer os que me traíram entenderem certas... coisas.

Devo parecer confusa, porque Levi elabora.

— Ele queria que Jane e Booker sentissem a dor de perder um filho, do mesmo jeito que ele sentiu anos atrás, ao perder a guarda de Oliver. Então ele os fez acreditar, por quase um ano, que Oliver havia morrido. E depois me enviou para esfregar isso na cara deles. Sou uma peça nesse jogo todo. Todos nós somos.

Olho para Oliver. Será que é ele mesmo? Será que é tudo verdade?

— Ollie? — pergunto, com medo de dizer o nome dele em voz alta e estragar tudo, mesmo que eu não saiba o que é esse *tudo*.

— Ah, o amor de juventude — Gravelle diz, sorrindo. — Que maravilhoso pra você, Oliver, finalmente ter o encontro com Emma que você merece. — Ele bate palmas alegremente. — Não é bom? — Gravelle se dirige a Levi. — Agora você entende como foi pra mim quando fui tão cruelmente abandonado pela minha mulher e filho.

— Você não vai me virar contra ela — Levi diz, com raiva, e entendo por que ele parecia tão triste antes. Mas não consigo pensar nisso agora. Tenho que lidar com a situação. Preciso ser racional.

— Se é mesmo você — digo, com autoridade, pelo bem de todo mundo —, prove.

— Os biscoitos da minha mãe — o sósia de Oliver diz.

— O quê?

— Você gostava mais do de merengue de limão, mas não queria magoar os outros biscoitos, então sempre comia um de chocolate e um de açúcar, para ninguém se sentir excluído.

— O que mais? — sussurro, me agarrando a cada palavra que ele diz.

— Cinquenta anos, cinquenta anos, vou ser seu melhor amigo por mais cinquenta anos.

— E depois?

— Você vai precisar se candidatar de novo.

Todo meu corpo fica tenso. *É ele mesmo. Tem que ser. Ninguém mais* poderia *saber essas coisas...* Encaro o rosto de Oliver e vejo sua expressão anestesiada por meses de remédios. *Oliver. Oliver!* Eu poderia passar o dia todo olhando para ele. Mas não demora muito para o pânico me consumir. E se os medicamentos alteraram a personalidade dele irreversivelmente?

— Cadê a Prudence? — exijo. — Já esperamos tempo demais.

— Você não tem muita paciência, né? — Gravelle diz enquanto manca para a parede oposta, com janelas estreitas. Ele chama um painel de controle virtual e começa a digitar comandos nele. Enquanto digita, noto a parede oposta começando a se abrir. Há um espaço atrás dela. Um compartimento longo e estreito, uma espécie de quarto.

Ali, acorrentada contra a parede, está Prudence.

FUGA

— **A gangue toda reunida** — Gravelle diz, observando Pru com satisfação. — Juntos outra vez e aquela coisa toda. Você não ama finais felizes?

Corro na direção de Prudence.

— O que você fez com ela?

— Eu estou bem — Pru diz, com coragem. Mas, pela aparência, ela não está nada bem.

— Você nunca mentiu bem — digo a Pru enquanto engulo um soluço. Pru está muito mais magra do que da última vez que a vi, há vários meses, e as algemas prendendo seus punhos na parede estão ferindo sua pele. Acho que vou passar mal.

Eu me viro para Gravelle e sinto meu corpo esquentando enquanto minha ira cresce.

— Por que ela está nesse... nessa contenção?

— Emmaline, Emmaline — Gravelle cantarola. — Você tende a ser dramática. Pru me fez uma visita e acabou sendo um momento bem conveniente pra ela me ajudar em uma pesquisa. — Gravelle vem mexer em alguns fios aos pés de Pru.

— Ele quer dizer que me tornei uma cobaia humana — Pru diz.

Gravelle ri.

— Prudence tem sido útil, ainda que pouco colaborativa.

Tirando os olhos de Pru por um momento, observo o quarto. Havia muita coisa escondida de nós antes de a parede se abrir. O espaço está cheio de equipamento intimidador de metal reluzente. Vejo monitores, instrumentos cortantes brilhando em bandejas de alumínio e fileiras de tubos de ensaio e béqueres.

— Você está impressionada com o meu laboratório — Gravelle nota. — É bem amplo, como você logo verá. Oliver, Levi... Isso pode, e *será,* de vocês um dia.

— Como se fôssemos querer fazer parte disso — Levi resmunga.

— Eu te aconselharia a falar só por você, filho. — Gravelle se move pelo laboratório, empilhando distraidamente alguns potes de vidro. — Oliver passou os últimos muitos meses aproveitando tudo o que este complexo tem a oferecer. Vendo o quão poderoso ele pode ser ao meu lado. Você ficaria surpreso ao ouvir que ele discorda de você...

— Eu não discordo — Oliver deixa escapar, e espio meu melhor amigo de novo, bem abaixo dessa superfície dopada. — Quero voltar pra casa, para os meus pais.

O rosto de Gravelle se contorce de raiva.

— Que pena. Vocês vão ficar aqui pelo futuro próximo. Levi teve anos de treinamento neste complexo. Você ainda precisa de muito, filho. Levi, você esqueceu o que te espera na Darkwood? Você ainda é um suspeito no ataque à cara Prudence. Aqui, você está seguro...

— Não foi o Levi — Pru interrompe. — Não foi ele. Emma e Levi salvaram a minha vida. Se não fosse por eles, eu poderia ter morrido. Ela estava com medo de ser pega e me deixou na casa de barcos antes de Emma me encontrar.

— Ela? — Meu coração bate com violência. — Mas não foi a Madison. Ela estava se encontrando com o tutor, se é que dá pra acreditar...

— Não, não Madison. Tessa Leroy. Ela me acertou com um remo e me deixou pra morrer dentro daquela canoa.

— Tessa? — Estou chocada. — Mas por quê?

Pru suspira.

— Eu sabia dos experimentos que Ransom e Fleischer estavam fazendo com os Similares. Eu descobri no verão, pelo meu pai. Alguém na Pedreira deu a dica pra ele. Não sei como descobriram. Mas confrontei a Tessa pra poder parar tudo isso antes que começasse. Pedi a ela pra me encontrar na casa de barcos e a avisei que não iam se safar com isso, que a Pedreira iria impedir, que ela precisava passar para o nosso lado. Mas ficou claro bem rápido que Tessa não seria racional. Ela disse que os Similares mereciam o tratamento que estavam recebendo. Ela disse que Theodora arruinou a família dela e que tudo começou comigo. Com o meu pai.

— Seu pai? O que Jaeger tem a ver com...? — É quando entendo. Ele escreveu a matéria sobre Damian, tornou sua fraude uma notícia nacional. — A notícia. Sobre os crimes.

— Sim — Pru responde. — Isso e o fato do meu pai ser abertamente pró-clone. Tessa está em uma missão pra destruir todos os clones pessoalmente, se puder. Mas começou comigo.

— Isso é loucura — digo. — Seu pai é jornalista. Ele estava fazendo o trabalho dele. E você não tem culpa dele ter escrito essa matéria. O pai dela não deveria assumir a responsabilidade pelo que fez?

— Odeio interromper esse encontro feliz — Gravelle diz. — Mas essa é uma informação *muito* interessante. A filha de Damian Leroy tem uma rixa com seu pai, Prudence?

— Pelo visto, sim — ela diz, lutando para se soltar das algemas, mas sem sucesso.

— Ora, ora. Ela está em boa companhia, então — Gravelle reflete.

— E o que *isso* quer dizer? — eu pergunto.

— Quer dizer que Jaeger Stanwick não mudou muito nas duas décadas desde que fomos colegas. Quer dizer que ele provavelmente não se arrepende de como me tratou naquela época...

— Você está falando das raposas, de ter soltado aqueles animais do laboratório, não está? Da sua expulsão.

— Ela acertou, senhoras e senhores — Gravelle diz, o rosto imóvel.

— Você ainda está com raiva disso? Foi mais de vinte anos atrás! Vocês eram crianças. Você ficou bilionário, caramba. Casou com Jane Porter...

— Não finja que entende como foi a minha vida — Gravelle diz, a voz esvaziada de humor. — Quando criança, vi meu legado e origem serem negados. Precisei me esforçar pra me encaixar na Darkwood. O dia em que Jaeger Stanwick se recusou a confessar seu papel naquele desastre colocou minha vida em uma trajetória devastadora, e nunca consegui corrigir seu curso.

— Você sabia disso tudo, Pru? Que Gravelle odeia seu pai tanto assim?

Pru sacode a cabeça.

— Claro que não. Eu vim aqui pra falar com ele, pra tentar trabalhar com ele pra proteger os Similares de pessoas como Ransom. A Pedreira acredita...

— A Pedreira, a Pedreira. Como vocês são nobres. Vamos ser honestos, Prudence. Você foi atrás de mim porque estava curiosa a respeito dos Similares. Querendo saber por que eles existiam. O porquê de você ter uma gêmea em Pippa.

— Claro — Pru diz, suavemente. — Claro que eu estava curiosa...

— Foi tudo por vingança — Levi diz, baixo. — É por isso que existimos. Para sermos peças no esquema doentio de Gravelle...

Gravelle faz um gesto de desdém.

— Você me subestima, Levi! Meus planos são bem mais complexos do que simples restituição. Você e seus amigos só começaram a me ajudar a alcançar meus objetivos. O legado que deixarei neste planeta antes de morrer...

— Você já deixou seu ponto claro — Levi interrompe. — Agora, deixe Emma e Prudence irem. Oliver e eu ficamos. Você pode continuar sua pesquisa, ou o que quer que esteja fazendo, na gente. Você está estudando o controle mental de Pru, não está? Deixe-me adivinhar: você quer comparar o cérebro dela com o de Pippa. Estude a mim e a Oliver em vez disso. Nós aguentamos — ele diz, teimoso.

— Você e Oliver são importantes demais pra serem testados e cutucados — Gravelle diz, me encarando como se eu fosse uma presa. — Vocês todos ficarão aqui até segunda ordem. — Gravelle faz um gesto de cabeça para os guardas. — E se você está pensando em chamar seu pai, Emmaline, acho que vai descobrir que seu Ameixa não funciona. Ele adoraria vir te resgatar, mas é que ele não sabe onde você está ou onde este lugar fica, sabe?

— Os outros Similares — Levi diz. — Eles virão atrás de nós.

— Eles farão o que eu disser — Gravelle diz. — Enquanto isso, guardas? Preparem mais três camas.

Dois guardas agarram Oliver e eu.

— Desculpa, meu velho — Levi diz, bem baixo. — Mas tudo o que sei aprendi aqui. Com você.

Levi voa pelo ar, girando enquanto acerta com o joelho a arma de um guarda e chuta a do outro. Enquanto os guardas estão perdidos, Levi move seu corpo na direção oposta, acertando o terceiro homem e deixando-o inconsciente. Ele não consegue chegar no quarto guarda a tempo, que atira em Levi e erra por pouco, acertando uma mesa cheia de béqueres que se partem em um milhão de pedaços. Levi rola no chão, pega uma das armas e atira nos guardas. As balas acertam um guarda no pé, e ele se retorce de dor. Levi passa por cima dele, desviando de outra bala. Adrenalina percorre minhas veias. Corro para as algemas que prendem os braços de Pru e bato freneticamente no fecho com uma peça. É uma luta, mas finalmente o entorto o suficiente para que Pru deslize para fora. Uma vez livre, os braços de Pru caem ao seu lado como um macarrão, e ela desaba de dor sobre mim. Será que deslocou os braços?

— As garotas! — um guarda grita quando nota que libertei Pru. Ouço um curto toque quando dois guardas desviam para uma caixa de vidro em uma bancada do laboratório. Não a tinha notado até agora. Está cheia de injetáveis.

— Injetem na cobaia! — Gravelle grita. — Não podemos perder todos esses dados! — ele troveja.

Um guarda mergulha na nossa direção, o injetável pronto. Empurro Pru para o lado, jogando meu próprio corpo na frente.

Sinto a picada familiar quando o injetável fura a pele do meu braço. Sei que só tenho alguns momentos antes de ficar à mercê de qualquer memória ou escuridão que venha para mim. Antes que o injetável me controle, busco por ajuda na sala, mas estou sozinha. Levi pegou Pru e a está carregando para a saída, enquanto Oliver tenta atrapalhar os guardas. Pelo menos preservar os preciosos dados de Gravelle quer dizer que ele não vai nos matar. As balas pararam de voar por enquanto, embora os guardas estejam totalmente focados em nos manter dentro da sala.

Ninguém está mais preocupado comigo. Serei perdida em segundos. Assim que for jogada para a realidade virtual, ficarei indefesa. Luto contra a sensação que tenta me convencer de que estou praticamente morta. Preciso me defender. É quando noto o estojo com os injetáveis. Os guardas o deixaram aberto. Eu me arrasto, pego duas seringas e as enfio no bolso, então reúno toda a minha energia e concentração para seguir Levi na direção da porta.

Pru insiste que recobrou a força e Levi a coloca no chão.

Um guarda vem pelo lado, bloqueando a porta. Pru o surpreende com um chute na virilha. Ele se dobra de dor e passamos por ele em direção ao corredor. Pru lidera, gritando que sabe como sair. Logo antes de o injetável me ganhar, uma bala acerta a perna de Ollie. Rezo para que quando eu finalmente voltar dessa memória, isto é, se eu voltar dessa realidade alternativa, nós dois estejamos vivos.

INJETADA

Não sei o que esperar quando minha visão retorna. Minha casa de quando era criança? O Ponto de Hades? Em vez disso, estou bem onde estava momentos atrás: no corredor do complexo.

Oliver está a apenas alguns metros de mim, testando o peso em sua perna ferida e fazendo uma careta de dor. Pru está mais adiante no corredor. Isso é real ou só uma memória?

Uma bala passa voando pela minha cabeça.

Não sei se é possível morrer em uma realidade virtual, mas não quero descobrir. Preciso me *mover*. Preciso sair daqui.

Estendo um braço para Oliver, indicando para ele se apoiar em mim. Ele o faz e nós vamos com Levi até Pru, que está segurando uma porta aberta no fim do corredor.

— Vamos — ela diz, com urgência. — Deixei um barco ancorado nas docas. Dá pra gente voltar ao continente.

Ajudo Oliver a sair e espero que Levi e Pru passem antes de eu mesma sair. A porta se fecha atrás de mim e eu respiro. Embora ainda não estejamos a salvo, estou aliviada. Meus amigos e eu vamos sair daqui — dessa visão que estou tendo e na vida real também. Vamos deixar esta ilha para sempre. É disso que precisamos.

Meus amigos. De repente, estou em um corredor escuro. *Eles não estão aqui.*

— Pru? — grito. — Ollie? Levi? — Eu me viro, apertando os olhos na escuridão, rezando para que eles estejam à frente ou virando uma esquina. Mas, pelo que consigo ver, o corredor está vazio. Eles se foram e estou totalmente sozinha.

Alimentada pela minha desesperada necessidade de sobreviver, corro por corredores e mais corredores, me perdendo no coração do complexo. Quando chego ao fim de um longo corredor, paro, me perguntando se devo ir para a esquerda ou para a direita. Dois guardas me agarram. Antes que eu possa resistir, eles me levam. Tento me soltar dos braços deles, mas é um esforço inútil: eles são fortes demais e suas mãos são como torniquetes.

Em instantes, estamos de volta à grande sala em que Gravelle mantinha Pru. O local parece igual a quando saímos, só que o chão está coberto de sangue. Um novo terror nasce no fundo do meu estômago. Eles estão me trazendo pra cá por um motivo. Deve ser para me matar.

Os guardas me prendem com as algemas que prendiam Pru à parede. Eles puxam meus braços para o teto e os algemam. Prendem meus pés também, depois me conectam a elétrodos. Eu grito, e eles enfiam agulhas nas minhas veias. Me imagino presa aqui para sempre — meus amigos longe e incapazes de me salvar. É quando percebo que há coisas piores que a morte. Como isso. Definitivamente isso.

Não, grito na minha mente enquanto os guardas me espetam com mais agulhas, falando em uma língua que não entendo. *Não,* imploro enquanto lágrimas enchem meus olhos.

Alguém aparece na minha frente, andando de um lado para o outro, observando seu trabalho. Pisco para afastar as lágrimas, esperando ver Gravelle, o doido em pessoa. Mas não é ele. Em vez disso, é o diretor Ransom que está me estudando. Ele me observa a uma distância confortável enquanto os guardas terminam seu trabalho.

— Emmaline — Ransom diz, como um trovão. — É uma pena que as coisas tenham que terminar assim. Você sempre foi tão... fascinante. Minha pesquisa sobre os Similares não vai a lugar nenhum. Preciso de uma nova cobaia. Alguém com potencial. Alguém como você.

— Nunca. — Faço uma careta: a dor das agulhas e meus ombros latejantes começam a me deixar tonta. — Vou sabotar os dados. Você nunca vai tirar nada de mim.

Ransom suspira.

— Eu queria que a detenção tivesse te ensinado uma lição, Emma, mas vi que ela teve pouco efeito sobre você. Guardas? Podemos ver como o corpo dela reage à sensação de afogamento?

— Não! — grito. Não vou deixar ele me torturar. Sacudo minhas mãos e meu corpo contra as correntes que me seguram. Em um movimento excruciante, elas estalam. As algemas soltam.

Espera... como assim...?

E é quando eu me lembro de voar no Ponto de Hades. Flutuando, congelada no meio do ar e voando para cima, sem cair nas pedras. Me salvando.

Isso não é real, Emma. É só uma simulação. Um fingimento. Ficção.

Estou livre. Não mais presa às correntes, lanço meu corpo no ar. Estou voando de novo. A visão à minha frente é da janela longa e retangular no topo da parede. Lá fora há árvores e depois água e um céu infinito e azul até onde a vista alcança.

Uma pintura está pendurada na parede abaixo de mim, e eu me abaixo e a agarro, tirando-a da parede e empurrando meus pés na viga, me lançando na direção da janela como um aríete humano. Aponto a pintura para a janela. Ela quebra o vidro, que se despedaça à minha volta. Passo pela abertura, direto lá pra fora.

Agora estou voando na direção de uma clareira, onde vejo os Similares. Todos os seis sentados imóveis em suas cadeiras, olhando bem à frente, parecendo em coma. Noto o sangue fluindo para fora dos seus corpos através de acessos. Seus rostos estão tão, tão pálidos. Com uma clareza aterrorizante, entendo o motivo: seus corpos estão sendo *drenados*. Eles não vão sobreviver a isso. Quando essa simulação acabar, estarão mortos.

Em pânico, voo na direção dos Similares. Estou prestes a aterrissar entre Pippa e Maude quando ouço o rosnado. Um cão de guarda se prepara para dar um bote atrás de mim.

Eu me viro para encarar o cachorro. Com caninos afiados e gengivas vermelho-vivo, ele avança para cima de mim, mordendo. Eu me lanço no ar, usando o poder que senti quando me soltei das algemas, quando voei para fora do Ponto de Hades. Aponto meu corpo na direção de Pippa, que está logo abaixo de mim. Puxo o acesso dela e a salvo.

Aaai! O cachorro salta metros no ar e afunda seus dentes no meu tornozelo. Caio no chão e mais cachorros aparecem, me cercando. Prontos para matar.

Não!, grito na minha cabeça. *Isso não é real. É tudo coisa da realidade virtual doentia de Gravelle. Não está acontecendo, não de verdade...*

OS SIMILARES 377

Mas a dor no meu tornozelo parece mais do que real. Eu me arrasto para a frente, esticando o braço para puxar o acesso de Pippa. Segundos depois, os cachorros me cercam de novo, mordendo e rosnando. Tento voar novamente, para fora do alcance deles, mas não consigo. Eles me pegaram agora. Um cachorro me derruba, outro fecha seus dentes na minha panturrilha e mais dois saltam em cima de mim, um enfiando seus caninos no meu ombro, e outro, no meu pescoço. O fim está próximo.

Então me lembro do Ponto de Hades.

O injetável. Você está no controle. Você não precisa estar aqui. Pode sair, Emma. Você pode sair...

— Não! — grito, minha voz bruta e instintiva. — Não!

Meu corpo está diferente agora. É feito de metal. Ou talvez eu esteja usando uma armadura, não sei dizer. Enfim, tudo que importa é que, quando os cachorros tentam me morder, seus dentes batem em uma superfície dura. Ouço os dentes raspando. Frustrados, eles arranham até perderem o interesse e se afastarem de mim. Minha dor se esvai e me curo. Fico ainda mais forte.

Olho para minhas mãos. Meus dedos são feitos de peças independentes de metal, ligadas a juntas que me dão movimentos fluidos. Meu torso, minhas pernas e meus braços também estão cobertos por esse material de alumínio. Ele ressoa quando bato um dedo de metal sobre ele. Não me preocupo em explorar meu corpo além disso. Não preciso. Nessa realidade virtual, eu sou forte. Sei o que posso e preciso fazer.

Corro na direção dos Similares, que estão confinados por correntes. Vou de um a outro, puxando seus acessos um por um e soltando os elétrodos e outras agulhas.

— Vocês estão livres! — eu grito, mas ninguém se move ou responde. Os olhos deles ainda estão congelados. — Vocês estão livres — digo, desesperada.

Ainda assim, os Similares não reagem. Corro para Pippa. Sei que ela reagiria a mim, se pudesse. Mas ela não reage. Seus olhos estão vazios. Desejo que Levi olhe para mim. Ele não olha.

Frustrada e com raiva, eu grito.

— Acorda! — Eu o empurro com minha mão de metal. Quando ela se conecta ao corpo dele, seu torso se abre. Pó e penas saem da casca dele. Engulo um soluço. Ele não é real. É de mentira. Uma réplica. Um boneco. Nenhum desses Similares é de verdade. Foi só mais um truque.

Vá embora, diz uma voz — minha voz. *Pare de deixar ele te manipular. Pare com isso agora, Emma!*

Em um instante, estou na praia artificial de Gravelle. Vejo Prudence se esforçando para soltar a lancha que está presa às docas. Ela está gritando meu nome, pedindo para eu entrar. Ollie manca com sua perna ferida e há sangue correndo em ondas da ferida.

Olho para o meu próprio corpo. Ele não é mais de metal. Minha armadura se foi. Sou só eu de novo. Talvez eu tenha finalmente escapado do teste de realidade virtual, mas ainda estou vulnerável.

Ouço um grito e me viro. Há dois guardas segurando Levi. Vou ajudá-lo, mas Gravelle bloqueia o meu caminho.

Olho para a cara dele, o rosto de um louco. Ele faz um gesto para que os guardas soltem Levi, que para de se debater. Levi se levanta lentamente, tentando dizer algo com o olhar. Não sei o quê.

— Bem-vinda de volta, Emmaline — Gravelle ronrona. Mesmo por cima do ruído da lancha, consigo ouvi-lo com clareza. — Tenho que admitir que estou surpreso. Aquela simulação deveria ter te deixado fora de combate por horas.

— Quanto tempo fiquei nela? — pergunto, com a voz amarga e cheia de nojo. Tenho ciência de que, parada aqui, conversando e provocando este homem, estou andando numa corda bamba justo quando todas as nossas vidas estão em jogo.

— Catorze minutos — Gravelle responde.

— Ah — digo, me sentindo derrotada. Pareceu bem mais que isso.

Gravelle me circula, e olho para Levi em busca de ajuda. *O que este homem quer de mim?*

— Estou convencido — Gravelle diz — de que você seria beneficiada por um treinamento no complexo. Eu daria muita coisa pra estudar sua mente...

Enfio a mão no bolso em busca da única salvação que me resta. Os injetáveis que agarrei naquele estojo de vidro. Meus dedos se fecham em volta de uma das seringas e eu a puxo, atacando Gravelle. Acerto o braço dele através da manga.

Surpresa surge no rosto de Gravelle e eu recuo, jogando a agulha de lado. Pru corre e pega minha mão, me arrastando para o barco.

Gravelle faz uma careta. Nós dois sabemos que o injetável vai afetá-lo logo. Em momentos, ele será transportado para uma realidade alternativa onde terá que reviver cada sofrimento que já enfrentou na vida.

— Aproveite sua realidade sozinho — grito por cima do ombro.

— Você não acha que já revivi esses momentos todos os dias da minha vida? — ele responde.

Eu paro.

— Então não vai ser difícil sair das memórias, né? Foi você quem criou a tecnologia. Com certeza vai saber parar. E vencer. Vai conseguir fazer o que eu fiz.

— O que você fez não era possível — ele diz, e percebo seus olhos perdendo o foco. O injetável está começando a funcionar. Pru me puxa de novo, mas ergo a mão para impedi-la. *Espera,* eu imploro silenciosamente a ela. *Espera.*

— *Foi* possível, sim. Mas não estou surpresa que alguém indigno como você não tenha ideia de como esse tipo de controle mental funciona. Você precisa se importar com outra pessoa mais do que com você mesmo.

— Eu não sou indigno... — ele resmunga, e, pela primeira vez, vejo o homem por trás do rosto marcado. Um homem que perdeu tudo e se vingou por isso.

Tremendo, ele cai. O injetável o deixou impotente.

— Agora! — Prudence guincha enquanto me puxa para a lancha.

— Levi — grito, me soltando de Pru.

— Salve-se, Emma. Por favor! — Ollie grita do barco enquanto luto com Prudence.

— A gente não pode deixar ele aqui — digo, desesperada, quando vejo os guardas começarem a levar Levi embora. Gravelle está jogado no chão, de olhos fechados e tendo uma convulsão. Não tenho tempo para imaginar o que ele está encontrando no portal. Espero que seja tão horrível quanto os cachorros. Espero que seja pior.

— LEVI! — eu grito de novo.

— Vá — Levi diz de volta. — Por favor. Nunca te pedi nada, Emma, mas estou pedindo agora. Por favor, vá embora.

— Mas Gravelle... ele vai te torturar!

— E eu vou sobreviver — Levi diz. Com um puxão, os guardas deixam claro que é hora de ele ir.

— Não — digo, chorando enquanto Prudence me puxa para longe de Levi e Oliver me ergue para embarcar. Pru sabe como operar o barco. Não tinha ideia de que ela sabia fazer isso, e em instantes deixamos a costa e vamos em direção ao mar aberto.

Dou uma última olhada em Levi enquanto os guardas o arrastam para dentro do complexo. Nunca senti tanta saudade de uma pessoa viva como sinto agora.

Na balsa a caminho de casa, Pru e eu ficamos no deque, olhando o oceano imenso. No barco para Queen's Harbor, Pru aplica um curativo de emergência na ferida de Ollie. Quando chegarmos, o machucado será apropriadamente limpo e costurado. Agora ele está cochilando com a cabeça encostada no assento ao lado. A provação que acabamos de passar deixou todos nós exaustos, mortos de fome e acabados. Quando a adrenalina começa a deixar meu corpo, sinto o peso do que aconteceu.

Deixamos Levi no complexo com o guardião dele, um monstro.

Tenho Oliver de volta, mas perdi Levi.

Depois de um tempo, me sento ao lado de Oliver. Um pedaço de papel dobrado cai do bolso do meu suéter e flutua até o chão. Confusa, eu o pego. Isso não é meu, não que eu me lembre, pelo menos. Eu o desdobro e começo a ler.

Cara Emmaline,
Gostei muito da sua visita surpresa à minha ilha. Me alegra mais que tudo que a filha do meu antigo companheiro de quarto

tenha se tornado uma peça tão valiosa na vida dos meus dois filhos. Diga ao seu pai que cuidei bem de você enquanto esteve aqui. Ele ficará feliz de saber disso.

Emma, não quero atrapalhar a sua vida, mas é hora de você saber exatamente quem é.

Quando meu irmão, Albert, clonou os originais tantos anos atrás — quando amostras de DNA foram tiradas de Madison, Tessa, Jake, Prudence, Archer e Oliver e embriões foram implantados em úteros artificiais —, havia uma outra garotinha, uma menininha doente, que foi clonada com eles.

Felizmente para essa família, eu soube rapidamente da situação difícil da criança e pude oferecer uma solução: um clone. Uma nova filha que seria exatamente igual à sua original. Uma que poderia substituir a garotinha quando ela morresse, oferecendo ao pai viúvo da menina uma segunda chance de ser pai. A menina original, a que não foi salva por tratamentos experimentais na Europa e que, na verdade, morreu nos braços do pai, tinha o nome de Emmaline Chance. Você, minha querida, é o clone dela. Sua certidão de nascimento diz Eden Gravelle. Eu ficaria feliz de mandar qualquer documento que você precise para ter a certeza de que isso é verdade.

O que importa agora é que você entenda quem é, Emmaline. Ou, devo dizer, Eden. Afinal, esse é seu verdadeiro nome. Você nasceu na minha ilha, mas não cresceu lá. Você teve uma vida mais "normal", e espero que aprecie ter tido o que os outros não tiveram. Sinto muito se seu pai não pôde te amar adequadamente. Suponho que ele possa ter ressentimentos por você ter assumido o lugar da primeira menina, a filha que ele adorava mais do que a própria vida. É uma pena ele não ter conseguido apreciar o que fiz: te clonar como um presente surpresa e te deixar na cabeceira da cama da filha agonizante dele. Acho que você tornou difícil para ele te amar.

Se isso for informação demais para processar, peço desculpas. Eu só queria que você soubesse a verdade. Você é uma Similar, Eden, em todos os sentidos da palavra.

Com todo o respeito,
Augustus Gravelle

O CLONE

O bilhete de Augustus Gravelle não existe mais. Eu o rasguei em mil pedaços e o joguei para fora da balsa, no oceano infinito. Ninguém sabe da carta, porque não contei a ninguém. E não vou. Nunca.

Além disso, não vou pensar em seu conteúdo. Não vou remoer o fato do meu pai nunca ter me amado de verdade porque eu sou eu, não *ela*. Não vou pensar em como meu nome não é meu de verdade. Em como sou uma impostora, uma substituta, uma compensação por uma garota que todo mundo amava. Não posso pensar em como meu pai sabia e mentiu para mim esses anos todos. Que família, hein. Mas guardo tudo isso para mim. Agora é o momento de Oliver. A vez dele, finalmente, de ver seus pais de novo.

Nós três pegamos o ônibus de volta para a estação onde Levi e eu começamos nossa jornada. Estamos cansados e anestesiados, mas isso não nos impede de estarmos alegres.

Oliver ligou para Jane e Booker antes de pegar a balsa e contou as notícias com delicadeza. Tenho certeza de que

Jane não acreditou, assim como eu não consegui e não pude acreditar nessa notícia de primeira. Mas agora, no meio do terminal de ônibus, ela toma o filho nos braços. Sua figura frágil e devastada se agarra a ele como se sua vida dependesse disso. As lágrimas de Booker correm descontroladas pelo seu rosto. Eu me pego sorrindo. Isso é certo e bom. Haverá tempo para explicações mais tarde, sobre como e por que Underwood fez isso com eles. Por enquanto, um filho foi devolvido à sua família. Jane pode respirar de novo.

Lágrimas enchem meus olhos enquanto observo a reunião feliz. Houve um tempo em que ver Oliver vivo assim era tudo que importava para mim.

Mas agora... agora há Levi. Levi, que nunca teve a chance de uma reunião feliz como essa. Levi, que só conheceu sofrimento. Levi, que deixamos para trás.

Checo meu Ameixa pela milionésima vez, esperando um buzz dele. Um bilhete, um breve comentário. Algo que me diga que ele está bem.

— Dash — sussurro. — Alguma notícia de Levi?

— Não, Emma — Dash responde. — Eu te aviso no momento em que tiver alguma atualização.

A atualização não vem.

O tempo passa. Duas semanas, para ser exata.

Só me permito pensar no bilhete de Gravelle no meio da noite, durante as horas da madrugada em que não consigo dormir.

Será que ele está mentindo? Eu me fiz essa pergunta centenas de vezes e ainda não tenho uma boa resposta.

Será que é verdade? Essa pergunta eu me faço ainda mais vezes, mas o simples pensamento faz meu coração pesar como uma bigorna.

Se eu não sou quem eu pensava ser... Se não sou a filha original do meu pai, mas uma substituta, uma compensação...

Não sei nada sobre quem sou. Meu passado não é o que eu achei que fosse. Meu futuro é um ponto de interrogação.

Só uma coisa segue constante: Oliver está vivo, e sou grata por isso. De volta à Darkwood, ele se senta ao meu lado na mesa longa e gasta e almoçamos. Ele voltou. Ele implorou a Jane e Booker para deixá-lo voltar para as últimas seis semanas de aula, explicando que a normalidade da sua vida na Darkwood serviria como um bálsamo necessário para curar suas feridas. Eles relutaram, mas, finalmente, não discutiram. Tê-lo de volta aqui é um sonho realizado, mas não muda o fato de a faca serrilhada ainda estar enfiada no meu peito.

Sendo sincera, Oliver não é mais o mesmo. O garoto despreocupado e espontâneo que via o mundo com tanto entusiasmo e maravilha se foi. Pippa me garantiu que esse é um simples efeito colateral dos remédios e que, em algumas semanas, ele vai voltar à sua antiga versão feliz. Mesmo assim, estou preocupada.

Hoje, tento não estar. Meu pai vem para uma visita. Ele sentiu a necessidade de me ver após a notícia do retorno de Oliver. Guardei um lugar para ele ao meu lado. Prudence está do outro lado. Pru recebeu uma boa quantidade de gritinhos, abraços e berros. Ela está viva, bem e se lembra de quem a atacou. Tessa Leroy não aparece na escola desde o nosso retorno. Pippa e o restante dos Similares se sentam conosco. É estranho e pouco familiar, mas parece fácil, como se sempre devesse ter sido assim.

Pru aponta para os feeds, e todos erguemos os olhos para ver as últimas notícias sobre direitos dos clones. Não somos os únicos prestando atenção: quase todo mundo no refeitório olha para cima, para o espaço de exibição. A julgar pelos fragmentos de conversa que ouço, alguns estão felizes com o que veem, outros, perturbados.

— O que está rolando? — pergunto, murmurando. — O que eu perdi enquanto faltei?

— Clones sem documentos atualizados não podem mais cruzar a fronteira e entrar nos Estados Unidos. E esses documentos, mesmo se *forem* atualizados, podem ser contestados por qualquer corte americana. O que quer dizer que juízes individuais podem negar cidadania a um clone — Pippa explica.

— Mas isso é inconstitucional — digo, meus olhos indo de Pru para Pippa e para Maude, Theodora e os outros.

— Não se a Suprema Corte decidir que clones não são humanos — Pippa diz.

— Não podemos pensar nisso agora — Maude diz, com firmeza. — Precisamos ser discretos. Não dar a ninguém mais motivos pra não gostarem ou desconfiarem de nós, ou questionarem se este é nosso lugar.

— E o que acontece quando o diretor Ransom chamar vocês de volta para o laboratório de pesquisa? Vocês vão? — pergunto.

Maude faz que sim.

— Por enquanto, sim.

Fico frustrada, mas sei que não vou conseguir fazê-la mudar de ideia.

— Precisamos contar a alguém — apelo para Oliver. — Precisamos relatar o que Ransom está fazendo com eles. A pesquisa. É uma violação de direitos humanos... Talvez você possa fazer um documentário?

— Não se eles não quiserem. Essa briga não é nossa, né? Não somos um deles... — Oliver diz.

Mas eu sou, penso antes de me impedir. *Não sou?*

Quando meu pai chega ao refeitório, aceno para ele. Ele pega uma bandeja de comida e então se senta ao meu lado, apertando-se entre mim e Prudence de forma desconfortável. Preciso de todo o meu controle para não perguntar a ele, agora mesmo, se a Emma original morreu, como Gravelle disse na carta. Se fui clonada para ser uma substituta. Se esse é o motivo para ele nunca ter me amado.

Não pergunto. Não vou fazer nada, muito menos aqui.

— Peguei bolo de chocolate pra você — meu pai diz. — Você gostava quando era criança... — Nenhum de nós dois deixa de notar que ele não faz ideia do que eu gosto agora, quais são meus gostos e preferências.

Mas talvez eu também não. Fui criada como outra pessoa. Como posso ser eu?

— Nós estamos tão aliviados por você estar em casa, Oliver — meu pai diz, dobrando cuidadosamente o guardanapo em seu colo. — Você também, Prudence. Como está sua mãe?

— Estável de novo. Obrigada por perguntar.

A mesa fica notavelmente quieta. Meu pai não notou que Levi não está aqui.

Maude acena com a cabeça do outro lado da mesa. Os olhos dela são gentis. Ela entende. Maude está tão perturbada com a ausência de Levi quanto eu.

— Ele vai voltar — ela diz, baixinho, enquanto os outros voltam para sua conversa. Todos estão olhando para o outro lado do refeitório, para a mesa dos originais, para a cadeira vazia onde Tessa estaria sentada. Madison está sentada lá agora sem sua parceira, acompanhada de Archer e Jake. Eles notam que estamos observando e desviam os olhos.

— Como você sabe? — eu pergunto.

— Porque Levi é resiliente. Ele sobreviveu dezesseis anos com aquele homem. Ele vai encontrar uma forma de dar a nosso guardião o que ele quer, e então vai voltar pra você.

Para mim. Como assim? A ideia de ter Oliver de volta, são e salvo, e Levi também me enche de alívio, alegria. E também me aterroriza.

Olho para Oliver enquanto ele conversa com os Similares, tão estranhos para ele. Ele expressa sua curiosidade com respeito, sem exagerar nas perguntas. Ollie me olha, sorrindo. Nesse sorriso acho que vejo ele, o Ollie de verdade, abrindo caminho pelo que Gravelle fez. Ele pega minha mão e a aperta.

— Em? Você está bem? — Oliver pergunta, em voz baixa, para que os outros não escutem.

— Mais do que bem — digo. — Você está em casa. Tudo pode voltar ao normal agora.

E, pela primeira vez na vida, minto para ele.

AGRADECIMENTOS

Este livro não existiria sem algumas pessoas fundamentais, que eu clonaria neste instante se tivesse a tecnologia para isso. Obrigada a cada um que me apoiou, aconselhou e me encorajou nessa aventura animadora que é minha vida de escritora. Não fiquem chocados se uma cópia exata do DNA de vocês te abordar amanhã na lanchonete. Estejam avisados.

Agradecimentos infinitos à minha agente, Sasha Raskin, que é a definição de força. Serei para sempre grata por sua orientação, suas respostas a meus e-mails frenéticos, seus instintos editoriais e sua crença firme nesta história desde o primeiro dia. Você é um ser humano excelente, e me ajudou a realizar o sonho de uma vida inteira. Essa é uma forma longa de dizer *eu amo você*.

Obrigada à minha brilhante editora, Annette Pollert--Morgan. Seus insights são simplesmente impressionantes. Sou mais do que grata por poder trabalhar com uma editora tão experiente e cuidadosa quanto você. Obrigada por amar meus personagens e incentivar a mim, e a eles, a serem melhores.

Muito obrigada à minha família na Sourcebooks — desde vendas, marketing e publicidade até os talentosos preparadores e time de design da Sourcebook Fire. Sou muito grata por tudo que vocês fizeram para trazer esta história à vida. Agradecimentos especiais a Kathryn Lynch, Heidi Weiland, Valerie Pierce, Stephanie Graham, Stefani Sloma, Cassie Gutman, Sarah Kasman e David Curtis por seu eterno apoio e paciência.

Não há palavras suficientes no dicionário (eu chequei) para agradecer adequadamente aos meus melhores amigos e parceiros de crítica, Bill Hanson e Winnie Yuan Kemp. Este livro não seria o que é sem sua eterna paciência, expertise e vontade de ler 849 (ou foram 850? Foi o que pareceu!) rascunhos. Aos deuses dos dormitórios de Stanford, quem quer que vocês sejam, quando vocês me colocaram com esses dois lá em FloMo, vocês mudaram para sempre o curso da minha vida. Vocês são duas das minhas pessoas preferidas no planeta, e é por isso que já roubei amostras do cabelo de vocês e planejo recriá-los em laboratório. Fiquem ligados.

Obrigada, obrigada, obrigada, Victoria Frank, por me cobrar e por sempre estar disposta a se empolgar com YA comigo. Emma e Levi só chegaram à Ilha Castor por sua causa, e por isso você é permanentemente obrigada a ler tudo que eu te mandar em menos de uma hora depois de receber. DESCULPA!

A Alexa Gerrity Johnson, minha parceira de produtividade na escrita e na vida, obrigada por passar um fim de semana inteiro com meu livro, que era só uma sombra de um sonho quando éramos vizinhas na Ninth Street e eu vesti aquele terninho horrendo para a Noite de Networking de Stanford. Obrigada por ficar do meu lado desde nosso primeiro bubble tea.

Ao meu empresário, Matt Sadeghian, OBRIGADA por acreditar que este livro podia ser tanto e ainda mais.

A Jill Hurst, David Kreizman, Donna Swajeski, Chris Dunn, Kimblery Hamilton, Danielle Paige, Brett Staneart e Ellen Wheeler, obrigada por apostarem em uma escritora novata e por me ensinarem tudo que sei sobre contar histórias. A Nidhi Mehta, você é a cerveja amanteigada do meu hipogrifo. Tammy Camp, Celeste Oberfest, Caitlin Crawford e Andy Lurie, Stephany Gabriner e Allison Manzari, obrigada por serem minha família em São Francisco.

Obrigada, mãe e pai, pelo seu apoio imortal, desde *A noviça rebelde* até *Suburban Revenge* e os dias atuais. Mãe — aquela conversa que tivemos ao telefone em que uma de nós pensou "e que tal clones?" mudou tudo. Amo tanto vocês dois. A Jessica Hanover, categoricamente a melhor irmã do mundo (uma afirmação confirmada por pilhas de dados): você me garantiu que clones eram plausíveis — até mesmo possíveis. Obrigada a você e a Nicholas Priebe por colocarem a ciência na minha ficção científica. E por serem as únicas pessoas para quem eu pediria ajuda se alguém um dia tentasse controlar minha mente.

Obrigada ao meu sogro, Ray Kurzweil, por ser um confidente. Sonya Kurzweil, você sempre foi entusiasmada com os meus projetos. Obrigada por todos os anos de amor, risadas e pedaladas até Ashuwillticook. Amy Kurzweil, compartilhar nosso amor pela escrita é um enorme presente. A muitos anos mais de "conversa de escritoras" (com ou sem vinho). Jacob Sparks, obrigada pelas discussões na mesa de jantar que nunca deixam de me prender e me desafiar. Acho que nós (humanos) vamos sobreviver.

Leo e Quincy, vocês me inspiram diariamente a escrever o máximo de histórias que posso enfiar em uma vida extremamente ocupada. Obrigada por entenderem, e mesmo por parecerem orgulhosos quando a mamãe desaparece em seu buraco negro para escrever. Leo, ler *Harry Potter* e incontáveis outros livros com você foi umas das minhas maiores alegrias. Quincy, há outros livros além de *Maisy's Tractor* (embora esse seja ótimo). Ainda temos muitas leituras divertidas pela frente!

Agradecimentos colossais a Laura King por todas as horas que passou amando e cuidando das minhas crianças para que eu pudesse escrever, escrever, escrever. Este livro ainda estaria no meio do caminho sem você.

E, por fim, ao meu marido e parceiro de crime, Ethan. Você é a rocha de onde posso saltar para os lugares mais longínquos da minha mente (com um colete salva-vidas bem apertado, é claro). Obrigada por tudo.

Confira nossos lançamentos,
dicas de leituras e
novidades nas nossas redes:

 @editoraAlt

@editoraalt

www.facebook.com/editoraalt

Este livro, composto na fonte Fairfield,
foi impresso em papel pólen soft 70 g/m² na gráfica AR Fernandez.
São Paulo, outubro de 2021.